政协委员文库

Zhengxie Weiyuan Wenku

政协委员文库

太行山上的夜莺

关仁山 著

中国文史出版社

目　录

第一辑

第二辑

第 三 辑

第 四 辑

第五辑

第 六 辑

第 七 辑

第 一 辑

太行山上的夜莺

他像一只夜莺，走到哪里哪里就亮起来。

周合伟出生在保定市阜平县吴王口村，笔名冷山。冷山个头不高，白白的脸庞，大大的眼睛，自带微卷的黑发，朴素中透着贵气，孤独中透着文气，厚实，庄重，飘逸。

他毕业于南京艺术学院设计学院，毕业后在景德镇创办了陶艺公司。冷山虽然不是纯粹的油画家，但是他有文化情怀，回故乡搞文化扶贫的想法不是心血来潮，而是应该抓住的机遇。

几年前他在景德镇聚餐，从电视上看到习近平总书记来到自己的家乡阜平，去看望骆驼湾和顾家台的困难群众，冷山激动了好几天："阜平要变了，我应该为老家做点儿事。"他并不匆忙，而是细细准备，虽然艺术乡建自己是个新兵，但时代的条件和机遇不可错过。

2019 年正月，雪花飞扬，龙泉关镇刘俊亮书记带冷山到了黑崖沟。看见这高山、这村庄、这山坡上的樱桃园、这高耸的大桥，他眼睛一亮，双手有些颤抖，仿佛未来激动人心的日子已经在眼前展开。这一刻，他想承担点儿什么，既是黑崖沟需要自己，也是自己需要黑崖沟。妻子常常责怪他是个理想主义者，理想主义者难道不好吗？尽管理想主义时代结束了，但是阜平红色的文化滋养了他，用他的知识回报故乡，是他心中永久的理想。

刘俊亮带冷山到黑崖沟村主任赵利民家吃饭，村支书赵志国也到了。赵主任漂亮的妻子姜红燕做得一手好菜，冷山感觉饭菜很香，在城市里几乎闻不到这种香。冷山向刘俊亮敬酒，激动地说："刘书记，我喜欢这个地方！"刘俊亮微笑着说："那就别走啦！黑崖沟属于就地提升村，我们有意打造文化旅游村，这里是你施展理想的舞台！"

赵利民还蒙着，不懂冷山要干什么。

刘俊亮走后，冷山想在黑崖沟走一走，看看这里需要他做什么。冷山有时发愣，在想心事。他转到养猪的老顾家里，见到了樱桃园老板李建立，李建立见到艺术家分外亲切，俩人有说不完的话。

冷山笑着问："你是黑崖沟人吗？"

李建立说："不是，我是高阜口村人！"

冷山眨了眨眼问："为什么在黑崖沟承包樱桃园？"

李建立憨憨一笑："黑崖沟山水好，人更好，我这是扶贫项目，樱桃属于林果开发！"

冷山问："投资多少？"

李建立说："我的樱桃园流转一百多亩地，总投资六百万！"

冷山又问："什么样子的管理方式呢？资金从哪里来的？"

李建立舒展着眉头说："首先是政府下拨四十万的启动资金，这是扶贫基金。我过去开矿，为了保护山林，矿山统一关闭了，手里有点儿积蓄。现在我流转了黑崖沟乡亲们的土地，雇用乡亲们给樱桃园干活儿，浇水，剪枝，采摘，我按月发工资，年终还要给他们土地分红！樱桃销路挺好，乡亲们都脱贫啦！"

冷山用欣赏的目光望着他："你是好样儿的，向你学习！"

两个年轻人的手紧紧握在一起。

李建立带着冷山到了樱桃园。冬天的樱桃园小路，远看像驼黄色的绳头。樱桃树枝挂着白雪，寒流刚过，天气明显好转了，冷风并没有冻掉他们的热情。李建立带着冷山进了一个大大的木屋别墅。别墅只有一层，但是设计新颖，有点儿海外风格。走到别墅里边，暖风扑面，李建立请冷山喝茶。喝茶的时候，冷山与李建立谈了自己扎根黑崖沟的想法，李建立笑着说："欢迎你，我这樱桃园里的别墅可以免费供你使用！"冷山感动了："谢谢你，好人呀！"李建立说："我们都是阜平人，你是有文化的人，愿意来到黑崖沟，应该支持！你来了，这里人气就旺了，黑崖沟就有希望啦！”李建立憨笑时，脸上的表情都变了，他诚实、友善、热情的样子让冷山永远忘不了。

李建立告诉冷山，黑崖沟缺少文化滋养。黑崖沟属于就地提升村，高高的牌楼、老百姓盖的新房、人民大戏台格外醒目。黑崖沟刚刚摆脱贫困，精神上亟须给养。冷山有了一个大胆的设想：在黑崖沟建设一个公益画院，让孩子、中年人、老人都来集中学习画画，画家乡山水，画英雄，潜移默化地提升精神境界！

回到家，冷山把这个想法一说，家里即刻炸了锅。父亲差点儿栽倒，大声吼：“你个大学生，毕业以后在外混得好好的，回黑崖沟扶贫，你的前途不就完了吗？”

冷山梗着脖子犟：“你说啥是前途？”

父亲喊道：“啥叫前途？前途就是有钱就图。啥叫理想？理想就是有利就想！”他的声音里有杂音，呼噜呼噜的。冷山对父亲的话失望至极，他的脑袋像撞上了什么东西，顿时一阵迷糊。

母亲深深叹息一声，坐在炕沿儿上，默默无语。丈夫的意见，她也有同感，毕竟贫困之家培养个大学生不容易，既然在城市里已经安家生子，就过一种世俗而幸福的生活。听说他回到黑崖沟文化扶贫，母亲的心也彻底乱套了。扶贫，当娘的没有意见，为人行善，是他们祖上的家风，如今家里过上了好日子，不就是靠党和政府扶贫吗？土地流转、菌菇大棚，这可是政府干的事，你一个人怎么扶贫？一个人浑身是铁能打几颗钉？儿子的选择，在她看来不可思议。

母亲默默揩了一下眼睛，嘟囔说：“小儿，别怪你爸生气，这么大的事，你可要想周全喽啊！”

父亲黑着脸继续吼：“乱弹琴，老婆孩子都在南京，赶紧回去！”

冷山脸色慌慌地站在屋里，蒙了。

父亲喊：“咱把丑话说头里，你要是任性胡来可不行！”他呼呼喘着，内心是心疼的、难过的。

一瞬间，冷山心中是孤单的，孤单不是寂寞，而是无奈的寂寥。其实，景德镇那里有许多让他牵肠挂肚的事，公司怎样继续经营？家庭怎么处理？女儿培养怎么办？这些都是他必须面对的问题。但是，人生有得就有失。

屋里沉默了，房间弥漫着看不清的白气。冷山望着纠结的母亲，母亲的脸又幻化出奶奶的模样。他的心头一热，几乎落下眼泪。奶奶瘦弱，眼睛井一样陷在深处。奶奶去世了，奶奶没有文化，说不出什么深刻道理，但是言传身教，影响着冷山的人生观。他忽然想起了小时候的一件事。村里一户邻居，常常找奶奶借盐吃，奶奶从来没有让人家空过手。那人前脚刚走，小冷山仰着脖子问："奶奶，她家为啥老借盐？借了也不还！以后不能再借他们啦！"奶奶训斥他："你不懂，人家不到穷得活不下去的地步，怎么会张嘴借盐呢？"小冷山接着问："她为啥不管别人家借？我家也不富裕啊！"奶奶和蔼地说："咱这山里的日子，哪家不是东凑西借，苦苦巴巴的。"冷山眨巴着眼睛。奶奶慈祥地微笑着说："傻孩子，也就奶奶心眼儿好，别人不会借给她！"此时他似乎明白了什么。虽然他家也穷，但是奶奶帮助过村里很多人，那都是从牙缝儿里挤出来的。奶奶就像一根蜡烛，燃烧自己照亮了小山村的人心。奶奶去世的时候，乡亲们都来参加葬礼。奶奶留给自己的是一笔精神财富：自强，悲悯，助人。对弱者的体恤和帮助，不正是你今天要追求的吗？

山里天黑得早，这些折磨、狂热、犹豫使冷山彻夜难眠。他一骨碌爬起来，独自沿着村子走了几圈儿，两眼迷迷瞪瞪。表面来看，村里人以为他是一个怀才不遇、看破红尘、自命不凡的家伙！其实不然，他只是完成一种精神的还乡。这个世界，每天都在变化着，有人倒霉了，有人走运了，有人创造了历史，有人被历史抛弃。有人说："人生到处都是康庄大道。"这是骗人的话，其实人生的路很窄很窄，就在那短暂的选择中。你走上这条道，就永远告别了那条道。在南京读大学的时候，冷山读了路遥的小说《平凡的世界》。主人公孙少安、孙少平，虽然出身贫穷，平凡却不平庸，不甘受命运摆布，在苦难中奋起，即使失败了，也有勇气面对生活的担当，获得了劳动者的尊严。自己虽然也是草根，生活的路有困难，有坎坷，但不绝望，不气馁。虽然开了公司，也没有大富大贵，但是从小到大跟着爷爷奶奶、姥姥姥爷，跟着父母，唯一不缺的一样东西，就是爱，爱让他充实，让他富有。他到黑崖沟文化扶贫，带给乡亲们的不是钱，是人的精神，是美好情怀，是爱心！

风停在唇边，突然没有安全感，需要大山的拥抱，但冷山有了莫名的兴奋。他不要那一套泛泛之谈，他要遵从自己内心的呼唤，做一个创造历史的人！

黑崖沟就是他创造新生活的最好平台。不论结果是悲是喜，他总算在这个世界上拼了一场，有了这样的认识，就会珍重生活，而不会玩世不恭。故乡啊，给了他激情，这激情像一团火，在内心燃烧起来，同时也给他注入一种强大的内在力量。

天亮了，村里最后一遍鸡叫，冷山回家了，见到父亲，他嘴上不再争吵。父亲是勤劳的，他敬重父亲。如果他是一棵成材的树，父亲就是土壤、铺路石，是泥土里的根，他慢慢就会想通的。

冷山内心已经决定了，回到阜平，回到黑崖沟。

春节后，冷山开车回南京了。母亲佝偻着腰望他，他摇下车窗向母亲招手，汽车缓缓离开，他远远地看见母亲头顶飘着一柱灰白的炊烟。炊烟缓缓散到空中，消失在山顶，一股说不出来的温暖和甜蜜，刹那间涌上他的心头，忍不住鼻子一酸，几乎要哭了。

永远叫我动情依恋的太行山啊！等着我，我很快就回来啦！

冷山回来了，在黑崖沟办起了冷山公益画院。

六月，黑崖沟的樱桃红了，黑崖沟樱桃艺术节开幕。艺术节格外隆重，有艺术家来，也有许多游客。樱桃艺术节之后，冷山的画院也开业了。冷山笑了，笑容里有阳光的味道。

画院设在人民大戏台右侧的黑崖沟村委会。村委会办公室连着会议室，从会议室左拐，就看见一个走廊，走廊墙壁上悬挂着孩子们的画，一律是油画。再左拐，就到了冷山的公益画院。严格说，是冷山教村民画画的地方，画院有二百多平米，画板、画笔、颜料、小椅子，摆得满满当当，都是免费提供。冷山讲课除了讲艺术理念，还讲家国情怀，并且有一个硬性规定，只要是来学习画画的村民，必须学满七天，学满七天就可以全部免费。

一朵野山花初绽了，淡雅又娇艳。水土养分充足，随便插在院里、屋角、墙头，它们就会肆意地开着，香气烂漫。冷山看着村民在画画，自己无比欣慰，好像一下子找到了根。生活可以漂泊，可以孤独，但是灵魂必须有所归依。他体会到了什么叫“培根铸魂”！

令人惊奇的是，狗小报名参加了冷山的画院。狗小叫张拥军，聋哑人，五十岁。他母亲改嫁到山西，女儿成了家，老伴儿残疾，几年前去世了，狗小特别想画画。那天，狗小去见冷山，担心冷山不收他，还特意打扮了一番。尽管脸上褶皱像一根酱瓜，但他的衣服规规整整，戴着眼镜，戴上了手表，兜里还装着一盒高级香烟。狗小来到樱桃园的院里，冷山闻到了狗小身上有土豆的气味，这气味熏着他。

让狗小拿树枝在地上画画，狗小画了几只小鸡、小狗。冷山觉得狗小画得挺好，就用肢体语言与狗小交流，狗小也“哇哇”叫着比画胳膊。冷山给了狗小一个大拇指。

狗小胸中涌满了欢愉，急忙给冷山递烟。冷山收下了狗小的烟，还与狗小建立了很深的友谊。狗小画画进步很快，思想觉悟也有所提升。村里有一位英雄陈万昌，不仅当过村支书，还是省级劳模。1985 年，各家各户通自来水，他去龙泉关镇拉水管，途中出了车祸，陈万昌为了营救两个残疾人光荣牺牲。陈万昌是黑崖沟的英雄，村民们崇尚英雄，曾为陈万昌雕了塑像。冷山便发动村民把塑像摆在画院的走廊里，有时搬进课堂，供孩子、村民们写生，画英雄成为一种风气。

狗小朝着陈万昌的塑像敬礼。狗小自己是残疾人，内心敬仰陈万昌。有一天中午，倾盆大雨“哗啦”一声，窗子被吹开，瓢泼的雨水飞进来，淋到陈万昌的塑像上。走廊里没有人，狗小看见被雨水浇湿的石膏英雄塑像，“哇”地叫了一声，猛地扑过去，一把抱起了塑像，用自己的衣服紧紧遮盖着塑像，而墙壁上挂着的自己的画却被大雨淋湿了！

狗小保护英雄陈万昌塑像的行为，得到大家的表扬。通过画画，狗小的精神境界提升了！

奇迹还在后面。那一天，冷山带领孩子们和狗小上山写生。到了歪头山脚下，设卡的护林员把他们截住了。护林员放下杆子，严肃地说："你是谁？你不能上山。"冷山疑惑地问："别人能，我为什么不能啊？"护林员说："村里有规定，防火啊！"冷山刚要说话，狗小急眼了，猛地扑过来，大喊："抬起！"

冷山和护林员都惊呆了：狗小会说话了！

冷山愣着眼说："你刚才说什么，再说一遍！"

狗小红着脸吼："抬起！"

冷山拍打着他的脑袋，惊奇地说："狗小，狗小会……会说话了。"

孩子们跳着脚欢呼起来。

狗小通过画画会说话的消息，在黑崖沟传开了。黑崖沟老百姓十分好奇，出来就逗他，他都简单地回答。

狗小不仅在画板上画画，在墙壁上画画，还在草帽上画画。

冷山在骆驼湾为狗小举办了个人画展。县委书记刘靖自掏腰包，花二十元买了狗小的一顶手绘草帽，还与狗小做了简单的交谈，刘书记对黑崖沟建设文化产业村坚定了信心。冷山的画院在黑崖沟还有一些效应，比如村主任赵利民妻子姜红燕，自从在保定跟孩子陪读，人生地不熟，思念家乡，很是孤独。假期回来跟冷山学画画，在保定陪读期间就通过画画打发时间，慢慢心情得到了纾解。孩子们更是受到了艺术的熏陶。

公益画院的不远处是东坪村，闲暇的时候冷山经常来这里转转，散散心，顺便看望跟他学陶艺的村民老蔚。到了村里才知道老蔚也搬到龙泉关镇上了。按理说，老蔚也是他公益画院的一员，只是他不画油画，一头迷恋上了陶艺。过去老蔚喜欢雕刻，从大山里挖来树根，雕刻成花鸟或动物，活灵活现。见到冷山，听说他从景德镇来，老蔚就向冷山请教陶艺的问题。冷山第一次来到老蔚的小院，看见根雕、泥巴和木条，感觉他是个酷爱艺术的人。

老蔚在冷山的帮助下，很快在自家院里建起了烧陶的炉子。老蔚由一位种地的农民，摇身一变成为“陶艺家”！

冷山经常回景德镇，因为那里的公司还在运营。由于交通问题，冷山回景德镇一般不坐高铁或飞机，大多是开车去，这样方便带一些东西。有一次就从景德镇给老蔚带回来一车的泥、釉和一些设备。老蔚分外感动，想一定要搞好陶艺。后来老蔚还弄得有模有样了，作品在骆驼湾集市上销路不错，既充实了生活，还有了收成，两全其美，冷山的苦心总算没有白费。

秋后的山风渐渐凉了，冷山徒步走过石桥走进东坪村，感到寒气钻到脖领里去了。这次冷山没有见到老蔚，却有意外的收获。他碰上村里最后一对老人搬家，东西都装好了，没有什么可带走的家具，车斗里都是一些破破烂烂的东西。看着冯福生和老伴周玉兰依依不舍的模样，冷山心中为之一震。周玉兰颤颤地走到窗前，将塑料窗户捅了个洞，两只猫在洞前钻来钻去，周玉兰抱着猫亲了又亲。冯福生双手紧紧抱住了香椿树，眼泪顺着老人眼角的皱褶淌了下来……

冷山有些感动，抬头望了望冯福生拥抱的香椿树，粗壮的树干撑起巨大的树伞。他走过去与老人交谈，冯福生说这棵香椿树五十年了，五十年前他与老伴儿结婚时共同栽下的，如今已经长成参天大树了。冯福生老伴儿说：“老头儿爱植树，我爱养猫。”说着，她又辛酸地叹气了。

冷山抬头望见山坡，这片山上明显树木茂盛，这都是冯福生老汉栽的树木，还都是自费买的树苗。冯福生今年七十七岁了，见到冷山便来了兴致，抬手指认他当年种的石榴树、槐树、杏树、李子树、桃树、落叶松和核桃树。冷山听明白了，这棵香椿树是周玉兰的嫁妆，自从冯福生与老伴儿结婚时亲手栽下香椿树，就把种树当成爱老伴儿的一种方式了！大山里的庄稼人全部智慧在哪？在于想干什么干什么！他觉得他们的爱情方式更为真实，更接近自然。男人植树，女人浇水，日子虽然穷困，但是他们因植树而幸福，有了生命的寄托。冯福生说：“香椿树是有灵性的，有一年我种树摔下大山，昏迷了，人们把我背下来，坐在香椿树下就缓过来了！”

“您家几口人，这要搬哪儿去啊？”冷山打听着。冯福生说：“五口人，每人二十五平米，我们家在龙泉关镇安置了一百平米大房子！”冷山愣了愣问：“应该一百二十五平米啊。”冯福生笑了笑说：“儿媳妇户口没有在村里，如今他们都在北京一家医院工作。”冷山问：“您家脱贫了吗?”周玉兰说：“早就脱贫了，土地流转分红，国家补助款，加上孩子给的，够花了！”冯福生补充说：“说心里话，我们舍不得离开大山，早晨听鸡叫，中午听猪叫，晚上听狗叫，夜里听猫叫，多好啊！可是党和政府对我们老百姓好啊，得感谢政府啊，政府给了新房子，不能不去，冬天有暖气哩！”

“噗嗒”一声，两只猫突然跳到门口的一块巨石上。冷山看见猫的脚下有四个并排的小洞，黑黑的洞。他疑惑地问：“大爷，这是干什么用的啊?”冯福生说：“放炮用的炮眼儿，逢年过节插上二雷子炮，‘嘭’一响钻天的那种，我跟你大娘结婚时，我亲手用锤子凿的！”

冷山伸手摸了摸石头上的炮眼儿，一个一个摸，眼前幻化出东坪村过年的喜庆，那时候的小村庄该有多红火啊！

司机开始用汽笛声催促两位老人了。冯福生和周玉兰突然跪在老宅前，不知是给老宅还是给香椿树磕头，连连叩了三个响头！

冯福生搀扶着周玉兰起身，缓缓上了汽车与冷山挥手告别，汽车颠簸着驶出东坪村，慢慢消失在山路上。两位老人也许探头，久久回望着村庄的影子、歪头山的影子、树木的影子、父老乡亲的影子以及猫的影子。越来越远，就不免生出忧伤的情绪。

冷山与两位老人挥手的时候，不知不觉地流泪了。东坪村安静了，现在只有他一人，冷山随心所欲地对着大山吼了一通，除了大山的回音，还招来四处乱窜的猫。

老百姓上楼了，猫留在了村里，一地的流浪猫，几十只，“嗖嗖”乱窜，“喵喵”叫着，处于自生自灭的状态了。冷山脑子里“轰”地打了一个闪念，他要向刘俊亮书记反映，把这个小村保留下来！

猫在冷山眼前跳来跳去，“猫村”的创意逐渐清晰！对，建设一个猫村，专门收留乡亲们搬迁后的留守村猫，还让画院的画友们集中画猫，这将是一个不小的文化慈善产业！

事情总是有坎坷，冷山的文化扶贫，也遇到阻挠。有人认为劳民伤财，画画不能像菌菇一样，马上给黑崖沟百姓带来实际利益。也有人说，脑袋刚刚几天不顶玉米花了，画啥画？还油画，洋东西，这玩意儿能换钱吗？还有人说，这会影响孩子学习，影响升学率！持有这些看法的，不仅有村民，也有村干部。

冷山听到这种杂音，心中有些委屈。他独自一人站在樱桃园，一阵狂风袭来，冷山的头上落满树叶。在黑崖沟搞公益画院，没有占村里便宜，甚至从景德镇公司拿钱贴补。既然黑崖沟老百姓想不通，他也不想解释，那就专心在东坪打造猫村。他听刘俊亮书记说过，这个小村庄整体搬迁到龙泉关镇集中安置小区了。

刘俊亮听了冷山的猫村设想，也很感兴趣。一次偶然的机会，刘俊亮把黑崖沟村民对冷山的质疑及他的打算，向贾瑞生县长做了汇报。

贾瑞生迟疑了一下，问："冷山在黑崖沟，没有伤害百姓利益吧？"

刘俊亮摇头说："没有，他的办公场地是樱桃园老板主动借用的，村里只是提供了村委会闲置房间，当了画院！画院办得挺好，参加学画的孩子、妇女、老人都有，聋哑人狗小也参加了！一律是免费，听说画室开销是他景德镇公司贴补的。"

贾瑞生激动地说："刘书记，我在黑崖沟调研的时候见到过冷山，聊了聊，感觉他有情怀，有爱心，有才气。我也看了你们龙泉关镇党委关于黑崖沟发展文化旅游的报告，非常好！阜平过去穷，如今脱贫了，脱贫以后路怎么走？就是靠文化来培根铸魂，老百姓精神富有了，才能真正幸福。冷山公益画院开了个好头，我们要坚定不移地支持他！"

刘俊亮说："好的，我也这样看，回去做他们的工作。还有，冷山去了东坪村，这个村全部搬迁了。老百姓上楼的时候，留下一些猫。他发现了大批流浪猫，想打造一个猫村，不仅养猫，还要让农民画猫。南方有个画老虎的村庄，靠画画致富；他想弄个猫村，开发以猫为主题的旅游景区。拍乡建电影，画猫，然后打出品牌。"

贾瑞生"哈哈"笑了，毫不犹豫地说："好点子！冷山是我们阜平太行山走出去的大学生，见多识广，我就说嘛，天生我材必有用啊！

猫，温顺可爱，还能让城里孩子们到这里旅游，看猫，画猫。将来，黑崖沟文化村、东坪猫村与骆驼湾、顾家台民宿旅游结合起来，龙泉关的旅游就能与城南庄的红色旅游有机衔接啦!”

刘俊亮笑了：“贾县长，这是一步好棋啊!”

贾瑞生说：“好牌，要打好；好棋，要下好。阜平能有今天的巨变，是党和政府领导、社会各界支持的结果，我们阜平人一定要感恩啊！所以，提升文化水平，非常重要，没有文化的人，是不懂得感恩的。利益伙伴两肋插刀，只限有利可图，利散了，就袖手旁观，过河拆桥，这是一种恶习，我们不能染上社会病。我们感恩，不是停留在嘴上，更要付诸实施。”

冷山的文化扶贫故事在阜平逐渐传开了，身边更多的人为黑崖沟艺术乡建增砖添瓦，黑崖沟正迎来一个崭新的开始。

这一天，女儿从南京过来了。看见女儿逐渐长高的个头，冷山心中万分感慨。因为自己的选择，孩子少了陪伴，他对于女儿是愧疚的。冷山让女儿与画院的孩子们见面，带她到黑崖沟看山看水，女儿的脸像过年一样快活。可是，一不小心女儿登山摔了一跤，两条腿拧巴着，有瘀血，变得青紫。冷山心疼地揉着女儿的腿，然后背着女儿下山了，一边下山一边问：“奇奇，你喜欢黑崖沟吗?”女儿天真地说：“喜欢!”冷山欣慰地笑了。女儿说：“爸爸，我要把妈妈叫来，让她看一看。”冷山没有吭声，心中一阵刺痛。妻子虽然没来，但能够放女儿来到黑崖沟，他已经知足了。冷山对女儿说：“妈妈有妈妈的生活，不要勉强她，你在城里好好读书，节假日过来到黑崖沟玩，这里会让你身体健壮，让你学到在城里学不到的东西!”女儿点点头，“嗯”了一声。冷山觉得女儿长大了，理解父亲了，他的盼望里升起一团暖意。其实泪花一直在奇奇的眼眶里打转，只是冷山看不见。

冷山的父亲听说县领导表扬了儿子，说他有功劳，他更加糊涂了。他建画院，功劳在哪呢？还说冷山是潜力股，以后价值会更大。在孙女奇奇的请求下，他首次到黑崖沟看望儿子。

黑崖沟以前来过很多次，自从儿子到了这，就再也不愿来了，他总是觉得老脸挂不住，觉得是瞎折腾。爷爷牵着孙女的手，缓缓走到村委会一侧的画院，看儿子正在画院讲课，台下有孩子、妇女和老人听课。父亲怕打扰他，就拉着孙女的小手隔着玻璃窗子望着，听着，有时候他还听到“哗啦啦”的掌声。他不懂儿子在干什么，但是有一点他懂了，儿子回来是对的。

奇奇拉着爷爷的手说：“爷爷，我们进去吧。”“奇奇，你去吧，爷爷在外边待会儿。”孙女一跳一跳地进去了。

室外阳光扑面，父亲没说什么话，沉默地从烟布袋里挖了一锅烟，蹲在地上吸起来，眼睛似乎挂着几颗泪珠。

父亲在懊悔自己当初的错吗？周家在吴王口村几辈也没出个识文断字的先生，自己和老伴儿也是睁眼瞎，除了种地，日子过瞎了。如果不是政府扶贫，自家哪有今天的幸福生活？唉！世界咋变，说来说去总是识字人的天下。儿子有文化，眼界总比庄稼人开阔。儿子热心公益，建了画院，竟然还有这些人追随他。世道真的不一样了，当初竭力反对儿子，除了脸面上的原因，他还担心儿子在黑崖沟怎样挣钱生活。如今冷山这不活得好好的？还为黑崖沟做了贡献，成了对社会有用的人，也为周家赢得了荣耀！当初自己拼命反对，一定是错了……

父亲吐了一口烟，欣慰地舒了口气，站立起来，慢慢走向了黑崖沟的村路。

正好课间休息，冷山和女儿出来迎接父亲，可是老人转身走了。冷山望着父亲远去的背影，喊了一声：“爸，等一等，我陪您转转。”

父亲没有回头，没吭声，默默地走了。

最近樱桃园的老板李建立有些心事，心情不好，乱事缠身，焦头烂额。一种抑郁的思绪似乎蒙住了他的眼睛，他想找冷山喝酒，痛痛快快说一说心里话。

冷山似乎悟出了什么，迟疑一下说：“我们就在樱桃园食堂喝酒。”喝酒之前，他带李建立登上了黑崖沟后山的白衣寺。寺庙建于明朝，清朝进行了重修，里面有大肚弥勒佛，有观音菩萨。特别是白衣观音足蹬莲花，怀抱婴孩，慈眉善目，和蔼可亲。李建立对白衣寺非常熟悉，他说："你请我到白衣寺来，是想用佛家思想启发我解脱烦恼吗？"冷山带李建立来到门口的古松前，说："不是的，我是请你看门口这棵千年古松的，听说当年聂荣臻元帅在这里指挥过一场战役，你看这树冠还残留着子弹的痕迹，树枝当时被炸弹炸去了一枝，说明了什么？"

李建立有些疑惑："说明这佛家圣地，也是革命圣地！"

冷山毫不隐瞒，"哈哈"大笑起来："好，说来这两个'圣地'其实都是文化，我们今天晚上好好聊聊啊！"

下山的时候已是黄昏。冷山和李建立默默走着，他有些心里话要跟李建立说，因为刚来的时候，李建立慷慨帮助了自己，于是两个年轻人的心碰到了一起。一个是文化扶贫，一个是产业扶贫，你就往樱桃园里一蹲，什么烦心事都忘啦！

冷山和李建立来到樱桃园喝酒。其实常年喝酒使李建立的胃受到了很大伤害，时常疼痛。他老婆叮嘱他近期不能喝酒了，可是他今天一定破例开喝。

吃什么喝什么都无所谓了，黑崖沟脱贫了，谁都不短口吃喝，更别说是李建立这样的老板了。冷山和李建立喝的是当地的枣杠子酒。几杯酒下肚，冷山问建立："你有啥想不开的？哪儿出事了？家庭还是樱桃园？"

李建立一筹莫展地叹了口气："我还想在外地上马樱桃园，家里不同意，闹得挺僵，我也不知道咋办了！"

冷山红了脸说："首先对你的创业精神我非常赞同，但是凡事要来回想，站在家人和你个人幸福角度想一想。"

李建立愣起眼，不太明白。冷山想了想说："我给你举个例子。美国大老板贝克尔，刚刚毕业说自己富裕了就是幸福，拼命追求财富，二十八岁就成功了，过上上等人的豪华生活。豪车豪宅、一百多家店铺，绝对的人生赢家，但是他的生活越来越糟，他的时间全部投入工作和应酬，飞机上错过与母亲最后离别。孩子日益疏远，妻子失望离开，自己身体也垮了，人们簇拥他，恭敬他，但他内心是一种挫败、懊悔和痛苦！"

李建立身上的每个细胞都绷紧了，他简直听怔了，就那么傻傻地端着酒杯……

冷山嘴上的酒气似乎要喷到对方的脸上：“宁吃仙桃一口，不吃烂杏一筐。养好樱桃，多陪陪家人，学学画画，如果不愿意画画，就读读书，那样会精神愉快。可能啊，那个樱桃园会挣钱，会更体现你的价值。可是人啊，舍得就是有得有失，学会舍弃，就能够获得。我回乡了，世俗眼光看舍了景德镇得到黑崖沟，还有下一步的猫村，对我个人来讲黑崖沟哪有景德镇好挣钱啊。表面看这是傻子行为，失败的举动，可是我看乡亲们高兴、充实，这种愉快是别人体会不到的！科学征服了世界，美术美化了世界，艺术滋养了灵魂！可是有人诋毁我，黑崖沟脱贫了才来到这里，明显是对黑崖沟有所图嘛！当然也有人赞扬我文化扶贫！”

李建立仰脸干了一杯，说：“你有文化，加上政府支持，听说刘靖书记和贾县长都力挺你呢，黑崖沟真的需要你。我自从见到你就觉得你是干事的，阜平和黑崖沟是脱贫了，甚至有人富裕了，富裕就一定能够幸福吗？未必！幸福是需要精神层面的。”

冷山拍着李建立的肩膀说：“李总，你这不是挺明白嘛！我今天喝高啦，哥们儿之间说点儿心里话。乡亲们脱贫了，别看文化低，可是精神上比我富有。真的，反过来乡亲们的温情也给了我这个游子以最大的精神力量，一切都是相互的，你说是吗？”

李建立忽然眼一亮：“你能这么想问题？”

冷山说：“是啊，你说你想找我倾诉，其实我也想找你说说心里话。我得承认，我是一匹狼，太行山上的狼，在南京那样的城市混，在景德镇混，为了那点利益，得装成羊，小心翼翼地活着，有意思吗？”

李建立摇着胳膊，声音提高了八度：“好了，不说啦，我都明白了！”

冷山继续说：“李总，你应该明白了，我俩为啥去拜白衣寺。大道至简，道理明白了，你就能够破解心中的魔！”

李建立“嘿嘿”一笑：“人都说我在转型吧，其实种樱桃不是我强项，可是命运让我种上了樱桃。人都说我穷，其实我不穷；人都说我富，其实我不富。富贵一黄粱，转眼化尘埃，我们俩最后给黑崖沟的还是这份情、这份爱。这辈子有情有爱，就算没有白活！”两人碰杯，一饮而尽。

冷山又与李建立说了说猫村的设想，李建立说要参与投资，两人再次举杯。

冷山思维上的高明可见一斑，这样的谈话对于李建立是一种精神启迪，同时也是巨大的考验。对于任何一个活过的人，谁又没有拥有时间？一旦失去时间，才会觉出你曾经是多么富有，而今已追悔莫及！他从冷山身上感受到，人哪，特别是年轻人，如果放弃了对生命意义的追求，就等于放弃了生活！

李建立晃晃着走了……

冷山酒量不行，喝多了就和衣而眠。梦中有许多猫在叫，他的猫文化产业村破土动工了！一觉醒来，外边的樱桃树正挑着月亮，月光把忧郁和冷清涂在他的脸上。啊，月亮！他忽然奇怪地想月亮是不是天庭的贫困户，需要人间用尽激情与力量，用尽离别与孤独去精准帮扶？冷山酒醒就睡不着了，对着月亮轻轻哼唱起了喜欢的歌曲《终有一天等到你》。人生是一场等待，没有归期，没有结局，可我还是相信，终有一天等到你……

好消息传来。2020 年 4 月 20 日，习近平总书记在陕西秦岭考察扶贫工作时指出：“脱贫摘帽不是终点，而是新生活、新奋斗的起点。接下来要做好乡村振兴这篇大文章，推动乡村产业、人才、文化、生态、组织等全面振兴。”

太行山上的夜莺翩翩起舞，闪闪发亮。

刘俊亮书记马上组织学习，成立“乡村振兴学堂”，认真落实。黑崖沟在抗击新冠肺炎疫情期间，为了配合打造黑崖沟文化旅游村，还专门挂牌成立了启福旅游开发有限公司，总投资三千万元的文化旅游项目开始兴建……

2020 年 6 月 12 日，猫村正式开村。冷山投资二十多万元在东坪村启动了第二个乡建项目——猫村。狗小和各地来的画友们开始喂猫，画猫，现场购买狗小画儿的人越来越多。狗小和猫村一起成为社会关注的焦点，吸引着全国各地的艺术家和游客……

2020 年，冷山的黑崖沟艺术乡建之花正在开放，结果的时间也指日可待。夜莺在夜色里闪亮，有人把冷山比喻成太行山上的夜莺。

鸽群飞过太行山

一

阜平的山，绿了又黄，黄了又绿，一年又一年。

为了让幸福生活在这片土地上生根，阜平的干部和群众都盼望着好项目落地。阜平九山半水半分田，土壤质地差，农产品产量低，只能从别的地方想办法。近几年，阜平人纷纷搞起食用菌种植、小商品加工、林果种植，都比较顺利，基本实现了脱贫。但是，小康路上不能歇，阜平的支柱产业要越多越好。

这时候，白色的硒鸽给他们带来了好消息。

经过一番实地调研，阜平县长与国家机关事务管理局的挂职扶贫干部一起出马，拉来了北京优帝鸽业这个“大单”，准备在阜平投放、建设几个硒鸽养殖场。种鸽繁育、硒鸽养殖、饲料加工、鸽肉加工等一条龙工序需要大量的职业工人，将带动当地更多人就业致富。

县里说，只要把控好生产标准，不污染自然环境，不管选中哪儿当养殖场，我们都全力支持！北京优帝鸽业董事长刘福才说，难得你们有诚意，那我们就撸起袖子加油干。硒鸽养殖前景好，我们的目标不仅仅是带动当地群众脱贫，而且要大家一块儿致富！

就这样，硒鸽养殖场的建设，在阜平紧锣密鼓地开始了。场址选在吴王口乡的一块石滩地，这是刘福才精挑细选定下来的。石滩地距离城区很远，山道拐弯抹角，但就是这样的地方才适合搞养殖，空气清新，没有污染，是硒鸽成长的理想环境。

很快，石滩地变成了一个大工地。推土机，挖掘机，装卸车，车来车往。人声鼎沸，机声隆隆，挥舞的铁锨雨点般落下，一派繁忙景象。

然而，人间有些事，成功之前总是少不了考验。

进入雨季后，这一天，天空滚着雷声，一些村民突然将工地围住了。刘福才马上了解情况，原来是当地群众对占地补偿不满意。王林口镇镇长刘峰急急忙忙赶赴现场，召集三名村支书和村民代表开会。

大家纷纷发言，刘峰听明白了，两个核心问题：一是有传言说平整土地的费用要老百姓分摊；二是占地补偿标准有人觉得不公平。这都是信息不对称带来的误会。刘峰马上把刘福才请到会场，现场澄清谣言：涉及群众的利益决不含糊，平整土地的费用由企业出。刘峰又把政府的政策和承诺，当场强调了一遍，村民们关注的问题，也给了合情合理的交代。

协调会刚散，瓢泼大雨就落下来了，雨点子砸在地上，冒出翻花的水泡。有的村民还站在雨中，各村支书纷纷喊话，说问题解决了，都快点儿回家。看见这一幕，刘峰心里隐隐作痛：群众利益无小事，随时关注，随时沟通，自己的工作任重道远啊。

硒鸽基地终于建成了。2019 年初，第一批肉鸽上市。刘福才的团队稳健经营，销售线上线下全面出击，市场反响之好，超出了人们的预料。刘福才没有食言，给当地员工开出了优厚的薪酬，包吃包住，每人管理一千八百对鸽子，三个月带薪培训，每人每月四千五百元工资。

鸽子成了村里人的“致富鸟”，大家一见鸽子都喜笑颜开。在政府推动下，又有三个硒鸽生产基地在平阳镇、凹里村、寺口村“复制”上马。光是寺口村一个养殖基地就建设了八十一个硒鸽大棚，带动一百五十个贫困户脱贫。

二

阜平县北果园乡边界口村建档立卡贫困户郑卫平，原来在家伺候九十五岁的老公公，无法出去工作。家里只有三亩水浇地，丈夫马小田在地上种玉米，收入微薄，还要供两个孩子上学，家境很困难。

老公公去世后，郑卫平决定找份工作补贴家用，于是一个人到寺口村硒鸽基地工作。2019 年 10 月，郑卫平领到第一份工资。晚上回家，她将这钱放在桌上，丈夫马小田惊出汗来——不是梦吧？一个月拿到这么多的钱？

为了不辜负这份收入，郑卫平耐心学习，掌握技术，对小鸽子精心照料。基地里夫妻养硒鸽的很多。郑卫平听寺口村基地的人说，总部那边有一对夫妻养硒鸽，每月收入八九千元，两个月就是过去一年的收入。马小田听了也心中羡慕，这么好的挣钱机会，谁愿意错过？

经过负责人批准，马小田来到硒鸽基地，完成消毒，穿上白大褂，体验养鸽子。可是马小田小学文化，学习资料都看不懂，加上身体不太好，弯腰看鸽子时间长了，血压就上来了，头昏脑涨。郑卫平心疼地说："你过来看看得了，回家歇着吧！"马小田脸色发白，目光灰灰的，叹息道："多好的项目，我真没用啊！"郑卫平鼓励他说："你就种种地，照顾家吧。我工作好，我能给咱家挣钱！"马小田转身流泪了。

2020 年夏天，儿子马严打工弄伤了手腕神经，只能先回家休养再做打算。郑卫平想让儿子跟她养硒鸽，她跟养殖基地负责人一说，负责人很支持："你家是贫困户，当然可以啊，不过得你亲自教他。"郑卫平高兴地答应了。不想回家跟马严一说，马严吭哧了两声，却没答应。马严心里盘算，自己是技校毕业，怎能跟母亲去养鸽子？

马小田跟儿子瞪了眼："咋这么不开窍呢？"马严倔倔地不吭声。郑卫平则好言相劝，让他无论如何先去硒鸽基地看看。马严拗不过，跟着郑卫平来了。当马严真的站在洁白的鸽群面前，他的内心怦然震颤，而且硒鸽养殖不需要手上出多大的力，非常适合他。郑卫平手把手教，马严依旧不吭声，手上却学了起来。慢慢地，他也喜欢上了洁白的硒鸽，能将硒鸽的喂养方法说得头头是道。

第一个月，马严拿到两千五百元。郑卫平亲切地问："马严，喜欢这工作吗？"

马严憨憨一笑："我喜欢鸽子！"

郑卫平欣慰地笑了。

有了儿子马严的加盟，郑卫平的想法慢慢就大了、远了。她跟马严商量，等马严的技术彻底过关了，娘俩就承包鸽棚，那样收入就更高了，每人每月能拿到五千元。

如今，郑卫平母子是硒鸽基地的骨干，也成为家庭的顶梁柱。一家人随着边界口村易地搬迁，搬到了东庄乐居家园，住上了一百平方米的楼房，舒适，安逸。房间南北通透，宽敞明亮，夏天空调，冬天暖气，应有尽有。

三

吴王口乡岭东村农民霍占云，也是建档立卡贫困户。霍占云原本在一家小商店做事，爱人贾栓记在沙湾打零工，收入都不算高，还有两个孩子在县城读书。疫情期间，霍占云失去了商店的工作，家里收入大减，压力骤增。穷困之际，霍占云想到了硒鸽。

霍占云的哥哥在养殖基地工作，霍占云自己也多次心生养鸽子的念头，只是放不下商店的工作。这次失业，她被逼得没辙了，托人介绍，来到了硒鸽基地。虽然工作陌生，但霍占云心灵手巧，很快适应了硒鸽养殖。霍占云发现，鸽子这动物招人喜欢，处得久了，人的一个眼神，一声轻笑，鸽子好像都能感受得到，喂养工作也越来越轻松。

可天有不测风云。霍占云养鸽子刚刚有起色，脚上却长了鸡眼，上班久站，尤为不便。霍占云内心焦急，这才刚工作几个月，就得了病，弄不好会被解雇。她怕失去这份工作，于是没有向负责人报告，每天依旧忍痛工作。喂完了鸽子，她就坐在石凳上，微微眯起眼睛望着远处的山峦。

世上没有不透风的墙，养殖场负责人还是得知了霍占云的情况，找她谈话。她以为要被解雇了，没想到负责人说："占云，你养鸽子技术好，但有病也不能硬扛着。这样，我给你配备一名助手，你用这段时间好好治病，月工资三千五百元一分钱不扣。但也给你个任务，这助手叫杨瑞香，是刚来的，你得好好教她。”

霍占云心里感动，眼里汪了泪。她没想到负责人对她这么照顾。负责人说：“你是贫困户，家里有点儿起色不容易，帮衬一下，应该的。”霍占云暗暗发誓：好好干，尽早脱贫！

助手杨瑞香来到了鸽棚。杨瑞香不是建档立卡贫困户，但是供养孩子上学开销大，让她家的经济状况捉襟见肘。霍占云一边治病，一边精心教杨瑞香养殖硒鸽。

四个月的时间，说短也短，说长也长。霍占云的脚好了，杨瑞香也出徒了。领班要给杨瑞香安排新棚，杨瑞香与霍占云难舍难分，扑到她怀里哽咽了：“谢谢占云妹妹，是你帮了我，孩子上学啦，孩子也感激你哩。”霍占云说：“我也得感谢你呢，我有病，你帮我干活，我真心舍不得你离开啊！”杨瑞香抹着泪水，一步一回头地走了。

霍占云的养殖技术越来越好，领班提出让她承包鸽棚。她眯着眼睛想了想，说再等一等。她不是莽撞的人，重大行动之前，一向要精心准备，一旦承包，就一定要拿头筹。

天暗了下来，天上跳出几颗星星。霍占云喜欢看星星，星星一闪一闪，照亮她的心……

一对鸽子，一年能出二十二只成品鸽，产值四百五十元左右。刘福才公司的养殖场到2020年10月底，存栏种鸽将达到五十五万对，一年出栏乳鸽一千一百万只，可为三百八十三名贫困户提供就业岗位。

如今，白色的鸽子，在太行山上飞翔。慢慢地，形成一排排鸽阵……

太行山上挂红灯

唐荣斌老汉和顾宝青大娘怎么能想到，2012 年 12 月 29 日，一场瑞雪，竟然使骆驼湾的世事全改变了。

这一天早上，天很冷，风很响地拍打着门扇。下雪了，雪花纷纷扬扬，雪落太行静无声，瑞雪兆丰年啊!

唐荣斌和顾宝青夫妇仰脸望着雪花。他们夫妇有个小秘密。就两天前，骆驼湾村支书顾润金到家里来，让他们稍稍准备一下，有上级领导来慰问，哪位领导没说。鸡叫二遍，他们起床，唐荣斌从炕上爬起来，穿上破旧的棉衣，拿起小笤帚疙瘩，将自己土了光叽的棉衣打扫干净，顾宝青换了一件新衣裳，凌乱的头发梳得规整锃亮，脸上皱褶舒展开了，透着少有的红润。

吃了早饭，顾宝青简单清理一下屋子，其实，昨天就用抹布擦了一遍，这阵抬头又看见房顶到处是灰尘和蛛网，她让唐荣斌用小笤帚划拉两下，干净多了，然后就抬头望了望窗外。

太行山山顶已经被皑皑白雪覆盖了!

太行山的冬天有下不完的雪。这道山谷，拐到骆驼湾这里开始瘦了，瘦得只剩下一道细细的梁。脊梁弯曲的山顶，有点像骆驼的脊梁，山峰突兀，叠嶂错落，早晚霞光照耀，远看就像一个卧着的大骆驼。到了歪头山那边，山体陡峭，地势险恶，无路可走。但是，有许多怪兽奇鸟出没。比如大鸟苍鹭，就喜欢在骆驼湾山涧飞翔。

太行山见证了这个普通村庄的变迁。明代洪武年间，因卫河码头，骆驼商道得名。村南的几座山峰称“辽道背”，南有驼梁，东有桥瀑，西侧六十公里就是山西五台山了。“辽道背”上的落叶松、槐树、杨树越发显得朦胧，如果碰上雪天，白白的雪挂异常美丽。

喜鹊呱呱叫了两声，震落院里树上的雪粉，飞向空中消失得无影无踪了。顾宝青惊喜地喊了一声：“老头子，你看，喜鹊！”

唐荣斌佝偻着腰钻出来，仰着白发斑斑的头颅，什么都没有。他以为是大雪反照的强光，刺花了眼，使老伴儿产生了幻觉：“宝青，喜鹊在哪啊？瞅花眼了吧？”

顾宝青笑了，抬手指着：“你这二五眼啊，你看，你看，两只呢！”

喜鹊呼啦啦飞过，唐荣斌的眼睛还是模模糊糊的。

顾宝青嗔怨说：“唉，你啥都瞅不见！快去吃药吧！”

唐荣斌要把精神集中到内心，而不是在眼睛上，呵呵一笑说：“那好啊，看到了，双喜鹊到必有喜事啊！”说着，回到破烂的石屋里吃药。主卧门口放着一个小柜子，上边摆满了大瓶小瓶的药品，那是唐荣斌吃的药。唐荣斌记性不好，吃药都是顾宝青分好、包好。

顾宝青背靠着院里的巨石看雪，脸上充满了期盼。庄稼人的生活啊，什么时候才能改变呢？

顾宝青的目光落到自家破落的房子上，心情立马沉重起来。雪花和喜鹊是浪漫的，破败歪斜的旧房子，又让她的思绪回到冷酷无情的现实。她记得，自从她嫁到唐家，房子就没有翻修过，旧房山墙上裂开了大口子。如果赶上雨天，房顶滴滴答答地漏水。她家有三小间屋子，黑黑的墙壁上挂着玉米棒子和红辣椒，一盘土炕占去一半，火炕上几乎不能藏任何东西，种土豆和玉米用的家什散乱摆放在角落里。儿子分家闺女们出嫁以后，她不知道把那只破箱子摆在哪儿，索性就摆在堂屋的原处，冬天往箱子盖上压大白菜，夏天放被子和棉衣，再用一块灰布罩住。顾宝青认为自己是个苦命的女人，要了一辈子的强，自己盖不起房，儿女也盖不起房！贫穷总是让她在众人面前抬不起头来。领导慰问，在她的理解等于怜悯，让别人怜悯自己总是不光彩的，让领导看见这破屋烂舍，将是一件多么尴尬难堪的事情啊！

唐荣斌吃了药，抓了一把扫帚哧啦哧啦扫雪。在顾宝青看来，老唐就是没心少肺，整天傻吃蔫睡的。

顾宝青却弯腰捧着大团的雪，往黑洞洞的墙缝里填。唐荣斌愣了，这个从不莽撞的婆娘，今天犯的是啥神经？雪化了，房子里该渗水啦，你是不是傻啊？

顾宝青拍打几下沾泥带雪的手，对着扫雪的唐荣斌说："这房子太破了，人家客人来了，瞅见这大窟窿小眼的，多不好意思啊。"

唐荣斌说："你呀，死要面子活受罪！净帮倒忙，人家领导慰问，就是看我们房子有多破，家有多穷，你日子富得流油啦，还慰问你干啥？"

顾宝青七上八下的心稍微安稳了一些，嗔怨地瞪唐荣斌一眼："没骨头的货，受穷的脑袋！"

唐荣斌没吭声，继续扫了一阵雪，然后挺直腰，揉了揉发木的太阳穴，脑子一片空白。他叹息了一声："唉，阜平都穷啊，能是我老唐一人的错吗？过往啊，扶贫干部经常慰问，有啥大惊小怪的呢？"

顾宝青不吭声了，捡起笤帚哗啦哗啦地扫雪。

唐荣斌扫到门口，一探头，瞅见胡同里的泥土小路被雪盖得严严实实。唐荣斌用手扒拉着墙头上的雪。石头墙壁七扭八歪，参差不齐，一片破败景象。

唐荣斌和顾宝青夫妇是河北保定阜平县龙泉关镇骆驼湾村的普通农民。果然，普通的人遇到了大喜事。

这一天，习近平总书记就到了他们家，唐荣斌和顾宝青太惊喜了，说领导来慰问，做梦也不敢想是习总书记来他家慰问。

天气寒冷，温度是零下十三摄氏度。习近平总书记踏雪到来，让唐荣斌一家倍感温暖，终生难忘。这些庄稼人似乎忘记了劳累和忧愁，脸上充满了激动和欢喜，各自欣喜地盼望着出现新生活的契机。

习近平总书记在她家盘腿坐在炕上的火盆一旁，嘘寒问暖。习总书记给他们家带来了一桶食用油，一袋五十斤的白面，炕上一床崭新的棉被和一件军大衣。唐荣斌和顾宝青记得，那天虽然很冷，还下着雪，但是他们家小院像过年一样喜庆。一台二十一英寸的彩电，是唐荣斌家唯一的大电器，习总书记让他打开电视，问他能看几个台，还问到家里的电话能不能打长途。唐荣斌说："能打长途啊！"习总书记还叮嘱唐荣斌，把小孙子的教育搞好，希望就在下一代，下一代要过好生活，首先得有文化。

顾宝青记得习总书记在骆驼湾讲过的话，"只要有信心，黄土变成金"，信心多么重要，他们永远记在心里了！

雪住了，唐荣斌和顾宝青站在自家门口，欣喜地望着自家小院，听自己的心跳：天哪，这不是做梦吧？

习总书记还在骆驼湾看望了陈得印和唐宗秀夫妇一家。习总书记进屋就坐下来，与他们亲热地聊天。唐宗秀家，一张土炕占去半间屋子，炕上摆着一个取暖的火盆，余下半间，摆放着两个柜橱和一张桌子。习总书记问他家种了几亩地，粮食够吃不够吃，养猪了没有，还问到他们有什么要求没有。

唐宗秀家门外的小路，用石头铺砌而成，走在上面深一脚浅一脚，她特意扶着习总书记缓缓走出门外，她说总书记慢着点儿走。习总书记也叮嘱她说，路滑，你也慢着点儿走！

天黑了，日头一下子掉进太行山背后，天空开始疏淡，如奶液注了清水，薄薄的亮色透出来，渐渐地，天上亮出几颗星星，渐渐地，一轮很大的月亮走进人们的视野。

骆驼湾人，到了夜晚心情都不能平静，人们奔走相告，一群一伙，说笑，议论，喧腾的人声，将死气沉沉的骆驼湾激活了！人们怀着对未来生活的激情，对幸福生活的向往，开始做着属于自己的规划和准备。

大雪无乡，阜平有幸！

虽是寒冬，可是阜平大地已经听到滚滚春雷的涌动。是啊，全国脱贫攻坚的号角，从阜平大地吹响！

世界上没有绝望的处境，只有对处境绝望的人！

面对困难，中国人不会屈服，河北人不会屈服，阜平人不会屈服，为了革命老区尽快脱贫，可走千山万水，可说千言万语，可吃千辛万苦，可用千方百计。河北省委省政府立刻成立阜平扶贫攻坚领导小组。省委副书记赵勇担任组长。1 月 7 日至 9 日，省委书记张庆黎到阜平县深入调研，研究解决扶贫开发工作的困难和问题。1 月 23 日，阜平县召开脱贫致富奔小康动员大会。组织动员全县二十一万干部群众，向贫困宣战，向小康社会进军！

唐荣斌听顾润金支书说，当时的骆驼湾有六百零八口人，四百二十八人为贫困人口。2011 年村民年均纯收入只有九百多元。骆驼湾是一个特困村。每家那一湾山坡地，对于靠天吃饭的山民，如同金子一般珍贵！骆驼湾与整个阜平县的贫穷，是有原因的，除了耕地少，人均半亩地，生产农产品比较单一，玉米、大豆和土豆，混个温饱都困难，别说富裕了。山民热爱家乡的一草一木，山山水水，可是他们的生存意识往往只是活着的意识，他们没有想过，一个自然条件好的山村，怎样才能利用现有资源活得更好呢？

房子破，不丢人，有了钱，盖新房。顾宝青不再羞涩和自责，骆驼湾哪家不是塌墙烂院？黄泥石头屋子，低矮、破旧，已经年久失修，破败不堪。院子里有一块硕大的石头，像一块磐石，死死堵着他们，让人喘不上气来！家庭不富，有看风水的人说，这块大石头压运，不仅压老两口，还压唐家后人运气！顾宝青看着石头不顺眼，心里烧着火一般焦灼。她想找人把巨石用吊车拉走，儿子唐俊峰联系了保定曲阳，只有曲阳有这种吊车，那地方卖石头出名。曲阳回话说，用两辆一百吨的吊车，得花一万块钱呢，老两口吓住了！在巨石和资本面前，唐荣斌和顾宝青感到自己的渺小无助。后来，又有人过来看风水，说多亏了这块大石头，给他们家带来了喜气和好运！唐荣斌把看风水的骂跑了，滚吧，瞎子算卦两头堵，我们不信歪不信邪，老百姓只信共产党！顾宝青瞅着那块巨石又顺眼了，常常过去抚摸一阵，心情好，连石头都有了温度！顾宝青生性贤惠，一辈子不知道挑别人的不是，感情总是贴着家人感情，如果得别人一点儿好，她的心就感激得如热锅里的水，沸沸扬扬。其实，顾宝青对唐荣斌也是满意的，老唐虽然身体不好，但心眼好，憨厚、实在、勤快，跟着这样的男人，讨吃要饭也是放心的。

山高高不过天。风雪过去，天空湛蓝湛蓝的。这一次，唐荣斌和顾宝青觉得，奇迹真的出现了，他们很清楚，习总书记来了，而且到了他家，老唐激动得心就要从喉咙里蹦出来，骆驼湾人最困难的日子终于熬到头了。

习总书记离开骆驼湾，仅仅两周时间，骆驼湾就被纳入国家级重点贫困村。

政府很快行动起来了，在唐荣斌和顾宝青的印象里，领导来了一拨又一拨。春节刚过，驻村干部张玉奇带领三名省委办公厅同志到了骆驼湾。他们先是入户走访，了解每户实际情况，然后召开党支部和村民大会，共同制定目标。张玉奇组长有着特殊任务，需要给大家完成十件好事。

鸟儿恋旧窝，更不用说人了。骆驼湾村和顾家台，进行了就地改造，村民不用再搬迁到别处。这让骆驼湾老百姓欢欣鼓舞。政府帮助老百姓盖大房子，盖好房子！这让顾宝青脸上有了喜悦，红润的喜悦。唐荣斌老汉眉头中间的疙瘩舒展开了。

土地流转，他家的玉米地变成了菌菇大棚。顾宝青在小吃街摊黄子。有事干日子过得也快，转眼就是六年啊！

2018 年春天，傍晚时分，一切都安静下来了，顾宝青回到家，天还没有黑，家里人已经吃完了晚饭，饭是大女儿唐俊娟做的，饭在锅里热着。顾宝青说她在小吃街吃了，然后俯身在唐荣斌耳边悄悄说："老唐，你感觉好点儿吗?"

唐荣斌睁眼望了望顾宝青，眼神发直，喃喃道："你吃饭啊!"

顾宝青难过地低着头，可能看男人病情加重有些担忧，唐荣斌不知怎样安慰她。唐荣斌问："宝青，你哪不舒服吗?"

顾宝青马上意识到自己不正常，打起精神来，笑了笑："我没事儿，就是惦记你的身体哩!"

唐荣斌长长呻吟一声："唉，别惦记，过去我们穷，今天日子好了，营养跟上了，身体会好起来的!"

顾宝青听见"穷"字就过敏了，嘴上啰唆着："人穷不如鬼，酒淡不如水！可不愿意再回到那个日子啦！”

唐荣斌不高兴了，悻悻道：“眼下这不富裕了吗？嘴里净是穷啊、鬼啊，我看你是得了穷病啦！”

顾宝青被逗笑了：“这不是穷怕了吗！”

唐俊娟不高兴了：“老爸病成这样，咋嘴上老挂着鬼呢？多不吉利啊！妈，你跟爸说点儿高兴的事儿！”

顾宝青说：“好，说高兴的事，眼下净是高兴的事儿！”

唐荣斌就把话题扯到房子上。是啊，老两口目光落在新房上，这新房，大大的客厅，厨房也宽敞，圆桌、木椅、沙发、卫生间、坐便器、洗澡的花洒，一应俱全，哪儿哪儿都遂心，看也看不够！

唐荣斌吃了药，心里暖暖的，整个人有泡在烈酒里的感觉。心里有说不出的踏实和宽慰，就能香香甜甜地睡去。

2018 年清明之前，天气转暖。河流差不多完全解冻，解冻的小河变得宽阔起来。河边的杨树、柳树已经萌生了绿意，梯田的向阳坡上，青草已经拱出了黄色的地皮。鸡叫二遍，骆驼湾人起床，煮早饭的时辰，顾宝青听见鸡叫，慢慢睁开了眼睛。

唐荣斌精神了一些，说饭后要到村里遛遛。唐荣斌连续躺了半个月了，吃了大把的药，一把老骨头又有了力气，翻身自如，脑袋瓜一点点清醒了。顾宝青欣喜无比，她跟小吃街领导请了假，领着老唐溜达溜达。唐荣斌能够起床了，还说了好多热络话，让顾宝青心中格外激动和幸福，她不知该说什么了，便搀扶着唐荣斌的胳膊，一直走到东村口。

柳絮纷纷扬扬，在太阳和蓝天间游荡。鸟儿在树枝上叽叽喳喳地叫着。

唐荣斌挪着脚走过来，沉重地迈着碎步，他觉得人老了先从腿上老，还有一些特征，躺下睡不着，坐着就打盹儿，老事忘不了，新事记不住。顾宝青路过自家老宅，又想起过去孩子们拜年的尴尬事。因为贫穷，低人一等，在众人面前总是抬不起头来。她触景生情，一种怀旧的情绪弥漫在她的心头，她又唠叨了好半天，说到院里的巨石一旁的柴火垛。困难的时候，唐荣斌喝两碗稀汤，就愁眉苦脸下地干活了，顾宝青宁愿自己少吃，也不愿让老唐吃不饱，因为他在山坡干活。顾宝青有时也去地里干活，她毕竟是女人，地里的好多活干起来相当吃力，有的重活根本干不了。老唐每次到田里干活，都砍一捆柴回来，每天一回，每一回一小捆，日子长了，就垛起规模不小的一大垛。老唐望着高高的柴垛，享受着劳动带来的荣耀。有一次，老唐屁股后面补丁被山柴划破了，肉露在外面，顾宝青被逗笑了，笑得前仰后合。她说不上多会针线，就胡串了几针，让开线的裤子遮住丑。无论穷还是富，唐荣斌觉得劳动是充实的，不劳动就空虚，两种劳动态度互为映照。

一阵猛烈的咳嗽，打断了唐荣斌的思索。唐荣斌叹息了一声说："我们家啊，有钱的当官的亲戚，都是七不沾八不靠，攀附那个高枝，想都别想啦！还是我们自己的劳动最可靠，我看啊，凭劳动吃饭最踏实、最幸福哩！"

顾宝青听着很舒服，夫妻间这叫三观相合啊！

唐荣斌摆着手说："宝青，别提那些陈谷子烂芝麻的事了，那是老皇历啦！如今骆驼湾在2017年就脱贫了，今年是2018年，脱贫攻坚上台阶的时候啦！你还有啥不知足的？"

顾宝青微微一笑："知足，知足！你的身体好起来，我就更知足啦！"

顾宝青和唐荣斌缓缓走着，转动着灵活的眼睛，回头望了望气派的新房，心里就敞亮。从内心讲，顾宝青对目前现状已经很满足了，她跟老唐商量，2019年春节好好过一把。春节，对于中国人来说，家人团圆，还有客人登门，人气兴旺，则说明这家人声誉可敬。过去，年好过，节好过，日子难过。现在日子也好过了！顾宝青想让嫁到内蒙古的二闺女一家，嫁到王林口镇的三闺女一家，嫁到阜平镇的大女儿唐俊娟一家，还有本村的儿子唐俊峰一家，都一起过来拜年，好好热闹一番。全家春节大团圆，这是她和老唐多年梦寐以求的事啊，今年终于可以实现了！在顾宝青的意识里，屋子宽大、敞亮，冬暖夏凉。家庭是女人的靠山、幸福的港湾，我们是普通的家庭，有普通的幸福，这就够了！

唐荣斌和顾宝青路过村委会，见到了驻村干部刘华格，他们与刘华格打了招呼，就看见刘华格上车走了。第一书记多忙啊！唐荣斌为人厚道，他看见家里富了，搬入了新房，有吃有喝，老宅变成“第一大院”，每年五万租金，四亩土地流转有分红，他在民宿工作，宝青在小吃街摊黄子，都拿工资，现在只有高兴，没有忧愁，可是，他们并不知道扶贫干部是怎样地奔波与煎熬，他们普通人只是沉浸在脱贫的喜悦中了。唐荣斌说：“宝青啊，你说我们日子好了，是不是应该感恩？感谢县里镇里村里那些好干部，特别是那个省委来的张玉奇，村里的顾润金老书记，县委郝国赤书记、刘靖书记，瑞利书记，贾县长他们多辛苦啊！操了多少心啊！我们家的门槛儿都踢破了，可别忘了人家啊！”

顾宝青频频点头，她是见证人啊。唐荣斌和顾宝青都记得，那是2015年，郝国赤书记亲自到他们家，谈政府欲租用他家的老宅，说是要建成“第一大院”，每年租金五万。当时，唐荣斌还不懂“第一大院”的意义，是被这五万块钱惊住了，心中怦怦直跳，这是多么令村人眼红的事情啊。后来，看见那么多游客过来参观“第一大院”，他忽地明白，这不光是钱的事，还有唐家在骆驼湾的荣耀哩！

顾宝青又把话题扯到幸福上来了！

唐荣斌想到唐家的荣耀，端了架子，边走边说：“宝青啊，什么叫幸福？幸福在任何地方都是相同的。在骆驼湾这深山里，人们吃喝不愁，房子宽敞明亮，剩下就是身体了，幸福最后拼的是个好身体啊！”

大山里的生活和劳动是迟缓平静的，如今富裕了，对于每个家庭来说，每一天的节奏都是忙乱而紧张的。顾宝青这两年，把唐荣斌的穿戴准备齐全。他们生了几个孩子，辛苦把他们养大，省吃俭用，当儿女的好好尽孝，不然老人突然走了，儿女就会后悔，所以，女儿们常常过来看望，还孝敬一些东西。有时候，唐荣斌津津乐道地说着骆驼湾的扶贫故事，孩子们亲热而崇拜地围在他身旁，听得入了迷。孩子们看见骆驼湾的好日子来啦！

唐家有一个好家风，叫遇事不责备！遇事相互责备，于事无补，还会伤害家里亲人的感情。有困难全家人一起扛！老两口过了这么多年，磕磕碰碰难免，可是彼此从来没有责备过。唐家四个儿女们也继承了这个好家风，没有一家吵架闹离婚的。子女离婚是对老人和孩子的伤害啊。还有啥比这种孝顺更金贵的呢?

从村街走了一圈，再回到家里时，已是中午时分。唐荣斌累了，双腿几乎迈不开步子了。过去他喜欢蹲在树下，像木头人一样坐着，神情恍惚。今天他蹲不住了，坐在新房门前的石礅上，望着云彩发呆，云彩一朵一朵，显得眼花缭乱。他低着头，两只眼睛微微闭合着。

顾宝青忙着给唐荣斌做饭，时不时泪眼蒙眬地瞥一眼外边坐着的老唐。即便他躺着，一直躺着也好，不说话也行，就这么守候着，这个苦了一辈子的女人从来没有像现在这样幸福啊！原来，他们光以为有了钱才会幸福，其实，回忆无数艰难困苦的日子，他们老两口与孩子们，不生气、不打架，相互搀扶、体谅，又何尝不包含着人生的幸福呢?

唐荣斌坐在新房的门口石礅上，抬眼就能望见老宅。那已经是“第一大院”了，里边有他和宝青与习近平总书记的合影，有光光的巨石，他觉得有生以来，第一次这么疲乏，只想坐着不动，永远面对着老宅的门口。顾宝青做饭，时不时出来看看老唐。

唐荣斌颤抖着声音说：“宝青啊，我们有今天，根本不是老院里大石头带来的好运，我们得知道感恩，感谢总书记，感谢党和政府，党就是我们的靠山，我们的一切！”

顾宝青频频点头：“是啊，记住啦，记住啦！”

有一天上午，唐荣斌失踪了，顾宝青心脏直跳，紧张万分。自从老唐病重，她心里就乱糟糟地静不下来。她和孩子们带老唐去了几趟医院，医生说这是慢性心血管病，没有什么好办法，适量运动、吃药、静养。

谁想到，这天上午，唐荣斌竟然吃力地爬上了山坡，找到他家流转的那块土地。褐色黄土被雨水泡得软软的，玉米茬子都烂了。原来是低矮的耕种玉米的小山丘，形成平缓的波浪状的斜坡，朝着北面伸展开去，视野很好，一下子能够看见骆驼湾的一半景观。唐荣斌扶着一棵树干，愣在那里，树叶上的露珠洒了他一身，他遥遥听到几声召唤。到处是菌菇大棚啊，一色黑色的塑料盖顶，他闻到了土地的气味，闻到了香菇的气味。他在那儿蹲了好半天，然后站起来，他的目光越过黄昏中连绵起伏的群山，望见了他家老宅和新宅，两只手抓着自己的胸口，热泪在脸颊上流淌着，默默地说："我知道自己不行了，说走就走了，宝青啊，你带着孩子们奔前程吧！记住，你要替我活着！"然后，他对着土地又说了几句热络话。

唐荣斌从山上回来，浑身哆嗦，手、胳膊干啥都不灵。顾宝青也从小吃摊回家了。顾宝青没有想到唐荣斌会有登山的气力。这让顾宝青生气，还有说不出的酸楚。尽管唐荣斌身体越来越差，他还想干点儿事，不知他从哪儿弄来了铁丝和木板，悄悄放在床头，顾宝青没有在意铁丝和木板，也没有问他，但是，她发现他除了身体哆嗦，眼睛还肿了，肿得像核桃一样大。

唐荣斌的举动让顾宝青惊讶，唐荣斌找来了铁钳，鼓捣着做了一个东西。顾宝青不知这是啥意思，追问也不说，等他手里的东西渐渐成形了，顾宝青忽然发现是在做一个灯笼。

顾宝青又叨叨开了："瞎鼓捣啥？好好养病比啥不强？"

唐荣斌颤抖着声音说："宝青，我做的这个灯笼，过年的时候，孩子们来了，就挂在门前，祝福我们子孙后代，祝福我们骆驼湾。如果我走了，你要叮嘱孩子们，我们家的好日子，是习近平总书记给的，党和政府给的。总书记要是再来骆驼湾的话，就跟总书记说，我唐荣斌亲手给总书记做了个灯笼！感谢习总书记，感谢党和政府，让我们过上了幸福生活！"

顾宝青听懂了，心中一热，泪水在她憔悴的脸上淌着："是啊，是啊！你还挺有心啊！"

连续半个月，唐荣斌都在做灯笼。

儿子唐俊峰对唐荣斌做灯笼不解，甚至还有些嘲笑。大女儿唐俊娟一直照顾他，她也是不解，但是，女儿看他累出了汗，不停喘息，出于心疼，竭力地劝说：“爸，别干了，我去集市上给您老买一个好灯笼。”唐荣斌摇头说：“你懂个啥，买，咱家有钱了，买得起，这个灯笼不能买，必须我亲手做，代表我的心哩！”唐俊娟还是不理解，嘟囔几句，无奈地躲了。唐荣斌终于把骨架拧好了，红色的绸布一裹，还真像模像样了！顾宝青搀扶着唐荣斌哆哆嗦嗦地把灯笼挂上门楣，灯笼点亮了，红彤彤地耀眼，映红他的脸膛，映红人的心，他整天抬头看来看去。唐荣斌拉着顾宝青的手说：“宝青啊，我要是走了，你可得替我活着啊！”

顾宝青抹了一把脸上的泪水，嗔怨说：“净说瞎话，走啥走啊，你给我好好活着！”

又一个深夜降临了！唐荣斌像以往那样睡去，他翻了个身，发出轻轻的、恍若隔世的叹息。顾宝青听见了他的叹息，但是没有想到，第二天，唐荣斌因心脏病去世了！

2018 年 12 月 28 日，唐荣斌还是去世了，悄悄地走了。看来人对自己的命还是有感觉的，要不老唐嘴里总是说要走呢，好房子，好日子，都没留住这老东西。顾宝青的眼泪像断了线的珠子，淌个没完。她恍惚间对自己说，老唐没有走，他扛着锄头上山了，收他的玉米去了。哦，那些流转的土地都建成菌菇大棚了，哪里还有玉米地？地下有玉米吗？

顾宝青让儿子唐俊峰给父亲唐荣斌洗了遗像，一张黑白的，一张彩色的，黑白的葬礼用了，彩色的挂在她的房间，让老唐每天都看着顾宝青的幸福生活！

顾宝青门口的墙壁上，悬挂着唐荣斌的大幅相片。满脸皱纹的唐荣斌正微笑着望着她。顾宝青每天起来，一抬头就先看见唐荣斌的照片，心里空落落的。无情的现实告诉她，老唐确实走了，她在地上，老唐在地下，阴阳两隔。尽管两人没有轰轰烈烈的爱情，但是，深厚的感情是在与贫穷做斗争的苦难中建立的，是那样醇厚、真挚，老唐一走，她精神上的重要支柱被抽掉了，使她有一种说不出的悲伤。她面对模糊的老宅，再瞅瞅新宅，真想大哭一场。此刻，她的眼里满含泪水，长声哭泣着：“老唐啊老唐，苦命的人啊，日子这么好，你着急走啥啊？你放心吧，我顾宝青替你活着呢！”

2019年春节到了，过大年了，鞭炮齐鸣。唐家后人们齐聚新房，人丁兴旺，亲情融融。全家吃年夜饭的气氛还是无比欢悦，遗憾的是，唐荣斌不在了，如果他还活着该多好啊！

夜晚，顾宝青看见悬挂在太行山下的红灯笼闪闪发亮。

太行山上挂金伞

太行山上的河北阜平人，把食用菌香菇比喻成小花伞，如今，花伞变成了金伞。

2012 年岁末，党的十八大召开后不久，习近平总书记冒着严寒，驱车三百多公里来到阜平县，考察扶贫开发工作，向全党全国发出了脱贫攻坚的动员令。

如今，脱贫攻坚决战决胜之时，阜平提交了自己的答卷：全县农民人均可支配收入，从 2012 年的 3262 元增至 2019 年的 9844 元；贫困发生率，从 2014 年建档立卡时的 54.37% 降至 2019 年底的 0.45%。今年 2 月底，阜平县退出贫困县序列，脱贫摘帽。

“太行山上挂金伞”，这小小的香菇，或许可以作为“阜平答卷”的一个小小缩影。对一直在探索扶贫产业道路的阜平人来说，直到找到食用菌产业这条路子，才真正跳出种植核桃大枣养牛养羊的“两种两养”模式，在脱贫路上迈开了坚实的一步。阜平香菇种植，入选了农业农村部和国务院扶贫办联合评选的产业扶贫典型案例。

那么，花儿为什么这样红？小香菇为什么这样美？小花伞，是如何变成了脱贫的金伞？

胡计宝想起了聂帅那句话：阜平不富，死不瞑目！他用一个老兵的军礼，告诉聂帅，他作为阜平的特困户，如今富起来了！

阜平人经常在思考，脱贫攻坚，具有突破意义的项目在哪里？只有让贫困户的农产品融入市场产业链，才能稳脱贫不返贫。农产品产销对接，围绕“菜篮子、米袋子、果盘子”，在蔬菜、食用菌、鸽子、大枣、苹果、木耳等农产品上做文章，通过平台直供需求端，减少中间环节，让贫困农民直接受益。基于这样的理念，食用菌大棚逐渐走进他们的视野。

香菇是食用菌的一种，憨头憨脑，花纹斑驳。专家论证，阜平林木资源丰富，气候温凉，昼夜温差大，具备食用菌生长所需的气候条件。2013 年、2014 年，在到东北、承德、唐山遵化等地多次考察论证之后，县里决定按照“政府 + 银行 + 企业 + 基地 + 保险 + 农户”模式开发食用菌。县里成立了阜平嘉鑫种植有限公司，秉持现代经营理念，由龙头企业统一制棒，统一技术辅导，统一销售，建成标准化、现代化食用菌企业。

万事开头难。没想到，在土地流转这步，就给僵住了。

老百姓以前在“两种两养”上吃过亏，种核桃大枣、养牛养羊失败过，一朝被蛇咬，十年怕井绳。农民没有吃过食用菌，更别提养了，难免有疑虑。万一没了粮食，还挣不到钱，咋活命呢？他们强顶着，有人拒绝，有人观望。有的老百姓还嚷嚷说：政府是为了政绩，千万别上当，蘑菇赔了钱，地也给祸害了，赔了夫人又折兵，将来磕头都找不到庙门啊！

食用菌项目开头第一炮，必须攻克难关。县委书记郝国赤和县长刘靖分头到天生桥镇开会，要求镇村干部到群众家中挨家挨户做工作。

那一天，天生桥镇党委书记吴平和嘉鑫公司董事长顾明德来到了天生桥镇栗元铺村，村口就碰见几个老乡在说这件事，老乡唉声叹气，整整争论了一个下午。吴平来到特困户胡计宝家，这是一户难啃的“骨头”。六十岁的胡计宝个头不高，黑黑瘦瘦，但是，身体挺直，两只眼睛炯炯有神。胡计宝家住在破旧老宅里，房根儿被耗子钻了洞，随时有倒塌的危险。妻子身体弱，儿子因车祸走了，女儿瘫痪，为给女儿治病，欠了一屁股外债。贫穷的痛苦滋味啊，简直就是活受罪。

院子里有一棵大槐树，春天来了，槐花如雪，满院飘香。吴平和胡计宝坐在院里，一边喝茶一边聊天。听说胡计宝当过兵，话题就从对军人的敬意开始，讨论热烈起来。

吴平最后把话题自然转到食用菌大棚上来：“老胡，土地流转，种植食用菌，你究竟是哪儿想不通呢?”

胡计宝倔倔地说：“我这点地啊，鼓捣鼓捣就够吃了！香菇，那玩意儿，咱心里没底啊!”

吴平皱着眉头说：“老胡啊，亏你还当过兵，是见过世面的。食用菌是政府和公司搞，不管赔了还是赚了，你的土地每年每亩都能拿一千块钱。你还可以在嘉鑫公司上班，得一份工资，这不是两全其美的事吗？政府和企业对于食用菌考察论证好久了，不会再走弯路了。”吴平从交谈中，猜出了他的心结。胡计宝说到自己打工的辛酸，在女儿治病急需钱却要不到工钱的时候，他很绝望。老胡不是没有拼过，他养过羊，种过核桃，到头来钱没挣到，富起来的愿望，终于渐渐破灭了。家里这点土地，玉米和土豆好歹养活了家人，这就是他家的命根子。

吴平看懂了，胡计宝的心结在这点土地上，继续劝说：“你老胡是聪明人，怎么净说头脑僵硬的话呢？听说你为孩子看病，还借了点儿钱，所以，你更应该支持土地流转啊！我建议，你先上班观察一阵，学会了技术，将来也包两个食用菌大棚，这样一来，你那点儿外债还成问题吗?”

吴书记怎么知道我有外债啊？胡计宝暗暗吃了一惊，继而有些感动。

这一次，吴平并没有完全说通胡计宝，但是，情感拉近了。他看出来，胡计宝口头有了一些松动。

隔了几天，吴平带着米、面和油，又来看望胡计宝。

胡计宝终于想明白了，笑了，心如烈火燃烧，眼睛灯一样明亮。那是一种信任和期盼。

2016年夏天，阜平开始大规模建设食用菌大棚，每个场地，车水马龙，人声鼎沸，还引来一些看热闹的乡亲们。

郝国赤常常到企业来，除了查看大棚进展，就是与专家研究技术，与企业家研究经营方式。为了跟大市场对接，县里出台政策，制订了

“六统一分”方案——统一制棒，统一品牌，统一品种，统一技术，统一收购，统一销售，分散经营。骆驼湾建食用菌大棚了，顾家台也跟进了，黑色塑料棚，远远地看，既壮观又神秘。食用菌大棚在阜平铺开速度出乎所有人的预料。如果从太行山上空俯瞰，食用菌大棚像一片黑森林，阳光里，又如一串串黑珍珠晶莹璀璨……

盖好了大棚，建好了车间，胡计宝和爱人怀着期待而忐忑的心情进入公司打工。经过培训，胡计宝在装袋车间当上了拌料工，妻子在接菌室工作。

建大棚的时候，胡计宝地里的玉米长高了，再等等就可以煮着吃了。但是，时间紧迫，青苗儿被铲车铲了，老胡心疼得蹲在山坡流了泪。落泪归落泪，他拿着锄头，带头冲进玉米地，狠狠地铲倒一棵棵亲手种养的玉米。他还给邻居做工作：“有舍才有得啊！”

吴平到车间看望胡计宝：“老胡，我都听说了，你不愧是军人，为了建大棚，带头铲玉米，好样的！”

吴平低声说：“你们两口子，收入不低吧？哎，说心里话，想没想过，你们两口子也承包食用菌大棚啊？”

胡计宝愣了一下，笑着说：“谢谢你，吴书记，我打工每月收入五千块，老婆也能挣四千块，这比干啥不好啊？至于承包菌棚，我再瞅瞅，再瞅瞅……”

吴平笑了：“别跟我绕弯弯儿啦，如今老百姓抢包菌棚，都抢红了眼，过了这个村可没这个店儿啦！”

胡计宝红着脸笑了：“我琢磨琢磨啊！”他满脸的皱纹菊花似的开了。

2018 年，胡计宝和爱人凭工资就攒了十几万块钱，日子慢慢好起来了，还给女儿买了一辆轮椅。他还揣着钱，还上了亲戚的借款。

胡计宝永不会忘记当年借钱的煎熬：来日怎样还，真是没个底，可算来算去，还是必须借啊。他那可爱的儿子，可怜的儿子，就是因为要帮父亲还债，才独自出去打工的，却不幸在车祸中走了。

还完债回到家里，胡计宝一把抱住了儿子留下的帽子和衣裳，贴胸抱着，久久抱着，老泪纵横：儿子，爸爸想你啊，爸爸把债还上了，家里也富裕了，儿啊，回来看看吧！

有悲也有喜。胡计宝住上了新房子，积极参加党员活动，他来到了城南庄晋察冀边区纪念馆。在大院里，人们跟着讲解员慢慢走过的时候，突然，胡计宝啪地一个立正，缓缓抬起胳膊，对着聂荣臻元帅的铜像，敬了一个庄严的军礼。他表情凝重，目光如炬。他想起了聂帅那句话：阜平不富，死不瞑目！他用一个老兵的军礼，告诉聂帅，他作为阜平的特困户，如今富起来了！

胡计宝记得小时候爷爷给他讲的故事。1942 年，抗战时期，太行山大旱，颗粒无收。老百姓没了粮食，聂荣臻的部队也断了粮，军人饿着肚子怎能打鬼子啊？部队没有办法，也跟老百姓一起上树采摘树叶吃，一棵大树上的树叶，够一个排的人吃上一天！聂荣臻司令得知这一情况，当即颁发一道命令：五十公里以内，禁止部队采摘树叶，把树叶让给老百姓！但是，老百姓心中惦记子弟兵，用驴车拉树叶送给部队，胡计宝的爷爷，曾经赶着驴车给部队送过树叶，还得过边区政府的奖励。有一次，一场战役过后，老百姓打扫战场，在八路军烈士遗体的兜里，发现了几片干了的扁菱形树叶和两粒大枣。

胡计宝从爷爷嘴里知道了聂荣臻元帅，今天，他又亲眼看见了县长怎样待他，这种鱼水情谊，与当年有何两样啊！

刘俊亮难过了两天，又发疯般地投入了扶贫工作，食用菌园区需要他！

医生说：“你的女儿刘奕慧耳朵聋了！”

阜平龙泉关镇书记刘俊亮听到北京协和医院医生的话，犹如五雷轰顶，眼前一黑，险些栽倒。还没等他询问啥原因，医生就随口问：“孩子最近用过青霉素没有？”

刘俊亮个头不高，胖圆圆的脸，虎头虎脑，龙泉关镇老百姓幽默地夸奖刘俊亮，生就一副蛮横相，藏着一颗菩萨心。阜平龙泉关镇是典型的贫困乡镇。2012 年 12 月 30 日，习近平总书记来骆驼湾、顾家台看望困难群众，这两个贫困村都归属龙泉关镇。可见，龙泉关镇扶贫攻坚任务有多重。那一年，总书记来的时候，刘俊亮作为一镇之长，在现场聆听了总书记讲话，深受鼓舞。

食用菌产业带动致富是一个好时机，可以放开手脚大干一场了！可此时，女儿却摊上了这样的大事！

此刻，面对医生，刘俊亮焦急地说："十天前，她感冒发烧，她娘带她到诊所打了三天青霉素！大夫，还有办法医治吗？"

医生皱起了眉头："青霉素可不是随便就能用的！你们是哪里人啊？"

刘俊亮说："河北保定阜平县，革命老区！"

医生终于明白了，那是国家级贫困县。

医生迟疑了一下说："治疗还有希望，但是，你们家长要有心理准备，程序多，费用高，至少三十多万元！"

刘俊亮傻傻地愣在那里，心如刀绞。女儿才三岁，不治病咋成？可是，要这么多钱啊！该责怪老婆吗？还是恨自己？责怪和恨又有啥用呢？他左思右想，不知该咋办了。过了好半天，刘俊亮回过神来，走出诊室，弯腰抱起女儿，亲了亲她的小脸蛋儿，泪水夺眶而出：女儿啊，是爸爸对不起你啊！

三十多万元的医疗费，难住了刘俊亮！

此事说起来一般人不会相信。老百姓穷，哪有干部穷的？主政一方的书记，哪能为这点钱作难？鞋紧鞋松，只有自己知道。刘俊亮手里真的拿不出这些钱。刘俊亮父亲已去世，母亲多年瘫痪在床，医疗费流水般耗去，老婆王彦玲是县城建局临时工，他们要供养儿子读书，如今再添了这个残疾女儿，那点工资能够花吗？

刘俊亮突然想起来了，不能都怪妻子。那一阵，刘俊亮带着干部去各村查看食用菌大棚，涉及土地流转，家家户户做工作，忙得像热锅上的蚂蚁，团团乱转，俩月都没回家。女儿发烧，妻子打电话告诉他了，他大意了，没有当回事，妻子就抱着女儿到镇政府找他来了。这个傻娘儿们啊，治病都是在城里，哪有往乡下跑的？如果他那天不上山调解食用菌园纠纷，或是晚十分钟出发，就不会与母女擦肩而过，孩子的病或许就会是另外一个结局了，生活真是捉弄人啊！

刘俊亮想，以后好好待这个闺女。或者赶紧攒钱，凑够了钱就到北京给小奕慧做手术！这一天早上，王彦玲给婆婆辛菊擦脸，梳理头发，也不知怎么说漏了嘴，婆婆知道了刘奕慧的病情，叫儿媳把孙女带到床前，伸出枯手，伤心地抚摸着孙女的小脸，哭着说："奕慧啊，别急啊，奶奶跟你爸爸说，一定让你治好耳朵啊！"小奕慧呆呆地站着，听不见奶奶的话。婆婆给刘俊亮打电话，气恼地喊："我是你妈，忙，咋忙，也赶紧给我滚回来！"刘俊亮满口答应着。晚上吃饭时，刘俊亮急忙回了一趟县城。进了家，直奔母亲的房间，母亲流着眼泪说："俊亮啊，奕慧可是你亲骨肉啊，咱家就是砸锅卖铁，也要给奕慧治好耳朵啊！"

抱着一丝希望，刘俊亮带着妻子和女儿又去了北京，他多希望权威医院能推翻之前的诊断结果。他一直瞒着妻子，闺女耳朵聋了是因为那一针青霉素。如果她知道了，一定会深深地自责，甚至会精神崩溃。这一次，医生说刘奕慧的手术要开颅，大手术，开颅也没有把握能治好。这消息对刘俊亮来说，就像一颗炸弹爆炸了。他和妻子失望地回来了。

没有人生而英勇，只能选择无畏！

刘俊亮难过了两天，又发疯般地投入了扶贫工作，食用菌园区需要他，他把家里的事忘到脑后了。上级各部门，包括北京的大机关，都对龙泉关镇扶贫大力支持，下了大功夫，他刘俊亮有啥理由不拼命啊？

王卫清截住了汽车，大声吼："你是专家，俺家要是亏本了，你要负责！"侯桂森坚定地说："我经历过，你大胆种植吧，我负责！"

说到食用菌，科技支撑非常重要。有两个关键人物，应该进入阜平食用菌发展史册。

2015 年 9 月 28 日，阜平县召开了食用菌大会，会上成立了食用菌领导小组，同时成立十人专家组，通占元为组长，侯桂森为副组长，他们起草了《2015—2017 年阜平食用菌发展规划》。

通占元是省经济作物技术指导站站长，二级推广研究员，国务院特殊津贴专家，阜平县挂职副县长，人称“蘑菇县长”。通占元2015年9月来到阜平，对阜平食用菌了如指掌，他曾用两年时间对河北省野生菌种类和食用菌病虫害种类进行调研，先后突破多项技术难题，探索出食用菌产业现代化生产模式。

侯桂森是廊坊职业技术学校退休教师，他迷恋食用菌技术，是菇农的贴心人。2013年，侯桂森就帮助红草河村和马兰村、大连地村建设了零散食用菌棚，2015年春天，侯桂森在马兰食用菌大棚认识了通占元，此后，他们在阜平食用菌技术合作中结下深厚友谊。

侯桂森和通占元设计建立了食用菌技术服务体系。他们从承德、邯郸等地请过来一批技术员，手把手教授阜平农民。过去，这类产业都是一家一户经营。为了与大市场对接，通占元提出，必须引进龙头企业，以企业为主体带动食用菌产业，他托朋友拉关系，走访企业，表明诚意，引进了十家龙头企业，因为水土不服，最终留下了四家。通占元和侯桂森与企业商议，统一制作菌棒，规定了全国先进的菌棒行业标准。

通占元买书籍，查资料，拜专家，访菇农，组织制订了三年建成“一核，四带，百园覆盖”的食用菌产业区域布局计划。通占元每天都在大山里忙碌，不分白天黑夜，菇农和企业随叫随到，遇山开山，遇水搭桥，解决了无数技术难题。妻子任利珍白天给他打电话总是占线，只有到夜深人静的时候，通占元才能抽空给妻子回个电话。

2016年7月，建食用菌大棚的时候，还有一些波折。老百姓贷款建设大棚，一个大棚四万到六万元的成本，大台乡的几个菇农，越看心中越没底，脚底抹油开溜了，嚷嚷着：“大棚不要了，贷款也不还了!”别的地方也出现了类似情况。通占元和侯桂森听说，吃了一惊，万分担忧，事情重大，具有普遍性，他们马上报告县里，县领导最终决策，县里和企业结合，统一建棚。一流的二代棚，每个棚投资二十万元，五百六十平方米，存放三万个菌棒，长宽比例统一，外遮阳，内喷水，立体栽培，技术一流。老百姓只买菌棒生产，只负责管理，负担小，收益高。一场风波终于化解于无形。

2016年夏天，史家寨乡下庄村菇农王卫清家菌棒变红了，他们一家人傻眼了。这怕要绝产绝收啊！父亲抱头痛哭，王卫清第一次看见刚强的父亲在他面前流泪。他的志向是做一个出色的菇农，谁知第一场就打了哑炮。

侯桂森听说了，赶紧找到王卫清。王卫清已经把菌棒扔进沟里了，侯桂森让他再抱回来。侯桂森捡起从沟里捡回的发红的菌棒，仔细看着说："没有问题，这是酒菌，也叫链孢霉，是你管理不当，调理一下，能够产菇的！"

王卫清呆若木鸡，可怜兮兮，问："是吗？咋调理呢？"

侯桂森又把菌棒情况明明白白地分析了一遍，准备上车走了，王卫清截住了汽车，大声吼："你是专家，俺家要是亏本了，你要负责！"

侯桂森坚定地说："我经历过，你大胆种植吧，我负责！"

王卫清缓缓挪开身子，望着远去的汽车发呆。

王卫清还是不放心，又叫通占元过来看过，通占元也说没问题，然后给他讲解调理办法。他这才放心落胆地干了。

王卫清一边学习一边调理，看着小花伞似的蘑菇一天天长大，像是有了灵魂。这批菌菇让他挣了三万元，他也与通占元和侯桂森成了好朋友。

顾家台的贫困户马秀英，2016 年夏天首批承包了食用菌大棚。从大棚淋水、控温到疏菇、出菇，养食用菌，每一阶段都得细心，特别适合女人干。开始的时候，马秀英在技术上心中没底，整夜睡不着觉，公司得知这情况，马上给顾家台派来了技术总监王子全。

五十岁的王子全总监，瘦瘦的身体，戴着花镜，有些文墨气。多云的夏日，闷热的天气，他全程指导，手把手教马秀英，常常大汗淋漓。菌棒入棚，清理卫生，消毒，撒白灰，打眼儿，食用菌入棒，上架……四天后，就得把菌棒的塑料摘掉，向菌棒里打氧，五十天以后出菇。出菇的时候，最需要人手，有时会出现用工荒。马秀英的老公就帮助她出菇，有时还雇一些采菇人，每小时十元工钱。

天热的时候，夜里要不断采摘香菇，稍有疏忽，蘑菇等级就差了。

公司根据市场需求，定了不同的等级标准。花菇和白面菇属于一等，价格六元至八元一斤；黑菇、小菇三元一斤；菜菇、豆菇和片菇一元半一斤。南方人讲究煲汤，马秀英的花菇和白面菇远销香港、上海、广州、深圳。

有一天，公司来人算营收账，刨去各种支出，两个食用菌大棚，一年纯剩八万元。“我这不是做梦吧?”马秀英说话的神情，仿佛从天堂归来。

嘉鑫种植有限公司齐建利经理算了一笔账。公司带动阜平八个乡镇，建成食用菌规模园区 98 个，高标准大棚 4610 栋，年产食用菌和木耳 5.5 万吨，年产值 4.5 亿元，6620 户贫困户年均增收 1.7 万元，“阜平香菇：老乡菇圆老乡梦”入选农业农村部和国务院扶贫办联合评选的产业扶贫典型案例。

一方穷困，八方支援!

北京西城区金融街集团帮扶阜平台峪乡平房村食用菌产业。这村原来就建有 44 栋食用菌大棚，他们帮扶赵立伟等贫困户建立了四季出菇的第二代大棚。可以说，这是香菇大棚华丽升级！一等菇产出率大大提高，每户承包的一栋棚，一年纯挣八万元，是原来两个棚的收入。增收的农民眉开眼笑，快乐无比。

小小香菇啊，有着说不尽的故事，它给阜平人带来了财富，带来了尊严，带来了荣耀!

第 二 辑

鱼从我的头顶飞过去

写下这个题目的时候，我不知道要讲什么了。我的脑海里，只有这样一幅画面：故乡的小河岸，笼罩着霏霏细雨，我蹲在树下躲雨，有几条鲫鱼从我的头顶飞过去了。

我在雨中发抖，情绪是很坏的，可是当我看见这样的画面时心里却有了一些激动，或许叫感动。飞鱼是鲫鱼，长期生活在养鱼塘里，它想借着雨势，游到广阔的大河里。因为有一道河埝，鱼从河埝这头儿飞到另一头儿，钻进滚滚滔滔的大河里了。鱼飞在空中是那样灵动，那样鲜活，那样富有智慧。它充实了我的感知，丰富了我的生活。这一幕使我多年难忘。为什么？我终于在今天找到了答案。

回到学校后，我把这个场面讲给了老师。老师让我把它写成作文，我就写了，当时只是幼稚的描摹。记得有这样一句："鱼本来是不能够飞翔的，但它真的飞了，而且飞得雄壮，飞得优美，飞得勇敢，飞得成功。它可能厌倦了鱼塘里封闭的生活，想去寻找更广阔的天地。天高任鸟飞，没有说天高任鱼飞的，它之所以能飞翔在空中，是由于它借了雨的力量，是雨给了它飞翔的氛围。如果我们想象的空间再大一点儿，我们人呢？"于是我又加上了这样一句："我们人也能飞翔，人是借着飞机上天的，当没有飞机的时候，人的精神同样能够飞翔。"回到家里，我做了这样的一个梦，我梦见自己变成了鱼，飞鱼。我飞到了城市，落在城市的一个学校里，落在教室窗台上的鱼缸里，一会儿探头，一会儿隐蔽，一会儿在水中遨游。我听他们的老师怎样讲课，看他们是怎样学习和生活的。看完了，听完了，我自己又飞回来了！

多么像童话！正是它丰富了我的想象力，为我后来的创作奠定了一点儿基础。所以，要从小培养我们自己的感知力，它能使我们内心丰盈，使我们生命的激情一直延续。

人在少年时期比成年人更善于观察。从年少时起，我对大自然就格外地注意，看见一只蜻蜓，落在一支尖尖的小荷上，到底是蜻蜓依附小荷，还是小荷感激蜻蜓？没有小荷，蜻蜓是多么的孤单；没有蜻蜓，小荷是多么的寂寞！有多少次，我的思绪穿行在幽暗的天籁里，凝视月亮在云朵里慢慢游移，幻想便无休止地在心中膨胀，心底也就丰盈广袤，也就能够充分挖掘少年时期的感知敏锐力。

孩童时代，对自然的好奇、探求和幻想的欲望，给我们一种对自然的感知。这种感知是非常灵敏的。一次，我们班到天津蓟县的盘山郊游，当时条件有限，我们顶着月亮出发，步行到公社，再由公社拉石头的货车运送到盘山。我们居住在平原地区，没有山，第一次见到大山，格外兴奋。我们在山上看到一种石头，当地百姓叫它麦饭石，说用它洗脚，用它泡水喝，麦饭石像药材一样，具有极佳的疗效。我和同学们背回了不少麦饭石。据我观察，这种石头与别的石头的区别是，它的纹路像蝴蝶的花纹。

在山上，我们还看见了许多野兔、山鸡、红鸟和梅花鹿。这些动物是隐藏在树丛里的，经常躲人，我和少数几个同学看见了它们。回来的路上，我们议论，好多同学很茫然，几乎搭不上话。他们纷纷喊："哪有山鸡、红鸟和梅花鹿哇？"老师就问："你们在盘山上都看到了什么？"他们异口同声地说："我们看到的是石头、树木，还有被日本鬼子炸坏的古庙。"老师笑了，让我回答，我毫不犹豫地说出了这几种动物并描述了它们的模样。聆听的同学对那些动物很神往。老师又让看见这些动物的其他同学讲，与我讲的又不一样，每个人眼里的大自然都有各自的特点。

感知大自然所带来的那份欢愉，是任何美事也无法替代的，太阳的抚摸、清风的吹拂、小鸟的啼啭，让我们领略了自然界的美丽，也给了我们一颗透明的心。

我们人类原本就是大自然的孩子。我们要亲近它，千万别背叛它。三毛有一篇文章《塑料儿童》，讲的就是不愿意亲近大自然的孩子，他们只知道看电视、打电话、玩电子游戏、翻卡通漫画，却不肯走进大自然，不喜欢小花小草，不喜欢野鸟。这些儿童就像塑料人一样，摆弄着塑料玩具的时候，自己也成了塑料人。现在我也有一种忧虑：21 世纪的孩子，还想从大自然里获取对生命的感知力吗？当他们把田野里的麦子喊成韭菜的时候，他们心里是怎样的感觉？当他们看到从头顶飞过的鱼，还有我们当年那样的激动吗？

电子商务时代来临了，我是欢呼的，毕竟是时代的进步。人们当然要掌握新的技术。生活在今天的儿童是多么幸福！可我要叮嘱的是，当孩子们从电脑里看见花草、看见动物、看见蓝天白云，那是人类运用自己的智慧科技复制上去的，即使电视里流动的画面，毕竟与我们隔着一层屏幕。有人说，将来从电脑里就可以嗅到上面动物和植物的气息。这是科学的力量，但是科学进步的负面效应就是人的懒惰、人的迟钝、人的萎缩。

所以，我有一个警告：什么也无法替代真正的大自然。我们的时代呼唤英勇、呼唤宽广、呼唤健康、呼唤坚韧，唯有大自然才能真切地给予我们这一切。我们扑进大海，用身体冲浪，面对咆哮的波涛，捕捉迷人的情景和声响，我们会产生一种完整的自然感知，使我们的身心也充满灵性，获得充沛的激情。我愿今天所有的小朋友都能有机会，领略一下鱼从头顶飞过的感觉。

敬仰崇高

我的童心里装着本能的东西，那就是对崇高和神圣的敬仰。

这与那个时代的教育有关。我记得上学的第一堂课是德育课，就是听老师讲述雷锋的故事。雷锋小时候所承受的苦难以及对生活的渴望，后来的奋斗精神、献身精神，在我幼小的心灵里留下了美好的记忆。比如说，雷锋生活俭朴，我就盲目地跟着学。一次，我穿的袜子磨破了两个窟窿，母亲看见了，就让爸爸给我买一双新袜子，我听后竭力反对说："雷锋叔叔说，新三年旧三年，缝缝补补又三年。"我让母亲给我补上。母亲说："雷锋叔叔的精神是要学的，可天凉了，你的脚会被冻坏的。学习雷锋叔叔别生搬硬套，要学在心里。"我还是听不进母亲的话，偷偷找来针线，慢慢缝补起袜子来。一不小心，尖利的针划破了我的小手指，鲜血立刻涌出，我没有害怕，用一个布条将手指包裹起来，继续一针一针地缝补着，感觉自己与雷锋叔叔靠近了一步。我将自己缝补好的袜子穿上，让母亲好一阵叹息。这是高兴的叹息，显然母亲也是赞许的。由于我的缝补技术太差，缝补好的袜子没穿几天就又重新裂开了两个窟窿，脚也生了冻疮。我不后悔，俭朴是崇高的，人活着，应当像一滴水，点点滴滴都是真实的，都对生命有崇高的理解。

通过读《钢铁是怎样炼成的》等书籍，我对欧阳海、董存瑞和保尔等许多英雄有了崇敬之情，我的心灵得到净化，得到升华。记得我读三年级的时候，和一群小朋友一起做一个游戏。村东头与村西头的孩子们经常搞实战对抗，我是村西头孩子的头目，白天组织人挖泥做成手榴弹。手榴弹的前头是泥，中间插一根高粱秆儿，晒干后就成了我们的武器。手枪是用芦苇秆儿扎成的，手枪把儿上还拴了一条红领巾，裤腰上扎一根麻绳。手枪和手榴弹就别在腰间的麻绳上。两军对垒时，情绪是很紧张的。一声呐喊，双方开战。手榴弹从耳边飞过，嘴里喊着："为了胜利，冲啊！"我举着芦苇做成的手枪，嘴里喊着"啪啪"向敌方瞄准，一会儿卧倒，一会儿冲锋。不知什么时候，我们的队伍被敌方冲散了，仅剩下四贵、碗肉两个伙伴儿了。眼看着敌方就要冲上来了，他俩也慌了，这时我很英勇地说："你们撤，我来掩护！"那两个伙伴儿要与我并肩作战，誓与阵地共存亡。敌方在我们的英勇抵抗下，撤到了一座石桥上向我们开火，投掷泥手榴弹，我就把身上所有的手榴弹都绑在一起，在两个伙伴儿的掩护下，连滚带爬地滚到石桥下，举起手榴弹，也像董存瑞炸碉堡一样，神圣地呼喊："为了胜利，冲啊！"随手就拉响了手榴弹的导火索。这时的感觉好极了，好像全世界的人都在看着我。当然，我的动作只是做个样子，泥是不能爆炸的，但我却被对方捉住，当了一个宁死不屈的俘虏。

这个小小的游戏就是个很好的锻炼，使我的精神得到升华，作用是潜移默化的。人要有血性，有硬骨，有区分崇高和卑劣的本能。现在的商品社会，对青少年的教育对象不再是雷锋和董存瑞这样的主体了，尽管刚刚播放了电视剧《钢铁是怎样炼成的》，新闻炒作一番，其实并没有真正像我们小时候那样深入人心，没能切入孩子们生命的骨髓。倒是美国微软的领袖比尔·盖茨，成为小朋友心中的英雄。这没有错，一个时代有一个时代的英雄，一个时代有一个时代的崇高，只是载体不同罢了。不管崇高是什么，别对它产生怀疑，我想，在人幼小心灵深处栽下崇高的种子，将来长大成人将是一笔财富——精神的财富，收获的是力量和精髓。

同样的感受给我们同样的渴望，同样的渴望给我们同一首歌：那就是对崇高的敬畏。一个人可以不信神，但不可以不相信崇高，不可以不相信神圣，它关系着我们做人的根本。我们常听老一辈说，一个人并不懒惰，也不愚蠢，甚至还很聪明，可他为什么不能成大事？他缺少的是对崇高的敬仰。走什么样的路，就有什么样的欲求。孩童时代也是有欲求的，而且充满了欲求，但一定要清醒，清醒的前提还是崇高。

人的欲求和欲望不是坏东西，关键是我们的人生态度。崇高会帮助我们建立勇敢的人生态度，把崇高的精神化作处世的精神来做平常的事业。处世的态度原本是逃避人生，或是看破红尘，但用崇高的精神来推动就不一样了，就不会消极地对待生活，而是超然于私人名利之上，用果敢和奉献的精神、一介不取的操守来做事。如果一个人始终以金钱和利益作为毕生追求的目标，他的生活格调就难免低俗，难免陷入极端个人化的小圈子。

美好的气质来自于崇高，低俗则永不会产生美感。崇高的种子在我们心中生根，我们的心才会纯美如花。我小时候有一个伙伴儿叫圣强，我们有一次去田庄公社开运动会。他是我们学校百米竞赛的第一名。比赛还没开始的时候，他与几个伙伴儿去看火车。我们出生的谷庄子村是没有火车的，看见火车当然新奇。田庄路口，没有拦截行人的标杆，经常发生恶性事故。圣强此时就意外地碰上了一个险情，一个老大娘背着高高的柴草，走到铁路路口上，突然跌倒了。眼看着火车就冲过来了。火车剧烈地鸣笛，老大娘还没有爬起来，几个小伙伴儿都吓呆了。圣强是我们学校的学雷锋积极分子，他在关键时刻，飞跑过去，扑上，一脚踢开大娘背上的柴草，麻利地拽着大娘滚到路基下面。火车嗖的一声，风驰电掣地驶过。圣强只是腿上擦了点儿轻伤，老大娘得救了。圣强的英雄行为被我写成表扬稿，寄到了公社广播站，很快播出了。长大后，圣强当了军人，在部队里也立过战功。前年我回家乡，听说他已经转业到了乡敬老院，当了一名敬老院院长，工作依然很出色。我不怀疑圣强的崇高，他的心是美好的。

时光是匆匆的过客，总是去了又来，来了又去，美好的东西时常在我们的梦里徘徊。年龄不会停留，可一个人的高尚情操，是不会改变的。崇高需要在时空的经纬中慢慢沉淀出它的价值。

花季里的畅想

春天，煤河两岸的花开了，我的童年也像这迷人的花季。花季是人生中最富于畅想的季节。

小学毕业那年，我的家从谷庄子搬到了唐坊小镇。小镇有一条小河，叫煤河，也叫人面河。“人面”，就是说河水很清澈，能够照见人的脸面。其实，这是一条运煤的河，清朝洋务运动时期，开滦煤矿的煤要用铁路运到丰南县城的河头镇，再经过煤河运到塘沽口岸出国。后来煤河岸边修了铁路，煤河就不运煤了，成为一条自由的河。河里有很多的鱼，夏天，我经常跳到河里游泳。春天的花季里，河开了，大雁飞回来，我和小伙伴儿到人面河旁照自己的脸。我的小脸儿很黑，还沾着泥巴，我弯下腰用水洗洗，然后就坐在河岸旁进行一番畅想。所谓畅想，就是用心想事情，还加点儿浪漫的幻想。我幻想自己变成一条小船，漂到很远的地方，听说它的尽头就是大海。

大海是什么样的呢？大海上的轮船是什么样的呢？记得这是我当时想得最多的一个问题。也许就是因为我对大海的向往，才有了我后来到海边的渔村挂职——当副村长，体验渔民的生活并创作出了我的“雪莲湾”风情系列小说。当时，我经常观察桃花，看着桃花映在水中的景象，飘飘的、悠悠的，我的脸就映在花丛里了。本应该是女孩儿喜欢的，特别是水中的花，可我也偏偏喜欢花，就像蝴蝶一样梦幻般地在花丛中飞舞着，简直就是一个奇妙的世界。

春雨在煤河岸飘洒着，美丽的花瓣含着水珠。我打着油伞，走在河畔的小路上，想着，我什么时候长大呢？长大后能干些什么呢？我感到长大是那么遥远的事情。我猜想自己是永远也长不大的，或许是长大了也还是那样天真。我走着，陷入等待，漫长的等待。雨水毫无倦意地滴答着，打在我的雨伞上，发出“啪啪”的响声就像一首歌。谁也没有注意到，一个男孩儿正漫无目的地走在雨中。河岸的花丛是一个漫长的隧道，四周没有什么东西可以触摸，只有桃花陪伴着我。

其实，人和树都一样。桃树在它的花季里是得意的，可它也有长大的时候，长到它的枝干上长满果实的时候，它是不是很悲哀呢？桃树不开花，也就等于不结果了，那样它的生命也就完结了。任何生命都有它成长的快乐和创痛，这个过程仿佛就像种子的经历，生根、发芽和结果。这个过程避免不了要有伤感，要有四季的等待，要有拼搏的艰辛。想了这么多，是不是有点儿少年老成呢？三毛说：“人类往往少年老成，青年迷茫，中年喜欢将别人的成就与自己相比较。”别人比自己差了，自己就会有几分得意；别人比自己高了，自己就会有几分失落。我现在觉得她说得有道理。

我在那个年纪，真是个胡思乱想的孩子。这种胡思乱想或许叫畅想的勇气，勇气是很可贵的。想的勇气是没有形状的，没有声音的，所以它才可贵，如果人失去了想象的勇气，再有智慧和仁爱也是枉然的。我想，畅想也是少年的一种生活方式。花一样的年纪里没有畅想，长大后，面对生存的压力，畅想的翅膀就飞舞不起来了。

当时我刚刚搬到小镇，住在一个叫董树来的人的家里。这是我家租的房子，我家的新房还没建起来。董家有一个男孩儿和一个女孩儿，男孩儿像女孩儿性格，女孩儿则像个假小子，爱打爱闹的。我与这个男孩儿能够玩到一起，因为他也是个喜欢畅想的孩子。我看见他趴在窗台上，静静地看着窗外的桃树和细雨，连一只鸟儿落在房顶上，他都能听到。他总是这样，我喊他，他也不动。我不能打断他的思路。我只有暗暗猜想，他究竟在想什么呢？他与我畅想的问题一样吗？孤独的少年可以从畅想里得到温暖，也可以从自己对未来越来越清晰的认识中得到温暖。我自己与自己进行了无数次的对话，少年的我与成年的我，肯定的我与否定的我，高兴的我与痛苦的我，灵活的我与木讷的我，这些不同的我不断战胜自己，缔造着我的性格。

后来，我与房东这个喜欢畅想的小男孩儿有了交流和对话。我问他："你为什么不爱笑?"他说笑没意思。我想，他是怕暴露他的满口豁牙吧？然后我就问他："那天在雨中，你想什么呢?"他没笑，淡淡地回答说他什么也没想。我说，没想就是想了。然后他说出了自己的真实想法。他说他在雨中有个幻觉，幻觉自己变成了蝴蝶，飞呀飞，飞到很远很远的地方。我笑了，他畅想得很浪漫。

我和他一样，也是一个喜欢畅想的男孩儿。在畅想中，我们可以上天，也可以入地。畅想是少年时期无法躲避的事情，是我们成长过程中的一部分。假如对畅想运用得当，我们还会成为一个很好的童话作家。畅想对自己本身的功能是，融化自己胸中的郁积，照亮人生其余的旅途。经历一段痛快的畅想后我们可以更加聪明，可以更加机智，可以更加活跃。当然，也可能更加失望和孤僻，但这是少数行为。

所以，我不想让所有的畅想左右自己。

当然我也不想把所有的畅想都付诸实施，那是徒劳的。畅想让我知道，生活多么不可预测，又是多么奇妙。少年的生活就像花季，花季也同自己的季节一样，春夏秋冬，花开花落，有阴有晴，是我们生活中的一部分。不要把促使我们寂寞的罪过都归于没有好的畅想，没有畅想，还要吃得好，睡得香。要经常鼓励自己，因为谁也不会永远拥有奇妙的畅想。但有一点儿畅想就够了，因为没有畅想，少年生活是不完整的。

今天我回到故乡，又走在煤河岸边，当年的畅想没有了，怎么使劲儿回忆，那些记忆都是残缺的，永远不如当年美好，不如当年激动人心。我想，少年时期的畅想对人生来说只有一次。小朋友，珍惜吧！

摆脱噩梦

如果有人问我，童年时代最害怕的是什么，我可以列举出一串害怕的事情，比如夜晚穿过坟场，滑冰掉进了冰窟被人救起来，在草滩上碰上了毒蛇，等等。其实，现在回想起来，这些都是表面的惊吓，而真正对孩子心灵构成伤害的是纠缠不止的噩梦。

小的时候，我是个多梦的孩子，因为我聪明伶俐，善于幻想，白天想的事情，夜里就能够梦见。好梦总会淡淡地忘掉，可是噩梦就会狰狞地留下来。我梦见自己被毒蛇缠住了身体；我梦见考试的时候，没有答完题就听见了交卷的铃声；我梦见自己追赶一群大雁，而不幸落入河里。这些可怕的梦，对我的伤害其实并不大，而真正让我难以忘怀的，是“成分”对我的压抑。

小朋友们也许不会明白，我的母亲是农民，我的爸爸是干部，我的出身怎么会不好呢?“成分”怎么会高呢?这源于我的爷爷。因为我爷爷在天津的一家织袜厂当过老板，家里雇用过几次民工，我就因此被划定为富农的成分。

春天终于到了，我推开小屋的窗户，一阵温暖的风扑面而来，一股久违的温馨告诉我：你自由了！你可以丢掉那个噩梦了！我打开了一扇季节之门，看不见远方莫测的风雨。地平线迎接我痴迷的追求。可是，就是这个噩梦，使我改变了自己豪放的性格。我的爷爷，有着豪放的性格，可我变得自卑和懦弱。我是一个自卑的孩子，长得瘦弱，不敢唱歌，不敢大胆地说笑。自卑不仅扼杀了我的想象力，而且失常地放大了我的缺点，使我觉得前途灰暗。同时，噩梦的纠缠使我过早地成熟，过早成熟的孩子是不幸的。因为我没有资格享受那个快乐的童年时光。修补我的这些缺憾，得用多少时间啊！即使用尽我的一生也不会复原的。如果在我长大之后遭遇这种噩梦，那就会是另外一种情形。

让所有的孩子摆脱噩梦，这是我的祝愿。

可是今天，仍然有被噩梦缠身的孩子，虽说不是我那时的“成分”问题，噩梦却以另外的形式出现着。我认识一个孩子，他过去是个很优秀的小学生，尊敬老师和家长，学习成绩也很不错，可自从迷上游戏，就像噩梦缠身一样了。每当下学，他不写作业，而是偷偷跑到游戏厅，玩得乐不思蜀。没有钱了，就跟爸爸要，后来爸爸知道他着迷于电子游戏，就不给他钱了。不给钱，他就偷妈妈钱包里的钱，后来妈妈发现了，就追问他，他终于承认了。妈妈气得狠狠地打了他：“你个不争气的东西，迷上游戏，还有什么出息？”他看见妈妈流了眼泪。他知道，妈妈已经下岗了，每天到批发市场弄点儿蔬菜，到家里住的小区叫卖。妈妈和爸爸的希望是什么？在老师和家长的帮助下，这个孩子悔过了，不久，老毛病又犯了，妈妈和爸爸把他关起来。就在被关押的几天里，孩子的精神崩溃了，放出来的时候，呆头呆脑的，总像是被噩梦纠缠着一样。学校为他请来了心理医生，同学们都来看他。是人间的关爱，唤回了他的错位的灵魂，驱除了笼罩在他头上的噩梦。噩梦，滚吧！我们不欢迎你。我们都得承认，在噩梦面前，我们是手足无措的孩子。一个人在成长的路上，很少没有遭遇噩梦的。但是，我们掌握了驱除噩梦的方法，这就是对自己内心的问候。如果生命是一个梦，我们愿它是世界上最甜美的梦，哪怕这个梦很渺小，也是令人欣慰的。噩梦既伤害他人，更伤害自己。既然这样，当我们身边的孩子遇到噩梦缠身的情形，希望我们能向他伸出救援的手。我们的日子，就会照耀着温暖的阳光，就会品尝到生活甜蜜的滋味。

让孩子们每天都静静地入睡，最好没有梦，如果有梦，也是个好梦。美丽的梦和美丽的人生一样，都是可遇不可求的，但我们仍然执着地追求，等待，或寻觅。青春的心永远都是美丽的城堡，贮藏着一些美丽的梦。

受伤的感觉

在我九岁那年的秋天，我的腿受了伤。

受伤的缘由来自我在旷野上的奔跑。美丽的旷野，永属于梦中的仙境。童年的芳草地上，撒下了我那最初浪漫的时光。我喜欢奔跑，我还喜欢在奔跑中捕捉野物，比如捉野兔子。放学后，我背着背篓到野地里挑菜，当时我家养着十几只小白兔儿。兔子能够卖钱，维持我上学的费用。

黄昏的时候，我的背篓里已经装满了苣菜，准备回家的时候，忽然看见有两只野兔子从我身边跑过。我急忙扔下背篓，奔跑着追过去，就要捉到兔子的一刹那，我突然被脚下的玉米茬子绊倒了，右腿被茬头儿扎出了一个小洞，鲜血簌簌地淌出来。我一屁股跌在地上，抱着疼痛的右腿，看见野兔在不远处得意地看着我。野兔竖着耳朵，瞪着红红的眼睛，眼神里似乎有一股轻蔑的光。我心里有了一种被嘲弄的感觉，嗖地站立起来，抓一把泥土，将流血的伤口堵上，又拼命地去追赶野兔。

野兔看见我追来，也很慌乱地跑着，一跳一跳的。我瘸着腿奔跑，眼看兔子就要跳过水沟了，我急中生智，将手里挑菜的镰刀扔出去，镰刀把儿竟然砸在一只野兔的头部，野兔一头栽倒在地。我终于捉到野兔了，提着野兔，腿也不觉得痛了，心里很是有一番得意。后来，母亲告诉我："你是 1963 年生人，是属兔的，对野兔和家兔都要友好，不然要遭报应的。"我笑着对母亲说："您这是迷信，打兔子与我属兔有什么关系呢？"母亲叹口气，摇了摇头。野兔还是被母亲用锅煮了，也被我们吃掉了。没几天，母亲的预料果然给应验了，我的伤口被泥土感染了，红肿，慢慢就化脓了。伤腿很痛，我已经不能走路上学了。

村医给我的伤口进行清洗、消毒、上药、包扎，最初几天，是母亲背着我到村东的学校上学。五天后，伤口恶化，我已经不能到学校正常上课了。我只好待在家里，专心养伤。我养伤的时候，没人给家兔挑菜了，母亲白天要到地里上工，下工时再挑些菜回来。

一天午后，母亲上工走了，一只家兔跳到我的床上来了，它支棱着小脑袋，静静地看着我，我向着家兔爬了几下，慢慢将它拢在怀里，觉得人与动物是能友好相处的。兔子跟我玩着，使我在最寂寞的时光里有了新的情趣，我后悔自己的行为，心中暗暗想着，以后不再伤害野兔了，也不吃兔肉了，长大后我一直不吃兔肉。

这算一个收获，更大的收获是我变得坚强了。受伤的最初几天，我的情绪很低落，母亲看出我的心情，就告诉了学校老师，老师带着同学来看我。同学小五还举着刚刚出锅的玉米棒子给我吃。同学们的一个微笑、一个鼓舞的眼神，都使我难忘。老师给我讲了一些道理："人是不能怕挫折的。最美好的事物往往藏在挫折的尖刺中，而那些唾手可得的东西，大都是平凡无味的。你捉到了野兔，受了点儿伤，可你有了收获。这个收获对你是不是很有意义呢？"我静静地听着老师的话，感悟里面的道理。老师还对我说："病痛并不可怕，可怕的是你的屈服。你要坚强地站起来，就会走进一个新的境界。"他还给大家讲了一个传说：遥远的天边生长着一棵生命树，树上长着一种金苹果。要想获取它，需要经历千辛万苦，甚至是付出生命的代价。只有不畏艰险的人，才有可能得到它，得到它的过程，就是克服困难的过程。

老师和同学们走后，我静静地回味着。困难未必都是坏事情，在困难面前走下坡路，是懦夫；在困难面前寻找解决它的办法，就多了一个成熟的经验和战胜困难的能力。以后再碰上困难，自己就有了一个良好的心态，有了一个有效的对策。我想到这些，就爬下床自己扶着墙壁，忍着伤痛走到后院，用刀砍下一根树杈，想用它做拐杖。母亲回家看到我正用小刀刮着树皮，问我干什么，我坚定地回答："我要拄着拐杖上学！”母亲欣慰地笑了，走上前帮忙，还用布条将拐杖的一头儿缠好。

这个早晨，我背着书包，拄着拐杖上学去了。我的身子是摇晃的，可我的心是沉稳的、坚定的。母亲望着我的背影，久久地注视着，我回头看了看母亲，冲她笑了一下，继续朝前走去。腿部的疼痛被一股神秘的力量遮盖了，我咬着牙，流着汗，走得很有劲势，走得很有朝气。

在我们的心园中种植坚强之树吧！虽然它的根是苦的，但果实是甜的。

打开这扇门

走在铺满鲜花的校园里，远远的草坪边坐着一个女孩儿，她好似十分专注地凝视着我，我走几步，她就站起来跟几步，这个神秘的影子始终伴随着我，使我终日惶恐不安。以后我壮着胆子走向她，发现她不在我的眼前。我才恍然明白：原来她不是一个女孩儿，她就是时间。她还是我向往的一个女神，她是成功的化身。每个人都渴望成功，都渴望有一个好的结局。

一个影子能挡住你的去路，也能帮你打开一扇门。这个影子就是时间。

我刚刚走进初中校园的时候，欣赏着满园的花，心里想，我要在这儿读三年的书，三年的时光该是多么漫长啊！可是当我毕业的时候，却生出一番这样的感慨：初中的时光太短暂了，如一个梦、一颗流星。而我却什么都没能抓住，没有学到该学的知识，因为我在这三年里太贪玩了，玩的时候总是觉得时间不够用，导致我初中的学习成绩不佳，给我的高中学习带来很大的压力。尤其是数学课，学起来十分吃力，高一时数学老师惋惜地说："你初中数学基础真是太差了，你要牢牢地补上，否则就跟不上了。"当时我就后悔，初中上课的时候我干什么去了，还埋怨时间的漫长。其实，人生就是很短暂的一个过程，时光催人老，说的就是这个道理。

我认识一个珍惜时间的人。我们叫他老王，他当时是中年人，听说是被打成"右派"后下放到我们唐坊小镇来的。他住在离我们学校不远的一间土房里。我和朋友小春走到他房里来的时候是傍晚，他刚好做饭，做饭时，不小心将自己的眼镜掉进了粥锅里。他身体一晃，乱了手脚，眼睛看什么都是白花花的一片了。我帮助老王从粥锅里捞眼镜。眼镜是用木勺子从粥锅里拉上来的，然后把它放在凉水盆里浸泡，拿毛巾擦洗干净，之后老王才慢慢戴上。老王感激我们说："多亏了你俩。"

老王的墙上有一张表格，老王说那是时间表。老王除了上工之外，就埋头写他的学术著作。听说老王过去是北京人，是搞水利的专家。老王话不多，但他对我们说的一些话，后来被我牢记的就是关于时间的精辟理论。老王对我说："我们一生中最为宝贵的是什么？是时间。时间是最为宝贵的资源，同时，它也是最容易被消耗的。所以我给自己订了个时间表，避免自己瞎忙，从而浪费太多的时间。"我认真地看着老王的时间表。当时，我还真的不理解，他是被改造的对象，写出书来还有什么用呢？我每天都看见老王的房间亮着灯，他伏案的身影，就像雕像一样。后来我听说，老王的冤屈被平反，他回到北京，继续做他的水利专家，连续出版了好几部学术著作。前几年，他还参与了三峡工程的规划设计。

时间是有限的，智慧是无穷的。只有充分利用时间，才能凭短暂的人生去求得无穷的智慧。只有在有效时间里打开生活的栅栏，静静地站着，站着，黎明的花朵才能默默地得到太阳的照耀。

在我的日常生活中，是空想的时候多呢，还是做事或学习的时候多呢？做事和学习是一种快乐，多少次的空想，只会使自己更加飘浮、更加无聊、更加空虚，那就更谈不上成功了。可以忘却自己的名字，却不能忘记时光的流逝，珍惜时光的精神，像阳光，会照彻我们久久等待后的茫然。从成功人士的范例来看，善用时间的人，则成事；不善用时间的人，则碌碌无为。古代不是有句名言吗——业精于勤，荒于嬉；行成于思，毁于随。

我在一个早晨，忽然学会了怎样抓住今天。说起来是一个很浅显的道理，做起来是多么难！那就是一天的时间掰成几瓣用，真诚地对待每一天的时间。比如，科学家爱因斯坦，他就很会利用自己的每一分每一秒，制订了自己的时间表。我们虽说不能当科学家，但像他那样要求自己，是不会错的。作家鲁迅，当年也是十分珍惜时间的，他在短暂的时光里，创作了惊人的传世经典。

检查我过去浪费的时光，我有着深深的惋惜和痛苦。认清了过去，就有希望，就会成长。丢掉过去，还说些什么呢？该说些什么呢？我把无尽的惋惜化成动力，把无数的遗憾都送给昨日的流水。我平时对人说过这样一句话："如果你想结局与常人一样，那你的今天就与别人一样过；如果你想结局与常人不一样，那就每一天都与别人活得不一样。"这是我常常告诫自己的。

别轻易地流泪

我对警察的尊敬由来已久。

上初二时，我有一次不平凡的经历。一次我和一个叫周小旋的同学在学校值日，由于我的字写得不错，放学以后，老师交给我一个任务，把教室后墙上的黑板报写上。黑板报上的内容，是宣传我们班上的同学做了好事，由我编成草稿抄在《新风颂》栏目里。

快写完的时候，天已经黑了。我刚把剩下的彩色粉笔收拾好，突然，周小旋慌张地从外面跑进来说，他看见一个黑影跳进了学校。我听后心里很紧张，愣了一会儿，不知如何应对才好。周小旋比我胆儿大，我是个胆儿小的孩子。周小旋平静地说："咱们看看他到底要干什么。"我说："别是偷东西的。"周小旋说："碰见小偷咱们就跟他拼。"我害怕了，马上流出了眼泪，颤声说："我们能打过人家吗?"周小旋说："打不过我们就喊值班的孙大爷。"

我和周小旋蹲在校园花坛藏起来，悄悄探出脑袋，果然看见一个中等个头的男人，鬼鬼祟祟地往墙外扔木材。因为在墙根下，堆放着一些准备盖教室的檩材。我看了周小旋一眼说："是小偷!"周小旋说："咱们找门卫孙大爷去。"我们弯着腰去找孙大爷，可是孙大爷没在警卫室。孙大爷去哪里了呢？后来才知道孙大爷去街上打散白酒去了。我心想，小偷很可能看见孙大爷不在，才敢跳墙进来偷东西的。

怎么办？就在这个紧要关头，周小旋瞪大眼睛看着我，我也在黑暗中看着他。过了一会儿，听到那里有咚的一声响。周小旋说："我们喊人吧，最起码要把他吓走！”我哆嗦着说：“他要不走怎么办？他要是看见我们两个是孩子，朝我们下毒手怎么办?”周小旋说：“我们溜出去喊警察吧！”我对他这个主意赞成。因为镇里的派出所离我们学校很近，我们把警察领来的时候，小偷已跳出墙外正往排子车上扛木料。我亲眼看见警察抓小偷的情景，心里很是过瘾。这个警察在与小偷搏斗时，胳膊被小偷用刀划了个口子。看见警察受伤，我一下子又流泪了。警察叔叔说：“别哭，孩子！”他的声音就像天外之音。可对于我却是永远难忘的。

后来，这位警察成为我们学校的课外辅导员。从那时起，我对警察有了新的记忆。在一个班会上，我们给警察叔叔唱一支祝福平安的歌，歌名已经记不得了。但有一句歌词，至今还是记忆犹新的：“我在马路边捡到一分钱，交到警察叔叔手里面。”警察叔叔又回敬了我们一支歌，歌名是《孩子别流泪》。

我听后很感动，对自己爱流泪的毛病进行反思。我恐惧吗？流泪源于恐惧？我懦弱吗？也不一定。我渴望自己不流泪，我渴望自己坚强起来，我还渴望警察叔叔平安。平安对警察、对国家、对百姓都有非同寻常的特殊意义。对于百姓来说，多么渴望平安的生活。可这种安定生活的获得是由无数战斗在第一线上的警察用生命和鲜血来维护的。对于警察来说，平安是对他们最高的奖赏。当然，百姓对警察平安的祝愿，还有着这样一层意思：祝愿他们在执行任务的时候多多保重，平平安安地凯旋。从这个角度来说，平安是我们警民双方共同的心愿。平安的基石是由我们可敬的警察来奠基的。这块基石，就像晶莹的宝石，多少年来，警察用生命和鲜血来洗濯它，用勇敢来雕琢它，用智慧来修饰它，使它玲珑剔透，光彩夺目。然而，平安的基石不是我们用美妙的歌声唤来的，更不是一声声祝愿就实现的。这是警察押上身家性命赢得的，这里的酸甜苦辣只有身经百战的警察能体味。

我经常听说某个警察牺牲在自己的岗位上，英雄走了，英雄的精神升华了，他的英灵静静地俯瞰着我们安定的生活。不要拒绝他含泪的微笑，更不要阻拦含笑的眼泪。在洁白的天空上，有风暴，也有阳光，英雄的影子正从太阳胸前掠过，一只雄鹰，张开了无怨无悔的翅膀远去了。是与我们告别吗？从此以后，我们每一个平安的日子，都带着他们殷殷的祝福。于是，平安的含义就有了新的解释：让我们的父老乡亲安居乐业，让百姓在一个安宁、祥和、欢乐的环境里生活。为了这个本真而朴素的理想，警察们流了多少汗？耗费了多少心血？牺牲了多少工休日？有时还会奉献出自己宝贵的生命。今天，我听到一个警察朋友说："我们不仅要制服罪犯，还要对自己过五关斩六将，我们至少要过六关：人情关、执法关、享乐关、金钱关、美色关、刑讯逼供关等。"从这些关口里闯过来的警察组成的队伍，才是一支能打善战的过硬队伍，才能赢得人民的爱戴和尊敬。

我们平安的生活不是梦。那么，就请我们托个好梦给那些英雄们吧！每当我们进入甜蜜的梦乡时，警察正睁开警惕的眼睛关注着我们周围的一切。明亮的眼睛，是在黑夜中获得的。从这双眼睛里，我们读懂了平安的意义，警察的眼睛告诉我们，放弃了对意义的追求就等于放弃了生活。警察在经历着与我们别样的平安生活。这样的人生是真实的，这样的人生是可敬的。警察每时每刻都对我们说："保你平安！"我们也每时每刻对警察说："祝你平安！"平安是靠勇敢来护卫的。

那一缕微笑告诉我们，勇敢拒绝眼泪。

我心中的月亮

十二岁的月亮对于我来说只有一次。珍藏少年心中的一个月亮，就像是珍藏一个多彩的梦。

我听到一个童谣："月亮月亮跟我走，走到河边去洗手！"校园北面有条小河，河水是清澈透明的，在傍晚的树下，可以看见映在水中行走的月亮。撩起一缕水波，洗洗手，再细细地看，月亮变换着它的图案，有时像只玉兔，有时像只火球，有时像座山峰。感觉好的时候，月亮就像一艘白轮船，带着我遨游世界，我的思绪跟着它漫游，胸中的血液热热地涌动着。

月亮里珍藏的是我少年的理想和梦幻。在我情绪低沉的时候，月亮给我增添一点儿鼓励。当一天的学习或劳动结束后十分疲惫的时候，看一眼月亮，就会给我增添一点儿力量。那是比心更光洁的地方，也是比心更深的地方，月亮会忽然变成流淌的小溪，伴随你到天涯海角。在漂流中我们采集着梦幻，你若流泪，月亮也好像湿了自己的脸；你若高兴，月亮的脸也总是笑着，笑着。

语文老师让我们写日记。好像就是从这天开始，我开始有了写日记的习惯，第一篇日记就是从写月亮开始的。我的日记先是让老师看，后来让爸爸看。日记已经丢失了，但是在当时，着实慰藉了老师和父母的心。

看月亮能够锻炼我的心态。烦躁的心，在忘我的注视中得到净化，获得宁静。注视月亮，而不使自己心虚，需要少年的真诚；若要摘取月亮，需要正直的人格、善良的心地、开阔的胸怀和真挚的情感。一个月亮就是一个世界，一个月亮就是一个火热的心灵。我赏月的时候，听到了一缕琴声，那是学校美丽的女教师弹奏出来的。日子与日子重复而过，月亮与月亮重叠隐退，梦与梦擦肩而过，我淡淡的忧伤，我遥远的思念，我无边的畅想都随着伴我游走的月亮升华，就像升起的一轮光环，是我漫漫长夜的灯塔。

月亮的光静静地洒在我的头上、肩上。我还有什么不满足的呢？记得母亲说过，我出生的那个夜晚，月亮很圆、很亮，看来我走不出月亮的关爱了。其实，母亲说，我出生的时间是早上六七点钟，当时月亮刚刚隐退。这样，我追求生命的诗意和音乐的时候，就永远离不开月亮，在匆匆而过的时间里，我学会用手掌捧起月亮，不让美好的东西从我的指缝里漏掉。

有一个夜晚，我从地里背着棉花回家，天上没有月亮，好像是被云彩给遮蔽了。我不断地抬头找月亮，却很失望。我盼望着雾气快快地消散，还给我亮亮的月亮，可是雾气并没有理会我。我吃力地走着，感觉自己背上背着一个月亮，身边往家走的牛也驮着一个月亮，我眼前的月亮无处不在。

月亮会抹平我生命中的每一次失意或痛楚。我痛苦的事情是什么？眼下回忆起来，有许多，可真正记忆深刻的还是一次考试的失落。初中第二年下学期，有一次，我的数学考试成绩很差，没及格。我一直隐瞒着这个消息。可是有一天，郭子清老师把我的数学成绩告诉了爸爸。爸爸把我叫到跟前说："你还要前途吗？你还是个上进的孩子吗？"母亲坐在旁边叹息。我像是当头挨了一棒，自己辩解说："这次的数学考试题太难了。我平时不这样，我能考好。"爸爸严厉地说："我们没有逼你，只是让你用上自己的全部力量学习，你知道，我们家的出身更改了，你不是富农的后代了，你可以与其他同学一样了，你为什么不争气呢？"我听懂了爸爸的话中话。是的，我前面说过，出身的问题一直是笼罩在我头顶上的噩梦。如今，经过爸爸多年上诉、找领导，终于把我们家的出身问题解决了，我也根红苗正了。还有什么理由不好好学习呢？

我看着月亮自责着。月亮告诉我，一切都是由于我贪玩，没有压力所致。过去我有压力，压力的背后就是动力；我今天的压力没有了，那么动力源自哪里呢？我看见月亮也沉下了脸，好像月亮也在责备我，我不敢看月亮了。

从此，我在月亮的关怀下默默地学习着。数学，是我主攻的对象，这个差距，直到我升到高中，才慢慢追赶上来。月亮朝我微笑的那一天，我才能看着月亮安眠。月亮的光辉照耀着我追求的每一个脚印，每一滴汗水。我重新得到了月亮的抚慰，人生还有比这更让人激动的事情吗？

月亮啊月亮，你跟我走吧！请你继续关爱着我，我的事业，我的激情，还没有燃烧完，路还可以看见，尽管我越走越远，当世间万物在暗夜里消失，我还会在月亮落下的一刹那，看见黎明太阳的闪光。童真浪漫的时光过去了，可我依然渴望自己拥有月亮的梦！

赞扬的魅力

赞扬别人对于成年人来说，是不得不做的事，可是对于我们小朋友，则是学习，是发现。有的人得到赞扬，是非常快乐的。可当我们自己真正赞扬别人的时候，心情却是很复杂的，有钦佩，有敬仰，有团结，有和谐的气氛，当然还有嫉妒或是心里酸溜溜的，也有阿谀奉承。什么样的情况都有。

当然，我这里所指的赞扬，是发自内心的赞赏。有的小朋友就要问了，赞扬别人还需要学习吗？是的，要学习。正是因为赞扬本身的复杂，我们才要学习。这也是礼貌的一种。我这人天生爱笑，天生喜欢赞扬别人，因为我发现，我所结识的人，都比我有着很多的优点，虽然优点的样式不同。当然，他们也有缺点。我永远牢记着：别人的缺点与我无关，我只注意别人的优点。

记得童年的我，只是微笑，不爱讲话，更谈不上赞扬别人了，对别人的优点总是默默记在心里。比如，一个同学把我丢失的铅笔找到了，我就不会说几句好听的话，更不会说“谢谢”二字。只是朝那个同学微微一笑。仅仅靠笑容就能表达吗？我觉得是不够的。等我到了初中，就知道怎样处理这样的事情了。

我学会说“谢谢”是初二以后的事情了。比起今天的小朋友，我的礼貌是迟来的春天。老师教我们说“谢谢”。我在课堂上喊得很响，可一到具体的事情上，嘴巴又总是张不开。一次，我跟着母亲到地里拉柴草，途中上坡，我和母亲拉得都很吃力，就在这最艰难的时候，一个大叔帮我们推了上去，母亲让我感谢大叔，我看着大叔，只是笑，就是张不开嘴。母亲埋怨我笨嘴拙舌，我脸红了。后来我下决心学说“谢谢”二字，我感觉这两个字，是多么的柔软、芬芳和温暖，连这两个字都不会说的人，还有什么能力呢？

我独自对着自家的后院，不断地学着说：“谢谢大家！谢谢大叔！”这两个字于是常常挂在我的嘴边。有一次，竟然出了个小笑话，使我很是难堪。那是一堂体育课，我和几个同学打篮球，其中对方一个同学不慎踩痛了我的脚，还不跟我道歉。我急红了眼睛，本想跟他争辩几句，可我嘴里却意外地吐出“谢谢”二字，全场的同学都哄笑起来。从这时起，我慢慢学会了说“谢谢”，说得很流畅了，说得准确了。每当说起这两个字，看见对方友好的表情，就像从遥远的地方飘过来一缕幽香。

当然，这不是赞扬，这是礼貌的表现，赞扬别人是后来学会的。赞扬的原则是真诚，永远使别人觉得自己高贵和重要。如果让人觉得你赞扬得虚伪，将是很糟糕的。一次，我和一个同学割草，我割草的时候，一不小心用镰刀碰破了手指，那个同学热心地用布条帮我包扎，还起早帮我割了一捆草，交到学校的时候，还不让我暴露真实情况。我很感动。在班会上，我赞扬他说：“我的草是他帮我割的，他这是助人为乐，他的精神是高尚的，他是我学习的榜样。”老师知道实情之后，也在班上表扬了他，表扬他助人为乐的精神。

我有一个感觉，要使与你交往的人都对你赞同，要想让人承认你的价值，你就得学习诚挚地赞扬他人。人与人是互通的，人与人的优缺点都有重叠之处。我观察着赞扬我的人，他是什么样的心理，会直接影响着我的感觉，影响着我的行为。请记住爱迪生说过的一句话：“我所遇到的每一个人都有比我优秀的地方，我能向他们学会很多东西。”这是一个伟大人物的心声。可我们生活中却有这样一种人，他刚刚在某些方面有了一点点儿成绩就沾沾自喜，甚至狂妄张扬，这样常常引起别人对他的反感，你怎么能够赞扬这样的人呢？即使赞扬，也是因为他有权力，或是你对他有所求，赞扬他是违心的，从而也降低了自己的品格。

不能没有原则地赞扬，是我所渴望坚持的。但是，我的性格常常使我的原则走入误区。比如，我对不高尚的行为从不做严厉的批评，有时，还要随声附和，甚至含含糊糊地赞扬一番，赞扬的话一出口，我马上就后悔了。我自己暗暗想：你怎么能这样说话？这是不负责任的表现。即便学会了表扬，也不能乱用。

换一个角度说，赞扬别人会使自己不断进步。你赞扬的必定是他的优点，赞扬别人的同时，你就感知了人家的长处。赞扬必定拉近人与人之间的距离。赞扬别人怀着爱的播种，含着感谢而收获。温馨的花瓣盛开了，它轻轻地飘落在我的心头，让“赞扬”永远回旋在我们的嘴边，珍藏在我们的生命里，留下一股挥之不去的清香。

我们的节日

我们的民族有很多个节日，节日是属于我们大家的。

记得爷爷在世的时候，给我讲述了这些重要的节日。比如，春节、元宵节、清明节、端午节、重阳节和中秋节等节日，爷爷要我一定知道每个节日的由来和特色。古人云，入国而问俗。风俗是传统的习俗。节日与我们日常生活有着紧密的联系，还有着许多关于它们的美丽动人的传说。几乎每一个节日都有一个起源的故事，并因节日的盛行而广为流传。

节日就是我们的文化。每年过春节，我都很高兴，穿上新做的衣裳，吃年饭，放鞭炮。春节为一年的开始，民间俗称过年，古代人把过年的第一天叫作元旦，又称元辰、元日等。宋人吴自牧所著《梦粱录》中说："正月朔日，谓之元旦，俗呼为新年。一岁节序，此为之首。"我过年的时候，曾问过爷爷许多问题。

爷爷的学问是从书中得来的。这里就需要介绍一下我的爷爷，我的爷爷读书是在天津，小时候曾在天津当学徒，后来成为洋袜店的小老板。他曾读过《论语》。母亲说，我刚刚出生的时候，爷爷高兴地从天津赶来，抱着《论语》，从其中两句话"仁者乐山，智者乐水"里选中我的名字，即为今天的"关仁山"。我很喜欢爷爷的儒雅风度。爷爷曾跟我讲，相传很久以前，有个叫万年的青年，看到当时节令很乱，想把节令定准。一天，他上山砍柴，坐在树荫下面休息，看见树影的移动，他怦然心动，随后就设计了一个测日影记天时的日转仪。天阴雨雾，耽误了测量，后来山崖上的滴泉启发了他，他又做了一个五层漏壶。天长日久，他发现每隔三百六十多天，天时的长短就会重复一遍。季节的由来也从此找到了依据。当时的国君叫祖乙，万年趁国君要设天台祭奠天神之时，就带着他的日转仪和漏壶去见祖乙，并讲述了日月运行的道理，祖乙听后龙颜大悦。遂把万年留下，让他创立天台，还派了十二童子服侍万年。万年在岩石上雕刻下：日出日落三百六，周而复始从头来。草木枯荣分四时，一岁月有十二圆。后来，万年精心推算，制定出了准确的太阳历，皇上封万年为日月寿星。

每当过年的时候，从腊月过半，就开始有年味儿了，人们开始筹办年货，市场上热热闹闹，吃的、穿的、用的、玩的，各种年货琳琅满目。我的爷爷，每到过年时就买来寿星图，挂在家里的墙壁上。我看见爷爷亲手写春联，内容记不得了，但记得爷爷借写春联之机教我写毛笔字，从那时起，我开始临摹颜真卿、柳公权的字帖，我写的毛笔字“福”，得到了爷爷的夸奖。

春节还有一个乐趣是送灶王爷上天。春节就是从祭灶揭开序幕的。民谣中“二十三，糖瓜儿粘”，就是指每年的腊月二十三或二十四的祭灶。我家的灶台上就设有“灶王爷”的神位。我好奇地问爷爷：“灶王爷是干什么的?”爷爷笑着回答：“他就是司命菩萨，相传是玉皇大帝封的‘九天东厨司命灶王府君’，负责管理各家的灶火，被作为保护神而受到崇拜。”我似懂非懂地听着。当时，我看见我家的灶王神像只画灶王爷一个人。灶王也有男女两神的。女神被称为“灶王奶奶”。灶王爷像上还印着一年的日历，写着人间各路监察神。爷爷还专为灶王爷写了一副对子：“上天言好事，下界保平安。”送灶，多在黄昏的时候举行，我也喜欢这样的活动。爷爷带着一家人先到灶房，摆上桌子，向灶王爷敬香火，还有用饴糖和面做的糖瓜儿等。爷爷说，这是用糖瓜儿堵住灶王爷的嘴，让他老人家甜甜嘴。我到别人家看送灶王爷，还有这样祷告的：“今年又到二十三，敬送灶君上西天。有壮马、有草料，一路顺风平安到，供的甜瓜儿甜又甜，请对玉皇进好言。”听起来特别有意思。

过年还要扫尘土，好像家家都这样。关于扫尘的由来，爷爷不怎么知道，是奶奶给我讲述了一个故事。这里有一个诡异的故事，传说古人都认为人的身上附有三尸神，他像影子一样，跟随着人的行踪，形影不离，经常在玉帝面前造谣生事，久而久之，在玉皇大帝的印象中，人间简直就是个充满罪恶的天地。于是玉皇大帝命王灵官查处人间的恶事，结果被灶王爷发现，是三尸神作恶，清除了三尸神。老百姓感激灶王爷，灶王爷在升天的时候，还再三叮嘱，每户人家必须在过年前把房屋打扫得干干净净，哪户不洁净，灶王爷拒绝入宅。我一边帮着母亲打扫房间，一边想象着灶王爷，感觉民俗这东西很有魅力。我喜欢过年时窗明几净、灯火辉煌的样子。

过年的这些礼节，对我的成长有作用吗？我想是有的，起码是对春节文化底蕴的感悟。我摘下节日的音符，编织成永恒的祝福，让我们珍惜每一个节日。

现在看来，回忆的这些事情，今天的小朋友几乎看不见了。孩童时代过年的情景好似遥远的童话，低语在我的窗前。如今过年与过去比明显进步了。有人也许会问，过去那不是迷信吗？这要看从哪个角度讲了。俗话说“千里不同风，百里不同俗”，可春节，是我们共同的节日，庆祝方式的微弱差异，是我们多彩文化的闪光点。今天科学发展了，但是我们民族的节日依旧存在。节日特别是春节，有我们民族的神韵。

设计人生

人生可以被设计，命运就可以被改写。设计人生？读者看见这个题目的时候，可能会在心里产生一个疑问。人生的道路是靠自己走出来的，没到明天，是很难设计出明天来的。

可是从别的角度说，命运也是可以设计的。其实，就是设计人生的目标，制订什么样的目标，也就是设计什么样的人生轨迹。在我小的时候，我就曾想当个作家。前面提到，我喜欢写作文，喜欢用文字表达对人生的感悟。这个目标能够激活我的激情，能够把我喜欢的与追求的东西统一起来。

初二的时候，我就有点儿“偏科”了。什么是偏科呢？就是把兴趣的重点稍微地转移了。当时，我们并没有分科，语文老师赵科祥问我：“你将来的志向是什么？”我毫不犹豫地说：“我想当作家或选择记者或是编辑一类的文化职业。”

赵老师记住了，他把我领到他的宿舍，掏出一个暗蓝色的笔记本递给我，我打开看着，看见他的小本子上密密麻麻地写着好多关于描写的语句和人生格言。他语重心长地对我说：“你要想走这条路，现在就要设计了。”当时我还不懂什么叫设计，后来他解释说，设计就是立志。我答应着说：“我也要像赵老师一样，平时写日记，记一些语句，为写好作文打个好基础。”赵老师欣慰地点点头，但还是说：“不光是为写作文打基础，而且还要学会用自己的眼睛发现这个世界，最好是你自己独特的发现。”当时，我对他说的话并没有完全理解，现在想来，他说的与创作所需的艺术感觉有连带关系。

我把赵老师的小蓝本借过来，细细研究了几天。前半本的内容，首先是他的生活计划，其次是学习计划，再者是实现理想的步骤。后半本的内容，就是关于景物、人物和心理描写的语言了。我记得我用了一个月的业余时间，把赵老师的小本子照抄了一遍。现在看来，是赵老师的某种追求感染了我。他笔记本上的东西，有的我今天都能背诵。比如，老诗人臧克家的那句格言：有的人活着，他已经死了。有的人死了，可他还活着。还有艾青的一句诗：为什么我的眼睛里常含满泪水，因为我对这片土地爱得很深沉！我记了好多，这些东西对我都产生了深刻的影响。有时，自己甚至痴狂地想：我也要把自己的格言留下来。

现在回想，真是“人不痴狂枉少年了”。我不仅看了赵老师的蓝本子，还模仿这个本子设计了一个新的本子。其实，我们无法改变过去，也同样无法预知未来。但我想把握今天，不想让今天成为带有遗憾的昨天，这就需要精心地设计了。

年轻的心没有经验，年轻的心也不会预料结局。可年轻的心一旦有了科学的设计，就会有目标，就能插上飞翔的翅膀。可当要真的做起来的时候，却又感到十分的枯燥。小朋友，请记住，计划的路途是枯燥的，绝对没有成功后喜悦的魅力。

尽管枯燥，可当想象的翅膀运载我驶向理想彼岸的时候，心情仍然是很愉悦的，甚至是激动的。自己的计划如果不能使自己心潮澎湃的话，就更不能让别人心动神摇了。所以，我建议，要给自己制订一个让自己感兴趣的方案，并能伴着自己的心灵起舞。当作家，就是我当年设计的方案，所以经常让我心动。这样，它就成为我生活的主宰，决定着我未来的走向，丝毫不能动摇。

确定了目标以后，就看你怎么去实现它。再长的路都有尽头，回回头，还要继续往前走。再完美的设想都不是轻易能实现的，所以千万不要三心二意。在我沉睡的时候，它就像灯塔，总会在我的梦中亮着。这就是我要说的，要着重训练达到目标的技能。

技能是需要汗水和智慧来浇灌的，它依赖于自己的受教育程度和人生经验。我锻炼自己的写作技能，就像别人学画画写生一样，一笔一笔地练就。我用语言描写人的手、脸和心灵。当然，这些练习是不成熟的。记得赵老师看见我的文字写生本，指着我写的一段话问：“你说树叶在秋天留恋大地，在秋风中投向大地的怀抱，这是有新意的。可是下面一句，秋风摧残着万物，就不妥当了。秋天是收获的季节，摧残有点儿过了。”我很诚实地点头。慢慢矫正着自己的观察和对词汇的运用。

在实现个人计划的同时，我牢记着，要从成功人士身上寻找自己的影子。鲁迅是伟大的作家，当我们读他的《从百草园到三味书屋》时，就完全被带入鲁迅所营造的艺术氛围里去了，我向往大师创造的那个世界。我把自家的后院也起名为百草园，自己居住的房子就叫三味书屋。这让母亲很是不解。当我读《钢铁是怎样炼成的》，也被保尔的精神所鼓舞，从他的身上学到了什么叫坚韧，什么叫崇高。活跃在人生舞台上，每个人都需要榜样，不仅孩子需要，成年人同样需要。

其实，今天我明白了，鲁迅是天才，光靠学是学不到他的精髓的，更别想做到。他是高不可攀的文化巨人，一个世纪出现一个就够了。我模仿的仅仅是他的皮毛，但在当时，却激励着我前进。这些大师们的精神成为我生命中流水的一部分，激励着我永远不要停下脚步。

设计与结局，当中要分人生的几个阶段。目标太遥远，很容易丧失信心；目标太近，又动力不足。我想，如果把设计方案切割成无数小的步骤，一步步地去实现它，这样就明显能看见自己的成果，就容易产生兴趣；否则，目标定得太高，就是好高骛远，一旦遇到挫折就会退避三舍。我的小目标很明确，今天写一个散文，明天写一个日记，慢慢就形成了规模，笔力也就越发成熟。这需要毅力，毅力告诉我，它没有形状，看不见摸不着。如果还有个说法的话，那就是，当别人休息的时候，你还在不辞劳苦地向上攀登。

去年，当记者找到我，请我谈谈对保尔·柯察金和比尔·盖茨的看法，我说他们是不同时代的英雄。

今天的读者，也许对比尔·盖茨更熟悉、更钦佩，因为我们已经进入了高科技竞争时代。网络时代的英雄，谁不赞扬呢？可你知道不知道，当年在美国西雅图一所小学的图书馆内，小小的比尔·盖茨已经开始设计自己的人生了。他饥渴地看着那些书架上的书，不知疲倦地翻阅着。他惊人的毅力连他的老师都很感慨，在这个瘦弱的小孩儿身上，充满了激情，将来无论干什么工作他都会很出色。所以，比尔·盖茨今天成为电脑业巨头微软公司的总裁、美国的头号超级富翁。他像设计软件程序一样，设计着自己的人生道路和企业的前景。

好好设计你的人生目标吧！青春是彩笔，描画出什么样的蓝图，都是属于你自己的。

怎样发现自己

记得有一天，我问老师："老师，我的天赋是什么？"老师茫然地看着我，是不是为我大胆的提问吃惊？老师想了想说："你的天赋是想象力。"

我有想象力？对了，老师很了解我，我在无数次的作文中，发现了自己的天赋——想象力。当时，是不能说天赋的，更不能说天才，那叫唯心主义，是该受到批判的。其实，这个世界上，全身心贡献于重大事业的旷世奇才是极少的，我知道自己是极普通的人，对于我们普通人来说，就不能太迟地发现自己的能力和重要性，这种玫瑰色的东西，在我们生活和命运中占据着重要的位置。

今天的小朋友，在小学就上"特长"班了，尽早发现自己的天赋，非常重要，也很紧迫。如果你的特长是音乐，就可以报音乐班或钢琴班；如果你灵巧的手有画画的天赋，就报美术班；如果你喜欢写文章，就报写作班；如果你发现自己的舞姿是那样轻灵，就报舞蹈班，等等。总之，要及早地发现自己的天赋，才不至于在后来的成长道路上走弯路，而且还会把自己的长处发挥得淋漓尽致。有这样一个说法，不要常立志，要立长志。一个志向，就是一座灯塔，划着理想的船，朝那个目标前进。在最关键的时刻，天赋会帮助你的。如果没有发现自己的天赋，或是自己的天赋与所追求的事业不相一致，你就会感觉力不从心，或是遇上挫折、失败。现在想想，如果曹雪芹学书法、王羲之写小说，我们的民族是不是就少了一位伟大作家和一位大书法家呢？

认识自己、发现自己是多么重要。在我们古老的习俗中，有一个“抓周”的风俗。当孩子满周岁时，在他的面前摆上很多的东西，看这孩子先拿哪样东西。他拿了，就决定了孩子长大后的志向。这虽如同游戏一样，但却带有迷信色彩。而问题是，生活中的人很难发现自己的天赋。在月光的笼罩下，一个孩子瞪大追寻的眼睛，通过崎岖的小路找到理想的仙境，发现自己的天赋，不是一夜之间的事，有一个实践摸索的漫长过程。

我的一个小伙伴儿，他叫张西望。虽说是个农村孩子，可他有着一双飞腿。上小学四年级时，他还没发现自己双腿的优势。因为他很自卑，每次上体育课的时候，老师让我们赛跑，他总是对自己不自信，跑第十名的样子。可有一次百米赛跑，他却意外地冲到终点，比平时的第一名还快三秒钟。我们看他跑了第一，都很惊讶。当看见他直接跑向操场厕所的时候，我们都笑了，原来他是被尿憋的。他从厕所出来，体育老师问他：“张西望，你怎么跑这么快?”张西望红了脸，不好意思地说：“老师，我都快尿裤子了。”我们哄地笑了，老师却没笑，他发现了张西望的天赋。不管是尿憋的，还是别的什么原因，总之他将百米跑出了十秒的成绩，这在全县都是一流的。老师告诉他说：“你有一双飞毛腿，你会成为一名好运动员的。”上初中的时候，张西望已经是全县的短跑冠军了，听说他初中毕业后上了体校。如今，张西望成了一名体育教师。如果他没有发现自己的这个天赋，很可能就回家种地了，天赋改变了他的命运。

有人说，每当一个人降临到这个世界上，上天就给了他必要的天赋，就被赋予了一种使命。只是没有人能说出这个秘密，得让他自己慢慢去发现，如果擦肩而过，将是多么遗憾的事呀！可是，遗憾总是伴随着我们的人生。

要想知道风的方向，就必须站到开阔的山顶，小巷里迷乱的风，会把你吹得晕头转向。站得高才能看得远，没有一定的高度，很难全面地审视自己的能力。如果没有站在高处的条件，还有一个笨法，就是一个一个地去尝试。把我们所能干的事情都认真地试一试，里面准有一个适合自己的最佳所在。还有一种可能，就是被别人发现，虽然有点儿被动，但也是一种选择。人自己有时会钻牛角尖，会看不清自己，但如果与别人有明显的距离，就能够看得更清楚一些。我们参与竞争，必须带着自己的天赋，如果发现自己不占优势，则应该尽早地撤出，以免造成严重的心理创伤。

去年过年，我去看望我的一位老师。这位老师已经退休，他以前教过我语文，他说他本来是不愿意教书的，是命运强迫他做了教师。这位老师的口才很好，声音洪亮，字正腔圆。但他没有过早地发现自己的这个天赋，没有很好地利用他的嗓子，所以只能当一辈子老师。他跟我说，其实，他的理想是当一名播音员。

他儿子的嗓音比他的还好，这个天赋极早就被我的老师发现了。老师在他儿子小的时候，就让他学习播音、唱歌和演讲。考大学的时候，老师让他儿子报考了北京广播学院，他儿子从北广毕业后，被分配到一家电视台做了节目主持人，如今老师的儿子已是很有名气的主持人了。父亲错过了一生为之遗憾的东西，让儿子补偿了；儿子成才，也圆了这个父亲的梦，尽管是迟到的补偿，还是给这个家庭带来了荣光和欢乐。这件事情给了我很大的启发。

小朋友，你们的人生之路才刚刚开头，一定要尽早发现自己的天赋。每个人天赋的隐藏地都不一样，千万不要误以为自己没天赋。从我搞创作的实践证明，我很早就发现了自己的想象力，发现了自己对文字表达的快感，当我发现后，又义无反顾地走下去，只有乘风破浪才能实现自己的梦想。青春是天赋的种子，把它播种在泥土里，会发芽、开花的，不管风把它吹到哪里，它都会结果，而你就会拥有一个成功的人生。

对双手的理解

小时候，我常常面对着自己的双手发呆。脑子里甚至还闪过这样一个怪念头儿：这是我的手吗？它对我到底有什么用？

看着我小小手掌上的纹路，就像平原上的一道道小河，或是一条条小路。奶奶曾经捧着我的手说："这是一双拿笔杆子的手！"果然应验了奶奶的说法，我真的靠笔杆子吃饭了。

后来我才明白，小时候我对手的怀疑，来源于双手不曾给我什么许诺。童年的理想就像一棵参天大树，它的根必须扎在泥土里，智慧的枝叶才能招展在蓝天下，果实才会挂满枝头。我认为这双手不懂我的心情，带不动我的心，其实，是这双手不知道我的心情。我静静地观察着我的手，细长的手指，仿佛麻木了一样。我心情低落地想：我这双手是没用的手吧？它能够干什么呢？

有一天，我拿起笔写字，双手紧紧地握住钢笔，钢笔划在纸上发出沙沙的声音，这是最美的声音。字是歪歪扭扭的，可它是从我手里流出的，感觉就不一样了。只有在这种声响里，我才感激自己的手。当时我刚刚上学，老师表扬了我写的字，我才稍微有了一点儿自信。过年的时候，奶奶教我剪纸，这时我才发现自己的手指还算灵巧。我用生了锈的剪刀，用红纸裁剪出公鸡、兔子和喜字。我把纸剪成窗花，贴在窗子上，这个时候心里有了自信，我体味到了劳动的快乐和创造的价值。

生命的价值要靠我们的双手来实现。生活本身就是诱惑，许多的欲望、期待和理想，往往像一块荒芜的土地，要用我们的双手来开掘。可是，我们有时也怀疑自己的双手，能不能打开理想这扇大门？本来我们是可以打开这扇大门的，只是因为缺乏勇气，才让懦弱把智慧淹没了。其实，只要双手不颤抖，经过必要的酸甜苦辣的生命旅程，就会采摘到成功的果实，对这一点我们还会怀疑吗？只要相信这双勤劳的手，我们的未来就不是梦，心中的梦想也会变成现实。梦是有翅膀的，抓住它，就会带我们腾空飞翔。一位老师曾给我讲过一个故事：有一位科学家，他小的时候就梦想自己能够探求太空奥秘，还梦见过自己被一个什么东西带入了太空。太空里的奇妙世界，是多么斑斓啊！梦醒来，他依旧兴奋着，把自己的梦告诉了父母，告诉了伙伴儿，告诉了老师。当时没有人对他的异想天开感兴趣，这使他十分孤独，可他并不气馁，依然痴迷地幻想着。后来，他把希望寄托在自己的双手上，少年时期，他自己研制了两枚火箭，以致有一次在街上用两枚火箭把一辆小推车发射了出去，他成功了，却被警察当成疯子拘留起来。后来，他成了“土星五号”火箭的发明者，他的名字叫华纳·冯·布朗。

这个故事，在我幼小的心灵里留下了深深的痕迹。实际上，双手就是人的立志问题。有志者事竟成！看着自己的双手立志，就会多一份自信；尽快相信自己这双手，就等于早早立志。拿我自己的愿望来讲，我小时候就想当一名作家。原因是我写的作文一直是班上的范文，通过自己的手用普通的文字，把自己对世界的看法、感悟描摹出来，那是多么快乐！

当然，人有大器晚成的，可是早立志的好处很多，为什么呢？因为早立志一年，就有可能早一年实现理想。即使立志的方向发生了偏移，我们还能早一年来纠正它，找到与自己的手、与自己能力相匹配的理想目标。别小看早立志，我们已经比别人先一步起跑了，那么就有可能先一步达成目标。

我想起自己小时候的经历。一天，我们几个小伙伴儿跟着村里捏泥人儿的师傅学习捏泥人儿。老师傅捏的泥娃娃、泥猴还有不倒翁，是那么活灵活现，就像真的一样。我们几个伙伴儿也学着做，我的手动作慢，总是落在别人的后面，而且还捏得不好看，心里很着急，越是着急越是埋怨自己这双笨手，就生气地将自己捏得不好的泥兔揉碎了。回到家里，我把事情跟母亲一说，母亲批评我没有志气。夜里，我想了很多。以后的几天里，我很早就去找捏泥人儿的师傅，虚心跟老师傅学，我看着老师傅青筋突跳的大手，揉着泥团儿就像变魔术一样，一会儿就变出好看的泥人儿了。我精心审视着，用心学着捏。一团儿泥在我的小手里，揉来揉去，手上沾满湿泥。等别的小伙伴儿到来的时候，我已经捏了三个泥人儿了。“三”这个数目并不重要，主要是我捏的泥人儿比别人捏的都好。老师傅说我有一双灵巧的手，我的手灵巧吗？不，是我用心了，是我自信了。于是我明白了，没有自信的手，没有志向的手，就会堕落成为一双废手！

人的生活和事业，需要靠双手来完成，所以要格外珍惜我们的这双手。这双手所做的每一件事情，都是我们自己的，一旦做了，无论好与坏都是抹不掉的。双手可以重复做同一件事情，却不能复制我们的才能。双手能够给我们带来辉煌，也能给我们带来耻辱。只要用好我们的双手，人生就永远不会落伍。一个明智的人，每时每刻都关注、爱护自己的双手，双手的劳动是神圣的，也是劳苦的。每一个手指的弹动，都能促使我们不断发现自己的内心世界，伴随我们的微笑获得一生的荣光。带着清醒的头脑指挥我们的双手，头脑的细胞还会得到最大限度的发掘。

千万别怀疑自己这双手！

享受童年的乐趣

我生活的小村，是冀东平原上一个普普通通的村落，没有公路通过，也没有铁路通过。当我跟随母亲第一次来到唐山这座城市，是在小学四年级的时候。我被这座城市强烈地吸引着，从心底羡慕着，我如果出生在城市该多好哇！那该是怎样的享受呢？可我在城市刚待上一个假期，就开始思念村庄里的生活了。城市里亲戚家的一个小伙伴儿还跟我来到农村。他十分喜爱田园，从心底里感叹："田野里真好玩儿，我如果生在农村该多好哇！"我们互相羡慕着、快乐着，后来我才明白，城市和乡村都有着我们童年的快乐，环境并不妨碍我们什么。

一次，我们跑了很远的路到外村去看电影。这个城里的小伙伴儿都是在电影院看电影，从没有走过这么远的夜路去看一场电影。那天晚上，我们到外村看的电影是《向阳院的故事》。《向阳院的故事》里面有一个老爷爷，是向阳院孩子们的辅导老师。他的人生观是那样高尚，感染着我们。后面还有一部电影是《看不见的战线》。我们看着看着竟然躺在石碾子上睡着了，后半夜散场，我们被一个老大爷叫醒，老大爷抚摸着我们的头亲昵地喊："快醒醒，小鸡鸡都丢了，还不知道呢！"我们吓醒了，还真的摸了一下，裤裆里的值钱东西还在。就与老大爷打了一声招呼，高兴地跑着回家了。回家的路上，我们踩着露水，唱着歌，捉着蛐蛐儿，快乐极了。

麦收的时候，我和小伙伴儿在打麦场上跑着，手里攥着刚出锅的大饼，在麦秸垛后面捉迷藏。玩耍到很晚，躺在麦垛上看明净的月亮，心里就有无限的遐想。小伙伴儿问我：“长大你想干什么?”我目不转睛地回答：“我要当飞行员，开着飞机上天。”后来就真的有了一个当飞行员的机会，却与我失之交臂了。当时我的感觉是享受，是那种给理想插上翅膀的享受。我当时认为自己是天底下最幸福的孩子。白天，我们跟着大人一起，用麦秸编织着草帽儿，或是扎成小牛、小狗一类的玩物。记得我还用麦秸扎过一个草飞机，我十分喜欢，不断把草飞机扔到天上去，它带着我的向往，带着我的思绪飞走了。这时我明白了，向往也是一种享受的形式。我享受向往的奇妙，享受向往的甘辛，一任理想的翅膀随向往的时序更迭，跟着草飞机到遥远的岁月里去。

人间的乐趣很多，唯有童年留给我的最真、最纯、最美。童年是美好的象征，每个人都留恋自己童年的往事，总是乐此不疲地向世人诉说。今天，我也要向今天的小朋友们说一声：别虚度童年。

童年的乐趣还不仅仅是无忧无虑地玩耍，还有对新知识的渴求以及拥有。

记得我在童年的时候，老师让我们做生物标本。我跟着小伙伴儿们到树林里捉蝴蝶，然后把捉来的蝴蝶做成标本，夹在书页里。一次，我找到一只彩蝴蝶，捉住它后慢慢用手将它拍死，用嘴巴将蝴蝶上的白茸茸的毛吹开，再吐上一口唾沫，把蝴蝶贴在窗子的玻璃上，让太阳把它晒干，然后拿到学校搞标本评比。我拿到了第一名。记得老师当场让我描述蝴蝶的模样，我看着彩蝴蝶，用美丽而贴切的语言，描述了蝴蝶的形状，还描述了我们捉蝴蝶做标本的乐趣，最后得到了老师的表扬。这也许就是我后来写作文的前期锻炼。更重要的是，成功后的乐趣是我们以后再创造的前提，这种乐趣是难忘的。

童年时代，认识世界的眼睛永远好奇地睁开着。这些探求世界奥秘的眼神，都是我们的乐趣所在。我童年时的一个小伙伴儿，小时候就对庄稼感兴趣，他把麦秸做成标本。如今，他成为我们老家所在县的一个农艺师。童年的乐趣，促成了他后来的爱好，促成了他后来的职业选择。一个人，当乐趣与工作相一致的时候，是很幸运的，也是快乐的。我们的乐趣不光是为了乐趣而乐趣，更重要的还是为了享受，在创造中享受快乐，在创造中尽情地享受生活。

明天没有许诺

小时候，面对紧张的学习，总感觉属于自己的天空太小了。父母管我，老师管我，心想：自己快快长大，长大就没人管了。一天夜里，我做了一个梦，梦见天空对我说话："你听我的，我给你自由！"醒后我仰望碧蓝的天空问："我长到多大才能轻松下来？才能随心所欲地生活？"天上的云彩默默地流动，无论我怎样追问，它都不曾给我什么许诺。我恨天空，它太傲慢了，太不拿我当一回事了。后来，我把这个问题讲给老师听的时候，老师淡淡一笑说："你永远也等不到'自由'这一天，因为世界上原本就没有这样的日子。"我听后愣了一会儿，慢慢地思索着老师的话。

是的，世界上哪有这样的日子呢？每个人都能随心所欲，这个世界就乱套了。当今孩子们所承受的学习压力，比我们那个时候还要大。知识爆炸的时代，人的生存空间正在缩小，人才的激烈竞争已经让孩子们喘不过气来了。国家教育部要求给中小学生"减负"，说明这个问题已经很严重了。我想，今天的孩子们未必没有向天空请求给予许诺的愿望，可这个愿望只有在奋斗中完成。

初一的下半年，我们班的一个同学逃学了。他叫王家林，家里条件很好，父亲是镇上供销社的副主任，姐姐们都上班，父母和姐姐都很疼爱他，有时甚至是溺爱。一个午后，他悄悄对我说："走，和我到供销社点心房做蛋糕去。"我愣着问他："那咱们不上学啦？"王家林大声说："上学有劲儿吗？你不走，我走！"说完他生气地走了。之后，他偷偷到他父亲手下的点心店干活儿，每天挣一点儿钱。他逃学后，学校和家里都炸了窝，几乎两天没他的消息。班主任老师知道我平时跟王家林关系不错，就把我叫到办公室，审问我王家林的情况。我终于把他给供出去了，我带着老师到了点心店，找到了王家林。王家林正看着师傅们干活儿，并仰仗父亲的威力吃着点心。看见我们，他慌了，急忙往点心店里面钻，但还是被我和老师捉了回来。

王家林又回到班上读书了，可他怨恨我告密，但不久我们又成为无话不谈的好朋友。他跟我说了实话，其实在点心店里干活儿也受人家的管，即使他们看他爸爸的面子，但将来他爸爸没权力了，不还得干苦力吗？他说还得好好读书。他的话启发了我。

其实，我们读书的时候，每天都面临着各种诱惑。当时，我想玩个够，想到很远的地方旅行；想天天睡觉，睡醒后叠个纸飞机扔上天空……什么轻松想什么。今天的孩子们面临的诱惑就更多了，电视节目、电脑游戏、网络漫游，等等。如同手中有一个潘多拉盒子，每天都面临打开它的诱惑。然而，一个人一定要有力量控制自己、战胜自己，努力学到真本领，才能实现自己的目标，这是生存的资本。不要虚幻地指望天空会给予你什么许诺，等待许诺最终受伤害的是你自己。

勇气和信念会成就我的梦，是我醒来见到的光。我们原本是什么都不懂的孩子，明天将告诉我们生活其实是色彩斑斓的，而诱惑永远行走在我们周围。

人和鸟的不幸

有一年夏天，我生病刚好，爷爷就带着我到县城的集市上玩，买回来一只绿羽毛红嘴巴的鸟。鸟叫什么名字，我忘记了，只是想把它放在房间里，给家里寂静的空间带来一点儿活气。鸟被放在鸟笼里。假期里，我一边写作业，一边给它喂水喂食。

我很喜欢这只鸟。笼子里，鸟焦躁地鸣叫着，似乎要冲破牢笼。看着它，我心疼地说："鸟被关在笼子里是多么不幸啊！"爷爷看着我的脸问："你怎么会觉得它不幸呢？"我说："失去自由就是最大的不幸！鸟是要飞翔的，就像人要走路一样。放它出去飞翔吧！"爷爷说："它飞跑了，你可别哭鼻子。"我摇着小脑袋说："我不哭。"后来就把鸟放飞在房间里。这下可坏了，鸟钻进了房梁，找不见了，我可急坏了。过了一下午，鸟终于又出来了。我捉鸟的时候，正巧奶奶走进来，一挑门帘，鸟顺着空隙飞走了。我追出去，鸟把我带进了思索的空间。是啊，人在成长的路上丢失什么都不可怕，就是不能丢掉自由。我没有伤感，我为鸟得到自由感到庆幸。

这又使我联想到鸟和不幸的话题。

记得我九岁那年到姑姑家去，听到一个关于人和鸟的话题。姑姑给我讲了一个关于鸟儿和不幸家庭的故事。她说，村里有一个老人，叫王全有，他养了一屋的鸟。鸟和老人家庭的不幸有关。老人养鸟的屋子，原是他可爱的小孙子的房间。小孙子在一场医疗事故中死了。老人痛不欲生。老人知道孙子生前喜爱鸟，怕孙子寂寞，就在屋子里养了很多的鸟。后来有人发现，老人给孙子养的鸟，不是市场上买来的鸟，而是从树林里捉来的。老人说，他孙子喜欢的是野鸟！所以，老人就躲在树林里给孙子捉鸟。老人每捉来一只鸟，就把窗子打开，默默地看着孙子的照片，伤感地说："孩子，爷爷又给你逮来一只，你喜欢吗?"然后他就泪流满面。鸟落在老人的肩头，老人给鸟喂食，他的身体几乎被死去的孙子和鸟拖垮了。

这个故事使我心头有一些震颤。后来听说，老人的精神几乎崩溃，整天到树林里捉鸟，田里的活儿也不去干了。所以他的生活很艰难，野鸟在老人的小屋子里活得也很艰难。野鸟不好养，不断有鸟死去。老人再去林子里给孙子捉鸟，险些摔坏双腿。我从心里盼望老人能从悲伤中解脱出来，同样也盼望老人把鸟养好，或是把鸟放回林子里。我的这种盼望往往在一个特定时刻失去光彩，因为失去孙子对老人来讲是不幸的，而鸟同样承受着不幸。鸟死了，老人从不吃，而是掩埋到孙子的坟场。老人埋葬鸟的时候，还要跟孙子说上几句话："孩子，你在那里孤单吗?"

如何面对我们生活中遇到的各种不幸呢?

我们每个家庭都不愿碰上这样的不幸，可当不幸降临的时候就要冷静下来，把不幸和痛苦当成是自己人生中不可避免的，心态就会复原，不幸就会过去。如果用自己的不幸再给他人造成新的不幸，就会形成恶性循环。尽管这个故事中老人给予不幸的主体是鸟，可鸟也是有生命的个体，我们人类如何与自然界和睦相处呢?

在不幸中学会宽容。一切留给时间，没有任何一种惩罚比时间给对方造成的自我责难更为痛苦的了。我想，该让给老人的孙子造成医疗事故的医生看看，你们该怎样面对这样的老人?怎样面对小屋里的鸟群?是不是也应该在他人的不幸中学会自责?用自己的真实行动，给老人一点儿关怀，还鸟以生存的自由?

后来，我把这件事告诉了姑姑村里的小伙伴儿李强。李强带我们几个人偷偷到老人家里。老人不在家，估计又到林子里逮鸟去了，我不由得对老头儿产生厌恶心理。鸟是无罪的，你为什么总是把自己的不幸强加给鸟呢？我和李强跳墙进去，打开窗子，把老人一屋子的鸟全给放了。老人回来后看见鸟都没了，骂了一通，还伤感地哭泣了一阵。

我给李强出了一个主意，让学校的一个学雷锋小组坚持在业余时间给老人打扫房间，给老人带去欢乐，使老人尽快摆脱不幸的阴影。果然，李强这样做了，他带着学雷锋小组到老人家，给老人担水，给老人擦玻璃，听老人讲故事，慢慢地老人走出了这个阴影，老人不再给孙子捉鸟了。每天黄昏的时候，老人就静静地坐在河岸上，朝远处凝视着，鸟自由自在地从老人的头顶飞过去。老人在黄昏静坐的时候，总能唤起我幼小心灵的感动。黄昏是精美而忧伤的，生命与自然怎样和谐相处？生命走到了尽头，满含着眷恋与满足，向人间投下闪光的泪滴。

每当回想起这件事的时候，总会想起艾略特的一句诗：“走吧，走吧，走吧！鸟说，人类不能忍受太多的事实——”

吃麻糖的乐趣

唐山的麻糖有一百年的历史了。

冀东平原的丰润县一个叫左家河的小村庄，就是唐山麻糖的原产地，到过唐山的人，都知道品尝这样一种食品，除了自己吃，还带给家人。特别是孩子们最爱吃了。记得小时候我第一次吃麻糖，点缀在我无数个平淡的日子里，感受着缤纷如花的乐趣，排解着我的寂寞和孤独，那种甜美就像找到了思绪飞扬的地方，滋润着我充满幻想和憧憬的童年。

人生的道路上，总会不断地生出许多乐趣，吃上一种喜爱的食物，也应该算其中的一种吧？又比如，喝上一杯美酒，或是听上一段音乐，或是游览仙境般的美景：这些都是享受。但对于我来讲，吃麻糖的享受是独特的。

唐山麻糖的原料是蜂蜜和面粉。蜂蜜不仅甜，而且还是极好的药品，比如，大便干燥了，吃上几口麻糖，立马就顺畅了。面粉做成的薄饼浸泡到蜂蜜之中，显得极薄，一层层，一片片，放在嘴里一咬就流油，轻轻一嚼，满口甜香，爽得很。

记得小时候，父亲把麻糖带到家里是让我们度过饥荒的，吃的时候，哪怕掉下一个小片儿，也要耐心地捡起来放进嘴里，吧嗒着味道，还用舌头在嘴里打个卷，想让这美好时刻长久留在嘴中。岁月如梭，现在回想起来，也许当时并没有什么特别的乐趣值得好好享受，甚至还埋怨自己周围生活的单调、枯燥，或是责备自己的幼稚、不懂事。可当我们长大之后就会马上发觉，自己的生命中有一个很大的遗憾，那就是没有好好享受吃麻糖的乐趣。

现在生活条件好了，吃麻糖也许不算什么了，但让我最难忘的可能还是童年吃麻糖的时刻。童年对于我们每个人来讲只有一次，就像我们的生命一样。当我们需要享受它的时候，因为无知，童趣被岁月的风吹散了。当我们回首往事，懂得它的珍贵了，却岁月已逝，光阴不再。吃麻糖的感觉让我回味着童年往事。吃麻糖是一种享受，享受是快乐的；快乐是一种感觉，也是一种选择，它与财富、门庭和环境无关。那时，我们的生活很艰苦，可它毫不妨碍我们吃麻糖的童趣。

我生活的小村，是冀东平原上一个普普通通的村落，没有公路，离麻糖的产地丰润县左家河村有百余里地。当时我听说过这个小村，还听说麻糖已经不属于这个小村了，麻糖已经十分有名，算是唐山的一大特产。我跟随母亲第一次来到唐山市，是在小学四年级的时候。我在城里待了一个假期，吃了很多的麻糖，牙都吃成虫牙了。牙痛的时候，母亲就埋怨我说："麻糖好吃也不能吃顶了，牙不要了吗？"我额头淌着汗，母亲赶紧把父亲喊回来。父亲带我到医院看牙，医生问我爱不爱吃甜的，我毫不犹豫地说爱吃麻糖。医生笑了，叮嘱我不要吃太多，那时候没有糖尿病的恐吓，但是有虫牙相威胁。我的牙就是当初吃麻糖给吃坏的。后来镶牙的时候，我真有点儿后怕，但是我没有对麻糖产生一点儿厌恶，我喜欢吃麻糖时的享受。

曾经一个小伙伴儿问我："你最爱吃什么？"我毫不犹豫地回答："我最爱吃唐山的麻糖。"那个小伙伴儿笑了，说他也爱吃这口儿。而当时不是想吃就能吃到的。后来在过年的时候，我俩都不吃饭，把一盒麻糖给偷吃了，吃得满嘴流油。我当时感觉那是一种享受，是满足身心的享受，现在回想起来觉得有点儿没出息的意味了。吃麻糖的时候，我认为自己是天底下最幸福的孩子。记得当时我还用麦秸扎编了一个麻糖篓子，我十分喜欢，自己偷偷珍藏起来，它带着我的向往，带着我的思绪飞走了。我突然明白，向往也是享受的一种形式。

如今有人把“吃”定位在文化上，“吃”文化很盛行。今天生活条件好了，“吃”也越来越翻着花样。我想起自己过去吃麻糖的样子，常常偷偷笑起来。人间的乐趣很多，唯有童年吃麻糖留给我的乐趣最真、最纯、最美。这与童年有关，童年是美好的象征，每个人都会爱上自己童年的故事，总是乐此不疲地向别人诉说。今天，我还要把吃麻糖的事情乐此不疲地写成文章。

后来，我亲自到唐山的麻糖厂看了看，看到车间里生产麻糖的女工，我想到了生活的甜美，女工们的微笑像麻糖一样甜蜜。听厂长介绍，市食品公司的下属企业里，麻糖厂是最红火的。如今，麻糖已经成为唐山最有名的特产，产品分为几等，畅销到台湾、东三省、山西、河南和北京等地，还出口到东南亚和韩国、日本等国。麻糖系列产品如今是供不应求了。麻糖已经成为唐山人珍贵的寄托品，比如，在纪念唐山抗震救灾二十周年的时候，当年上海医疗队的医生来唐山慰问，上海医生在地震废墟上亲手接生的双胞胎孩子如今长大了，他们为了表示对上海医生的感激，特意买了八盒唐山麻糖来到地震纪念碑广场送给上海医生，上海医生接过麻糖，很激动，说一定带回上海让家人品尝。麻糖已经成为唐山人传递情感的纽带。现在每到过年过节，每家每户都要买一些麻糖，当作礼物送给亲戚朋友。每到过年的时候，我也专门买来麻糖，坐在桌前慢慢品尝，享受吃麻糖的乐趣。

吃麻糖的乐趣还不仅仅是吃，还有对麻糖知识的渴求以及拥有。认识世界的眼睛永远好奇地睁开着。这些探求世界奥秘的眼神，无一不是我们的乐趣所在。我们的乐趣与爱吃的东西相一致的时候，是很幸运的，也是快乐的。我们的乐趣不光是为吃而吃，为乐趣而乐趣，最重要的还是为了享受，在创造中享受，在创造中尽情地享受生活。享受意味着什么？过去我们提起因吃而享受的时候，总是把世界观联系在一起，被说成是小资产阶级情调。如今，我们的心灵解放了，把有关吃的“享受”按人性原则复原了。这样，我们就能把身边无数看似因吃而享受的事情信手拈来，尽情品味五彩斑斓的生活。我相信，任何享受乐趣的行为中都包含着甜美的回味。唐山麻糖，它似烟，它似雾，一丝一缕缠绕着散去又归来的甘甜，我们要珍惜品尝麻糖的每一天，把美好的日子装进麻糖里，挂在眼前欣赏。

百年阳光

迈进21世纪的大门，沐浴着新世纪的阳光，是我的幸运，也是我的渴望。我为之感动，因为我们不是跨越一个年轮，而是走过了整整一个世纪。这个机遇不是谁都能碰上的，我为此骄傲！其实，在这个阳光明媚的早晨，发现自己走进新世纪的时候，还是那一缕阳光的提醒。我们在阳光下活着，像往常一样，它尽情地铺张着。走在城市的大街上，车辆和行人络绎不绝；走在田园里，阳光温馨又安宁，农妇的吆喝声在寂静的旷野里回响，还是那么悠长，好像跟上个世纪的熟人亲热地打着招呼。我的心情格外舒畅，可是当我站在世纪的临界点上回头看看，再向前望望，心中不由得顿生感慨、忧患和渴望的情愫。过去的阳光，与今天和未来的是不一样的。那万分瑰丽的景象扑面而来。不说一千年，先说这一百年吧。朋友告诫我，“你们搞创作的，必须弄懂中国的一百年。读不懂这一百年，就会在新的百年阳光下盲眼”。我们不能经历过去的百年，但我们能够思考它。它与我们的民族相连，我们的民族经历了屈辱、奋争、创造的历程。而它又留下了什么样的精神财富呢?

一提到精神，我的心为之一振。我们需要探究思想资源和精神资源以及历史资源的开掘、涵养和转化，将其变成我们的血肉。我要问：过去的百年究竟给我们留下了什么样的精神资源呢？这些精神资源主要指人文精神、人文话语、价值判断和道德理想，等等。我们有过屈辱的过去，但我们的精神是富有的。我们每一个有责任感的人，都与时代、民族的精神有着千丝万缕的联系，我们思想的深度，取决于精神视点的高度。

在今天的阳光下，想到商品世界对人精神的提升或是损伤，心里有多少话要说？想到我们对道德的感觉转移，对自然感觉的消失……古人对松间明月的咏叹，对大漠孤烟和野渡横舟的感动，我们今天还有吗？还真实吗？金钱的感觉越来越明晰。生命是一团欲望，欲望靠金钱来完成，欲望得不到满足的时候，便痛苦、无聊、浮躁，我们的精神在痛苦和无聊之间摇摆。道德、理想和崇高，曾经是我们追求的东西，可是它在我们现在的生活中普遍失落了，取而代之的是流行于世的堕落的嗜好和肤浅的时尚。这些问题却与金钱有关。人首先得活着，活着才有精神。旧中国的知识分子淡泊名利，现今却不同，其实谁也逃不脱名利。有人说，精神是生命的需要；有人说，劳动是我的理想，其实说过之后还是无法摆脱名利。过去的文人确实有一种理想，即希望世界上的人不要争名夺利。这是儒家的一个基本理念。商品积累时期，我们缺少了理想主义的基础，金钱成为价值判断的主要砝码，这是危险的。我们渴望新世纪的阳光，淡化金钱的颜色。金钱，是有用的，是财富和创造，我们在充分享受它，但它不能代替阳光。生活就是这样残酷，一方面要求你拼命赚钱，另一方面又要求你别丢掉道德精神，不然就会被阳光淘汰。阳光是生命的化身，是梦想的化身，是正义和高贵的化身，绝望、苦难和泪水都会在阳光下化解。阳光给了我们高贵的尊严。

阳光是有生命的。过去的阳光是与对人、对人性的认识过程相伴随的。从特定的意义上说，它滋养人、认识人并发现人的历史。人有多复杂，阳光就有多少颜色。不是单一的，是多维、多层次的。我们不能满足阳光暴露出来的秘密，还要把它的颜色拆开并仔细研究，等我们了解了它独特的结构奥秘后，就在心中把它重新组装起来。这就是人类开发太空的骄傲。互联网时代，阳光以它飞快的速度追逐着我们的生活。别去破坏臭氧层，因为人类身上最迷人的东西是它给予的，一是性格，二是精神，三是命运。它们深不可测，魅力无穷。

未来百年，我仰慕。新世纪的阳光照耀着我的时候，除了激动，我还有些惶恐。明天我们该干点儿什么呢？农民关注着土地的墒情，工人关注着企业的沉浮。我呢？还要关注文学新的生长点。通过精神，我们看到了它的价值；通过市场，我们又看到了它的真实面目。它对阳光和人的关注不会变。我们的信念和理想使真、善、美变幻着不同的辞章，在我们期盼的眼神里，留下了阳光的形状。新的百年里，我们牢记着勇气、怜悯和奉献等人类昔日的荣耀。在阳光下劳动，我们就一定能够收获！回眸百年，感激阳光，祝福生活吧！

第 三 辑

生命的绽放

我作过一幅画，画面上有一颗火红的石榴炸开了，红红的颗粒给我一种饱满、凄艳的美感，石榴上卧着一只绿蚂蚱。我给这幅画起名为《生命的绽放》。

在汶川大地震一周年之际，我随中国作家采访团来到北川县城，站在废墟上，望着废墟下面的红色，望着点燃的红蜡烛和红牌子，我忽然想起来北川前作的这幅画——《生命的绽放》。我画画喜欢用红色，即使是画葡萄，也喜欢用朱砂点缀在一颗颗葡萄粒上，它们红得凄美，红得让人心疼。朱砂是药材，也有避邪之功能。三十四年前，我是唐山大地震的幸存者，我被邻居从废墟里扒出来的时候，天亮了，见到的就是红色，到处是鲜血。我想，去年此时的北川县城，一定也是充斥着鲜血和死亡。当我走在北川县城的废墟上，踩着灰蒙蒙的石头，抚摸着一块块儿断壁，神经是疼痛的。如果说当年是麻木，那么现在则是疼痛；如果说当年是肉体痛苦，今天则是精神疼痛。人生若把痛苦的神经择净，剩下的自然都是幸福了。我沉醉于精神上不知道痛苦的怪病，享受着虚幻的幸福时，却发现了幸福的另一种悲哀，麻木的现代生活可以享受吃喝，可以享受荣华，可我们却无法享受生命中最动人的激情。因为那时生活中只有疲劳，没有激情。当走在北川县城的废墟上时，我看见了红色，这是由红蜡、红牌子组成的红色，让我重新感受到了一种暖意，一种疼痛，一种震撼。那敏感的痛觉却疼出了生命的激情、生命的绽放。那红色的牌子上写着："放轻你的脚步，放低你的声音，给逝者一片安宁。”牌子旁边，香火缭绕，一片红蜡烛静静地燃烧着，悼念者的脸庞被映红了。我为死难者献上一朵黄花，眼泪唰地下来了。眼泪是生命的甘露。我想，祭奠者的眼泪都是甘露。

“你对着废墟说几句，跟你妈说几句。”一个身穿羌族服装的汉子对一个四岁的小男孩儿说。小男孩儿好像没有听见父亲的催促，一边在红蜡烛上点燃冥纸，一边默默地流泪。我们在他们身边守候了很久。“那就给你妈妈唱一支歌。”那羌族汉子又轻轻地说。小男孩儿还是没有唱。孩子的脸很沉静，却被烛光映红，像炸开的“红石榴”。我激动地猜想，小男孩儿在想什么？除了思念逝去的妈妈，还想什么？孩子是沉痛的，孩子也是诚实的。不说话，不唱歌，却让他幼小心灵更加诚实。其实，许多诚实只可意会不可言传，诚实也是生命的绽放。

直升机来了，我抬头张望，看见一片片花瓣纷纷扬扬地洒落下来。这时候，小男孩儿才抬起头望了望天空。

我跟随众人往县城的腹心地带走去。东倒西歪的楼房，满目疮痍，惨不忍睹。这样的废墟我不陌生。我惊异的还是掩在废墟上的红色。细一瞧，泥石流埋着一辆破碎的红色轿车，车身只露出一点点儿。这一切又让我想到了那幅画。

残破的车身旁，有一块儿滚石。滚石上坐着一位白发苍苍的老太太。老太太呆呆地坐着，像坐化的僧人一样，一动不动。我走近了，被老人的目光震撼了。她目光坚毅、理智，但内心却涌动着死去活来的故事。经打听才知道，老人在悼念地震中死去的儿子。那辆被泥石流埋住的红色轿车，就是她儿子的车。儿子的尸体和车都埋在泥石流下面。在我们到来之前，老太太点燃了红蜡烛，又焚烧了亲自为儿子糊制的红色纸轿车。她喃喃地说：“他太爱这辆红色轿车了。”红色的车常常被北川人用于接送婚礼中的新娘。儿子刚刚参加完一位朋友的婚礼回来，就地震了。她默默地呼唤着儿子，好像儿子能开着红色轿车回家来。“红色”就是她的信念，她的寄托。

无论一年前的今天，还是一年后的今天，走进北川县城收获的往往是悲伤，那是因为大自然无情地伤害了人类。但是时隔一年，人们悲伤的程度发生变化了。人间用“红色”的爱，弥合了一些悲伤。忏悔和感恩使我们心灵变得宁静。老太太如此平静，让我惊讶。一年前的她会这样平静吗？我分明看见，老太太的目光盯着被泥石流掩埋的红色轿车，望着露出的那一抹红，眼里满是忧伤。那“红色”似乎就是她的整个世界，是她赖以生存并充满幻想、希望和温暖的世界。命运给她带来了悲惨，也赐给了她唯有悲惨才会体会到的最深沉的爱。老人孤独地望着，回味着逝去的美好，还有疼痛。

我想，灾难都是以人类文明的进步作补偿的。没有疼痛人就不会感恩，不会努力，不会发奋；没有疼痛也就不会渴望尊严。我永远不会忘记，北川县城废墟上的红色。我有了还想画一幅画的冲动，画面里石榴像火球，飞旋于废墟之上，超越世俗，向远方飞奔。唯有飞奔才会留下遥远的脚印。我仿佛看见，北川新城的那一片红色，唯有那里，才能迎接、亲近和拥抱生命绽放的光芒。

废墟上的风筝

——唐山大地震记忆

我有两个生日。

一个是我的出生日，一个是1976年的7月28日。那一年我十四岁。在第二个生日里，我经历了20世纪人类最大的灾难之一的唐山大地震。这是唐山人的蒙难日，也是所有活下来的唐山人的重生日。

地震的前一天，我们学校放假，那一天，我在旷野上奔跑，而今发亮的旷野，永远属于梦中的仙境。童年的芳草地上，撒下了我最初快乐的时光。我喜欢奔跑，我还喜欢在奔跑中捕捉野物。比如捉野兔，放学后，我背着背篓到野地里挑菜，当时我家养着十只小白兔儿。兔子能卖钱，用卖兔得来的钱维持我上学的费用。

黄昏的时候，我的背篓已经装满了苣菜，准备回家的时候，忽然看见一片野兔从我身边跑过。不知道那一天田野上为什么出现那么多野兔。我扔下背篓，急忙跑着追过去，费了九牛二虎之力才捉到一只兔子。回到家，母亲说："你是属兔子的，对兔子要友好。不然要遭报应的。"我笑着对母亲说："您这是迷信，打兔子与我属兔有什么关系呢？"母亲叹息了一声，摇着头，继续整理刚刚搭好的鸡窝。

野兔还是被母亲用锅煮了，也被我们吃掉了。那天姑姑和表姐都在，晚上，我们美美地吃了一顿兔肉。母亲给鸡窝搭了个棚子。鸡窝搭好了，可是几只母鸡就是不上架，不进窝。我满院子跑着追鸡，腾起满院的尘土，母亲生气地说："别逮了，不上架就算了，跑不远的。"我有些气恼地看着烦躁不安的鸡们。当时并不知道这是地震的前兆。我家住在离县城不远的唐坊镇上。小镇大多是平房，姑姑和表姐来镇上看病，也住在我们家。晚上有电影——《看不见的战线》和《侦察兵》，都是老片子，对门的小伙伴儿刘四新招呼我去看电影，他知道我是个电影迷。今天不知为什么，就是不想看电影，我摇头说："你去吧，老片子，我不想看。"刘四新自己悻悻地走了。

母亲奇怪我的行为，"过去为了看电影，深夜跑到外村去，今天送到家门口来，倒不想看了"。我也奇怪，是鸡不上架影响了我的情绪？不是，就是当时的情绪不对头。天气闷热。我呼吸着热风，浑身被汗水浸着。我到后院鱼塘里，洗了个澡，看见鱼塘的鱼一下一下地向上蹿着。有一条鱼竟然跳到我的头顶，跳几下，飞过去，让我体验了一回鱼从头顶飞过的感觉。我抓住一条鱼，好奇地看着，笑着，又慢慢将它放回水中，并不知道可爱的鱼儿在警告我，几个小时之后，将有一场灾难来临。

我从鱼塘里爬出来，回到院里，四周一片漆黑。一切都是静静的，我无聊地看着天空，没有一颗星星，十分疲倦地回到房间睡觉了，太热，我使劲儿挥舞着蒲扇，母亲也给我扇风。姑姑和母亲什么时候睡的，我全然不知，自己慢慢地进入了梦乡。

灾难到来之前，据说有一道蓝色的地光，后半夜三点多钟，母亲刚刚从外面看鸡回来，说看见地光，雷鸣电闪的样子，以为要下雨了，就赶紧进屋。还用毛巾擦了擦我额头上的汗珠，我没有醒，是地震给我摇醒的。大地处于一种强烈的痉挛中，先是猛猛地跳几下，然后又左右摇晃着，我听到一种从没听过的撕裂声。"哐哐"，时间很短，只见墙上的水泥片生硬地砸在我的身上、脸上。母亲和姑姑喊着："坏啦！"母亲护着我的身子，有一块儿砖砸在母亲的右眼旁，马上就流了血。母亲不顾自己，使劲儿护着我，把我搂在怀里。只听姑姑说："往外跑啊！"姑姑和表姐就跑到窗前，母亲也拽着我来到窗前，窗子摇晃得厉害，一下子把我甩了出去。我们再爬起来，我正要跳的时候，母亲忽然一把拽住我，窗前的院墙就轰地倒下来。我多亏没跳，否则会被厚厚的院墙埋住。

我没跳，灾难也没轻易地放过我们。轰隆一声，房顶的檩木和砖块就砸了下来。房顶落下的一刹那，我们都被震倒了，多亏有一只箱子放在土炕的东头儿，房顶直接砸在箱子上。我们被埋住了，但有一个小小的空间。我们都活着，艰难地呼吸着，感觉着。刚刚震完的十分钟，大地是异常的沉静，没有一点儿声音，我们都蒙了。过了一会儿，妈妈颤抖的手渐渐摸过来，乱抓着我的头：“明山，你没事吧？”我小声说：“妈妈，我没事儿。妈，这是怎么啦？”还没等妈妈回答，就听见外面的人喊：“苏联打过来了。原子弹，赶紧找武器。”我听出是住马路对面的何大树喊的，他是镇上的民兵连长。妈妈看了看姑姑，疑惑地问：“真是苏联的原子弹？”我想了想说：“不会，我们参加挖防空洞时候，听老师讲，原子弹威力大，我们压在里面也不能活着。”这时，外面就有人喊：“是地震啦！大地震啊！天塌地陷啊！”

地震，就是地震！这魔鬼，无情无义的魔鬼！这时我对地震有了最刻骨铭心的仇恨。我还能活吗？妈妈在里面鼓励我，让我坚持，然后自己喊着：“救人啊！”我也想喊，母亲不让我喊，怕我消耗精力。我喘息着，想哭了，母亲不让我哭，说哭也会伤神的。我憋足了气，使劲儿往上拱了一下，砖石坚固得很，檩木上还有一颗钉子扎了我一下，我又缩回来。我马上想到白天打死兔子的事情，立刻沮丧地想我不能活了。母亲不是不让我伤害兔子吗？可我又不甘心，我刚刚十四岁，生命就这样完结了吗？我还小，我没活够，我要出去。不一会儿，外面就下雨了，不断有水滴落下来。维持我们呼吸的空气的空隙就要慢慢被雨水填平。那时，我们会被憋死的。我已经感觉呼吸艰难了，嘴唇咬破了。母亲和姑姑大声喊着，呼救着。回想当时，鼻腔里火辣辣的，喉咙口像是塞着一个泥团子。我想把喉咙里的泥团子抠出来，可我几次伸手，手臂都不能回弯。我曾绝望过。在绝望之前，曾出现一个幻觉。我又跳到了后院的鱼塘里，水面上泛着蓝莹莹的光，仿佛是迷惘的眼神或盛满泪水的花瓶。我从没见过这样好看的花瓶。花瓶漂浮在水面上，显得很高贵、柔和、缥缈。这种蓝色是不是象征着无边无际的无限和寂灭？

我知道，我快要走了。我留恋也好，伤感也罢，都没用，也就是一口气的事情，就看上帝的手怎样拨弄我了。阎王爷开眼，并没有收留我。即使我杀了兔子，也没有惩罚我。快到中午的时候，邻居们纷纷赶来了，很快就扒出了我们，我没有受伤，可母亲的腿和眼窝在流血。姑姑用一个布条子给母亲擦眼角上的血。我们哆嗦着躲在院里的黄瓜架旁，感受着恐惧的余震。母亲默默地说："你的爸爸，也不知怎么样了？"当时爸爸在三十里地外的稻地"五七干校"集中学习。稻地是个古镇，离唐山二十里地，事后我才知道，父亲所在的稻地是整个地震的震中。

呼救声不断，我请求母亲让我到别的人家里救人。母亲摸摸我的头和身子，见我身上真的没伤，就点头答应了。我走前，母亲从黄瓜架上摘下一根黄瓜，让我吃了，管饿又解渴，救人好有劲儿。我大口大口地吃完黄瓜，就飞快地跑了出去，跑过默默的裂缝，看见裂缝里往外冒着黑水，水里夹杂着沙粒，我跑过高低不平的废墟，加入救人的行列。我跟着大人们救活了十几个人，也帮着大人拖出十几具尸体。我的手指流着血，但是自己已经没感觉了。到处是死尸，到处是哭声。我看着破烂的世界，感觉换了一个天地。累得不行了，就软软地跪倒在地上，身边就是一个死人的腿。

当时人的眼光不是长远的，而是现实的。我刚刚站立起来，母亲就来找我，听说陡河水坝给震裂了，水库的水位比我们的陆地高出十米，有三千六百万立方米的储水量，一旦崩塌这里就要变成一片汪洋，得赶紧往铁路上跑。母亲告诉我的时候，我看见许多人家，扶老携幼，纷纷往铁路方向跑。母亲、姑姑、表姐拽着我，也跟着往铁路方向跑去，心里想象着大水冲过来的惨景，老天难道真的不让我们活吗？不被砸死，还要被淹死吗？

往铁路上跑的途中，我看见镇上的理发师黄顺，平时他爱唱京剧。黄大叔推着一架小排车，车上盖着什么东西。他神情木然，慢慢地朝铁路相反的方向推着车，我和母亲问他为什么不往铁路上跑，黄大叔看了我们一眼，默默摇头，推着车继续走着。我细一看，破毯子下面露出三只脚来，一问才知里面盖着四具尸体。他的一儿一女，他的妻子和母亲都震亡了。他孤身一人了。他的嘴嚅动着，摇晃着，消失在我们的视线里。第二天我看见他的时候，他的满头黑发全白了。过去听人说一夜白了少年头，我不信，这次我亲眼看见了，黄师傅的头发白得像棉花，或是像雪。后来我在他理发馆理发的时候，没听见过他再唱京剧。

来到铁路上，看见歪歪扭扭的钢轨上聚集着好多幸存者，还有伤员和死尸。一个四十多岁的男人是我们镇上的电工，他没有穿短裤，救了那么多的人，天亮才知道没穿着东西，就从坑边拽来一片宽大的倭瓜叶，用小铁丝系在腰上，遮挡住神秘的部位。伤残人待在铁路上，我和能动的人一起，又加入救人的行列。晚上，水库大坝的险情排除了，听说有解放军一个排跑上水库大坝泄水，由于没电，泄洪闸提不起来，战士们就用钢丝绞车摇，其中一个战士被绞掉了一只胳膊，大闸被提起来了。

天黑如墨，我们回到家里。哪有家？只是废墟。我们吃着扒出来的绿豆糕，等待着父亲的消息。救人的时候，我的心里总是惦念着父亲。这里，离我们不远的公路上，烟尘弥漫，马达轰鸣。解放军十万救灾部队，摇晃着向唐山开进。仓促、混乱、火急火燎的。有一部分军人留在了我们镇上。飘飞着红十字旗的医疗车队也开来了。我冒着余震的危险，从废墟里扒出了父亲的袖珍收音机，一打开，竟然还能发出声音。听见新闻联播在播新闻：唐山丰南一带发生了7.8级强烈地震，还说病榻中的毛主席听见这个噩耗，都哭了——当时有不少人，哭泣着举着拳头高喊：毛主席万岁！在一个伟人最后的时光里，还在做着一生中最早立下的誓言：“拯救人民。”废墟中的唐山在他的心中。许多年以后，新唐山依然留着那殷殷温热。谁知道，两个月以后，毛主席他老人家就离开了我们。有人说，唐山人是给他老人家做伴儿的。据说新中国刚刚成立的时候，毛主席唯一亲笔题词的市级党报，就是《唐山劳动日报》，现今还在用着主席的题字。唐山人一直引以为豪。

我想骑自行车去稻地找父亲。母亲不放心，让我再等等，其实母亲也是心急如焚。这时候，乡下的姑夫来了，姑夫骑车去父亲学习的“五七干校”找父亲。姑姑则到祖宗的坟头上，烧纸祈祷。姑姑说祖宗显灵了，说我的父亲还活着。我和母亲听了非常高兴。到了后半夜，父亲顶着细雨回来了。母亲和姑姑都觉得是祖宗保佑着他的后人。其实，当时的父亲是很危险的，他所在的干校是震中，住的是集体大宿舍。地震的前一天，有位老干部怕风，要求与父亲换床，父亲就换了。父亲换到了紧挨门口的地方，一震，父亲就被悠出房间，甩到了外面的菜地上。那个老干部被砸死了。父亲还抢救了很多的人。后来我一直追问姑姑："你给祖宗上坟的时候，感觉到什么信息了呢?"姑姑说："感觉在心里是说不出来的。"也许是迷信，但我们对祖先的崇敬与迷信无关，它是我们的精神起源。

前面我提到的对门小伙伴儿刘四新，我想说说他的不幸。他喊我看电影，我没去，他是我们扒出来的。震后的第五天下午，我们看见直升机来了。飞机在没有开通的铁道线上盘旋。有人喊："飞机空投压缩饼干，还有大饼。"我们饿了，粮食压在废墟里的确扒不出多少。我和孩子们好奇地追着飞机，准备抢上一些食物。尽管有民兵维护秩序，还是控制不住混乱局面。我和四新眼看着飞机向下俯冲过来，就飞跑过去，四新比我跑得快，黑乎乎的袋子一个个往下落着。谁知，不幸的惨剧发生了，我眼看着一个袋子落在四新的头顶上，噗的一声响，四新就被砸在地上了。我和民兵赶到的时候，扒开他身上的饼袋，四新已经死了。死时，他的脖子没有了，脸是扁的，紫颜色，没有一滴血。再扒开饼袋，大饼已经馊了，不能吃了。我很伤感地喊来四新的家人，跟着把他掩埋了。

我还是个孩子，当时干的都是大人的活，拉水、建简易房，自己学会了木匠活和瓦匠活。我们家震后的房子是我垒起来的，我们学校的房子都是我们这些孩子建造起来的。我感觉，我过早地长大了，一下子苍老了许多。当时我们班共有五十一个人，等到学校见面的时候，有一少半儿的同学震亡了。老师点名的时候，没人喊到的，这个人就是走了。我们木了，说谁谁死了，就像今天说谁上外地出差一样平静。其实，平静是表面的，我们内心在流血，眼睛里含着泪。班长死了，最后是老师代替班长喊了一声："起立!"我们默默地站起来，低头向遇难的同学默哀。下课的时候，我们到河边采摘了一束束白色的野花，分别放在遇难同学的桌子上，深深地向他们鞠躬，祈祷他们能在另一个世界里，组成一个新的班集体。

我的同桌小勇胳膊上缠着黑纱。他跟我讲起他父亲的死。他家里的房子没有全部散架，本来他父亲拉着全家跑出来，是那台缝纫机，诱惑着他的父亲重新跑进去。父亲跑进去了，刚刚抱起缝纫机，余震发生了，父亲被压在新的废墟里没能再跑出来。

有一个老人，在学校的废墟上放起了风筝。走到跟前，我认出他是我们班贾志旺的爷爷。贾志旺跟着老师守校，震亡在学校里。他爷爷给他做的风筝，他还没放过一次，爷爷坐在孙子的坟头旁，给他放风筝，还默默地说着话："志旺，志旺——"

我们看着风筝，开始重建家园。有时候，生命的理性在意识里藏得很深，那一刻，我们望不到生命的旗帜。这只风筝，就好像是我们生命的旗帜。

唐山是凤凰城，古有凤凰栖落大城山山头的传说。凤凰是唐山人民心中的吉祥鸟。可是凤凰飞走了，在这个漆黑的暗夜里，痛苦飘落了。唐山有二十四万人震亡，几十万人伤残，七千多户人家断门绝烟，也使我们幼小心灵出现了一次巨大的断层。要弥合这个断层，得要多长时间？需要多少人间的爱？当时全国人民都支援唐山，唐山的伤员被运送到全国各地，唐山的孤儿有了依靠，政府在省城建立一个育红学校，我的一个老师就被临时抽调到那里。我目睹了唐山人送别孤儿的场面。

刚刚修复的唐山火车站广场，三千多孤儿默默地站在那里。他们身上都别有一个布条子，登记着姓名。我看见一个孩子腕上戴着两块儿手表，就问身边的老师，老师说："一块是他妈妈的，另一块是他爸爸的。"还有一个孩子脖子上挂着一个缝纫机机头，这可能是他们家的全部家当了。我还看见大一点儿的孩子怀里抱着刚刚满月的孩子，孩子手腕上的条子是空的。市里的一个老领导，颤抖着来给孩子们送行，他摸摸孩子的头，抱抱孩子，亲亲他们的小脸蛋儿，最后颤着声音喊："你们是唐山的子孙，永远是我们唐山的儿女，眼下我们没条件，先送你们走，等新唐山建成了，我亲自到省城接你们!”说完，他身体一晃，吐出一口鲜血，仰天倒地。我眼看着老人倒下去了，直挺挺地倒下去了。人们把老领导抬上了汽车。当时，孤儿队伍里乱了，哭声一片，火车缓缓开进来，孤儿十分有秩序地上车，火车为老领导，为唐山死难者鸣笛三分钟。事后，我才听说，那个老领导医治无效死去了，医生含着眼泪说：“他是为孤儿而死的，他已经身受重伤，内脏出血，他没吭一声，默默地组织抢救孤儿以及他们的安置，硬活了一个多月，已经是个奇迹了。”

我去远处拉水，还看见了那惨烈的一幕：埋尸场。在唐山与我们丰南县之间的三角地有一个砖窑，砖窑常年取土，挖出了一个深深的大坑。解放军的一个连队在这里负责掩埋尸体。由于尸体腐烂了，解放军戴着防毒面具，尸体也装进塑料袋里。我记得一个个头儿不高的解放军叔叔，手里摇着一面旗子，这面旗的颜色是很难辨清了，反正它在我眼里是黑色的。这位解放军叔叔嘴里含着一个哨子，他一吹哨，手里的小旗就使劲儿一摇，哗哗一响，工兵连的战士就把尸体往坑里铺一层，密密麻麻。解放军用铁锹往尸体上扬洒着石灰。空中有一架直升机喷洒着药物，白色的药物像夏天早晨的浓雾。我眼里的飞机就像一只飘荡的风筝。我木然地看着，心中没有恐惧，只是在断裂。后来我听说，这个解放军一挥手，就有一万具尸体埋进大坑。这个大坑总共埋着十六层。十六万人的亡灵在这里安歇。

人生的意义就是把个体的天然悲剧演成喜剧。家的意义同样是把悲剧演化成喜剧。给家酿成悲剧的意外有万千种，可是地震是对家造成破坏力的最大的一种。地震以摇荡的形式突兀地开始，许多个家庭都是以残缺的哀伤朦胧地结束或是夭折。当新的家庭再次组合起来的时候，总是带着灾难的阴影，走出这个阴影要经历多长时间？需要多少爱？

我还目睹了无数个幸福家庭在灾难瞬间的毁灭、挣扎、互救和组合的感人情景。

我对家庭的印象里，似乎女人与家的联系更紧密一些。对于男人来说，对待幸福应该就像对待女人；对于女人来说，认识家庭似乎就是认识男人。有这样一个家庭，有这样一个女人，地震中经历了非同寻常的磨难。她与恋人刚刚从知青点返城结婚，组成了一个美满幸福的家庭。他们的爱曾让那么多的人羡慕。男人是开滦煤矿的技术员，他那天在井上值班，而女人也在医院值班，她是医院的护士长。地震发生后，男人没有砸在废墟里，可女人却因为救护一个产妇，砸在废墟里，压了四天四夜。她受了重伤，还用仅剩的一瓶葡萄糖水喂活了怀里的那个婴儿。当解放军把她扒出来的时候，她因喉咙塞着一团儿泥而窒息。男人抱住她的尸体，含泪把她送到万人坑统一掩埋。天下起了大雨，男人走了，雨停之后，解放军在掩埋坑里，突然发现她还活着，因为雨水冲掉了她喉咙里的泥团儿。军人就赶紧把她送到机场，送往武汉治疗。男人不知道她还活着。此时，女人的妹妹也刚刚结婚，她的男人也在劫难中死去了。在她妹妹受伤、痛不欲生的时候，得到了姐夫的帮助。而他还有一个四岁的儿子。为了照顾姐姐留下的孩子，也为了弥补震后的创伤，他们很快就组合成了一个新家庭。这是一个真实的现象，唐山当时有好多破损家庭重组十分迅速。半年后，姐姐出院回到唐山，见到这个情景，简直无法接受。妹妹就想离开“姐夫”，让他们走到一起来。可她不愿意再破坏他和妹妹的幸福，就举手宣誓做了儿童村的妈妈。

我们看见的是两个家庭：一个是充满奉献意味的大家庭，一个是组合后愧疚不安的小家庭。他们互相搀扶着、安慰着，寻找新的爱的支点，用人间的大爱来弥补灾难造成的创伤。

当我采访这个姐姐的时候，问她为了妹妹或者孤儿而牺牲爱情的时候是如何想的，她只说：“如果家庭是七巧板的话，爱情只是其中的一块。虽然我的新家庭没有了爱情，可并没有丢失了爱。我喜欢这些孩子，孩子们也是爱我的。是我们共同的爱，支撑着我们的幸福!”

她的这番话使我很感动，让我们看到了人类战胜灾难过程中的伟大的爱。家庭不仅仅是单一的模式，也不仅仅是欢乐的抚摸，不仅仅是生儿育女，从某种程度上说，家庭就是一种感觉。

无尽的人海中，你、我、他，相逢、相聚和相知，却又分离。你相信缘分吗？那是一种美丽而温暖的牵系，你的身影出现在我的视野，他的眼睛凝视着我的家庭。你知道吗？你、我、他，谁也走不出家庭的幸福，走不出祝福和思念。

还有一个家庭，这是一个特殊的家庭。唐山电厂的一名女工，在地震前与男友相亲相爱，地震的前两天他们领了结婚证，就要到天津旅行结婚。因为她的男友是在天津海河边长大的，对家乡十分有感情。他们本来买好了地震那天晚上七点钟的火车票。他们赶到火车站的时候，因为她家里有事，而更改日期回到家里。谁知，夜里就把这个刚刚建立的小家庭给毁灭了。男人当场被砸死了，从废墟里扒出来时，男人手里还紧紧攥着那张车票。女人保留着那张车票，痛不欲生，之后毅然离开了这个城市，到了天津，举行了一个没有新郎的旅行结婚仪式。她抱着男人的骨灰盒，站在海河边默默地对他发誓："我要留在这个城市生活，永远不嫁，永远陪着你。"说着，她的眼泪就簌簌地流了下来。

果然她就没再嫁人，单身生活到今天，抱养了一个地震孤儿。她感觉自己有了个家，别人也以为她有个家。她原来在纺织厂工作，如今下岗了。她说自己的家很好，因为他们真正地爱过一次，不论结果如何，他们都不虚此生！人们为她这个家庭而惋惜、而钦佩、而感动，也对灾难有着本能的控诉！

纯洁的爱只以爱为目的，以爱组合的家庭是纯洁的。女人对第一次的爱终生不忘，而男人对新近的爱特别倾心，我们有时就想，如果活着的是那个男人，他也会像这个女人这样吗？不是让人们在情感上撕裂自己，梦中一样可以寻找家庭的芳香。

既然有爱来叩门，家庭就必须做出回答，家庭就像一本印刷好了的曲谱，任由男女演唱者自己来填词，这个词就是热爱和珍惜。我们的家庭面临的威胁还少吗？幸福的家庭拒绝地震，被地震摧毁的家庭依然幸福。因为我们人类有不朽的精神，有不朽的爱，它以足够的智慧来补偿那欠缺的一角，来慰藉和抚摸不安的灵魂。

没有欢乐的日子，有家就是欢乐。人是不朽的！

经历这场灾难的人是不幸的，经历这场灾难的人又是幸运的。我看见了人间的友好、互助的光辉。生命最可贵的精神，在灾难中怆然复活。这是我人生的一个重要经历，我常常对大地进行诅咒式的祈祷，由谁来开拓不幸灾难的救赎之路呢？就不幸而言，没有公道；就颤动而言，大地不会停止。有消息说，我国已进入了地震活跃期。1998 年，张家口坝上的张北尚义地区发生了地震。我去了，坝上粗粝寒冷的风，卷起漫漫黄尘，模糊了我的视线，我们对着大地问："你的心脏是不是有裂痕呢?"生命最常见的表情，渴望弥补大地心脏的断层。你为什么常以无序、顽固的颤动对待每个生灵？我多想游走于裂痕之间，捧起一片新土，将裂痕耐心地对接好。

人的意愿与大地的颤动无关，谁能挽留安宁？就像人不能留住逝去的岁月一样。当我们抚摸一块儿残砖、一道地逢、一方断壁时，觉得是在破译灾难的谜语，有一种说不清楚的情绪滋生。只有爱，人间的大爱，整个弥漫了那个颤动的黑色日子。

今天走在张北震后的土地上，我们忽然看见村头简易房前放风筝的孩子，他们在断裂的土地上快乐地奔跑着。一个老人眯着眼睛看着风筝，目光里是沉静和安详。孩子们的激情在风筝的飘荡中延伸，他们童真的目光超越了地平线。

他们和我一样，都是地震的幸存者。我为他们祝福。过了一会儿，放风筝的孩子，将风筝的绳索拴在树杈上，风筝是高高飘扬的，可在我的眼里，却忽然飘落了。我揉揉眼睛，看见孩子们默默趴在土地上，好像是静听着什么。他们在聆听什么？我猜测，他们是在听地声。经历过地震的孩子都习惯听地声。没有颤动之前，是听不到地声的，大地同样沉睡着。如果有声音，也是去日循环过来的声音。这声音压抑太久，爆发时是那样强烈。是当年的地声带给了我耳鸣。生活的渴望将这恐怖的声音化成新的声音，将那个稍纵即逝的颤动凝固成永恒的风景。大地是神，不可随意去冒犯神；大地是物，也请你展开仁慈的风度吧，造就生命的瑰丽，给我们以生命的意义。还是让我们祈祷安宁吧。从吉祥的景色中，我似乎看到了大地反省的眼神。

祝愿我们永远生活在平安的环境里，别让地震毁灭我们美丽的梦。让吉祥的风筝飘荡在碧蓝色的天空。

因为唐山，所以这样活

唐山人怎么个活法？不仅国人想知道，就是到了国外，也常常碰见友人提出这样的问题。原因是，唐山人经历过1976年7月28日的大地震。我想借这个短文来谈一谈唐山人今天独特的生活方式、行为方式、独特性格，来分析一下唐山地域文化的独特性。

唐山北依燕山，南临渤海，是座工业企业云集、经济发达的重要工业城市。有人称唐山是凤凰城。凤凰之所以成为唐山人心中的吉祥鸟，是因为古有凤凰栖落凤凰山头的传说。唐山既有凤凰的清秀明丽，又有冀东平原的质朴和粗犷。所以，唐山人的穿着不土气，虽然不如北京人，但是基本上与北京同步。因为是工业名城，唐山人穿着既有劳动人民应有的特征，又有时髦、端庄、清丽的一面，可以说是刚柔并济。刚，则豪放泼辣；柔，则多情如水。比如，唐山话的形象代言人，表演艺术家赵丽蓉老师，她身上的性格特征就是质朴、豪放、泼辣和幽默。而唐山籍的歌手于文华，她的外表和歌声都给人多情如水的感觉。

食，可是唐山一大特色，唐山人非常看重吃。唐山麻糖、万里香烧鸡和棋子烧饼都非常有名。吃与酒相连，唐山人喜欢吃、能喝酒。这可能与开滦煤矿有关。历史上的唐山是一个小荒村，皆因开滦煤矿的开发，才渐渐发达起来。旧社会下煤井的工人，生命没有保障，上井后大吃大喝，并不管日子的长久。今天，唐山作为“资源”大市，经济发达了，人们更是喜欢吃喝。大酒店开一家火一家，很多酒店如果不提前订桌，绝对没有位子。我的一位导演朋友来唐山，想让他的儿子在唐山举行婚礼。我随他到大酒店，一打听稍微像样的大酒店婚礼宴已预订到2006年底了。为什么北京人到唐山办婚礼？原因是京沈高速路便捷，一个婚礼车队开过来，在唐山吃得好，价位比北京便宜。说起婚礼，唐山一家开矿的老板孩子的结婚典礼一时成为网上话题。这个婚礼十分讲排场，动用二十八辆奥迪A8车，车队往返唐山至北京的时候还用重金包了高速公路。请来了央视著名节目主持人给主持婚礼，从香港租来了英国皇家用的东西。有记者问这个老板，老板美其名曰“拉动内需”。国外富翁生活节俭，多做些慈善事业。国内富人还没有这个意识，唐山富翁更为欠缺慈善意识。如果偶有慈善之举的富人，也别有目的。

唐山大酒店火爆，小酒店也火。连我们可怜的去处“黑蓝书吧”也改成小酒店了。在这里我简单介绍一下“黑蓝书吧”，这是我朋友王洪城开的一个专营正版、高品位书的书店。它在渤海浴池右侧一个角落，当年它的出现，像一盏灯火，照亮了这个古老的工业城市的夜空。书吧不大，环境却是精致、幽雅、高贵。买书人可以在这里喝茶聊天。老板王洪城是一个有高学历、有志气的读书人。开业之初，我就替他捏一把汗，他问我为什么这样，我说：“唐山不是文化城市，唐山不配有这样的高档书店。现在看书人太少，尤其是高档书，人们匆匆忙忙挣钱，忙着创业，忙着喝酒，忙着买好房、好汽车。”言外之意，书吧很难维持下去。果然美丽的它被小酒店取代了。老板到北京打工去了。在唐山大多数百姓视野里，也许没有人知道“黑蓝书吧”，但它的消亡让我伤感。我们唐山是诞生评剧、皮影和乐亭大鼓的地方啊！今天的“文化”气息被烟尘和铁粉、水泥遮盖了，被酒气遮盖了。

再回来说喝酒。唐山人喝酒，喝急酒。南方人喝酒慢慢品，唐山人有东北人喝酒的特征，“感情深，一口闷”。唐山人喝酒豪爽，与工业城市性格有关。酒里有唐山人的个性，有唐山人的志气，有唐山人的活法。酒文化与工业文化挂钩，能够修炼人的。唐山人的好品格不仅仅在醉意蒙胧的那一刻，而是在天长日久的自然流泻。唐山人喝着酒就把钱挣进腰包里了，唐山人的智慧、张扬、坚强、觉醒以及乐观幽默的人生态度，是由唐山文化深深浸入骨子里的。

唐山人的住，也有可说的地方。唐山的房价是河北省各城市最高的。新开发的房子，均价也跃过每平方米四千元。旧房子也超过每平方米三千元。我身边的朋友常常谈论，“唐山人真是疯了，这么个城市，还发生过大地震，房价怎么这么高?”有人回答，说唐山经济发达了，有钱人多了。这不能说是唯一原因，要知道，唐山有钱人多，穷人也不少。我还要从这个地域文化入手分析分析。因为唐山文化的根是开滦文化。光绪年间，开滦煤矿被英国人霸占过，英国人在这里盖了好多小洋楼，大地震时倒了一些，但今天赵各庄矿还有当年留下的几栋洋楼。从那时起，唐山人就在居住方面见过世面。矿主住洋楼，下井工人在井下黑了几天，上来就有间亮堂漂亮的房子住。地震后，唐山人从简易防震房走出来，内心最渴望的就是住上好房子。尤其这两年，这地方没怎么摇晃，人们的胆子就大了起来，楼房越盖越宽敞，越盖越高。一个朋友对我说：“大胆住高楼吧，大地震千年不遇，咱们总赶上？如果再震，即使没砸死，活着出来我也自杀，那老天也太不公平了！”我听后一笑，这是唐山人的幽默。但给我一些思考：唐山人心理抗灾能力很强，往往生出逆反心理，对待生活的态度不如其他地方认真、死板，他们非常豁达、开阔、灵活。目前这个价位在唐山可以了，不会掉，涨太多也不会。大平方米、豪华装修的房子诱惑着唐山人，给唐山人一个美丽的现实，一片安宁的阳光。他们会被沉醉，但唐山人还会在沉醉中觉醒……

最后要说说唐山人的“行”。这是一个十分有趣的话题。唐山人拥有好汽车，在全国是出了名的。奔驰、宝马、劳斯莱斯、奥迪 A8 等等好车、名车，随处可见。听说迁安一个老板到北京亚运村车市买汽车，他刚到时土里土气的口音还让卖车的人蔑视了一番。后来迁安老板说：“这种奔驰的车你们有几辆?”卖车人说有两辆。迁安老板说：“我全要了。”卖车人很是惊讶，更让他没料到的是，迁安老板要预订三辆，他说自己有两个儿子两个儿媳，他自己开一辆，四个孩子每人要一辆。卖车老板大悦。他那里经常碰上唐山来的买车人，每当碰上唐山口音人来买车，老板先让试车，试完车还宴请一顿。现在有一种说法，只要国内进口一种名车，一个星期后唐山大街上准能见着。一个西安网友说，他们那里有多少辆宝马 X5，唐山网友风趣地回击说，在唐山宝马 X5 已经是桑塔纳了。唐山人喜欢开名车，已成为风气。当然，开好车、名车是要有经济实力的，普通人家也拥有大量普通汽车。要思考这一特殊现象还得回归文化。

车是载体，纵观商品经济来看车，车是小世界，小世界却有着人生的大追求。唐山人喜欢运动、喜欢享乐，人的享乐品之一便是“车”。车帮助他们拓展生存的空间，增强生命的活力。同时，名车也给他们赚足了“面子”。唐山人好面子。如今在唐山人心目中，名车象征着一种身份。好车、好牌照闯红灯，连交通警察都不截。这现象当然不好，但多少透出人的一种心态。如今是物化的商品社会，唐山人经历过“大难”，应该有“后福”。“后福”里有他们的汗水和信念，他们懂得创造、懂得生活，无论遭受怎样的打击和困难，都能容忍，都能奋争，都能保持昂扬向上的心境。

说唐山的衣食住行，大多是冲有钱人说的。唐山是河北首富，可唐山还有穷人。一些下岗工人、进城农民工日子过得也十分艰难。唐山穷人与别处穷人活得也不一样，这种享乐攀比心理也一直影响到穷人阶层的生活方式。我认识一位朋友，夫妻下岗，丈夫赌博。家里住着震后的旧房子，还硬撑着买了一辆别克轿车开上了，丈夫嗜赌、喜欢好车，为了给汽车还贷走上了犯罪道路。还有的人片面追求住房大平方米，当上了“房奴”。穷人家漂亮姑娘瞄着有钱人家的公子，不惜丢了尊严去追求，还有的当了大款的情人。年轻人搞对象问的第一句话：“他家有矿吗?”或问：“有厂子吗?”如果有，别的条件都可以让步，如果没有可能就不见面了。追风的消费心理是唐山人的习惯。比如说超市，唐山有家乐福等大型超市多家，家家都火，原因是穷人都进超市消费来了。弄得一些露天小市场步步萎缩。

在这告别灾难的三十年里，人的躯体，像一座桥梁，人、神、鬼在这些桥上来来往往。人的生命过程，亦像一座桥，一辈子为人子或女，为人夫或妻，为人父或母。就是说，人总归要寻找“精神的家园”。旧有精神家园被地震摧毁了，自然要建立新的家园。人类得以繁衍，是因为有爱。唐山人这些年也一直用爱来弥合地震带给心灵的创伤。人要回归精神家园也是真情、真爱。我常听有钱的唐山老板说自己有多么孤独，说自己孤独的富人其实并不孤独，而是空虚。有钱了，身边有朋友、妻子、情人，美女如云，鲜花、掌声，怎么说孤独？其实质是缺文化滋养，精神空虚罢了，缺少真情和真爱，难怪有人慨叹：我穷得只剩下钱了。我们体会有文化底蕴的人走向孤独是真孤独，神圣才是真正的孤独，真正的孤独者不言孤独。文化如水，是滋养人灵魂的。唐山这个诞生“评剧、皮影、乐亭大鼓”三枝花的地方，属于燕赵文化的一脉。唐山大地震对唐山人文化心理影响非常大。抗震精神是唐山人民精神生活的一笔宝贵财富，这笔财富的源头是抗震，财富的终点是创造经济上的奇迹。也就是唐山地域文化的独特性。唐山三十年来的变化说明了这一点。如今党和政府带领唐山人民进行新的创业，一个美丽、富饶的和谐社会在这里诞生。唐山人享足了“后福”之后还会用文化滋养“穷”的心灵。这个城市制造过一个个的梦，更能制造一个个新的觉醒。

城市拓荒者

——我看“黑蓝书吧”

今天快节奏的城市生活，使我们充分享受着现代文明带来的幸福。可是，当我细细品味生活的时候，却惊异地发现，我们生活在城市巨变的前夜，真正的巨变尚未来临。

巨变前夜的躁动，更让我们感到如今的城市还缺少点儿什么。难道只有练歌房、桑拿浴、保龄球和股票交易厅才是我们城市文明的象征吗？我看显然不是！我们每每从这些地方走出，努力回忆着里面的情景，但是那些内容总是模糊不清。渴望和厌倦并存，就像坐在电视机前的渴望和厌倦一样。当唐山“黑蓝书吧”走进我的视野的时候，我才恍然大悟，当今的人应该读点儿书、读点儿好书。

读书像回首往事一样，永远美丽，因为它不仅仅是一句许诺。有人说，保持健康的最重要条件不是营养而是勤劳，那么，保持人的精神健康的最重要条件不是勤劳而是思想。思想从何而来？那就是读书。

“黑蓝书吧”很小，在渤海浴池右侧的一个角落，不细心的人很难注意到它的存在。可它的出现，却像一盏灯火，照亮了这个古老工业城市的夜空。这个城市很富有，这个城市又很荒芜。“黑蓝书吧”是这巨变前夜的拓荒者，它吸引了无数读书人，从那里买书，在那里读书。对书籍痴迷的人是那里的常客。理想的光芒照亮了读书人久久等待后的茫然，使他们的生活充实而有了依托。

在“黑蓝书吧”开业的最初时间，我由诗人赵彬介绍，认识了小书店的主人王洪城先生。这个有着高学历的小伙子，长得清秀雅气，白白净净的，一看就是个书生。他是个读书人，如果他是个工人或是农民，就不可能有这样的举措了。我喜欢这个小伙子，从内心钦佩他，同时也为他捏着一把汗。我就称他为城市的拓荒者。他以一个特殊的角度揭示着城市、社会和时代。为什么？因为他和“黑蓝书吧”出现在唐山，尴尬和荣耀是共存的。唐山有这样高档的书店，本身就是奢侈的。换句土话说，唐山不配有这样好的书店。不是我这个写书人贬低唐山的读者，而这确实是客观现实。现在的人忙着挣钱，忙着创业，忙着喝酒。好多人以忙为荣，忙是成功的前奏，尽管有的人也忙不出个什么好结果，反正没有忙着读书的。孤立无援的恐惧侵袭着小书店的肌体。王洪城的拓荒精神便在于此，他感染了我，也将会感染许许多多的读者。

“黑蓝书吧”的环境是诱人的，精致、幽雅且高贵。买书人可以在这里喝茶、聊天。在这里，我看见一些记者、教师和学生形成了一个文化沙龙。我在刚刚创作的一个长篇小说里如实记录了“黑蓝书吧”的环境。古人读书是非常讲究环境的。环境是一种气质、是一种美德，因为它不仅表现出我们对世界的欣赏和品位，也会给我们的身心带来温馨和轻快。用自己的体悟、自己的感怀和自己的视角享受它。你会觉得，在这样的环境里读书是人生一大乐事。

读者队伍需要培育和引导。虚妄和繁复、抗争和获取，都在魔术般地变幻着，在我们心中留下不可磨灭的印痕。王洪城和他的朋友们把钱财投入到这里，是想收获效益，同时也是在寻找自己的快乐和享受。他是个读书人，一个有志气的青年知识分子。享受里包括对别人的贡献，不付出辛劳又能如何得到这些快乐呢？正如一个诗人所说，读书人是一盏灯，用一份小小的热量，照亮并唤醒人间的欢乐、神圣和美好，化解痛苦和忧愁。这是人生质量的最佳证言。

人是不朽的，人在城市中发出绵延不绝的灵魂的声音，人生活在城市里的智慧是靠读书获取的。文化的特殊荣光是振奋精神，提醒人们记住勇气、荣誉、自豪和希望。城市是丰富多彩的，个体生命也是千姿百态的，面对人生的大河，我们渴望从小小的“黑蓝书吧”里感受生命神圣的韵律。

劫难后的唐山人

说起唐山人，就无法躲开那次大地震。

有时候，生命在我理性、炽热的视线里，藏得很深。那一刻，我们望不到生命的旗帜。只有生命不屈的断层，还有废墟上生命灾难的舞蹈。二十年前的 7 月 28 日，是我们唐山人的蒙难日。强烈的地震，把我的家乡变成血与泪浸染的废墟。

这一年，我十四岁。当亲爱的邻居们，把我从废墟里扒出来时，已是震后的第二天了。唐山是凤凰城，古有凤凰栖落山头的传说，凤凰一直是唐山人心目中的吉祥鸟。凤凰飞走了，深深的暗夜里，飘落着，在人类最痛苦的时候，让百万人的心灵，出现了一次前所未有的巨大断层。

我感觉，这一刻，把我的生命分为两层。二十年过去了，那个悲惨的瞬间，已消隐于岁月的风尘。可是生命和心灵断裂的痛苦，依旧牵引着我的思绪，去寻找留下苦难的故事，让生命的脚步声复活在春天的纸页里。

看看今天的日子，是灾难后的安宁，是觉醒，是伤感，还是喜悦？抗震纪念碑像四只伸向天际的巨手，是这片土地不屈而成熟的嘱咐。我想理解生命，找到一老一少的幸存者，以音乐的方式，弥合生命的断层。

杨煜，是我的兄长、朋友。他已是很有成就的音乐家了。震前，他拥有一个幸福美满的家庭。地震夺去了他的妻子、儿子和女儿的生命，留下他一人弹奏着哀伤的曲子。从1983年开始，他以全部生命和心血创作《C大调第二钢琴协奏曲》。我看见他总谱的扉页上，重重地写着“献给唐山多灾多难的土地，献给家乡不屈的生命”。在纪念抗震十周年之际，他的这部作品连同他与枫春、韩溪共同创作的交响大合唱《唐山，烈火中再生的凤凰》一并进入中南海怀仁堂演出，中央电视台向全国现场直播。看着画面，听着音乐，杨煜哭了。他对我说：“那一刻我感到生命的断层弥合了。好似偿还了一种夙愿。”我终于听懂了他的心音。

经历这场灾难的唐山人，把灾难当作人类生存命题来思考的人并不很多。但是他们更加珍惜安宁的生活和人间的爱。每年清明节，唐山往往有落雨，人们默默对死者进行祭奠，在大街小巷的十字路口，他们焚烧寄托哀思的冥纸，连雨和风都是黑色的。但他们心灵的断层弥合了。在焚烧冥纸的地方，我找到了地震孤儿党育苗。在大地震中，失去父母的孤儿有四千二百零四人。这些孤儿，当时年龄小的还在吃奶，年龄大一点儿的也没有生活自理能力。当时，党育苗才是六个月的婴儿。

党育苗如今已长大成人，在唐山市路北区民政局工作。1991年春节晚会上，江泽民总书记接见的唐山孤儿便是她。震后育红学校收养了五名婴孩儿，两个大的一周岁，三个小的才六个月。校党委和阿姨商量，为婴儿们起名党育红、党育苗、党育新。她们都姓党，是党的女儿。党育苗收到党育红从维也纳寄来的一盒录音带。她深情地听着，默默地哭了。她说，她们三姐妹很早就分开了。党育红被外国人收养，成了维也纳青年歌唱家了。这盒带便是她唱的歌。不久，她又从维也纳为唐山的姐妹们捎来了自己的新照片，这声音、这照片，弥合了她们心灵的断层，使命运沉淀为黄金。

一曲音乐，凝聚了人类抗争灾难的思考和精神。眼睛告诉心灵的故事是不会忘记的。生命可贵的精神，在生死涅槃中怆然复活。在死神投下阴影的地方，岁月中的每一步，都是生命之轮看得见的转动。我手中的笔如何书写这生命文本，如何追寻这场灾难？随想，有时会撷来生命的真滋味，更加懂得爱。

劫难使唐山人更加懂得爱、珍惜情了。记得那年南方发大水，中央电视台有个综艺节目，是著名演员赵丽蓉与巩汉林演的一个小品。赵丽蓉的满口浓烈而亲切的唐山话，使唐山话更为广泛流传了。这个小品是讲唐山人为水灾地区灾民捐物、捐钱的事，唐山人看后感到很真实。外界以为赵丽蓉的话是标准的唐山口音了，其实不全是，那是昌黎、滦县、乐亭一带的口音。赵丽蓉是唐山滦县人，她的口音味道浓烈是有地方基础的。有一次我在河北涿州参加"何申、何玉茹作品研讨会"，会上说了几句心里话，参加会议的作家、教授汤吉夫老师笑着说："听见你发言，就感到赵丽蓉来啦!"我听后就笑了。我问他，"唐山话是不是挺好笑?"汤老师说："不，很亲切。"有时我就想，经历了大地震的唐山人有后福吧，唐山人出差到哪里，哪里就询问这场灾难，活下来的人总有那么一种侥幸心理，说自己命大福大，边说边感激当时全国人民的支援。二十年过去了，唐山人仍不会忘那份殷殷深情啊!

1996年7月的一天，我从唐山抗震纪念碑前走过。得知上海医疗队又来唐山了。当年就是这支医疗队救护唐山伤员。我就过去感受那激动人心的场面。一位叫崔凤秀的大妈听说上海医疗队来唐山出诊，她见到医疗队的医务人员就喊恩人，然后泣不成声。她们一家人还奉上一面锦旗："双来双生二十载，恩深情重难忘怀。"当时我不知内情，一问才知道，是上海医疗队医务人员在大地震中为怀孕的崔凤秀接生，接下双胞胎。当时难产，医务人员可费尽了心力。家人当时为两个孩子起名，老大部双来，老二部双生。如今老大部双来在远洋宾馆工作，老二部双生职高毕业也走上工作岗位了。那年南方发大水，他们一家以部双来、部双生名义向南方发水灾区捐助了二百多元钱，钱不多，也算是唐山人的一点儿心意。这次见到上海医疗队来人，他们除了谢恩，医疗队临离开唐山时，他们全家又送给上海医疗队十斤麻糖。麻糖是唐山的特产，上面裹着蜜，她们全家的意思是祝愿上海亲人甜甜蜜蜜。"十斤"代表她们作为唐山人的实心实意，并祝他们今后生活十全十美。可见，经历过劫难的唐山人每时每刻都在进行精神的洗礼，传递着、回报着人间的爱。像这样关于劫难留下的感人故事，在唐山真是太多太多了。

打开岁月的栅栏，一边是我们经历过的往事，凝固了爱的姿态；另一边是通往明天幸福之殿的大门。唐山人格外喜欢“福”字。最近我把自己的一部长篇小说取名《福镇》，由此改编的电视连续剧也叫《福镇》。逢年过节，唐山人在门上、窗上贴“福”字。大难之后必有后福。唐山人愿幸福永远环绕这方土地。在携手共度的人生旅途上，实现唐山人独有而珍贵的愿望……

燕赵大地的根脉

说到燕赵大地的根脉，就让我们想到河北人文精神。有根脉，精神就不会倒，精神还会在历史传承中充盈着新的力量。

回顾燕赵历史，我们有着无限的感慨和自豪。有个普遍的说法，自古燕赵多慷慨悲歌之士，其实，何止慷慨悲歌？早在两百万年前，这里便有了人类聚居，考古学家发掘的阳原泥河湾古人类遗址就是证明。至今尚存的新石器时代的仰韶文化遗址更是遍布太行山东麓。在武安磁山文化遗址发掘的人类在七千年前，从事农牧业生产和打制工具留下的陶窑、鸡骨遗骸，堪称世界之最。在文化方面，神话传说传递着燕赵远古先民的历史和文明，反映了燕赵大地开天辟地的艰难和勇敢。河北有一个古今人物传说的文化层，文化层中的历史人物都有辉煌的传说，如秦皇岛与秦始皇的传说。历朝历代发生在河北的历史事件数不胜数，比如，秦始皇方士徐福以寻找长生不老药为名东探海疆，在盐山一带招募培训童男、童女和百工，携带五谷良种和大量财宝为日本列岛带去中国文明。悠久的文明史上，在河北发生的历史故事中最具代表性的有：赵氏托孤、燕筑黄金台、荆轲刺秦王，将相和、韩信背水一战、戚继光抗倭、沙丘兵变，等等。自古以来，就有燕赵儿女不堪列强入侵，以河北威县沙柳寨拳师赵三多创建的义和拳为主，举起“扶清灭洋”的大旗。在抗战时期，地处华北腹地的河北，几乎县县、村村都有抗战的传说和故事。比如“狼牙山五壮士”“冉庄地道战”“雁翎队的传说”，等等。河北人民敢于斗争，勇于开拓，强国富民的民族精神、思想力量之重，无不显示着燕赵儿女的个性和品质。

因经历了毁灭，才更加珍惜拥有；因目睹了死亡，才更加热爱生命；因感受过博爱，才更加懂得感恩。这次汶川大地震，河北人民积极行动起来了！这些经历过唐山、邢台、张家口张北县大地震的特殊省份，在悲痛中爱心奔涌，怀着不愿回首的悲壮驰援汶川。

天若有情，天亦感动。河北人民的爱心和善举，不仅需要善良、力量，更要有大的勇气！所以说，河北人民不仅仅是感恩，还有流传不息的燕赵侠风以及中国人同心赴难的民族美德。河北在建设沿海经济强省，要“三年大变样”，这里有河北新人文精神的滋养，用汗水和信念创造新生活。河北人懂得创造、懂得生活，无论遭受怎样的打击、困难，都能容忍，都能奋争，都能保持昂扬向上的心境。河北既有厚重的一面，又有飞扬的一面。找其根源，就是因为它有根脉，有根脉精神就不会倒，有了精神，是什么样的奇迹都可以创造的。河北人文精神使燕赵大地有了生命，有了灵魂，有了出神入化的魅力。

无论是唐山大地震，还是汶川大地震，抗震精神都是一脉相承的。汶川大地震，生命中最宝贵的精神在灾难中怆然复活。三十二年前的唐山，留下了抗震精神，今天的汶川，是对唐山抗震精神的深化，是对民族心灵的净化与强化。其实，唐山伟大的抗震精神也是河北人文精神的一脉。正像钱理群先生所说：“我们这个时代需要并正在形成的三大精神，一是以生命至上为核心的仁爱精神；二是以多元社会、文化并存为核心的宽容精神；三是社会参与和承担的责任意识。”因而要建设一个更加人性化的仁爱中国，建设一个国内各民族团结和世界和睦相处的礼仪中国。抗击灾难带给我们的精神资源，是在两次大灾难中，我们的人民用生命和鲜血换来的，非常宝贵。是的，灾难改变了我们很多很多！也许这是灾难留给我们最大的精神财富吧！有人说，这次地震对我们的生活产生了巨大影响，心灵经历了一次洗礼，灵魂得到了升华。在灾难的考验面前，在真、善、美的感召下，相信有越来越多的人会反省自身，不断认识自我，不断提高自己。领导的改变、政府的改变、人民的改变，最终让我们的国家改变。这样的改变正在不知不觉地发生，并且有如春雨润物，潜移默化地、长久地产生影响。这种精神能量是无法估量的！

因为有西柏坡，红色是石家庄的品格。西柏坡让我们怀想那逝去的流金岁月。石家庄没有把红色僵化，而是非常灵活自如。事实上，红色文化有说不完的话题，我们重新述说的时候还有几种可选择的余地，正是这种选择，才显示了红色文化的力量，那红色，像石家庄的爱心一样炽烈。前不久，汶川抗震英模报告团的同志到石家庄做报告，他们参观了西柏坡。我们一下子读懂了，为什么我们的人民这样团结，为什么悲痛即刻转化成爱的凝聚？是因为红色文化在我们的土地上世代繁衍，生生不息。红色与人有了心灵感应，西柏坡，这个红色的小村向我们招手，彼岸不是虚空、不是境界，而是一座超级的能量供应站，是河北人文精神的源头。

奥运会就要在祖国首都北京举行了。这是我们中华民族的骄傲！因为河北所处的地理位置，燕赵儿女以什么样的姿态迎接奥运？河北人民心里都有这样的呼喊：保北京安全，保奥运安全，保奥运成功！为中国加油！这一历史荣光，为弘扬民族优秀品德和思想，弘扬我们河北的人文精神提供了空间和舞台。

河北人的勇敢、开放、超越的个性和品质已经升华为一种不朽的人文精神，融入河北人民的血脉，成为燕赵文明新的灵魂，向世界展示出大爱的力量，展示出燕赵儿女战天斗地的崭新风采！如果历史的传说是一种偶然，那么英雄的中华民族和不屈的河北人民，则用这样一种必然告诉世界：一个民族和一方土地所拥有的坚强意志和它选择的勇敢面对，是任何力量也无法摧垮的！燕赵儿女是最强大的！这就是燕赵大地留给人类历史的核心价值和永恒思考！

有关地震的话题

我是唐山大地震幸存者，很久不愿提起这段伤痛了，但是，汶川大地震又勾起了我对唐山大地震这段惨痛经历的记忆。

1976 年 7 月 28 日凌晨三点多钟，一道蓝光闪过，在大地剧烈的痉挛中，我和母亲就被埋在废墟里了。我们呼喊着，母亲不让我喊，怕我消耗体力。不久就听见外面的呼救声，大雨就落下来了。维持我们呼吸的空气的缝隙就会被雨水填平。我明显感觉呼吸的艰难，伸了几次手，手臂却不能回弯。母亲的眼角被砖头砸破了，流着血。我曾经绝望过，在绝望之际还出现过幻觉，我仿佛望见了后院的水塘，水面蓝莹莹地闪光，很像一个蓝色花瓶。花瓶漂在水面上，高贵、缥缈而虚幻。这种并不吉祥的蓝色是不是象征着无限和寂灭？几个小时过去了，上午十点左右，邻居们把我和母亲从废墟中扒了出来。我没有受伤，很快就投入到救人的行列里。灾难来临时，人的互救非常重要。救人的黄金期里，由于道路和桥梁受到严重破坏，外界救援人员进来是需要时间的。这之前互救是多么重要！我就是得益于乡亲们的互救，同时我还参与救援救活了好多人。这次汶川大地震，由于道路很难打通，自救互救也同样取得了成效。

我看到，这次在汶川大地震中国家的反应速度还是很快的。时间就是生命，从党中央、国务院到各地方部门，从解放军、武警部队、消防官兵到公安干警，从专业救援队到普通志愿者，从各级领导到人民群众，为抢救成千上万的生命，争分夺秒，与死神开始了一场惊心动魄的生死竞速。在汶川这样恶劣的救援环境中，我们的党和政府都实施了强有力的救援，当我看着电视画面中军人抬出一个个幸存者，我的眼睛都是湿润的。那个被废墟掩埋了七十五个小时的小学生被军人救出时，情不自禁地向子弟兵敬少先队礼。1976 年要达到这样的救援能力是不可能的。汶川地震后外界马上就知道了，当年唐山地震后，是开滦矿工李玉林开着矿山救护车开车去北京中南海报信的。

纪念唐山抗震三十周年时，凤凰卫视《口述历史》栏目找我做一个关于地震的节目，我又把这些情景过电影似的复述了一遍。震后的第四天下午，我看见我所在的唐坊镇上出现了抢险的军人和医疗队，还有直升机空投食物。记得当时，我仇恨地震，地震真是魔鬼，无情无义的魔鬼！我从电视画面中看到，汶川地震的幸存者也有这种仇恨心理。潜意识里在说，我们好好地生活着，地震，你凭什么这样无情地破坏我们的生活？当时我还小，不知道唐山坐落在断裂带上，汶川也同样在断裂带上啊！

当时我还算是孩子，抢险救灾时干的都是大人干的活儿，拉水、建设简易房，还学会了木匠和瓦匠。我们家震后的房子都是我亲手垒起来的。我感觉自己过早地长大了，一下子好像苍老了。我们班上的同学震亡了一半。还有，我看见过那一幕，唐山与丰南的三角地埋尸场，这是一个深深的大坑，是砖窑常年取土形成的。解放军的连队在这里掩埋尸体，一个解放军嘴里叼着一个哨子，手上摇着一面小旗，他嘴里的哨子一响，手中的小旗一摇，就有一具具的尸体投进大坑里，密密麻麻的。后来听说，总共有十多万个亡灵在这里安歇。解放军用铁锹往尸体上扬洒着石灰。空中盘旋着飞机在喷洒白色的药物。我眼里的飞机就像一只飘荡的风筝。我木然地望着尸体，想象着多少鲜活的生命在这瞬间走了，留下多少残缺痛苦的家庭。当新的家庭再次组合起来的时候，总是带着灾难的阴影。走出这样的阴影，是需要爱，需要时间的。

为了让劫后余生的人得到家庭温暖，唐山当时组织撮合了好多临时家庭，这种特殊时期的重组家庭有它的时效性。街道办事处的好心人，在震后两个月就组合了一批家庭，当时的情景非常感人。可是，毕竟两个人的磨合期太短，匆忙了一些，后来还有好多家庭散了。我希望汶川震后汲取这样的教训。我为了创作反映唐山大地震的电视剧《唐山绝恋》采访了近百个组合家庭，其中一个女人的丈夫和女儿在地震时震亡，她组合了新的家庭，很快又走出重新组合的家庭，去天津国际儿童村做了妈妈。她说经历过大难的人，应该活明白了，走出家庭的小爱去寻找人间大爱。她要把爱献给没有父母的孩子们。这次汶川大地震后，我们唐山去了好多志愿者。其中有一些是做心理诊疗的，经历过大难的人现身说法，还是很有意义的。有今天的新唐山，就一定会有明天的新汶川。这次汶川大地震我们政府救灾更加人性化了，增加了心理救护，我觉得很重要。我们国家经过三十年的改革开放，综合实力强大了。无论是通信、运输，还是救援能力都大大增强了。经过运输，解决了前期食品和水的问题，在抢险忙乱过后，失去亲人的人们就会安静下来，安静期特别悲痛。在电视画面里我们看到这样一位医生，他是来这里旅游的广东人，一家九口人都在汶川震亡了。他带着外伤和内伤治疗伤员。记者问他为什么这样坚强，他说："那么多人还压在废墟里，他们需要我。现在我还不到哭的时候！"所以他在用忘我的工作，甚至是疯狂的工作来补偿着什么。像他这样的人可敬，他也是人不是铁，过去这段时间，他的精神仍需要呵护，需要精神的搀扶，需要爱来慰藉和抚摸悲苦的灵魂。

2004 年，我担当编剧的反映唐山大地震的电视连续剧《唐山绝恋》开机了。我身边的唐山朋友是不理解的，甚至在播出的时候也不愿看。我理解他们，失去亲人太痛苦了。他们不明白，过去那么多年，重提唐山大地震，而且拍得那么惨烈，有必要吗？我说："我们需要锻造一种精神，一种抗震精神，我们英雄的唐山人民创造了今天的经济奇迹，靠的还是'患难与共，百折不挠'的抗震精神。"今天，我们每天都在牵挂着，每天都被感动着，在汶川抗震救灾的生命大营救中，同样形成了一种伟大的抗震精神。同时，我还有一个想法，借助这样一个灾难中的爱情绝唱故事，给观众介绍一点儿地震的前兆反应以及防震、抗震的小知识，让我们珍惜宝贵的生命，学会如何应急避险。让我欣慰的是，去年广西卫视播出这部电视剧的时候，好多观众给我来信，探讨这些神秘而简单的小知识。我们的大地并不是太平无事，它潜藏着巨大的危机，汶川大地震就证明了这一点。我们平时多一点儿忧患，多一点儿警示，当大难来临的时候我们会从中受益的。人是渺小的，但在与灾难的抗争中，人又是伟大的，是有所作为的。在唐山和汶川这两场悲壮的人与灾难的较量中，我们分明看到了人的智慧，看到了人性的光辉。日本学习防震知识就从娃娃抓起，一些小学经常举行防震演习，教育孩子们地震到来时不要慌乱，保护好头部，从容有序躲避，有的学校还利用模拟地震晃动体验感受地震，这是有好处的。在电视画面里，我看到北川的一个死里逃生的男孩儿，他用课本上学到的一点儿防震知识，躲过了这一劫难。这就是知识的力量。

当然我们会想，能够提前预测大地震多好。我们知道上天容易入地难。科技发展到今天，我们依然很难准确预测到地震。但是我们用生命和鲜血却锻造出了一种抗震精神。我们后人应该从唐山大地震和汶川大地震中汲取经验和教训。这样的认知饱含着我们的艰辛和血泪。

无论是唐山大地震，还是汶川大地震，都让我们看见了党和政府的力量，看见了人间的友好，看见了互助的光辉，生命中最宝贵的精神在灾难中怆然复活。地震是我人生中的重要经历，我们常常对大地进行诅咒式的祈祷，由谁来开拓灾难的救赎之路呢？我们问大地，你的心脏是不是有裂痕呢？你为什么以无序、顽固和剧烈的颤动对待我们每一个生灵呢？我们多想游走于裂痕之间，捧起一片新土，将裂痕坚固地对接好。我们抚摸一块块儿残砖、一道道地缝、一方方断壁，觉得这些就是破译灾难的咒语。于是，生命的目光超越了大地。我们从吉祥的景色中，似乎看到了大地反省的眼神。

景若在，梦就在

我们生长在长城根儿的游人，游览长江的心情是很激动的。举世瞩目的长江三峡工程，又使古老的长江再度辉煌。1996年初冬，我和我们“三驾马车”的另外两个老兄何申、谈歌受湖北《芳草》杂志社的邀请，乘船游览了长江三峡风光。我到长江漂流还是第一回。小时候，我在课本里读到刘白羽先生描写长江的散文，便对长江神往了，这条发源于青藏高原的大江，汇千川百河，鬼斧神工地劈开崇山峻岭，席卷巴山蜀水，一泻千里东流去。

由于没到白帝城，船从宜昌出发，过大三峡时已到夜晚，给我留下深刻印象的算是游小三峡了。第二天的黎明，我们的游船从四川的巫山镇出发。初冬了，可小三峡两岸的景色还是那么迷人。巫山小三峡是龙门峡、铁棺峡和滴翠峡的总称。来前听人讲，小三峡的绝妙之处就是它的小巧秀雅，状若盆景，兼有“三峡之状，桂林之美”。今天亲眼所见，果然名不虚传。导游小姐陌生的口音是那么亲切。我觉得眼前山奇雄，峰奇秀，滩奇险，水奇清，峡奇幽，石奇美。一段水一片景，一重浪一重天，仿佛是欣赏一幅立体感极强的优美画卷。

船过龙门峡，我真的看见了龙门，峭壁指天，雄壮巍峨。游船驶过龙门大桥时，我想象着三峡工程大江截流后，这里水位上涨之后的样子。当西岸绝壁上一个个方孔展现在我眼前的时候，没等我去问询，百花文艺出版社的王俊石老师就说：“这里是古栈道遗迹。”我马上联想到《三国演义》里烽火连天的古战场。这些方孔，孔距五尺，排列均匀，栈道绵长，主干起于龙门峡，沿大宁河绝壁，北经巫溪县延伸到很远的地方。

日月是百代的过客，人世的沧桑，如过眼的云烟，如今去而复来的只有游人了。在这一脉拥有特殊历史、社会和文化风情的地方，我不仅看到了古栈道的遗迹，还能隐约看到悬棺、船棺，还有富有传奇色彩的野人传说。我们听到了激越高昂的巫山民歌。这些都是我们人的思想载体，载动我们对历史人生的感悟，载动这些人文盛景带给我们的无限乐趣。我觉得这个世界的美是针对丑而生的，没有丑陋的风景，只有丑陋的眼睛。丑也能丑出魅力，看来美丽并不是我们人类唯一的王牌，大自然的永久魅力是一种天然的和谐所产生的震撼心灵的力量。这里的风光是常被人赞美的，当人类赞美大自然的时候，竞争和选择同样是它的生存核心。这是一条十分残忍的规律，机会和生命力决定生存。我们不止一次看见岸边大树下黄色的岩菊，为了争取阳光拼命地生长，其弱者不得不最后倒下的凄凉场面。我们人类不是这样吗？人来到这个世界上不得不面对那既成的一切，就构成了命运的序曲和基调。不要屈服于命运，其理由是命运通常并不怜悯失败者。

在我们思古怀旧的情绪中，游船就驶到了青狮守龙门。转过山脚就是青狮守护的“九龙柱”和“灵芝峰”。柱旁有一柱若蘑菇状的石峰，形如伞，传说是神女为百姓治病所种的灵芝。

游船出了龙门峡，便到铁棺峡了。铁棺峡的流水是很急的。这时西岸一块儿黑褐色的巨石映入眼帘，然而我这时却注视着船边的水。这里的江水十分清澈，我想起《论语·雍也》中的两句话：“仁者乐山，智者乐水。”我的名字就是爷爷翻弄《论语》时起下的。由此我想到了人生。在这美丽的大自然面前，我们应该怎样生活呢？人为幸福而生，正如鸟为飞翔而生一样，飞翔就像梦，紧紧抓住梦，如果梦消亡了，生活就成了一只折翅的鸟，不能飞翔。心若在，梦就在，梦告诉我们，声声呼唤理想的人，也许是心灵空虚的人。其实，人生的道路要自己走。世界很大很大，就像这小三峡的景观，容得下我，也容得下你，还容得下他。

水是小载体，叠映着小三峡的小世界。纵观宇宙看小三峡，的确是小世界，小世界里有着人生的大境界。人的生命力的强大，总是与水有关，激流帮助我们不断拓展生存的空间，我们的命运与流水同行。面对人类的流水，富有创造的精神便是这流水的韵律。这里不是有着人生的启迪吗？

到了滴翠峡，两岩翠竹摇影，四季不衰，泉水飞花溅玉。在河心，一眼望去，东岸一山形如牛。相传很早以前，这头牛正埋头吃草，无意间被牧童一鞭打去，此牛为之一惊，尾巴掉了，便形成了这般的激流险滩。透过水帘洞再看卧牛山，又使我生出许多联想。卧牛山的成因，有许多值得思考的东西：牛掉了尾巴，为什么不走呢？最悲惨的失败是功亏一篑。懒惰，横亘于成功的道路上，起初不过是些坡岗，到后来，就成为不可逾越的崇山峻岭了。我想，埋头吃草的老牛，虽然带来了美景和传说，但是它的行为是值得研究的。命运之神本来就赐予得很少，一切都赖于争取，甚至滴翠峡的这种美丽也是大自然从魔鬼手里夺来的。

过了一会儿，游船就到达了两条河的交汇之处马河渡口。我们的船还要继续前行，去古镇大昌。马渡河是大宁河东岸的一条支流，河道狭窄，峡谷悠远，天开一线，峰峦叠翠，飞瀑流泉，古朴静宜。它的下游也有三个峡谷，赢得了小小三峡的美称。小小三峡引发了我的思考。美景是古老的，也是现实的，它能够通向人的心灵。我们虽说没有去小小三峡，可它给我留下了想象的空间。它也许比巫山小三峡更美吧？美丽永远飘在我们的前头。这不一定是事实，但一定是信念。不论美景渴望观看还是渴望理解，爱是唯一的可能。在这里，我看见了一面斜斜的山坡上，长满了不同颜色的山草、花朵、青竹，它们都以不同的方式热爱着太阳。

在这些景观面前，我发现了自己的渺小。大自然有灵魂吗？它的灵魂与人的灵魂，一同在太阳下曝晒，然后就发现，所谓我们的渺小，也是指灵魂的渺小。

中午赶到古镇大昌。我们有一种春天的感觉。小镇长近四里，镇西是古城。素有“一灯照全城，四门可通话，堂上打板子，户户听得见”

之说，被游人誉为“袖珍古城”。走在大昌的街道上，尽管气味儿杂乱，可将它与小三峡连在一起来考察，也就品出大昌的美感来了。小三峡之行，使我感到钻进了一条古老而深邃的精神峡谷，人只有进入广阔的精神领域，才能真正体会大自然的秀美和世界的无边无际。

美丽是值得思考而无法回避的。

小三峡的美丽我会记住，但是人类心灵的美丽还有待于寻找。寻找是很艰难的，再艰难也要找下去。我们沿小三峡漂流的理由也许只有一条：旅游！可是人在大自然的美丽中战栗的理由会有上千条，我想对于众多的游客来说，游小三峡已成为我们探索生命和世界的精神力量。从这个意义上说，游小三峡会更新我们的血液，更新我们的世界观。热情而单纯的预期，一再使我们误入歧途，可是游小三峡的辉煌一瞬，正是大自然被我们当作图腾崇拜的时候。我们此时看到东方再现了维纳斯的秀美与典雅。

回来是顺流，心想回家之路，必经玫瑰园。人生的路啊，有顺流也有逆流，顺流的时候要尽情地享受，逆流的时候要把握好方向。

天下最大的“庄”

都说石家庄是世界上最大的“庄”，这个庄就是个“万花筒”，说不尽，猜不透。我在这个庄里生活几年了。我深深地爱上了这个地方，因为它的质朴和丰富。

有人说河北省会石家庄没有历史，我倒觉得很有历史。李春建造的赵州桥，是世界上最古老的桥之一。那个阴雨绵绵的上午，我第一次登上心仪已久的赵州桥，感觉历史的通道一下子打开了，历史上的石家庄人，冲破了自造的樊篱，聪明才智放出了光彩。这里还有着十分悠久的文化历史，唐代的马球表演、乐伎表演，北宋时期的宫词演唱都曾在古城正定留下千古余韵。如今还广泛流传着跑旱船、踩高跷、跑竹马、舞龙灯、狮子舞、霸王鞭等民间艺术，井陉的“拉花”、无极的“官伞”、正定的“常山战鼓”等民间歌舞，可谓百花齐放、争奇斗艳。有这些民间文化的滋养，我觉得石家庄会强壮起来。

我有时候夜归，走在黝黑的暗道上，会发现这个城市的路灯很明亮，像一双双眼睛，我会产生一种被人惦念的温暖感。这让我想起石家庄的爱心。这是一个富有爱心的城市。当年唐山大地震，石家庄人给唐山孤儿建了一所育红学校。那么多老师、阿姨对孤儿非常热心，让唐山人感觉到温暖。这次汶川大地震，石家庄又接收了好多四川伤员，待伤员像自己的亲人一样。伤员伤愈要离开了，石家庄好多市民涌上街头，人们用眼泪送行，这久违了的场面让我动容。石家庄人深井一样的爱，就像阳光一样透明。

气候一直是笼罩在石家庄人头顶挥之不去的阴影。这里是一个高压槽，夏天气候闷热，是我国有名的“火炉子”。石家庄人为了治理大环境，在城区里挖了一条美丽的护城河，来调节石家庄的气温和空气。我们走在河边，感觉它就是从远方流来的河，从高架桥、绿树、蝉鸣与阳光里，那个迷蒙的所在，奔流而来一条大河。除了闷热，石家庄还是个比较干旱的地方，就是这样一个地方，也许由于气候的原因，这里成了全国有名的“浴都”。石家庄投资上亿元的洗浴城就有十几家，比较有名的有“天鹅湖”“龙世界”“碧海云天”，等等。石家庄人似乎也习惯了到洗浴城洗浴，有的还带着家人和孩子到那里去洗浴。其实洗浴城已经超出洗浴范畴了，人们可以在里面餐饮、看电影、阅读图书、健身，等等。有个朋友对我说：“到了石家庄，先带我去洗个澡!”我笑了，人们在逐渐认识洗浴文化了。

说到石家庄，无论如何也绕不开石家庄的红色文化。我们自然而然地会忆起革命圣地西柏坡，新中国从西柏坡走来，也从石家庄走来。石家庄人以西柏坡革命圣地而自豪，紧紧围绕“红色精神”的铸就和弘扬做足文章。就像命运交响曲，三大战役那几声敲打命运的重击，反复叩问着我们胜利的根基。红色是石家庄的品格。仅仅听一听“知红色内涵、看红色传统、做红色后人”这样的主题，就够让我们怀想那逝去的流金岁月了。石家庄并没有把红色僵化了，而是运用得非常灵活自如。事实上，红色文化有说不完的话题，我们重新述说的时候也有可选择的余地，正是这种选择，才显示了红色的力量。红色是一种高尚的风景。那红色，像石家庄的爱心一样炽烈。

我们跟随着当代红色队伍，去寻访那壮怀激烈的历史风尘，踏上当年一往无前的足迹，感受红色文化的厚重，我们追念红色的勇敢，是对心灵的抚慰，讴歌西柏坡红色精神，是对新中国的赞美。前不久，汶川抗震英模报告团的同志，到石家庄做报告。他们参观了西柏坡后就一下子读懂了，他们为什么这样团结，为什么悲痛即刻转化成爱的凝聚。是因为红色文化在我们的土地上世代繁衍，生生不息。红色与人有了心灵感应。西柏坡，这个红色的小村，向我们招手，彼岸不是虚空，不是境界，而是一座超级的能量供应站，是一种红色精神的源头。

这座城市的模样，已经刻在了我的心上。有时在街边走，无论脚步匆匆，还是清闲地散步，我的目光总在寻找。偶尔，就会发现一座非常壮观的高楼，或是什么建筑，一点儿也不土气。如今，他们打出了“三年大变样”的口号，英雄的石家庄已经快速崛起，原因是他们继承了红色精神，继续豪迈地前行了。

那片雾散尽了，春天真的来了。我感觉到，石家庄有一种尊严、有一种气魄，彻底摆脱了“庄”的自卑，她真是有实力傲视人间了。

倾听港城的奥运涛声

大海像一台机器，为我们的生活车出很多零件，比如成功与失败，比如欢乐与悲戚，比如光荣与梦想。奥运也一样，带给我们的是光荣与梦想。

这是我们热爱大海的原因。万里长城犹如一条腾飞的巨龙，“龙头”入海处就是秦皇岛。秦皇岛可以说是北方海港的缩影，它把美丽的北戴河揽在自己的臂弯里。奔腾的海水在这里凝聚，包容万物的气势感动着我们。因公元前215年，中国的第一个皇帝秦始皇东巡至此，并派人入海求仙而得名，同时也留下了有关秦始皇的动人故事。我们今天关注秦皇岛，是因为她是我省唯一的奥运协办城市。

北京奥运会还没有开幕的时候，秦皇岛的奥运足球大战就已经拉开了帷幕。在8月6日到16日的奥足赛期间，来自美国、韩国、意大利、日本、新西兰等国家的三百多名运动员，数千名相关人员和秦皇岛热情的观众云集于此。秦皇岛是中国重要的港口城市，是华北、东北和西北地区重要的出海口。已有百年历史的秦皇岛港，水深港阔，不冻不淤，是一个现代化的港口。从外观上看，秦皇岛是年轻的，她像含露的花蕾，又像慈爱的母亲，以自己善良的天性、宽阔的胸怀，为生活在这里的人民源源不断地奉献着乳汁。

20世纪80年代初，我在秦皇岛昌黎读书，与同学们常常到秦皇岛海滨玩。当我们站在波涛澎湃的岸边，聆听着渤海水拍击礁石的不绝声响，看着一望无际辽阔的大海，我们的内心有无以言表的情感在荡漾，是快乐，是兴奋，是庄严，是肃穆。潮水给我们激情，当潮水退去的时候，留下了辽阔和豪迈，笑送那潮水疯狂的溃败。我就想，海滩每天都做着同一件事情，迎接潮起潮落。

我们能感觉到，这个城市脑海里浮游着的梦。那是她自己都不愿说出的梦，真实而又虚幻。秦皇岛睁开眼睛看见了我，微笑了，与我默默地对话，我感觉到了她的分量，正是这时断时续的记忆构成了她的思想。海纳百川虽说是她的胸怀，也不是什么东西都可以留下的，我渐渐明白，反反复复的潮水是一种过滤，从她那强健的身心过滤废物，留下一些真的东西。那就是一种城市的力量和精神，那就是文化。我们的奥运也是一样，淘汰浮华虚假，留下真纯的东西。

秦皇岛有着博大的历史文化。北戴河金山嘴秦始皇行宫的发掘，就展现了宫廷文化的辉煌和神秘。魏武帝曹操北征，途经秦皇岛时写下了《观沧海》，这是我国古诗坛豪迈派的代表作。当年李大钊在碣石山避难，遥望秦皇岛，写下了千古不朽的文章。同时这里还有深远的宗教文化和丰富的民间文化。这些文化的结合，构成了秦皇岛自己的文化脉筋，推动秦皇岛人从遥远的历史走来，走向美好的明天。我相信，来自各国的足球运动员会喜爱这个地方的，他们会从这里获取力量的！

位于北戴河海滨东北端的鹰角亭是观日出的最好地方。在辽阔的海岸线上，沙滩和礁石相互交错；海湾和岬角依次排开。沙滩松软洁净，堪称北方第一。礁石造型奇形怪状，引发游人无限遐思。海湾浅浅、碧水涟涟，浴场沙软、潮平，显出自己天然的景色和韵味。可是，热情而单纯的预期一再使我们误入歧途。所以我说，美丽不是秦皇岛海的灵魂，美丽也不是足球的灵魂，我感觉足球的恒久的魅力，是来自一种撞击心灵的力量。

观看足球，我们获得的是一种进取精神。而到海边观鸟、观日出，我们似乎获得了一种博爱精神。有一种力量在冥冥中改变和造就着一切。我忽然懂得了，大海的心永远都像一座美丽的城堡，储藏着美丽的梦，蕴含着无尽的爱。世界上有一样东西，我们给予他人的越多，我们反而拥有的越多，那就是爱……

体育有竞争，更有爱。比如在海滩上捉小蟹，是我们的乐趣。我们的目光随螃蟹而动，且渐渐放大开来，我们欣喜地发现海滩上有无数的小螃蟹。岂止是小蟹，还有海蛏、小螺、小鱼虾以及叫不上名字的海生物，都是大海的馈赠。这些东西马上便召唤来海鸥和其他水鸟，引来许多兴致浓浓的赶海人。他们在享受大海的同时，也感受着秦皇岛的美丽。我们站在海的门口，高举着博爱的灯火，寻找着海与陆地的真情链接。

对奥运足球赛的许多印象、许多憧憬，总是到节骨眼上就冒出来了。我们的兴趣、我们的祝愿、我们思想的光亮，从奥运深处淌出来了。我们选择注视足球，用心来欣赏足球的热情和成功，用意念分享它的喜悦，用足球的心与大海的心一起碰撞、交融。大海的喧嚣没有终结，我们对它的追问和求索就不会终结。终点的未知是足球的魅力，也是我们终日守望足球的动力，未竟的诱惑，让我们心甘情愿地沉迷于秦皇岛海边的足球……

走进清明上河园

当生活失去了缓慢的优雅，当生命的激情向坚硬的钱币缴械，当街市间流淌的人影掩饰不住疲劳时，我们是多么向往古人的宁静和优雅。今年秋天，我随中国作家协会开封采风团来到古都开封，感受到了久违了的宁静和优雅。

最早知道开封，还是从一幅名画《清明上河图》开始的。读过孟元老的《东京梦华录》，对古开封就有了详细的了解。当然那是历史了，今天开封的魅力在哪里呢？当我们走进大相国寺，走进开封汴绣馆，走进清明上河园，我们感受到了开封的神奇。若论建筑特色，清明上河园既无龙亭的皇家威仪，也无铁塔的傲指苍穹，甚至也没有相国寺的雍容华贵，然而就是在这既缺王者至尊，又缺佛道飘逸，甚至还缺少私宅的灵秀中，清明上河园却以它自身独特的魅力深深地吸引了我。

清明上河园再现了古代开封的繁华，许了现代中国人一朝步入画卷，一日梦回千年的承诺。在园中我们看到许多传统节目，如“包公出巡”、古乐器演奏、舞蹈、曲艺节目等。其中，格外受欢迎的是船上露天古装武打剧，说的是民众杀死北宋腐败官员，救出被捕同伴儿的故事。我们一边品茶一边观看表演，感觉犹如置身在画面中。看过这些，我买了两幅清明上河园的绢画。可见，一幅名画所蕴含的深远的艺术魅力，恐怕这是画师张择端本人也没想到的。它的魅力之一是描绘的普通人的幸福世相，而不是帝王将相的生活。我走在清明上河园欣赏《清明上河图》画作时，感觉有一个画外的我和另一个画中的我，画中的我便是理想中的我。回首历史云烟，扑面而来的是一股祥瑞之气，灵秀之气，民生之气。它们裹挟着我，簇拥着我，直到把我融化进去，去享受它的博大、深远、温暖和祥和气息。

在刺绣馆里，我见到一位正在刺绣的小姑娘。她用灵巧的手正在绣一幅《清明上河图》，她就像画中的人物活脱脱走出来了。她说，她愿意干这样的工作，好像每天都在跟古人对话，虽然没有声音，却知道画中人在说什么，喊什么，那是太平盛世的祥和之声。不论是这幅画的原创者张择端，还是眼前刺绣的小姑娘，他们都共同创造了一个艺术的世界。我想，任何艺术都不是轻而易举就可以掌握的，不下非常功夫，是不可能在艺术上达到非常境界的。这时的感觉确实很美妙。当我走进清明上河园，站在六米高的张择端塑像前，他手捧的就是为后人留下千古之谜的神品——《清明上河图》。据说，张择端绘制的另一幅“神品”为《金明池争标图》，画的是北宋时开封的另一景观金明池开池盛况。现在，那儿正在原址上修建金明池公园。据说，最早萌发“把名画变成现实，并能给开封带来一派繁荣”这一念头的是开封的一位外地游子、八一电影制片厂的著名导演翟俊杰。我赞叹翟导的好点子，可称金点子，我也赞赏开封的领导有这个气魄，把这个“金点子”变成现实，这是流芳百世的功德。

我曾去过大观园，还到过杭州“宋城”，但到清明上河园，总感觉此处独特的地方多于其他地方。园内服务员穿着宋代服装，上至园内巡视的皇帝嫔妃、迎宾仪式上的达官贵人，下至园内经营各种行业的富商小贩、平民百姓，一律着宋代服饰，古朴典雅，五彩缤纷。他们穿插点缀于现代游人之间，煞显好看。远远地，我望着撑船的船公，柜台的老板娘，河边结伴儿而行的村姑，人群内横冲直撞的阔少，甚至桥头的乞丐，他们各自做自己的事，很专注，很务实，不是在表演节目，而是已经成为这座园林的有机组成部分，让我们来细细品味。我就想，做好身边的事、眼前的事，比考虑遥远的事更重要。其实，这座园林正是有了这些才活脱脱有了生机。美好的景观，绝不是想象出来的，而是靠干好手边的事一点点儿创造出来的，只有懂得了这一点，我们才不会被自己对未来的担心所困惑。

《清明上河图》是一幅长卷，宽不足一尺，长一丈六。如果完全按图布局，那么园林将是“一”字长龙，这样，既不符合中国园林布局，又会给游客带来不便。我们惊叹清明上河园设计者既忠实于原图又高于原图，把园林设计成了“如意结”（又称中国结）形，以虹桥为中心景区，向四面八方延伸。东为主体广场：圆形水池、巨型宋船、东码头；再往东，是迎门照壁及张择端塑像；往北，依次为中央舞台、演兵场、跑马场、斗狗场、游艺活动区；往南，则有醉杏楼、文绣院、仿古驿站、毡房、大水车、住宿休息区；往西，则更为繁华，工艺一条街、小吃一条街。这次来开封品尝了各种美味小吃，可谓绝吃。目前，四区共建了八景，按东、南、西、北依次为“翰林神品”“汴河乘风”“虹桥飞渡”“汴绣天工”“平桥观鱼”“上善编钟”“喧嚣河市”等等，生机盎然，灵光四溢。这时我想，这种按照现代游客思维建立的园林，是大胆而有创意的。我们走进园林不是为了考古，而是来感受艺术之美，体会属于自己的美，如果硬拿古人的美来古板地照搬，就会走入迷途，离美越来越远。

当年第一次看《清明上河图》，让我感受最深的还是河市。下虹桥南侧西行再折向北，沿汴河蜿蜒二百米，店铺鳞次栉比的便是河市一条街了。事实上，清明上河园的河市街应该从东大门南侧算起，穿过东码头区，南下过虹桥，再西行北折，呈“S”形，前后蜿蜒一千多米。只是前段有两处中断（码头与虹桥），后段不但集中，而且一边沿河，一边临市，河市的特征更为明显罢了。河市街店铺多为便利店，现在卖的多是旅游纪念品、仿宋工艺品、游戏用品、日用品等，毕竟是为当今游人所开。北宋东京的河市，买卖交易的商品可比这繁荣多了。鱼市、肉市、金银铺、彩市铺、漆器铺、珠子铺、车马行、茶店、纸马店，再加上为大宗粮、盐、矾、茶等交易所建的众多官商交易行，把汴河上下渲染得热热闹闹。

一千多年以前，受车的载重量与速度之限，水路交通便成了当时交通大动脉，那么用当时的话来说就应该是“要想活，先靠河”。这里面的“活”字有两层含义，一是“活命”：中国乡、村、城、镇靠河者居多，原因自然是因为水是生存第一要素；二是“灵活”：隋炀帝开凿大运河，当然有其为游玩、巡察方便的因素在内，但不可否认，这条世界上最长的人工河，当时乃至今天，仍起着沟通南北、繁荣经济的重大作用。

正如前边介绍“东京码头”时所说，汴河两岸，简直成了寸土寸金宝地。

《清明上河图》中对河市的描绘是花了很多笔墨的，包括前面提到的“土造水榭”“近水楼台”，几乎可以说“争相攀附”“比肩接踵”。

清明上河园毕竟是个园林，所以河市一条街只简略表现了一下“临河而市”的布局，喧嚣繁忙自然比不上当年。但话又说回来，如若真如当年那样“人头攒动”“比肩接踵”，游人又觉得太闹、太乱了。园林经营者当然也不会像当年宋朝臣子那样横征暴敛、欺行霸市。经营者高人之处在于，他们明白，河市一条街要想与全国各地的风景点儿都有的旅游品一条街有所区别并办出自己的特色来，关键在于“在商不言商”，以文化品位及参与活动来吸引游客，才真正能把园林商业街办出新意义上的繁华来。

图中的汴河，走了一个横“S”形，它的上游在哪里？在城内呈何种走势？与哪条江河相连？这条纵向景深延长线，只好留我们观赏者去想象了。也许，我们会想到它最早的雏形——浚水，会想到曾经辉煌的前身——鸿沟，也许又会想到沙河、官渡、莨荡渠、汴河……直至经千年修行后终成正果的具象——通济渠。这一切可能历时千年，但在我们观赏者眼中，却可能在瞬间完成交替幻化，眼看卷上涛声阵阵，思接千载风波烟云。这是《清明上河图》的魅力，也是清明上河园的魅力，更是今天开封的魅力。

清明上河园呈现给我们的是自由、和谐、祥瑞和爱的表象，掩饰了历史与现实的残酷纷争。掩饰之后的美丽和宁静，也是生命所需要的。走进园林，我们就会让智慧、意志和情趣充满心间，激荡我们心中的热情。可以忘却自己，却忘不了这片美丽的园林，历史与现实碰撞出的亮光，照彻了我们久久等待后的茫然……

访美散记

应美国洛杉矶华人作家协会的邀请，我有幸成为中国作家协会访美代表团的成员，在美国度过了难忘的十五天。

飞机降落在洛杉矶机场正是7月9日下午三点。首先感到的是洛杉矶气候很舒适。我们一行人住在了胡桃假日饭店，傍晚参加欢迎晚宴时穿上西装都不觉热。晚会上，美国华人作家共到了六十余人。他们中大多数人刚刚参加完欢庆香港回归大游行，脸上带着喜庆。洛杉矶华人作家协会周愚会长举杯致欢迎词说：“在香港回归祖国之后，我们迎来了中国作家代表团。天涯若比邻，我这位在台湾长大的人，每时每刻都盼望华夏子孙的团聚。”洛杉矶作协曾于1994年由当时的会长肖逸先生带团前往中国访问，1996年再度成行，而中国作协代表团是在1995年初首度来美的，我们这次是中国作家代表团第二次访美。

代表团团长、著名作家袁鹰介绍说：“我们这个代表团的组成是老、中、青三代。我与天津作家柳溪七十三岁，金坚范、陆天明、胡辛等人五十多岁，而迟子建、关仁山三十多岁，简直是一部活生生的中国文学近代史。”然后袁鹰团长向洛杉矶华人作家协会赠送一幅长卷书画。我们在宴会前看到了一家中文书店和画店，使我们觉得有太阳的地方就有中文书籍。吃饭时，周愚会长告诉我们，洛杉矶不但中文书店应有尽有，许多华人作家的作品还上了国际互联网络，这样就缩短了作家与读者间的距离，让美国和欧洲各地的读者都能读到他们的作品。他希望中国作协能够定期提供好书、好文章，使网络上的文学作品更丰富。柳溪很兴奋地说："将来把我们满意的作品提供给你们。"柳溪是我们的副团长，她本名叫纪清岚，是清朝大学者纪晓岚的第六代孙女。袁鹰团长介绍中方团员时，顺口说出我是1976年唐山大地震的幸存者。美国的作家立刻询问我唐山大地震的情况和今天的新唐山。著名新武侠小说作家肖逸坐到我身边，认真地问："你真是唐山大地震的幸存者？"我点头一笑。柳溪在一旁说："这小子是出土文物。"我愣神儿的时候，肖逸先生介绍说："洛杉矶是个多地震的城市，人们对地震特别敏感。"我这才明白，我们坐车行驶在洛杉矶的高速公路上，看到的多是矮层建筑，就连我们住的假日饭店也是木板墙。

饭后作家们互相赠书。给我留下深刻印象的是洛杉矶华人作协的残疾作家潘天良先生。他送给我一本精美的散文集《居美随笔》，我也将刚刚出版的中篇小说《大雪无乡》送给潘先生。潘先生是广东潮州人，身残志不残，他在洛杉矶一家保险公司做业务经理，业余时间坚持文学创作。周愚会长称潘天良的散文是"从笔尖传达新移民的心声"。潘先生的散文文笔洗练老到，流溢着思乡爱国的情怀。他对美国社会的认识也客观公正。他在文章中告诉我们美国人的守法、和蔼和宽松自由的一面，同时也指出美国不公正、盗匪横行等黑暗的一面。潘先生感慨地对我说："我们这一代旅美华人进入美国这个'大熔炉'，何其不幸又何其有幸。不幸的是当初创业之艰难，有幸的是我们中国人终于在这里站稳了脚跟。"任何一个人，由长久生活的母国移往他国，意味着一切都将从头开始。因为摆在他们面前的是一个完全不同的世界，他们面对的不仅是一个陌生的环境，还有不同肤色人种、不同的生活习惯和不同的语言文字。这时他们必定有许多依恋、许多憧憬和许多感慨。当他们一旦接触了陌生的土地和人，必然有新奇的经历、新的观感和新的思索，便有了他们的文学。

在交谈中得知，像周愚会长、潘天良先生一样，所有华人作家都是业余创作。为此，他们都十分羡慕我们这些专业作家的写作时间和环境。他们觉得劳动是生存，文学便是希望。我觉得这些作家都是善良而透明的。这些生长在异国他乡的生命树，用许多奋斗的汗与泪浇灌，还要忍受季节的绿肥红瘦，终究不曾向命运低头。只有拼搏才有笑看天下的那一天。他们的行为告诉我，如何珍惜光阴和友谊。人生光阴的一段长河里，有一瓣恒久的心香。

去好莱坞环球影城参观回来，我们全体到女作家曹天芳家吃晚宴。年轻漂亮的女作家曹天芳用烤肉、鸡尾酒招待我们。曹天芳家住的别墅坐落在铺满草坪的小山顶，站在小院的游泳池旁就能望见整个洛杉矶的万家灯火。曹天芳与她的丈夫是台湾移民。她不满足于洋房、汽车的豪华生活，喜欢文学创作。我问她："这样富有的家庭，你幸福吗?"曹天芳微笑不答。陆天明显然对我的提问感兴趣，凑过来听曹天芳回答。曹天芳说："人拥有了物质享受并不是最幸福的，人一定要有精神追求。"我终于明白了，她为什么加入洛杉矶华人作家协会了。在院里吃完烤肉，风就凉了，我们都进了曹天芳家豪华的大客厅。大家聚集在大厅里，开始进行文学交流。

这时，潘天良先生坐在我和陆天明身边，悄悄对我说："你的小说我读了一篇，感觉人物活，生活气息浓厚。你《大雪无乡》里边的潘老五，是不是写我呀?"我知道潘先生跟我开玩笑，就问他看得懂吗。潘先生说，他对中国大陆体制有了解，恐怕真正的美国人就难读懂了。我点点头，从他嘴里得知，我们中国文学并没有走进美国读者中。我们从电视和报纸上了解美国，可美国传媒并不客观地报道当代腾飞的中国。这种隔膜是由来已久的。潘先生又对我身边的陆天明说："你送我的长篇小说《苍天在上》读了一部分，你们走后再细读。"陆天明说，《苍天在上》并不是他最好的小说，他自己比较满意的小说是《泥日》，《苍天在上》是反腐败题材，也有它存在的意义。这部作品拍成了电视剧，曾在日本、美国、加拿大等地播出。在场的一些华人作家说看到过。潘先生十分感慨地说："反腐败是百姓关心的问题，哪个国家腐败，就很难做到经济腾飞，墨西哥就是一个例子。"

最后一次晚宴是我们回国的前一个晚上。中国驻洛杉矶总领事冯树森先生将我们请到他家中，同时也宴请了周愚、肖逸和潘天良等洛杉矶华人作家。这是我半个月以来吃到的一顿最地道的中国饭。两地作家再一次畅叙文学和友情。第二天下午，当我们坐上飞机看到《侨报》，我们的照片和活动内容都登在了上面。

由于篇幅限制，虽然我们访问了洛杉矶、纽约、华盛顿、费城、拉斯维加斯等城市，但我只能写三次晚宴。人生没有不散的宴席。相聚和分离，都能使我们把温馨的回忆装在心里。两地华人作家拥有共同的理想，一个梦、一则故事都热爱祖国、忠实于生命，为我们的创作孕育着力量，将五颜六色折射到生命的每一个角落……

第 四 辑

关于鹰的生存寓言

我家对门儿的三爷，是一位熬鹰老人。三爷叫关世环，村里人都喊他“老驼子”。三爷喜欢我，可我并不喜欢三爷。我放学回家碰上三爷的时候，三爷总要拍着我的脑袋说：“黑小子，看你这对眼睛，就他妈有出息。”他常常喊我“黑小子”，我不爱听，可我小时候确实长得黑。可这不是我讨厌三爷的理由，反感三爷的原因很简单。一次，我和两个孩子到河边挖野菜，正巧赶上三爷在河边熬鹰，看见他对鹰凶狠的样子，我感觉到他是一个凶狠的老头儿。

虽然讨厌三爷，可我还是愿意看他熬鹰。三爷常常不回家，住在河岸的泥铺子里。泥铺子是一色焦黄的苇席盖顶，顶上立着一白一灰两只雏鹰。我放下柴筐，偷偷走进三爷的泥铺子，看见三爷正眯眼打瞌睡，鼾声像夏日风一样哨响。

三爷老了，他不愿意种地了，于是守候着河滩，窝在泥铺子里熬鹰。当时我还真不知道他熬鹰干什么，仅仅是玩吗？妈妈告诉我，三爷用鹰来逮鱼，鹰就叫鱼鹰。逮鱼的鹰老了，三爷就把它卖掉，重新熬新的鹰。这两只小鹰就是新熬的。疲惫无奈的日子孕育着三爷满心的指望。这时，灰鹰和白鹰在屋顶待腻了，呼啦啦拍打着翅膀，飞进泥铺里来了。我和伙伴儿们逮鹰的时候，三爷醒了，眼角上还粘着两块儿白白的眼屎。三爷喝了我们一声，老脸就像古铜一样放光了。三爷得意地伸出巴掌，两只小鹰分别落在他的掌心里，看看白鹰，又看看灰鹰，说不清他到底喜欢哪一只。三爷站起来，两只鹰就落在他的肩上，晃晃悠悠地走上了黄昏的河滩。三爷肥大的裤脚像两面旗一样抖动起来，落霞将他和鹰的影子涂得很长很远。

有一天放学，我亲眼看见三爷在泥铺熬鹰。他熬鹰的时候狠歹歹的，对鹰没有一丝的感情色彩。我问："三爷，鹰还熬吗?"三爷笑笑，没说话，意思是你过一会儿就会看见的。我看见三爷拿两根红布条子，分别将灰鹰和白鹰的脖子扎起来，不给鹰东西吃，等鹰饿得嗷嗷叫唤了，三爷就像变戏法似的，从床铺底下端出一个盛满鲜鱼的盘子。鹰扑过去，吞了鱼，喉咙处就鼓出一个疙瘩结。鹰叼了鱼吞不进肚里，又舍不得吐出，憋得咕咕叫着。我看着看着心疼起鹰来，哀求三爷说："您就让它们吃点儿吧!"

三爷没看我，也没看鹰，独自卷上一通旱烟，有滋有味儿地吸着。我再三求情，他才看看我，他看我的时候脖子僵僵的，脖子和身子一起扭动。少顷，他慢慢走过来，攥着鹰的脖子拎起来，另一只手掌紧捏鹰的双腿，鹰头朝下，一抖，用巴掌狠拍鹰的后背，鹰嘴里的鱼就吐出来了。就这样反反复复地熬着，三爷累得喘喘的，眼睛里充满了莫名的兴奋，笑着对我说："是两块儿逮鱼的好料子!"

后来我听说，三爷在熬鹰的时候，对灰鹰和白鹰的情感发生了变化。变化的原因是一场龙卷风。龙卷风到来之前并没有一点儿先兆，记得傍晚时，炊烟还是直直摇上去的，到后半夜龙卷风就凶猛地袭来了，还夹杂着大雨。风大到了三爷想象不到的地步。他住的泥铺子被龙卷风摇塌了，三爷明白过来的时候，泥铺子已经哗啦一声倒塌了，他被重重地压在废墟里，好在没被砸坏筋骨。谁知，灰鹰和白鹰却抖落了一身泥土，钻出废墟，惊惶地鸣叫着。灰鹰如得了大赦似的，不顾老人就飞到一棵大树上躲避风雨。可白鹰没走，它知道主人还压在废墟里，围着废墟转了好几圈。狂风里，白鹰的叫声是凄凉的，三爷压在里面，喉咙口塞着一块儿泥团子，喊不出话来，只能用身子拱。白鹰终于瞧见老人的动静了，一个俯冲下来，立在破席片上，呼扇着湿漉漉的翅膀，刮着浮土。呼嗒，呼嗒，烟柱升起来，白鹰的羽毛糅合着灰尘飘起来了。天快亮了，这时，三爷渐渐看到了外面铜钱大的光亮，三爷借着白鹰刮出的小洞，呼吸到了河滩上打鼻子的鲜气，三爷奇迹般地活过来了。灰鹰还在树上待着。还是白鹰把起早种地的村人吸引过来，七手八脚地把三爷救了出来。三爷将白鹰拢在怀里，瘦脸上泛着明亮的泪光，感激地说：“白鹰，我的心肝宝贝儿哩！”

过了好半天，灰鹰见老人活了，才慢慢飞回来。

我看见三爷的泥铺子又重新搭起来。三爷说，白鹰和灰鹰都还好，还得熬下去，不能半途而废了。三爷再次板起脸来熬鹰。三爷本来还要依照过去的熬法，不知怎么地他对白鹰就下不去手了。白鹰救过他的命啊！他看见白鹰饿得不行了，心里就软了，心疼地抚摸着白鹰，故意让白鹰把喉咙里的小鱼咽进去。白鹰不再挣扎，叫声也清亮悦耳了。我看见三爷拍着白鹰亲昵地说：“宝贝儿，委屈你啦！”再看灰鹰，三爷依旧照着过去的熬法，有时比过去还狠。灰鹰也想吞吃一条小鱼，被三爷看见了，三爷狠狠地抓起灰鹰，一只手顺着灰鹰的脖子朝下撸，灰鹰“哇”的一声惨叫，像吐出五脏六腑似的，小鱼从灰鹰嘴里吐了出来，连同喉管里的黏液也一股脑儿流出来。我吓得吐舌头，可白鹰却幸灾乐祸地看着灰鹰。

半年过去，鹰熬成了。熬鹰千日，用鹰一时。一天，三爷神神气气地划着一条旧船出征了。到了老河口，白鹰孤傲地跳到最高的木撑上，灰鹰有些懊恼，也跟着跳上去，却被白鹰挤了下来。白鹰还用嘴巴啄灰鹰的脑袋，灰鹰反抗，竟然被三爷打了一下。可是到了真正逮鱼的时刻，白鹰蔫儿了，灰鹰却行了，不断地逮上鱼来。后来，我见到三爷的时候，三爷嘴里开始夸奖灰鹰。一次，我看见灰鹰眼睛毒绿的，它按照三爷呼的哨，勇敢地扎进水里，很快就叼上鱼来，喜得三爷扭歪了脸相。可白鹰却很难逮上鱼来，只是围绕三爷扑脸地抓挠，三爷很生气地挥手将白鹰扫到一边去。灰鹰也开始嘲弄起白鹰，三爷慢慢地对白鹰淡了，甚至是嫌弃。连白鹰自己的饭食也靠灰鹰养活，灰鹰在三爷面前占据了原来白鹰的位置。我想，人的得意和失宠不也是如此吗？

不久，我听说白鹰实在受不住了，在三爷脸色十分难看的时候，独自飞离了泥铺子。白鹰要自己生存。三爷惊讶了，曾发动我们几个孩子帮助他寻找白鹰。从黄昏到黑夜，我们和三爷寻找着白鹰，三爷招魂的口哨声起起伏伏，可是依然没有找到白鹰。这时，三爷的胸膛里像是塞了一块儿东西堵得慌。他对我们说："白鹰，这个冤家，它不会打野食儿啊！"一天黄昏，还是灰鹰帮助三爷找到了白鹰的尸体，白鹰饿死在一片苇帐子里，身上的羽毛几乎秃光了，肚里的东西被蚂蚁们盗空了。三爷捧起白鹰的骨架，默默地伤感，抖抖地落下老泪。

此时，灰鹰正雄壮地飞在我们的头顶。

小时候的这个故事，给了我深深的思索。大自然呈现给我们的自由、和谐和爱的表象，掩饰了种种残酷的竞争。其实人和鹰一样，生存的空间是很有限的。就像足球场上的足球，被激烈地踢来踢去，占有的质量决定着生存的质量。用来酿酒和酿醋的是同一种原料，可酒和醋是两种不同味道的东西。

生存是匕首，也是花朵，它不是匕首便是花朵，或者先是匕首然后变成了花朵。这种转换的途径是劳动和创造。罗曼·罗兰有一句名言："我创造，所以我生存！"事实上，我们为生存而劳动的时候，智慧和坚韧是透明和闪光的。生活像流水一样缓慢悠长，它容易使人宽松和放纵。我们应在残忍里修补自己的生命，就好比三爷对灰鹰的残忍促成了它的辉煌。生存不是寓言，生存不是梦幻，生存为幸福而生，正如雄鹰为飞翔而生一样。

给生命来点幽默

我一直觉得，做人要有魅力。人的魅力与美丽不一样，人的魅力的重要表现形式之一就是幽默。美丽是魅力，与人的外形相关；幽默当然也是魅力，与人的内在气质相连。幽默的能力是靠人的动作或语言表达完成的。

我所了解的20世纪六七十年代的人是幽默的。那时的幽默跟今天不同。幽默的气质，不是天生的，不是外在的，它需要特殊环境的心理培育。

幽默是快乐的，快乐是一种感觉，也是一种选择，它与财富、门庭和环境无关。我的童年是在20世纪60年代度过的，那时，我们的生活很艰苦，可它毫不妨碍我们的幽默。

记得一次有机会到城里，看到了一场特殊评剧《列宁在1918》。这是当时有名的苏联电影，当时有人把它改编成了评剧。演列宁的演员是评剧团的演员，他道白："我弗拉基米尔·伊里奇·乌里扬诺夫，革命形势大发展，帝国主义他急了眼。"开场白一说台下人就笑了。列宁开始用评剧的唱腔唱道："列宁我打坐在克里姆林宫，尊一声斯维尔德洛夫你喜听分明，前几天我派瓦西里去把粮食弄，为什么到这阵儿还不见回城?"斯维尔德洛夫劝列宁说："列宁同志，您老别心窄了!"然后唱道："尊一声列宁同志且莫着急，为此事我请示了捷尔仁斯基，他言道，彼得堡的交通不大便利，找到了粮食难找车皮。瓦西里的工作一向很努力，您就放心吧，您就放心吧，我的弗拉基米尔·伊里奇……"人们没有大笑，被情节吸引了，但内在的幽默还是让人感觉到温暖。后来，我们乡下放这个电影的时候，我又看了一遍，别有一番意味。

唐山大地震让唐山人经历了生与死的洗礼。大难不死的人一下子活明白了，大悲大痛之后要微笑着面对生活。我身边就有很多幽默的唐山人。一个朋友给我们讲了他爸爸的一个故事。他爸爸是镇上的摄影师。有一天，一个七口之家来到镇上他爸爸新开的照相馆里拍全家福，那时照一张相是相当奢侈的事情。摄影师尽量想办法让全家人微笑，可当时全家人都紧张得很，摄影师用眼睛瞄着那个八岁大的男孩儿说：“你能不能再靠你妈妈那边近一点儿?”八岁的小男孩儿急红了眼睛，伸着脖子嚷道：“她不是我妈妈，是我奶奶!”男孩儿的话一出口，全家人都笑了，摄影师马上抓住这个机会，把这个其乐融融的时刻留在了相片上。其实，摄影师知道坐在男孩儿身边的是他的奶奶，他故意来点儿小幽默是为了把照片拍好。朋友讲完这个故事，我们都开心地笑了。

我挺羡慕这个能讲幽默笑话的朋友。几天见不到他，就觉得缺少点儿什么。他是个有魅力的人。人的生命是自然所赐，但人幽默的魅力却是靠后天学习积累的。对人的幽默有个简单的判断方法，如果我们从心里敬佩一个人，就很爱听他说话，无论他怎样讲话，都能吸引我们，并能激起我们的欢笑。如果一个人，你见了他第一面，就不再想见第二面了，我说，这个人起码不幽默，更谈不上别的魅力了。这个摄影师的儿子，他对我来讲，就是幽默的人。我也跟他学了点儿幽默，尽管学不到位，还是学了一些。

那个朋友又讲了一个幽默故事。他说，一个父亲教自己的儿子认字，教到“天”这个字的时候，为了加深孩子对这个字的印象，父亲指着孩子的头顶问：“你的头顶上是什么?”孩子抬头一看，想了想说：“是头发。”父亲又问：“那头发的上面呢?”孩子说：“头发上面是屋顶。”父亲继续问：“屋顶上面呢?”孩子稍微愣了愣：“瓦片!”父亲急了，狠狠地一拍桌子，骂道：“你个笨蛋，你好好看看，上面到底是什么?”孩子吓得呆住了。父亲吼着：“那不是有一只鸟在飞吗?”孩子看见鸟，有三只鸟，辩解说：“爸爸，你也错了，那不是三只鸟吗?”讲到这里的时候，我周围的朋友都大笑起来。

接着，我“回敬”了一个故事，名字叫“三句话不离本行”。我说，从前有和尚、木匠和厨师一起走路，他们在路上有一个约定：路上谁也不准说本行的话，谁要是犯了规，谁就要请客。走了一会儿，三个人都有点儿累了，便坐在路旁的一棵大树下休息，木匠盯着大树自言自语地说：“这棵树长得真粗壮，可以用来做一个板柜。”厨师马上反应过来，指责他犯规了，让他请客，木匠想了想，只好认输。过了一会儿，木匠总是不甘心，逗着厨师说话，木匠说：“我请客行。你爱吃什么?”厨师说：“我爱吃熘三样儿。”木匠说：“这个菜，我老婆怕是做不好。”厨师兴奋地说：“这是我的拿手好菜，我可以帮你做呀!”木匠得意地笑了。和尚指责着厨师说：“你上当了，你也犯规了，这个客由你请。”厨师无奈地笑了。和尚笑得前仰后合，大笑说：“你们两个都输了，只有我赢了，阿弥陀佛!”说完就傻了眼，他知道自己也犯规了。听着的朋友们都笑了。

长大以后，我常听人夸奖我，说我有幽默感，特别是今天再看评剧《列宁在1918》的时候。从人们会心的笑中，还能回味一下当年生活的情景。我们从困难时期走过来的人，人人都有自己的幽默，用幽默来克服沮丧，用幽默化解矛盾，用幽默清除烦恼，用幽默保持一种愉快和谐的精神状态。与幽默的人相处是快乐的，也是轻松的。如今生活节奏大大加快，工作都很繁忙，来点儿幽默，能使人健康、潇洒，还能延年益寿呢!

唐山大地震过去三十年了，唐山人活得非常乐观。这与幽默分不开。多一点儿幽默，就会少一分劳累，少一分悲伤，少一分寂寞。今天的人，如果缺乏幽默感，就像一朵没有香味的花，就像一个没有图像的电视。

幽默不可抗拒，因为它来自我们的内心。就让我们凭借一颗快乐的心，寻找一把生活的钥匙，对准锁孔，对准年月日，对准我们各自的心胸，打开希望之门，给生命以欢笑，给生命以强劲的内驱力。

大地的墒情

农民往往从土地的墒情看收成。收过秋的原野是沉静和孤独的，而它在农民深情的目光里却是沸腾的。走进田野里，双脚敲击泥土的声音沉重、美好而复杂。如果今年收成是好的，农民还盼明年再好；如果收成不尽人意，农民就叹一声，看来年吧。农民怎么看来年？抓起刚翻犁过的泥土，看看墒情。四季曾在这片土地上旋转着万花筒，炫目的虚光刺痛了农民的眼睛。在这样的目光里，注定有许多美好的想象。记住泥土成熟的承诺。来年的秋天，黄金般的日子会非常的丰富。

大地的墒情是有丰富履历的，掀动这些履历，我就想到创作的墒情。土地是肥沃的，气候是宜人的，收成如何？大概我们会有同样的心境。墒情里有炽热的期冀，墒情里有艰辛的履痕，墒情里有野草般的记忆。冻土下奔涌着不冻的热泉。我们的力量之源，大地的墒情。如果我辜负了这样好的墒情，说明理想对于我太狭小了。暂时的墒情是现实，永生的墒情是理想，它会给跋涉者的野心以耀眼的启迪。

当黎明用泥土的语言不断书写着秋天，我们该以怎样的热情点燃秋野上的火燎秆儿，烘烤板结的冬天？秋天尚未来临，只有烘烤冬天去迎接春天。

谈到墒情，我们噙着眼泪重复的，是肥沃、和谐的土壤，尽管这土壤里既长粗粮也打细粮。粗粮调节人的胃口，细粮滋养人的生命。这里牵动着无数热爱生活的视线，告别严酷的季节，即使在山地或是误了播种期的土地上，我们也想看到等待收割的好庄稼，想看到斑斓的脊背驮着小麦、大豆和高粱。

多情的土地，多情的太阳。

在墒情和收成之间，对收成的判断之所以比较困难，是因为它不仅仅依赖理想、信念和汗水，而且牵扯到气候。盼望风调雨顺吧！雨后的天空像湖水一样湛蓝，只有天空与大地协奏，才会有美好的乐章。

我的梦一样变幻莫测的原野，深藏着无数的眼睛。没有弯曲的山梁上，悬挂着无数只倾听生活颤音的耳朵。诱人的墒情集中表现在眼睛上，首先彼此相互注视，然后凝视共同的方向。墒情也集中萦绕在耳畔，敲响秋天的钟声：收秋喽——

怎么回报墒情？看到了，刚刚收工回来的农民的微笑。他们的微笑使我自信，他们的微笑就是墒情。

土地的墒情，便是文学的墒情。

祖先的眼睛

小时候，每到清明节，母亲都带着我到祖坟上祭奠。这是我们家的规矩。清明时节，春暖花开。母亲很早就把我叫起来说："今天是清明节，去给咱的老祖宗行祭礼。"然后，我们就带着草纸、煮熟的猪头肉和苹果什么的，来到了祖坟前。母亲和父亲摁着我的头："跪下，给祖宗磕头。"边跪拜边说些请祖宗保佑的话。

祖坟右侧刚刚挖了一条小河，母亲看着小河，显得很欣慰，她说："过去咱祖坟就缺水，这回可有了风水了。"我看着小河疑惑地问："祖坟的风水与我们有什么关系？"母亲严肃地说："关系可大了，祖宗的眼睛看着咱呢！"就是从那时起，我时常感觉到，祖宗的眼睛正默默地注视着我，我该如何面对祖宗的注视呢？

祭奠回来，我还想着母亲的话。母亲为什么在清明节说这样的话呢？我问老师，老师给我讲述了清明节的一些知识。

"清明"两字，宋陈元靓在《岁月广记》中引《三统历》曰："清明者，谓物生清净明洁。"它象征着万木凋零的严冬已经过去，生机勃勃的春天已经到来。农谚说，"清明前后，点瓜种豆。"唐代诗人杜牧有一首好诗，小朋友们可能知道："清明时节雨纷纷，路上行人欲断魂。借问酒家何处有？牧童遥指杏花村。"清明在我国民间有着双层意思，它既是节气，也是节日。清明扫墓，追祭先人，由来已久。

《梦粱录》记载：古代在清明这一天，官员士庶，俱出郊省坟。也就是说，不管是达官贵人，还是黎民百姓，都有祭祖、上坟扫墓的风俗。原因是寒去春来，万物萌生，人们想到了先人的坟茔，有否狐兔穿穴打洞，会否因雨季来临而塌陷，所以要亲临查看。一方面清理坟上的杂草，给坟添上几锨土；另一方面摆上一些祭品，烧几张纸钱，以表对祖宗的怀念。

当时，我记得语文老师还给我找到了一首描写清明祭奠的唐诗："南北山头多墓田，清明祭扫各纷然。纸灰飞作白蝴蝶，泪血染成红杜鹃。"使我学到了很多的知识。

看来，清明祭祖是我们民族的传统。明白了这些礼节，我对祖先多了几分敬仰。多少张面孔，一代代地追寻，相连的血脉在澎湃。先人虽已作古，后人依然在他们慈爱的视线里生存繁衍。

祖先融入大地，也一同留住了我们的根。我们也是未来的祖先。祭奠祖先，不是做给后人看的，而是渐渐化作一种精神寄托和生命投资。每个祖先都是一部历史，一本厚书，有的甚至我们一直没有阅读过。母亲说："给祖宗烧纸，是送给祖宗的零花钱，也同时为自己的命运存下了买路钱。"血缘决定了我们的出身、性格和未来的命运。

清明节也有叫寒食节的。有一年是大祭，母亲不让我吃饭，我不知道祭奠祖先为什么不让吃饭，后来母亲告诉我说，是为了表达对祖先的虔诚。后来有一件事，让我对祖先充满感动和感激。唐山大地震那年，我刚刚十四岁，当时老家的姑姑和表姐都住在我们家里。地震后姑夫从乡下跑到镇上，惦念的心情可想而知。他到了镇上，我们已经得救了。姑夫把姑姑带回老家，而当时我的父亲还没有下落，生死未卜。姑姑则到祖宗的坟头上烧纸祈祷。姑姑说祖宗显灵了，我的父亲还活着。我和母亲听了非常高兴。到了后半夜，父亲真的顶着细雨回来了。母亲和姑姑都觉得是祖宗在保佑着他的后人。后来我一直追问姑姑："你给祖宗上坟的时候，感受到了什么信息？"姑姑说，感觉在心里，是说不出来的。也许是迷信，但我们对祖先的崇敬与迷信无关，它是我们的精神起源。

别忘记祖先，是他们创造了历史。

祖宗的眼睛看着我们，眼神里传达着某种意志，使我们永远逃不脱他们的视野。时间的年轮滚滚转动，支配着我们的行动和命运。我想，如果有神灵的话，祖先的神灵最可靠。

但实际上，世间是没有神灵的。人类这样高智商的动物，是不会长久地相信逝去的前辈有能力左右现世的后人。问题可能出现在经验上，也许那些是传说、幻觉、想象与当事人心态等复杂的东西传递给后人的表象。

我们都拥有自己的祖先，我们都拥有共同的祖先。祖先的眼睛俯瞰着后人，其中积累着沧桑坎坷，奉送苍天祝愿，筑起顽强的生命之巢，让血脉永远相连。我们每一个华夏儿女，同属于一个东方老祖。祖国的眼睛追踪着我们的命运之舟，生活在他充满慈爱和祝福的视线里，即使有苦难，对我们也是鼓励和鞭策。于是，我们的生命才真正有了意义。

说说朋友

也许只有寂寞的时候，才特别渴望友谊。

我小时候对友谊的理解是温馨的，长大后就慢慢改变了想法。友谊总是跟朋友连在一起，我童年的朋友总是牵挂着我。就说我的朋友小海吧，他是我初中期间最好的朋友。我们一起学习和玩耍，一起跳进河里游泳，一起长大。这些年没见到他，多少有些思念，思念化成风，吹过山岗，吹过平原，飘落在我的面前。一天，在同学聚会上，我终于与他见面了。我们说起了孩提时代的好多事情，是那么有趣，值得回味，值得分享。不要让时间冲淡友谊的情，不要让距离拉开思念的手，友谊会地久天长。

刚开始，小海并不是我最要好的朋友，他是个沉默寡言的人。当初我们还因为课下的摩擦，险些动了手脚。我们好起来，是因为一件事，一下子拉近了我们的心。一天傍晚，我和小海放学回家，看见街上有耍猴的。我走过去津津有味地看着，小海也站在我的旁边，边看边议论，边欢笑。这时候，天猛然下起了大雨，我和众人四处奔跑躲雨，不料我被什么东西绊倒了，摔在泥水里，我正蒙头抱着书包，发现有个人跑过来，他先把我的书包接过去，然后一把将我搀扶起来，拉着我的胳膊跑到房檐下躲雨。

这时我才抬起头，小海满脸都是雨水，看着我笑着，我也看着他，连连说着感激的话。我们在房檐下待了好长时间，说起了作业，说起了某个老师，说起了将来的理想。从那以后，我们成了无话不谈的好朋友。看来，沟通是交友的第一步。它能打开我们各自的心扉，让情义洒向我们的心底，这样多好啊！

友谊的光环为什么诱人？为什么让我们难以忘怀？特别是同性之间的友谊，就更加珍贵，我和小海就是这样。我记得初中毕业的时候，学校组织班上合影，小海就站在我的旁边。他笑得是那么天真，连小小的酒窝儿都能看出来。后来小海当了煤矿工人，他站在高高的煤矸石堆上，裸露着带着微笑的黑脸庞，向我挥动着衣裳，哼着朴素的歌谣，铺筑了一条通向友谊的道路。

友谊是无法用金钱买来的。友谊是无价的。

当歌星臧天朔的一首《朋友》，把人间亲情和友谊唱尽的时候，谁不为之感动呢？电影《上甘岭》的主题歌里有这样一句歌词："朋友来了有好酒，若是那敌人来了，迎接他的有猎枪。"著名节目主持人王刚，在中央电视台主持了一个节目，叫《说说自己的朋友》，我很喜欢这个栏目。人生在世，不能没朋友，不能没友谊。一个偶然的机会，我参加了一个少年儿童联谊活动。在那里，我无意中读到一本书中的一段话："朋友之间，最珍贵的赠品，是真实的友谊。地球上最宽广的是海洋，比海洋更宽阔的是天空，比天空更宽阔的是人的心灵。一个人是一个世界，但他没有朋友，孤立的人绝不是一个完整的世界。"

我读了一遍又一遍，感动异常。真正的朋友，意味着什么呢？比如，我的船行驶在漆黑的海上，真正的朋友就是星辰，真正的朋友就是灯塔；在浓云翻滚时，真正的朋友是闪电；当谗言之箭射来时，真正的朋友就是坚甲厚盾；当你生命危殆时，真正的朋友是回春的妙手。生命中有了朋友，就如同四季有了春天，使我们感觉身处在美好的天堂。

有个人时时惦念你，有个人刻刻关怀你，那个人就是朋友。

为什么说朋友是一条路？古语说，多个朋友多条路。这句话是流传多年的真理。当我听到孩子们拍着手学唱儿歌的时候，让我感动并默默地淌下了眼泪。歌词好像是这样的："找找找，找朋友，找到一个好朋友，敬个礼，握握手，你是我的好朋友。""好朋友"，为什么特别强调好朋友呢？朋友，是一般的情义，好朋友才能说是深深的友谊。

小朋友，等你长大了就会知道，人生中能称得上是好朋友的人，实在是太少太少了。也是等你长大后才会明白，友谊的滋味像酒，年代越久越醇厚。人生每个阶段，应该有每个阶段的好朋友。但是，到最后留下来的，可以说是朋友的精髓了。

我们在童年或少年时期，也要有个好朋友。这是人生最值得做的事情之一。但是，我们不能乱交朋友，更不能交坏朋友。古语说："近朱者赤，近墨者黑。"说的就是这个道理。我们交的朋友一定要心地善良、勇于进取、正直勤劳，并且与自己的脾气秉性相投。这也叫知己。人生能有几个知己呢？知己就是懂你、爱你、知你心的人。这个知己不是从天而降的，而是需要我们用心去寻找，用汗水去播种。寻找的过程是艰辛的，寻找的过程也是美丽的，可我们一旦找到温暖的友情，就会觉得这个世界有看头儿，也更有活头儿了。如果没有温暖的友情，就像脚下没了路，我们也不会如此深爱这个世界。

冰心说过："爱在左，同情在右，走在生命的两旁，随时撒种，随时开花，将这一径长途，点缀得香花弥漫，使穿枝拂叶的行人，踏着荆棘，不觉得痛苦，有泪可落，却不是悲凉。"可见，亲情和友情是人生不可缺少的。

春夏秋冬，总是在不断交替，不管我们走到天涯海角，朋友永远伴随着，即使他人没来，可他在我们心中永远难忘。岁月匆匆，冲淡了多少温馨的记忆？我们总是拂不去朋友的关爱，忘不掉深厚的友谊。我们不停地在心中准备着送给朋友的礼物。

懂得感激

年轻的朋友，就像一棵棵茁壮成长的小树。小树苗儿原本是瘦弱的、弯曲的，小树一年年长高，一圈圈的年轮记录着阳光、雨露的滋润，长成一棵参天大树。我们人也一样，在我们成长过程中，要有父母、老师和朋友的精心料理，有他们默默的呵护和怜惜。我们成长的每一时刻，都有爱我们的人在为我们付出和给予。

回忆过去，我的内心充满了感激。每一个扶持、关爱过我的人，今天也许在我的记忆中不再完整了，可情感是完整的。他们不图我的报答，但我始终牢记着一句古话：受人滴水之恩，当涌泉相报。感激啊，关爱的光只是照耀一瞬，感激的火却要燃烧一生。感激的心就像一颗颗小星星。我愿变成小星星，夜晚，在恩人熟睡的时候，我的心就挂在他们的窗前，让他们醒后一抬头，就能看见我的心，我永远陪伴着他们，永远牵挂着他们。

我常常坐在电脑旁，静静地回忆过去。想象着走在满是泥泞的村路上，老师把他的雨伞撑在我的头顶；我割柴草的手指被镰刀划破了，淌着血，是童年的小伙伴儿将自己的衣裳撕裂，给我包裹伤口；我学习成绩下降的时候，老师把我留下来，进行语重心长的谈话，而误了老师家里种地的墒情；我偷吃了别人家的红枣，母亲用巴掌掺杂着情感，矫正着我的行为；当我赛跑临近终点突然摔倒在地的时候，同学和老师伸出救援的手；走在干渴的沙漠上，有一个老大娘用葫芦瓢给我端来清冽的水，我咕咚咕咚喝下去，继续勇敢地走路。朋友们，你们同我一起微笑或流泪。我脑海里这样的画面，充斥得满满的。不愿告别，却在告别，告别了人，留下了心，心中永远是感激啊！

青春的欢乐，青春的美妙，都慢慢化在日月里，像一条小溪静静地流淌。幼稚时的仰慕，衰老时的嫉妒，这对青春的风度是一种检验。还记得我在上高中时，一天，无心听老师讲课，倚在书桌前走神儿，我幻想着自己的小秘密，有时还用纸叠着小飞机，等着下课去玩耍。老师走过来，朝我微微一笑，我的脸立刻就红了。当时，我恨老师的笑，看着老师的满头白发，我在心里诅咒着：你老了，你的笑不迷人！今天我回想着他的笑，心中先是感动，然后是感激。后来听到这个老师去世的消息，我去了，给老师买了花圈。我朝着他的遗像，深深地鞠躬，我的眼睛湿润了。老师的遗像很严肃，很端庄，没有一点儿笑意，当年老师的微笑呢？我们中国人与外国人不一样，去世的遗像并不是他一生中最美的。听诗人张学梦从意大利访问回来讲，他在那里的墓地上，看见一个少女的遗像，少女微笑着，笑得十分灿烂，就像一首抒情诗。往下看，死者的年龄已经是六十几岁了，这是她青春时的照片。张先生说，看着这张照片，我们想到的是美丽，人死了还给后人留下美丽，我们能不对她感激吗？

人只有懂得感激，才能去爱和创造。我们感激别人的爱，才会去真诚地爱别人。爱沉在生命的静处，影响着我们的人生，净化着我们的心灵。我们现在就静下心来，想想，在我们成长的路上，都有谁对我们付出过真挚的爱呢？我们把他们的名字列出一串名单，这些名字是温馨的、是灿烂的。他们是我们生命中的福音，那些春花和秋雨，都是为爱我们而来的，都是我们的财富。

当下流行一首歌曲《心会跟爱一起走》，歌词里有这样的词句：从来没有人如此贴近我的心，春风都化成秋雨，爱就爱到底。当然，如果从爱情角度来理解，也是神圣的。我们今天就从感激升华的爱来分析，这种心与爱的融合，是不是最为宝贵的呢？

朋友，学会感激别人，感激帮助过我们的人。他们都是我们的亲人，他们正在温柔怜爱地环绕着我们，祝福着我们。当我们成功的时候，最好回回头，哪怕给他们一个会心的微笑。

螃蟹的故事

1999年的秋后，我在县城里听到这样一场纠纷，纠纷的起因与螃蟹相关。八月十五的前一天，老伴儿陪着退休几年的老县长许广田到护城河散步。护城河绕这棋盘似的古城一圈儿，平平淡淡地流着，没有一点儿波澜。老许看见水流有些浑浊，感觉空气也不怎么新鲜了。走到护城河的那一头儿，老许就累了。老许从县长的位子上退下来有五年了，他很少出门走动，今天是老伴儿硬把他拽出来的。老伴儿拉着他的胳膊下了河堤，拐进农贸市场，想买点儿过节的东西。老许站在卖河螃蟹的摊位旁，看着鲜活涌动的河蟹，口水在嘴里转动，嘴巴歪着摆弄河螃蟹。老伴儿看见老许一脸的可怜相，就走过来，在河蟹筐前看了看："这河蟹是怎么卖的?"掌柜的说："上等蟹，六十五块一斤。"老伴儿咂了一下嘴，看着老许的脸："过节了，买上半斤，给你尝尝鲜儿。"老许忍了忍说："算了吧，贼贵的。"他将手里的一只紫色方盖的螃蟹放进筐里。老伴儿说话间摸摸腰包，瘪瘪的，实在没有底气，说买点儿雪虾拌豆腐不是挺好吗？她拉着老许扭头走进人群，看见五里屯乡的何乡长领着几个人走过来。

老许和老伴儿同时认出了何乡长。老伴儿知道这位何大个子是老许一手提拔起来的。老许刚刚退下，他逢年过节的还来看看，年头儿一长，他就不来了。老伴儿想上前打招呼，一把被老许拦住。老许看出何乡长是来买河螃蟹的。他看见何乡长将满满一筐的河螃蟹都买下了，让司机抬着走向汽车。老板咂着嘴巴说："妈呀，这是给哪儿送礼啊？买这么多?”老许皱着眉头，嗓子眼儿里堵着什么东西。他和老伴儿继续在人群里挤了一段，慢慢就把何乡长的河螃蟹忘记了。

老伴儿给老许买了一些雪虾，买了一点儿黄瓜、辣椒，买了一点儿羊肉，就缓缓地往家里赶。走进胡同儿，老许和老伴儿就与何乡长再次遭遇了。何乡长从现任县长张满堂家出来，登上了一辆双排座汽车。他也许看见了老许的影子，上车时很慌。他故意装作没看见老许，让司机把车开走了。汽车打了一个战，剐着了院墙，发出一串刺耳的响声。张满堂县长的媳妇儿李凤英惊着跑出来，看个究竟。汽车没停，一溜烟儿地跑了。李凤英看见老许和老伴儿走过来，笑笑说："你们出去啦?"老许点点头说："啊，转转。"老许的老伴儿没有搭理她，压根儿就瞧不起她。她是不愿意跟张县长做邻居的，这里的原因，除了不喜欢李凤英这个泼妇，就是怕老许看见人家门庭若市自己心里失落。她动员老许搬到儿子那里住，老许不搬，他不愿意住楼房。这平房小院，种点儿花草，练练气功，很适合老年人生活。老伴儿看见李凤英扭动着细腰，走回院里。老许往那个院里瞟了一眼，一片的筐子，满满当当。老许没赶上好年头儿，他当权的时候，连个礼拜都不歇，这阵儿的干部多轻松，而且油水大多了。

回到家里，老许沏上了一壶浓茶，慢慢品，故意把自己的心态放平和一些。吃着粗茶淡饭，弄个好身板儿，还有什么比身体更重要的呢?看着好多退下来的干部，身体没几天就垮了下来。老许一直把自己的好身板儿当作骄傲的资本。老伴儿走进来，一边擦桌子一边气愤地骂着："你听，张家门前又来汽车啦!"老许摆摆手说："你做你的饭去，汽车稀奇啥?没见过?"老伴儿撇撇嘴："人啊，真是势利鬼啊，何大个子不是个东西，见了你连车都不下，当初你白提拔了他!"老许淡淡一笑："提拔他是我的工作，你还要让人家记你一辈子?"老伴儿说："这狗东西给张家买了一整筐的河螃蟹。张家也不怕噎着!"老许瞪了老伴儿一眼，瞪得她扭身做饭去了。夜里睡觉，老许做了一个奇怪的梦，梦见好多的河螃蟹爬到自己的头上来。早上一睁眼，还偎在被窝里，老许就把这个梦讲给老伴儿听。老伴儿不懂老许的心思，甚至怀疑有没有这个梦。老许一定是想吃河螃蟹了，后悔昨天没能给老头子买上一点儿。老许看见老伴儿流眼泪了，知道她误解了他的意思。老许说："本来是个梦嘛，真的不是我馋螃蟹啦!"老伴儿说："梦打心头想。你是想吃河螃蟹啦!"老许慌张地摆着手说："不是，我可不是那个意思!"老许边说边起床穿衣。

老许提着牙具走到院子里，天还不是很亮。老许一迈脚，就觉得脚下有很厚的东西，软软的，踩下去，吱吱作响。他弯腰看见有两只河螃蟹被他踩成肉酱了。一只毛青蟹爬上他的裤脚，他赶紧弯腰把这只螃蟹摘下来，螃蟹够赖皮的，张螯咬住他的小手指，咬得老许扔了牙具，使劲儿将它甩在地上。小螃蟹在地上打滚儿，吐着沫子转圆圈儿，像个顽皮的孩子朝着他傻笑呢。一扭头，还有好多的河螃蟹，一疙瘩一片，爬了满院子和墙头。老许着实吓了一跳，额头冒汗了，哑着嗓子喊："慧芹，你出来一下。"

老伴儿颠着碎步跑出来，看见满院的河螃蟹，双腿直软。她蹲在地上愣了一会儿，伸手去抓螃蟹，伸出去，老许轻轻喊了声："咬手啊!"吓得她又把手缩了回来。老伴儿不知是喜是忧，叹声："老头子，这是哪儿来的?"老许皱着脸，抬手指了指东院。老伴儿就明白了，脸上松活了，嘴角渐渐浮了笑意。老许愣着，又扭头望了望东院，没有听见张县长和他老婆李凤英的一点儿动静。老伴儿回身从屋里端出脸盆，黑了老许一眼："还愣着干啥? 快抓螃蟹啊!"老许说："螃蟹是从张家院里爬过来的，还是请他们来抓吧!"老伴儿撇着嘴说："不，是螃蟹自个儿过来的，这就怨不得咱啦!"她戴上了两只线手套，急着抓螃蟹，再也没看老许一眼。老许又愣了一会儿，抬头看了看天，才弯腰跟着老伴儿抓螃蟹。

老许和老伴儿把满院的螃蟹抓光，才到早晨六点钟。老伴儿把两盆子螃蟹放进一口腌咸菜的缸里，缸口用旧蚊帐布盖上，怕的是螃蟹再次跑掉。老许站在缸边刷牙，一边看着一边说："你真想留下啊?"老伴儿说："吃，我给你煮了下酒! 不吃白不吃!"老许甩着牙刷上的牙膏沫子，瞪了老伴儿一眼："别，给人家送过去!"老伴儿说："送? 门儿也没有！”老许倔倔地说：“我就是馋疯了，也不会吃这种螃蟹的！”老伴儿嘻嘻地笑着：“你还别把话说绝了，看你吃不吃！”说着就回屋里煮螃蟹去了。老许嘟囔着说：“你不送，我送！”他回身时，听见张县长院里有了开门的动静，赶紧收住脚，听见李凤英一声惊叫：“妈呀，螃蟹跑啦！”然后她就慌张地喊出张满堂。张县长的声音极为严厉：“别嚷嚷了，好不好？”李凤英没有好气地骂：“这个何乡长，真不是个东西，他把两个筐子往院里一放，啥也没说就走了。我查了一个筐子，见是苹果，还以为那个筐子也是水果呢！哪知道是活蟹啊！”张县长依旧压着声音说：“别嚷了，你听见没有？快把院里的螃蟹收起来！”老许听见东院响起急促的脚步声。老许想张嘴喊一句，他刚要张嘴，就看见李凤英的脑袋探过墙头，贼贼地往院里寻着。老许赶紧缩回脑袋，就听见李凤英小声骂着：“肯定爬到西院啦！有多一半儿呢！”张县长拉她的身子，还是让她小声点儿。李凤英火气很旺，泼劲儿又上来了，骂了一句：“也不吭一声，跟了这样的邻居，算是倒了八辈子霉啦！”老许觉得脸上火烧火燎的，赶紧收回脚步。

老伴儿隔着窗子呸了一声，把老许拉回来，幸灾乐祸地说：“你听那个泼妇骂得有多难听，还给她送去？真是的！”老许坐在堂屋的椅子上，胸口堵得慌，恨恨地说：“就凭这娘儿们的话，也不给她送啦！煮！吃！”说着，就找出一个小酒壶，烫了二两散白酒，坐在餐桌旁哼起了京剧小调儿。哼着，老伴儿就将冒着热气的河螃蟹端上来了。看着螃蟹，老许就把刚才的不快忘掉了。不管怎么来的螃蟹，都是螃蟹，味道都是一样的鲜美。老许掰开满籽蟹盖，用筷子将红籽剜到嘴里，嘴巴有滋有味儿地咂一下。老伴儿在一旁静静地瞧着。老许递给老伴儿一只螃蟹，老伴儿摇头说：“留着你就酒吧！我看啊，这点儿螃蟹够你吃上一阵子的。”老许吃着，不吭声。老伴儿又说：“送礼，就送一筐的螃蟹，准不是那个何乡长自己掏钱，何乡长的马屁算是拍歪了！”她贱口轻舌地取笑人家。

老许只顾吃喝，狠狠掰了一个螃蟹爪，骂：“真他娘的腐败！”然后就喝上一盅酒。

老伴儿听着解气，给老许倒上一杯酒。

老许再掰一个螃蟹爪，骂："真他娘的腐败！"

老许再喝一盅酒，叹道："真他娘的腐败啊！"

老伴儿连连给老许满上酒。

老许喝着骂着，脸上有红亮儿显露出来，随后，就借着酒劲儿说他当权时的清廉，说得鼻翅一扇一扇的，不断喝酒。老伴儿抢过酒杯，说："别喝了，别喝了，这点儿螃蟹别把你给搭进去。"老许说："你难道不晓得，我老许有多少年没吃着河螃蟹了吗？"老伴儿说："不就是三四年吗？不要嫌贵，我们吃得起！"她边说话边收拾地上的杂物。

小花猫跳上来了，啃着老许吃剩的螃蟹腿儿。

老许看着小花猫，就不喝了。

一连几天，老许和老伴儿都很快活，老许在院子里锻炼，听到缸里的窣窣声，身体里就痒得很。一天中午，老许一人从张县长家门前走过，与李凤英打了个照面。李凤英脸色异常，不阴不阳地朝他笑一下说："老许，吃了吗？"老许照常说："吃啦！"他没有往别处想，李凤英却接着问："还新鲜吧？"老许被问愣了，脸上火烧火燎的，支吾说："我刚吃了午饭，午饭。"李凤英却直接撕开脸说："老许啊，你就别给我打哑谜啦，我是问你河螃蟹，鲜还是不鲜？"老许后脊处淌下汗来，稳了稳心说："凤英啊，既然你总是疑神疑鬼的，咱就打开窗子说亮话吧，是有河螃蟹爬进我们的院子。我想给你送过去，可我听你一骂，就不想送啦！"李凤英寒了脸说："你吃了就吃了，噎不着就好哇！关在笼子里的老猫，总吃不上荤腥，哪行呢？"老许气得抖了："你！河螃蟹，是它自己爬过来的，我们没有偷，没有抢！"李凤英就破口大骂了，引来了老许的老伴儿。两个女人就吵成了一团。老许的老伴儿故意把声音弄大，从而招了众人观看，李凤英怕对丈夫影响不好，忍气吞声地退回了院里。

到了晚上，老许继续吃着河螃蟹，喝酒。他听见李凤英跟她的张县长哭鼻子。张县长训斥妻子，还动手打了她一巴掌。老许知道李凤英心里窝着火，释放不出去，就会变着花样地放泼。张县长上班走后，李凤英就站在院子里指桑骂槐，还故意弄出很多声响，骂得老许犯了心脏病。老伴儿给老许请来了医生，吃过药，医生说得静养。老许再也没有吃河螃蟹的心态了，怪异地扭着老脸。老许对老伴儿说："惹不起，我们躲得起。咱搬到儿子那里住吧！"老伴儿伤心地看着他："我早就说，咱搬走，你就是不听！走吧！"老许愣了很久，不说话。老伴儿想了想说："这房子卖了吧！"老许摆手说："我可不卖，上哪找这样好的平房院落?"老伴儿叹息一声依了他。

搬家那天，常用的东西都搬完了，老许忽然想起院落一角的缸里，还有他没吃掉的河螃蟹呢。他打开缸盖，趴在跟前细瞧着，螃蟹鼓鼓涌涌，吐着白沫子。老许轻轻地笑了："这东西，邪命够长的。"说着就用了力，慢慢把缸倾倒，让螃蟹一点点儿爬出来。螃蟹就慢慢爬着，有的钻进了下水道沟，有的爬上墙头，有的爬到院里的树上。老许开心地看着，笑着，眼角慢慢流出老泪。

老伴儿和儿子进来，看见老许的样子，不由得一愣。

第二年春暖，老许还住在儿子的楼上养病，总想着搬回小院去。老伴儿怕李凤英再折腾他，哄骗他说："等等吧，听说张县长要搬到新盖的别墅里去，他们一搬，我们就搬回去。"老许心里就豁亮了，心情渐渐好起来。熬盼到了秋天，张县长一家还是没有搬走。老许就急了，说他不怕李凤英那个娘儿们。老伴儿和儿子百般阻拦，还是不能说服老许。

就在这个时候，张县长家里出事了，张县长被抓，小院被封得严严实实。其实，在老许刚搬走不久，张县长家就被盗了，盗贼就是从老许家院里的墙头翻过去的。盗贼被抓了，交出了张县长的两百万存折和一些金银首饰。老许听到这个消息，愣了很久，站在太阳光里，朝那个贴着封条的大门好一阵张望。

老许和老伴儿又搬回了小院，没怎么吃药，老许的病就好了。

阿南的黑眼睛

凭我们的审美观，眼睛就是黑色的、明亮的。黑眼睛里的完美境界，在生活中不可多得。黑眼睛里的艺术幻影，叠印着年轻的生命，去创造新的生存空间。当我走进阿南的艺术摄影学校，见到阿南和他的艺术摄影，使我对黑眼睛有了新的认识和理解。

阿南是唐山的小伙子，却有一个南方的名字。这个名字在唐山人物肖像摄影行业中是很响亮的，人们渐渐忘记了他的本名。这位不到三十岁的小伙子生就一双明亮的黑眼睛。他站在我面前，有点儿像一株挺拔的树，坚韧、自信、和善而有生气。他在谈话中不愿谈及自己，只是滔滔不绝地讲述人物摄影的艺术。我在他的办公室看到了一张大幅人物照片，是他与著名演员梁天的合影，还有一幅是他与台湾著名人物肖像摄影大师吕胜国先生的合影。

还有一些少男少女的青春肖像照。阿南的眼睛最辉煌的一瞬，是我们欣赏他作品的时候。从朋友嘴里得知，阿南原是唐钢工人，不甘心工人寂寞的生活，自己办起营业性影楼。他自小酷爱摄影艺术，开影楼之后，他自费到北京电影学院摄影班学习，在那里结识了台湾人物肖像摄影大师吕胜国先生。吕先生格外欣赏阿南的才华，收他为徒。在吕先生亲自指导下，阿南的人物肖像摄影技术跃上新的台阶。北京一家影楼曾想高薪聘请他，他谢绝了，他说他的事业在故乡。阿南从北京回到唐山。前两年，阿南建起“黑眼睛”摄影学校，在唐山老火车站附近租了一层楼房，住宿、教室、摄影室一应俱全。他招收了几批学员，为社会培养了三十多位优秀摄影师。这些学员里，有下岗工人，有农民，有待业青年。滦县有一位进城打工的农民，苦于找不到出路，结识阿南后，走进“黑眼睛”摄影学校，毕业后在故乡滦县县城开了一家影楼，生意红火。这个学员又为乡村培养了一批摄影人才。如今，“黑眼睛”又在招收新的学员。一位学员为阿南留下一首诗：“可以忘却自己，却忘不了‘黑眼睛’，你偶然的光亮，照彻了我久久等待后的迷茫……”

十字路口抵不住青春的萌动，反而把路途向前方延伸。冰雪封了路，仍有向前方出发的人。如今影楼业不景气，阿南的“黑眼睛”却依旧红火。我们到这里时正赶上唐海和迁西来人，纷纷聘请阿南去指导，做一段临时摄影师。阿南欢欣地答应了。他懂得摄影的黑白艺术，明天的现实世界，是一片等待他去涂色的空白。人生的过程就是在圆梦。阿南终于圆了他“黑眼睛”的梦。青春的梦不需要隐藏，青春的热情冲走压抑，青春是生命中最美丽的花季。

坚毅深沉的眼睛啊，抛开前程的礁石，不留泪痕。

当我问起阿南，为什么将自己的摄影学校取名为“黑眼睛”时，阿南眼睛一亮，喃喃地说：“我喜欢顾城的一句诗，‘黑夜给了我黑色的眼睛，我却用它寻找光明’……”

田野上的婚姻

这里的农民管插足的第三者叫“野秧子”。冀东平原的庄稼地里，有一种最低贱的农作物，那就是糜秧子。糜秧子秆儿很单细，像尺状的草。

我们的村长刘文才就碰上“野秧子”了。这是1976年的夏天，公社放映队来村里放映新片《侦察兵》，看电影的人很多，连过道上都站满了人。刘文才村长看见一个影迷姑娘，双手扒着栏杆张望。姑娘拉住刘文才的胳膊，求他把她带进去。姑娘叫罗小月，白净脸，大眼睛，长辫子，长得很媚。刘文才就跟她好上了。后来的一些日子，罗小月与刘文才来往密切，眨眼工夫，就成了刘文才的“野秧子”。

刘文才得知罗小月是村办小学教师，他男人的激情，一下子被罗小月调动起来了。以后，刘文才每次带罗小月到玉米地偷情，都带上一卷儿凉席，身上抹一层避蚊油。那个晚上，天气出奇地燥热。罗小月摇着蒲扇来电影院找刘文才，刘文才正在布置夜里民兵拉练的事儿，他隔着玻璃看见罗小月，一看到她的眼神很亮，就明白夜里有什么事情要干。刘文才走出去，跟村里的民兵连长苏大卫说：“老苏，我今天请个假，我得安排学雷锋的事儿。”

苏大卫看了看他说：“拉练重要，学雷锋同样重要！你去吧！”刘文才跟苏大卫握了握手，感激地说：“谢谢你啊！哎，你们今天的拉练路线是——”苏大卫随口说：“城西！”刘文才在心里记下了，拉练的民兵什么时候出发的，他就不清楚了。

十一点左右，天气还是闷热。刘文才悄悄将那卷儿小凉席抱出来。绑在自行车的大梁上，然后驮着罗小月往城东去了。刘文才选了一块儿高粱地，高粱秆儿细，里面通风条件要好一些。刘文才弯着腰，用脚将垄沟的土踢平。罗小月还采了一抱野草，摊平铺在地上，这才把凉席铺上去。罗小月躺上去，笑着打了一个滚儿，就紧紧抱住他的脖子，将小嘴儿对准他的嘴巴，刺溜一下，把自己嘴里的水果糖送进他的嘴里。刘文才吧唧着糖果，浑身就胀了，野野地将罗小月扳倒，解她的衣服。

这时，刘文才和罗小月还不知道，苏大卫率领的拉练民兵已经把他们包围了。在地头儿，苏大卫用手枪指着那片高粱地，大声喊："同志们，前面就是敌人的碉堡，一排从左，二排向右，三排直插！端掉敌人的炮楼！冲啊——"民兵们唰地散去，猫腰冲进高粱地。

苏大卫看了看夜光表，蹲在地头儿吸烟。过了一会儿，二排长颠着碎步跑过来报告："报告连长，我们今天真抓到两个敌人！"

苏大卫一愣，急急地跟二排长冲进高粱地，看见正穿衣裳的刘文才和罗小月，刘文才低着头，站在凉席上穿裤子。苏大卫不由得吸了一口凉气，不知怎么开口了。

苏大卫让民兵们撤出高粱地。刘文才瞪了苏大卫一眼，埋怨道："老苏哇，老苏！咱哥俩儿无仇无怨，为啥把兄弟往死里整啊！"

苏大卫跺着脚说："村长，你说是请假学雷锋，我哪儿知道，你跟这儿找野秧子呢。"

刘文才说："你不是说在城西拉练吗?"

苏大卫叹道："我们是到城西玉米地了，可他娘的刚刚浇了水，根本进不去呀！我才临时改变方向。"

刘文才看了看罗小月。罗小月并不怎么害怕，拍了拍衣服上的土，然后小心翼翼地卷起凉席。刘文才对苏大卫说："老苏，你说咋办吧?"

苏大卫说："兄弟，凭咱哥俩儿的交情，我该放你一马。可这不是我一个人的事儿，你只有自作自受，听候组织处理啦。"

刘文才就跟着苏大卫走了。

夜里，刘文才被关押在村委会反省，罗小月被放回家里。他们分手的时候，罗小月感到事态的严重性了，替他提着心，默默地流了泪。刘文才独自反省，暗暗做了最坏的打算。

后半夜三点多钟，地震了，刘文才从办公桌上摇到地上，额头摔出一个很大的紫包。他开始还以为是跟苏联打仗呢，傻了一会儿爬起来，钻出散了架的瓦屋，才知道是地震。他先是扒出了三个呼救的人，头皮一奓，就拼命地往家里跑，跑到家里看见自家的平房全塌了，母亲和妻子遇难了，儿子也受了重伤。罗小月这个“野秧子”邪命够大的，她被埋在废墟下，整整三天三夜，愣是活下来了。她是让刘文才给扒出来的，她苏醒过来，看见刘文才完好无损，哭了，第一句话就问：“那个苏大卫人咋样?”刘文才说他被砸死了。罗小月长长地出了一口气。苏大卫一死，刘文才积极投入抢险救灾队伍里，他和罗小月的事糊里糊涂地遮盖过去了。但是，他插“野秧子”的秘密还是被当成笑料在城里传开了。

刘文才与罗小月结了婚。婚后的日子，是美满幸福的。罗小月生下一个可爱的女儿。二十三年后，女儿考上河北师大的那年冬天，罗小月患了一场病，她不愿意干活儿。起初，刘文才也没有在意，后来就觉得她不近人情了。刘文才被诊断出患有晚期肺癌，到北京的一家医院做化疗。

刘文才在死之前很想跟罗小月说说话，可罗小月没来看他。刘文才紧紧地闭着眼，张了张嘴巴，想说话，已经发不出任何声音来了。护士懂刘文才的意思，慢慢将刘文才扶起来，将笔和纸递到他手上，让他把该说的话留下。刘文才斜靠着被卧，伸出枯瘦的手拿起笔，笔尖儿颤抖不止，翻滚在胸膛里的千言万语汇成三个字。于是，他就吃力地写下了三个字：给——我——滚!

何申的好戏

熟悉“三驾马车”的人，都知道何申、谈歌爱唱戏。唱京剧是这二位老兄的拿手活儿。作为京剧票友的谈歌就不提了，何申兄的嗓子很豁亮，唱起戏来是有板有眼的。一次在北京开会，中国作协翟泰丰书记与谈歌、何申合唱京剧《智斗》选段，何申兄扮演阿庆嫂，他唱的一段女腔，引得了满堂的喝彩。我故乡的一位“仙人”说，装男像男、装女像女的人大富大贵。果然，何申兄事事顺遂，好戏连台。

何申兄生来一副富贵相。浓眉大眼，虎背熊腰，说话却极和善。他自称是我们“三驾马车”里的胖马。与其说是胖马，不如说是驾辕马。他既是我们的老兄，又是我们的主心骨儿和带头儿人。何申兄既能做官又能作文，在文坛也不多见。他当过承德地区文化局局长、市委宣传部常务副部长，后又任承德日报社社长。他对我说，他这个社长不是挂名，而是实实在在的人、财、物一把手。他白天工作，而写作时间只能挤到晚上了。他在单位宣布一个规矩，有事在单位办，谁也不能晚上找他，敲门也不见。果然晚上没人敢打搅他。他家门口写着“请勿打搅”。后来，我听别人说，单位里求他办事，不给他送烟送酒，因为送了，也会被何申退回来。碰上这位刀枪不入的领导，手下人很为难。后来有些聪明人发现了秘密，何申也是“吃礼”的，他吃另外一种“礼”。有的记者从基层听到一些有趣的好故事，就兴致勃勃地跟何申讲，何申听得入了迷，还拿小本子记上，不久就写进小说里了。这个讲故事人的一些小事让何申开了绿灯，慢慢地，求何申办事的人都给何申送“故事”礼物。

何申兄是个故事篓子。大家开会碰到一起，他总是讲一些新段子，荤的、素的都有。何申兄讲逗乐的故事不动声色，他不笑，等大家都笑开了，他才微笑起来。何申小说的幽默源于他深厚的生活积累。何申写乡镇干部系列，故事情节连贯逼真，有人以为他当过乡镇干部。何申是在天津海河边长大的城里人，上山下乡的年代，他一头钻进承德地区的山沟子。天津调老何回城做文艺干部，老何太爱这块儿山乡了，时光已将他变成了地道的山乡汉子。他小说中的一些故事，大多是他的亲身经历。

何申说他是在1969年春节之后，由天津到承德山区插队的。他插队的那个村是满族聚居村，在村里生活、劳动，也为后来创作打下了根基。他特别留意观察满族妇女的装束，女人头发梳得很特别，凡是结了婚的妇女，头发都是光溜溜地流向两边，在脑后打一个弯儿，像公鸡尾巴一样翘起来，特别有意思。他住在社员家，吃在社员家。秋收的晚上，队长敲钟分粮，他就胳肢窝下面夹条口袋去场院，分回粮去村口的石碾子上磨成面，下锅做饭，吃饱喝足之后就到村里能说会道的山民家串门，听他们说故事。这一干就是五年。

按常理说，何申是知青作家，有人问他，为什么不写知青生活小说？何申这样对我说：“我没有把自己当知青，而是一个农民。像梁晓声、叶辛等知青小说名家，写北大荒的风雪、贵州苗寨风情，是那么有气势，那么美丽丰富。这样的环境和感受，我们这里没有，没法与那些地方比。我只能写农民日常平凡的劳动。”这就形成何申特色的文学作品。后来他进了承德市，当地区文化局局长，利用职务之便，他把承德地区两百多个乡镇基本跑了一遍。有一年年底下乡，汽车行至半山腰，翻到沟里。何申福大命大，连伤也没有，爬出来，喊老乡们把车抬上来，司机问他还往山里走不走，何申呵呵一笑：“阎王爷不收咱们，咱就照旧赶路。”就是这次下乡，他的历险记感动了基层干部，为他讲了一些县城年前年后的景象，才使他写出了《年前年后》这样的精品。

有一次，何申在乡下看到乡干部在审一伙赌博的农民。何申就去看。乡干部问赌徒："你们为啥总赌?"赌徒无奈地说："我们的手痒痒。"乡干部就让人拿来盆子，让赌徒们蹲在地上往盆里抓土！赌徒们拼命抓土，手抓破了，委屈地问："这是啥政策?"乡干部说："这是土政策!"何申一听就笑了，记在心里，将这个独特有趣的细节写进了电视剧《山乡女法官》里，收到了很好的效果。

今年，何申兄又应著名喜剧演员赵本山之邀，写了十五集的电视连续剧《一乡之长》，这是赵本山主演的《一村之长》的续集。此剧由赵本山主演，现已拍完与观众见面了。赵本山见到何申就喊："何大人!我得由村长升乡长!"何申就笑。说荤笑话，赵本山都得管何申叫师傅。这一声"何大人"是从电视剧《宰相刘罗锅》那里学来的。这里面的和珅一夜之间家喻户晓。在涿州开会，作家李功达逗何申说："你贪污了朝廷那么多金条，还写什么小说啊?"何申愣了愣，就笑了。可也是，后来何申走到哪儿先声明："我不是那个和珅。那个和珅太臭了。"我和谈歌看到他天真的样子，也乐了。何申一本正经地说："咱是凭劳动拿稿费，可不能学那个和珅!"

何申兄有一个幸福的家庭。三口之家，日子美美满满。女儿已经参加工作。何申兄跟我谈起足球，便说起家庭。何申很少与妻子拌嘴，可一看足球，看到半夜，因为他总爱评论几句，不免就与妻子发生争吵。一看足球就吵，后来何申就忍着不看了。本来挺和睦的家庭，不能让"足球"插足。我听后直笑。

在"三驾马车"里，谈歌兄是一个散漫的人，爱喝酒，一动感情就容易失控喝多。一般情况下，我能管得住谈歌。在特殊情况下，谈歌不听我的，可只要何申兄说话，谈歌便不喝了。那次在北京开会，谈歌喝多了，醉着，还命令我将桌上的两瓶"二锅头"打开再喝。我到另一屋将何申喊来，何申兄不恼不怒，和颜悦色地劝说一番，谈歌醉着也不拂何申的面子，就答应不喝了。何申一走，他又喊上酒了，何申朝我递眼色，我就明白了，把酒瓶子藏起来。谈歌弯着腰到处找酒，没找着就躺下睡了。我知道，何申兄是怕谈歌喝伤了身体。谈歌醒后对我说："何申大哥是咱们永远的大哥，他对咱们是呵护。"时间久了，这种爱护就变成了一种情感的力量，彼此间相互信任和鼓舞。

何申是全国人大代表，走到哪里都会问一些社会问题，记在小本里留着开人代会时送提案。记得我们去福建参观访问，何申在买车票困难时掏出了“代表证”，得到了列车长的特殊照顾。躺在卧铺上，何申兄对我说：“这份优越待遇是好，可咱也得替老百姓说点儿话。”后来在人大的各种会议上，何申送上了好多提案，其中有出版法方面的，也有婚姻法方面的，还有农民负担过重的问题，他都认真地送上去，还盯着上面的反应。这不光是一个作家的责任，还有心灵或精神需要。营养心灵，写出反映农民的好作品，是何申的愿望。他在一篇文章的结束语中说：“我们伴随着中国农村走过了这一重要时期，未来肯定是十分美好的。若干年后，当人们回想起这一段日子时，如果有人提到，当年有个姓何的写过不少关于乡镇干部和农民的小说，拿来再看看，我就十分满足了。”

燕赵壮歌行

——谈歌印象记

自古燕赵多慷慨悲歌之士。到了20世纪90年代中期，燕赵之地的河北文坛，杀出一员虎将——谈歌，迅即名噪全国文坛。以地平线划定的视野，谈歌带着满腔的激情，携着真诚的忧患，吟唱着城市票友京戏小调，行色匆匆地朝我们走来，所有心灵的聚光，所有读者的视线，都用文字来沟通了，以天地良知和责任照亮这里的生活。有人说，谈歌是迈着沉重的脚步走上文坛的，其作品也带着沉实的美学品格。

之所以说沉重，是从他人与作品中感受出来的。弓弦拉得越紧，生命之箭射得越远。有人说，1996年的文坛是“谈歌年”。不管这一说法是否准确，但是谈歌的中篇小说《大厂》及续篇，和其他一些中短篇小说，如集束手榴弹般地炸响，是有目共睹的事实。我与谈歌是河北文学院的同学，1994年春天，在石家庄相识。在这之前已读到他的《山毛榉》《空槐》等小说，但不知他是河北保定人。这时我听陈映实老师说，谈歌是有实力的，十几年来，他为文学做着生活和艺术上的准备。那时我首先感觉谈歌是一位坦诚、正直和恪守信义的人。谈歌说，燕赵大地的根性是骨气和信义。谈歌话语咄咄逼人，使我觉得一个志气高傲的灵魂是不违背信义和良知的。谈歌之所以敢说，与他为人的刚正是分不开的。

米兰·昆德拉认为小说的使命是“存在的勘探者”。曾做过地质勘探队员的谈歌，不也在中国工业的困境与突围中，揭示了工人的生存状态吗？既然“世界不是既成事物的复合体”，那么当下经济体制的改革，必然在“大厂”里产生作用，引起变化，初期对“铁饭碗”“大锅饭”的打破，使企业进入市场经济的旋流中，优胜劣汰的、急骤残酷的竞争，致使工矿企业和内中人们的生存状态明显分化。谈歌是这一群中人，他所在的冶金部地球物理勘查院也面临着同样的困境与突围。谈歌不是厂长，但他在党委办公室工作，接触着许多厂长和工人。而且他所在的单位与他描写的工厂一样。谈歌对我说，他们单位发不出工资来了，看着那么多人面临下岗，心里真不是个滋味儿。他想到的是别人，而不是自己。

谈歌小说走红之后，南方的一家报纸曾报道，说谈歌当上了厂长，几千人的中型企业，困难重重，谈歌一边写小说一边抓改革，带领干部职工奋力拼搏，说得有鼻子有眼儿的。谈歌笑骂：“这是谁编的呢？”我听后也觉得好笑，笑过之后，又想出另一番的道理来。之所以有人这么去想象，除了新闻效应之外，读者从他的作品中感受着一种分享艰难的忧患意识，以及强烈的理想和愿望。

谈歌没有当厂长，却像厂长一样累心。

他对自己所在企业的工作，对目前企业的现状、工人的心理了如指掌。他一边写小说，一边为其所在企业写材料，有时还被部里和保定市委宣传部抽借去写大材料，仅材料每年都写上二十多万字。他说他的小说是先写给“圈子”里的人，看过之后，才敢拿出去发表的。他的那个“圈子”不是指文人的圈子，而是他多年的工友、棋友、亲戚和酒友，或是他办公室的同事。在我们河北文学院里，谈歌属于不脱产的合同制作家，边上班边写作。

《大厂》发表之前，谈歌曾发表了反映工业现状的两篇有代表性的小说，一篇是《北京文学》发表的《大忙人》，另一篇是《中国作家》发表的《年底》，均被选载，且产生了一定影响。谈歌曾对我讲，其实这时已经写出了《大厂》，他是先拿这两篇小说投石问路，看看反应，随后才在1995年秋末寄出了《大厂》。谈歌是坦诚的人，也是有计谋的人。他说，工业不比农村题材，写农民犯忌的地方不多，可工业不行，政策框框多，弄不妥会招麻烦的。另一层意思，他从各大报纸上看到，全国大中型企业改革，到1996年初成为社会关注的热点。《大厂》早拿不行，晚拿也不行，1996年第一期的《人民文学》推出《大厂》，可以说正是时候。他后来对我说，他之所以敢抛出《大厂》，是因为《年底》使他心中有了底。《年底》被《小说月报》1995年第八期转发后，他收到了大量的读者来信。《小说月报》也刊登了很多来信。读者是支持的，尽管小说中"女工献身救厂"实属无奈的招数，大体上还是被读者接受了。小说中鲜活的人物感动了读者，可以说是"亦歌亦哭亦温文"。他在《大厂》里就加大了力度，让人唱、让人哭、让人骂、让人笑。

谈歌的工业小说，不仅受到文坛的强烈关注，而且受到普通读者的欢迎，甚至是激赏。有一个工厂的工人读者们，围在车间的机器旁分析品评谈歌的小说，工人们曾给谈歌来信，约他去厂里写写他们，并凑钱购买谈歌的小说集。这些读者来信，谈歌总要抽空回信。他说，他的这些小说，就是写给工人兄弟的。这些读者不仅品评他的工业小说，还对他的《天下荒年》《天下忧年》等社会小说感兴趣。读者在信中说，他的《大厂》写得挺真实，但是《天下荒年》更打动人心。有些评论家对谈歌《天下荒年》的历史观提出批评。但是谈歌对我说，他最满意的小说还是《天下荒年》，他接到读者来信最多的也是这一篇。谈歌说，透明的生命与复杂的生命，是两种精神。在现实中告别的，都在回忆中相逢。所以他在《天下荒年》的题记中写道："忘记了那个年代，就等于背弃了一种人格，唯有这种人群，才能激扬起我们弱化了的世界，使我们像沙子一样涣散了的人群，重新聚集成水泥钢筋一样的人格建筑，在这个风雨如磐的世界中，以求得精神坚强地再生。"这段话是他的心里话，谈歌的忧患意识完全体现出来了。他要以"精神"之旗与社会对话。关于这类问题，1996年12月，在北京京西宾馆开第五届作代会时，我与谈歌接受了一些记者的采访。为此，中国作协主办的《作家通讯》还在"会议花絮一束"中写了这样一段，名为《编辑部多"马车"》。我和何申、谈歌被《小说选刊》称为河北的"三驾马车"

之后，还就这么叫开了。会议安排我与何申在一层，谈歌兄弟身体瘦弱，可他一开会就是活跃分子，而且是夜猫子，只要有烟吸，永远不困。他在我们屋里吸烟聊天，还喊来了天津作家肖克凡，谈到凌晨三点，还在兴头上。何申兄会保养，不吸烟也不熬夜，他生活极有规律，晚上十一点前就睡。谈歌这一闹何申就睡不着了。谈歌故意说："何兄，您睡您的，我们小声聊。"何申支撑不住了，抱着东西说："我到你那屋跟赵新兄住一屋，咱俩换吧。"于是，谈歌就很兴奋地跟何申换了。

当时有位记者问谈歌，"你总那么热衷社会写作，为什么不来一些个人化的写作?"谈歌皱了半天眉头。其实这位记者不知道，谈歌早期也是搞一些新潮探索小说的。谈歌在1991年发表了新潮小说《那一阵我正活得没滋味儿》。当时在王朔小说走红之时，谈歌的小说也进行着讥讽和调侃。谈歌作品的主人公经历了从游离于社会结构之间的单个人到成为社会组织结构中举足轻重的一员的变化；谈歌作品主人公还经历了从拒绝、排斥一切社会责任到无怨无悔地承担起全部社会责任的变化。

面对记者的提问，谈歌做了质朴坦诚的回答。谈歌说："我已过不惑之年，写作的年头儿不算短了啊。我确实追求过一些新式的写法，弄得很累，反而吃力不讨好。小说应该是一门世俗的艺术。小说要与大众接轨，不管什么时代，大众都需要小说为自己代言。当我们大声疾呼中国文学要与世界接轨时，我们是不是应该想想小说如何先与中国的大众接轨?"

但是谈歌也不反对个人化写作。1996年11月，在《芳草》杂志社主办的三峡笔会上，刘醒龙主持了一个叫"我们说我们"的现实主义文学讨论。谈歌发言说："文学需要民间的支撑。小说写给谁看是个大问题，我的小说想写给众多的老百姓看。作家不要把自己看得很伟大，咱也是老百姓中的一员，不要不在乎读者。只要刊物和'小说'封底有'定价'二字，读者永远是赢家。小说有各种写法，作家也各有不同，己所不欲，勿施于人。我的理解是各人干各人的。"受谈歌的感染，我在会上也谈了自己对现实主义文学创作的看法。

谈歌于1954年出生于保定顺平的矿山。河北师范大学中文系毕业。1971年参加了工作。先后当过工人、地质勘探队队长、宣传干部和报社记者。早在1978年，他就开始与文学结缘，在文学的海洋里苦苦追求。

谈歌是个有脾气的人，也是拥有朋友的人。谈歌兄交友是有选择的，一旦被他认定是朋友，你就经常听到他憨憨的笑声；如果你做错了事，谈歌就会跟你闹一通的。他闹你骂你，没私心，完全出于对朋友的爱护。他想以自己的处世哲学和人生观来影响朋友。他愿朋友越来越好。朋友出了事，有了困难，比他自己摊上事儿还着急。谈歌很讲交友原则。

在北京开会，谈歌的一位朋友醉酒后打电话找谈歌。谈歌怕这位朋友再拉他出去喝酒。我见谈歌已经喝得不少了，来个“梅开二度”就坏了。我知道他身体不好，他在地质队时骑马摔下来，摔了个肝损伤。当时他去医院当肝炎治，后来才知道治错了。肝不好的人是不能过量饮酒的。可谈歌是血性暴扬的汉子，有股燕赵侠气。他的口头禅是“喝一杯少一杯，人这辈子不能怠慢了朋友”。明知身体不行，他还要喝。每次外出开会，我与他通电话，他夫人王英就叮嘱我几句，“你当兄弟的，在外看着谈歌，让他少喝酒”。我爽快地答应下来。一般时候，他是听我相劝的。一旦谈歌兄“酒逢知己”就会喝离了眼，我劝啥也白搭了。我听这个电话是他朋友又要拉他喝酒，就朝谈歌使眼色，谈歌示意让我撒谎，我就说他不在。可那朋友误以为我是谈歌了。我说：“谈歌不在，我是谈歌的朋友关仁山。”那朋友不是文学圈内人，一口认定我是谈歌。后半夜，那朋友又来电话，又是我接，那朋友还认定我是谈歌。后来我想，可能是我说话口齿不清的缘故，但我自信比谈歌兄清晰一些。那朋友火了，在电话里狠骂了我一顿。第二天，谈歌醒了酒，我一说，谈歌便火了，去找那朋友，还说让那朋友跟我道歉。我说：“没这个必要，他是喝多了的人。”谁知在中午的时候，我在房间里接到了谈歌的电话。谈歌说：“在我们开喝之前，先让这个朋友听听你说话，然后再让他跟你承认错误。”这个朋友再听我电话里的声音，叹道：“你俩声音咋这么像？对不起了，兄弟！”我说：“没关系。”放下电话，我就想谈歌这老兄是个太认真的人。

谈歌是个非常爱家的人。他妻子王英是搞计算机的科技人员，谈起谈歌是满口称赞，说谈歌是个爱家、有责任心的丈夫。对小女儿，谈歌有一份特殊的爱。从他的眼神里看出，他对孩子既严格又爱护。谈歌对待他儿子的方式更是特别。按常人眼光，没有哪个父亲是让儿子喝酒的。可谈歌跟我和肖克凡讲，他与他儿子碰杯喝酒。我问他：“为什么呢？”谈歌大声说：“男人就得有个汉子样儿，男人哪有不喝酒的！儿子走出校园进入社会闯荡，能喝酒也能交往，酒德能看出为人！”我和肖克凡都笑了。父亲对儿子的爱是藏得很深的。即使喝酒，也寄托着谈歌对他儿子的希望。他渴望儿子刚强、正直和有骨气。望子成龙的盼望都装在这杯酒里了。儿子在谈歌眼里就像一株小树，树能经风雨长大，用许多奋斗的泪与汗来浇灌，忍受岁月季节的绿肥红瘦，终不曾向困难低头，等到笑看天下的那一天。

谈歌的孝心是有名的。就在谈歌加入河北文学院，在文坛拼搏的1995年到1996年两年间，他的岳母患骨癌住进了医院。他要与妻子、大舅哥等人轮番到医院照看患了绝症的老人。谈歌时常对我讲：“人要有孝心，孝心是人格呈现的标志。我岳母对我很好，支持我创作。当年我穷，是她老人家省吃俭用攒钱为我买下一台电脑。我肝损伤了，每天喝中药，我一边喝药一边写小说，是岳母大人天天给我熬药。那时退稿很多，赚的稿费很少，没能力孝敬老人家，这回我稿酬多了，可老人家又住进医院。她吃不进喝不进，我要挣稿费为岳母治病。尽管老人家的病是不治之症，我要尽我的能力多照顾她，尽力用好药减轻老人家的疼痛……”

谈歌的话说得实在，又很真挚。在医院里，与他岳母同房的病人都夸这个好姑爷。他给了岳母与死神搏斗的力量，成了这个家庭的主心骨儿。陪床的两年中，他面黄肌瘦，无精打采。换班时，他要埋头进行小说创作：两个月瘦去十斤肉。保定文联的朋友对我说：“谈歌是拼命三郎，就这条件，还写了那么多、那么好的小说。”当谈歌夫人王英说起一些谈歌克服困难写小说的细节时，我不由得深深敬佩谈老兄，真是条汉子。谈歌家境本来就不好，老父亲退休后，也面临发不出工资的困境，他弟弟有困难也等他接济。当他听说有个医疗器械能减轻岳母病痛时，花三千七百元咬牙买下了。在他岳母弥留之际，别人都因碰上久病老人孝心减退，而谈歌始终守护着老人。傍晚老人从昏迷中睁眼见到的是谈歌，再睁眼是第二天黎明，看到的还是一脸倦容的谈歌。谈歌在腿上写了一夜的小说。岳母默默地叹一声，老泪纵横。老人家死前回光返照，就只有谈歌一人在身边。老人家忽然精神了，跟谈歌要“酸梅汁”饮料喝。谈歌就知道老人不行了，匆匆下楼，跑出病房打出租车，跑了几个地方也没找到“酸梅汁”，又找了一个钟头，他终于找到了“酸梅汁”，买了一大包儿回到医院。岳母真的喝了不少“酸梅汁”，安详地闭上双眼走了。谈歌该做的都做足了。

提起这段日子，原来负责我们河北文学的陈映实老师有一番感慨。当时陈老师来过保定，目睹了谈歌当时家里家外的困境，曾叮嘱谈歌放下手中的长篇小说，写些中短篇，不要因为上了文学院而压力过重。谈歌心里是这么想的，上了文学院就要按文学院的要求干活儿。听陈老师这么一说，他心里踏实一些，改变了作战方针，改写工业题材的中篇小说。现在看来，路线是正确的。文坛新人靠中篇打天下，老作家才靠长篇守天下。现在想来，如果谈歌在《大厂》《天下荒年》之前还默默地啃那个长篇，长篇即使写出来恐怕也在滚滚长篇潮中淹掉了。在一个文学会议上，陈映实老师讲起谈歌的这两年创作，激动了。这位满头白发的老作家，真诚地抬起手臂向谈歌敬了一个礼。这个场面，让谈歌激动不已。我坐在谈歌旁边，透过他的眼镜片，我分明看见他眼窝里的泪光。我感受到一种“精神”，搞创作也需要一种“精神”。谈歌兄的拼劲儿，也时常鼓舞着我。既然我们选择了文学，就选择了辛苦。写在稿纸上的每一个字都是沉重的……

我感觉谈歌的小说中每个字还带着“酒味儿”。我说的“酒味儿”不是文字游戏，而是指谈歌在酒场中与人真诚地交流。燕赵志士自古也是酒场上的壮士。据谈歌一位朋友李林讲，几年前他们奉命写几篇反映企业改革的报告文学。他们采访了几个企业，每到一个企业，工厂干部都要陪几顿酒。见到厂长和工人，谈歌就亲切，喝酒更是来者不拒。朋友李林在一旁劝谈歌，“你这人是不是贪酒啊？酒是厂里的，胃可是自己的”。几个企业下来，他们都喝得头昏脑涨的，李林都有恐酒症了。他说话时看见酒桌上的谈歌脸色黄黄的，好像患了一场大病。谈歌会意地一笑，“喝!”李林无奈就硬陪着。厂长见谈歌豪爽的样子，格外喜欢。

到了最后一个工厂，谈歌已经很少吃饭了。李林心疼他，说：“前几个厂子你尽力了，这最后一个我打头阵吧。”谈歌摇摇头说：“不行，还是我来。见到工人和厂长，我就想喝酒，不喝还叫爷们儿吗？”据李林回忆，谈歌他们这最后一场酒喝得惊心动魄。谈歌在开喝前就撒谎说，李林刚刚切了胃。当时李林愣愣地摇头，谈歌在桌下用脚踢他。谈歌说：“李林的酒我来喝吧。”于是，谈歌陷入重重包围之中，谈歌与那个工厂的书记、厂办主任等人连干了七瓶白酒。这天晚上，谈歌吐了个天昏地暗。结果第二天走不了，连买好的车票都退了，谈歌在招待所里昏睡了两天。谈歌的做法放在文坛也许粗了些，可在工厂，却博得了厂长、书记和厂办主任的极大好感，在谈歌醒酒之后，他们主动找谈歌交知心朋友，真诚地谈了报告文学采访时没有说出的内容。厂长和厂办主任向谈歌诉说企业的现状、困境和内心的痛苦以及希望。谈歌醉了一场酒，却交了知心朋友，而且获得了大量的小说素材。

1996 年冬天，大雪天。辽宁电视剧制作中心的孟庆春主任和导演马成林来唐山找我，并说想见谈歌。他们弄混了地理概念，以为唐山挨着保定。谁知从唐山去保定比去北京还远呢。他们让我与谈歌联系，搞一个工农结合的电视连续剧。我说：“我没问题，听听谈歌的意见。”他们在唐山住了一个晚上，第二天开车去了保定，见到了谈歌。谈歌见到陌生人，而且是搞电视的人，一直没有跟工人的感情亲近。到了酒桌上，孟主任和马导演提起沈阳的工业现状和工人，并提出拍工人和农民的电视剧，谈歌就有了话说，而且一下子拉近了他们之间的距离。据马导演在电话中对我说：“开始谈歌有点儿端着。”我说：“请你们谅解。

我那老兄是性情中人，一旦对了脾气他就有掏心窝子的话。”马导演兴奋地说：“是啊是啊，我们一谈到工厂和工人的难处，谈歌情绪就上来了，那种忧患也上来了。他开始说不喝酒，岳母在医院，他陪床。后来一沟通，谈歌主动提出来两瓶北京二锅头。一喝酒，我们谈得特别好。”我这就放心了。说实话，孟主任和马导演冒着大雪入关来找我们，这行动本身已深深地感动了我。晚上，谈歌给我家里打来电话，声音里感觉他比平时还口讷，我一听就知道他喝多了。他说：“咱们去沈阳给人家好好弄本子。”后来我听肖克凡说，他醉酒后也给天津打了电话，还约肖克凡给辽宁写本子。可见谈歌是个热心肠的汉子。

去年11月，湖北武汉《芳草》杂志社和长江文艺出版社分别举办两个“三峡笔会”。那时谈歌岳母正病重，谈歌每天陪床。刘醒龙把电话打到我这里，让我跟谈歌说。谈歌曾去过三峡，跟我的心情不一样。谈歌犹豫不定，经我再三催促，谈歌终于说只要他岳母这几天不咽气他就去。我与何申、肖克凡从北京上了火车，在火车上给谈歌打电话，谈歌家里没人。到了保定站，我与肖克凡下车张望，终于接上了疲惫不堪的谈歌。他穿着油脂麻花的旧绿棉袄，说：“我自己没空回家取东西换衣裳，从医院直接奔火车站来的。家里人不让我来，我怕你们哥儿几个不高兴，醒龙那边也为难，还是去吧。我随时跟家里联系，只要岳母有情况，就坐飞机飞回来。”这一行，谈歌见到湖北的老朋友很高兴，但他一直牵挂着病床上的老人，走一个地方打一个电话。那天到了屈原祠，谈歌对我说，他想起了屈原的生死，心中就多了几分慨然，不想再看，就溜出人群，呆呆地看着滚滚长江水，似乎能听到诗魂在江中吟唱。尽管谈歌来过三峡，但是到神农溪漂流还是第一次。向导是一个爱唱歌的姑娘，她让大家叫她伙计。谈歌一个劲儿地嘀咕：这伙计与北方的伙计有何不同之处？这姑娘姓谭，人们喊她谭伙计，正与谈歌同姓，因为谈歌原名叫谭同占。谈歌就来了兴致，漂流时一路随谭伙计唱歌。我记得歌的第一句是“一呀个凤凰一呀个头”。谈歌就说：“为什么不唱一个凤凰两个头呢，岂不更浪漫些？”那个谭伙计瞪了他一眼。江风悠悠吹过，大家唱得很来劲儿，谈歌、何申和刘醒龙唱得最好，也很投人。后来这个笔会散后，我们又在宜昌参加了长江文艺出版社的另一个会。在饭桌上，大家稍有醉意，谈歌鼓动刘醒龙、何申唱那支谭伙计唱的民歌。于是这一桌人就唱起来，加之后来的邓一光加盟，效果十分好。弄得别的文友们发愣，后来一问才知这伙人刚从神农溪漂过来。《芳草》杂志的钱鹏喜主编说："这一行，谈歌给我留下了极深印象，文如其人，一股燕赵之地的豪气！可谓燕赵壮歌。"

谈歌和他的《大厂》系列小说，在文坛着实热闹了一回。谈歌没有沾沾自喜，他不喜欢别人"炒"他，他说待在锅里的滋味儿也不好受。最近，谈歌发表了一篇短篇小说《城市票友》，其实在这之前，他的"城市"字头的小说《城市行为》《城市热风》《城市警察》等，也发了不少。他的"大厂"系列小说，背景也是城市，所以在这篇小文里，最后写写谈歌这位城市票友，还是挺有意思的。

熟悉谈歌的好友，都知道谈歌本人真是"城市票友"。他所在的河北保定市，虽然不大，但是古城味道很浓，文化氛围也很好。这里是出作家的地方，这里的京剧票友活动也很热闹。前几年，谈歌唱京戏着了迷，时常到公园或老城根儿的票友活动地参加活动，有时唱，有时拉胡琴儿。凡是见到谈歌的人，都爱听他唱两嗓子。唱腔味道纯正，不兜底儿的还以为他是京剧团演员呢。天津作家肖克凡曾风趣地对谈歌说："老谈，你这两嗓子京戏，比你口才好多了。这可不像从你这大嘴里出来的调儿。"谈歌就笑。肖克凡对京戏有研究，喜欢听，但不能唱，对老谈这口儿京戏既喜欢又羡慕。自从认识谈歌之后，我也渐渐爱听京戏了。

去年冬天，全国的京剧票友大赛，谈歌还寄给中央电视台一盘自己唱的录音带。一个月之后，他便接到通知，入围了，大赛组委会让他到北京参加决赛。谈歌既激动又为难了。妻子支持他写小说，没有二话，可他去唱戏，妻子就不乐意了。岳母患了癌症躺在医院里，谈歌边写小说边陪床，是个有名的孝心姑爷。谈歌听妻子一说，也就蔫儿了。后来又赶上去北京参加中国作协"五代会"，谈歌就放弃了这次参加票友大赛决赛的机会。据行家说，谈歌去了能捧个奖回来。

“五代会”散会后，应天津广播电台广播剧部之约，我与刘醒龙、何申、谈歌兄来到了天津。晚上，刚刚当选中国作协副主席的蒋子龙代表天津作协招待我们。谈歌唱了一段京戏，同时还唱了一段《列宁在1918》的评戏，赢得满堂喝彩。蒋子龙老师是我们河北沧州人，见到了老乡，他也就放开了嗓子，唱起了京戏，唱得也很好，但他由衷地表扬谈歌唱得好。

今年正月初十，谈歌兄打来电话，让我快速到保定，加盟一个名叫《明天的太阳》的三十集儿童室内幽默剧剧本创作。他发话了，当兄弟的不敢不听。第二天我就去了保定，白天写剧本，边写边拍摄。那天，谈歌的爱人带小女儿来看我，中午在一起吃饭。谈歌的女儿十分可爱，孩子受谈歌的感染，也特别爱唱，还说她已经改名了，叫谈小歌。我被逗笑了，嫂子说是真的，这孩子非要改名儿，说长大也要当作家。谈歌很喜欢孩子，平时创作的劳累，抱一抱亲一亲小女儿就过去了。饭桌上，谈歌又唱了一段，制片人田英大姐很吃惊，都在一个城市，平时也熟，却不知道谈歌唱得这么好。剧本写完，我要回唐山。谈歌与剧组的朋友欢送我，晚饭后到了歌厅。谈歌不跳舞，可劲儿唱京戏，唱盘里的京戏几乎唱完了，唱得他直冒汗。

私下里，我曾问过谈歌为什么这样喜欢唱京戏。谈歌说：“京剧作为中华民族的国剧，有它独有的魅力。这里有一股气，气在人正，而且对人是一种陶冶。我喜欢京剧中刚烈的品味儿，有咱燕赵的侠气和悲壮。”我明白了，所有艺术都是相通的。京剧中的内气，对谈歌兄的做人作文都有深刻的影响。何申兄也喜欢唱京戏。

谈歌兄作品的强烈情感张扬，是我想学习的。谈兄为人正直、义气，有一种北方硬汉的侠肝义胆。正如著名诗人郭小川之子郭小林兄所说：“谈歌壮歌。读他小说时，总是感到人物要跳将出来，涕泪淋漓地对你直抒胸臆的样子，可谓‘此中真歌哭，情文两具备’，一种人格完善的骨气。”

谈歌多次劝我，“你性格柔弱一些，但你人是正的，也厚道，所以我喜欢跟你老弟交知心朋友，是可以交一辈子的朋友，但我劝你硬气起来”。难得他一番真诚，我跟他说：“我的性格形成与童年的坎坷有关。”那天，在北影招待所的晚上，我跟他讲起童年。谈歌终于理解了。每个人背后的文化背景不同。

谈歌父亲曾是军人，后又当警察。他父亲因为正直而屡屡挨整，他自己当过几年工人，当过地质队的队长，至今仍是一名普通干部。他不媚权，不媚钱，只认做人的准则。可谓爱憎分明。这一切，对于他的人格和个性的形成自然产生影响。他周围有个“圈子”，不是文人“圈子”，而大多是城市产业工人、普通百姓，包括京剧票友。谈歌写了作品，没发表就让他们看，看他们是不是喜欢。他对普通市民的血肉相连和贴心了解，奠定了他创作中关注社会现实、关心人民群众疾苦、为民请命的基调，也使他的作品拥有了更多的读者。

有人说，谈歌小说非艺术因素多。谈歌沉不住气了，他说：“我就是要明说，小说与大众接轨，我就是要写给工人兄弟。工人不懂艺术吗？他们在劳动中的美，是最真实丰盈的。”大的基调定下了，其实，谈歌也在研究提高艺术品位的问题。当我们读到他最近发表的《危矿》和他发表的百余篇笔记小说时，能说是“非艺术因素”使他成功的吗？他说：“艺术诞生于民间。”

在北京开会时，有一位做服装生意的女老板找他，让他帮助写剧本。谈歌拉上我去见这女老板。女老板没见过谈歌，只是给他写过一封信。她从“谈歌”这个名字分析，谈歌本人长得一定帅。见到后，她似乎有些失望，她不明白这“身板儿”的男人，这瘦弱的身躯，作品中是怎样激奋起来的呢？怎样去忧患别人？谈歌不在场时，女老板曾跟我打趣说：“这个谈歌长得真像‘天下荒年’里来的人。”我笑笑说：“人不可貌相，看看谈歌那两道重眉，还有，他的力量是来自骨子里的！他唱京戏时可谓是字正腔圆，底气十足啊！”女老板说：“等有机会一定听谈歌唱戏。”我说：“谈歌是性情中人，他唱戏跟喝酒一样，不对路的人，他是既不喝又不唱的。”果然给我说着了，谈歌最终也没给这女老板唱一句。通过这件小事，我觉得谈歌是复杂的，也是透明的。

过了正月，谈歌又进入了紧张的创作。创作之余，他心里还想着保定老城根儿下的票友们。这里都是普通人。谈歌曾对我说："票友们有个不成文的规矩，彼此面熟，谁也不知道彼此姓名及职业，不问，就是唱戏。这里有许多人生况味，有商潮里找不到的人间真情和友谊。"我不会唱，可我能想象这里的乐趣，人生难得的乐趣。戏里有他人生光阴的长河，戏里有一瓣恒久的心得。打电话时，听说谈歌又找票友们唱戏去了，我放下电话就想象老谈兄弓腰摇头，有板有眼儿地唱那段《空城计》，还有保定老城根儿下的胡琴儿声。我眼前晃动着谈歌的身影，还有他的唱腔：我本是卧龙岗散淡的人……

通往自然的路有多远

——悼念希望兄

我坐在书房平静地写作，近中午，接到朋友陈福刚的电话，他颤声告诉我邢希望兄不幸去世了。我沉浸在失去朋友的悲恸里。中午没有午休，下午也没能走进长篇小说的情节中，脑子里始终闪现着希望兄和蔼的笑脸，还有那两道闪烁着思想火花的浓眉。他的身影是健壮的，他的脚步是执着的，在我的印象里，他只有走向大自然的路，不可能踏上走向天国的路。我不敢承认这是真实的，然而这又是真的。他踏上了走向天国的路。希望兄，这条路每个人最终都要走的，千不该万不该，你走得这样早啊，你走得不是时候，走得太匆忙，太没有道理……

我与希望兄相识在1994年冬天，是经陈福刚老弟介绍相识的。那个冬天，唐山市驾驶员检测中心开业，希望就是这个新建单位的主任。这年春节，他和福刚、侯贺等朋友一起到我家里来。他穿着威武的警装，话语不多，但说出的每一句话都那么朴实、亲切、自然。他把自己创作的格言集送给我，让我指正。我读过每一条，觉得都喜欢。我心想，他平时工作那么繁忙，还要写东西，真是难得啊。后来，我与希望兄来往便多了起来，感觉他为人正直、坦诚，是个非常可交的朋友。

1995年夏天，希望和福刚找到我，想请北京一些刊物的编辑、评论家到唐山搞个座谈会。我当即赞成这个主意，邀请了《中国作家》杂志的章仲锷、杨志广，《北京文学》的兴安，《青年文学》的程黧眉和《中华文学选刊》的王晓等人来到唐山。我和福刚到北京将这些编辑接来，已经是午后了。希望、方明和一些朋友焦急地等着，安排他们在唐山酒家住下。北京的朋友都喜欢与希望交谈，不仅接纳他这个人，更承认他是有才气的。希望工作很忙，还是跟着客人去了渤海边的京唐港。一路周密安排，跑前跑后。这次活动让方明感觉到希望是个可交的朋友。《中国作家》的杨志广心脏不好，希望拉他到检测中心做身体检查，查出问题后，杨志广表情不那么轻松了，心情有些沉重。希望兄劝他抓紧治疗，劝他减轻压力。杨志广回到北京治病了，见到我时经常提起希望这个朋友，嘱我告诉希望寄稿件给他。我催希望几次，希望都不寄稿件。希望说："我们与北京专家们来往，可不是图发稿，是交朋友，是想通过交往真正提高自己。我对自己作品不满意，寄去让人家为难。我们眼光不能太短视了。"我听后更加佩服希望兄。当杨志广听到希望兄的不幸时，在电话里久久不语，最后是一声悲伤的叹息："希望是福相之人，是个好人，他怎么会遭难？上帝那里乱套了。"杨志广从北京发来了唁电，表达他一份真诚的悼念。

希望在单位敬业，内心是喜欢文学的。他感觉人不仅要有物质生活，还需要精神生活。今年 7 月，唐山市作协换届，我与文联李凤桐主席商量，选希望进作协理事会。希望兄曾对我表示，他愿为作协工作出点儿力，这完全是发自内心的，因为大家都是好朋友，以文会友，是人生幸事。我对他说："你老兄千万别误解，因为你有能力为作协出力，才拉你进理事会，这次换届会不让你出一分钱。首先说，是你对文学的真诚、你自身的创作，应该是这个队伍里的一员。"希望听后说："你说到我心里去了，等燕山自然保护区的事忙完了，真得沉下心写些作品。"这时，我才知道他们有个自然保护区。

自然保护区，是希望近一年来奔忙的事业。在我没到那里之前，方明和希望兄常跟我提起。这个地方是迁西潘家口水库的山脉，希望兄喜爱大自然，他联合几个哥们儿承包了这里的荒山，把财力投入到荒山上。作用是什么？保护自然？扶贫？为明天的产业？寻找灵魂栖息地？为作家们找到生活基地？全有，我感觉这里面的含义是广泛的，希望和他的朋友们在荒山上炸开第一块坚石、栽下第一株果树时，肯定连对明天的美好梦想一同栽下了。8 月份的一天，希望开车接我去了燕山自然保护区，同去的有方明和李凤桐主席。到了迁西潘家口水库，我感觉太好了。水面上荡着小船，空气是清甜的，风是柔和的，碧水映着我们的笑脸。我手提西瓜，背着皮包，上船时不小心跌到水里，爬上船时，裤腿湿漉漉的，依然是舒服的。我们乘船上山，这里有水泊梁山的感觉，三面环水，一面是山。大约在水上走了半个小时，我们才看见燕山自然保护区坐落的那个小山头。希望欣喜地说："这是自然保护区，也是将来咱们作家生活创作基地，希望你们到这里写作。"我呼吸着清甜的空气，望着山，望着水下长城，陶醉般地点头："真是百闻不如一见，感觉太好了，我很想到这里来写作。"

我们下船上山，拦路的是一头毛驴。希望将毛驴喝开，我就听到了狗叫。山上的小瓦房前，有两条狗叫着。方明说："这狗是看山的，一听到我和希望的声音就叫喊，我们下山的时候，狗总是追到水边。"我们终于登上了山顶，通往山顶的路是希望他们修建的。他们每个星期都要到山上来炸石头开路。我们碰见几个农民做小船，希望说："这是我们自己的船，下次来山上，这条船就能到那头接咱们。"希望让山上一个叫二头的农民划船，送我们到水库中间游泳。这个山民老实忠厚，四十多岁了没娶上媳妇，他说："这山里二十几户人家，只有一家有媳妇。一年四季，我们吃着山上的粮食，很少下山。"我听后震惊了，这里还有这么穷的地方？希望游泳时告诉我，他刚到这山上时，这些农民说不出一句整话，他们与外界联系太少。他想雇这些农民，看山、种树、种庄稼，打通连接外面的通道，将这里的山货运出去，山民也就富了。我很赞成希望的观点，我游到船边与这个山民讲话时，山民激动了，说话断断续续："邢大哥是好人，他来了，我们就……就有指望了。"后来我听说，这些山民听到希望不幸的噩耗时，跪在山顶大声痛哭。

游泳之后，我们在希望带领下登上了山顶。站在夕阳下的山顶上，我心里很不平静。无边无际的碧水凝固了一样，闪着金波。远远近近的树木、庄稼涌叠成绿色屏障。一间间房子像一尊尊雕塑，这是一种苍凉的美丽。这里深深吸引了我，我这时理解了希望的努力和梦想，希望在心里勾画着一个美好蓝图。这荒山就像平原，属于历史，也属于明天，荒山上留下了希望的汗水，留下了他执着的脚印，留下了他的一种精神。人活着，是需要有一种精神的。希望的精神意味深长，他与自然融为一体。

希望走了，匆匆忙忙地走了。文学留不住他，大山留不住他，朋友留不住他。你能告诉我们吗？通往自然的路到底有多远？人原来是属于自然的，世界诱惑太多了，才远离了自然。愿人人都有像大自然一样朴素、圣洁的心灵，铺一条永恒的路。我仿佛看见，他在路上行走着，孤独而执着，有些路，是非要单独一个人去面对，单独一个人去跋涉的。希望兄，既然留不住你，就祝你走好。太孤独的时候，就托个梦给朋友们……

希望兄，大家不会忘记你。

希望兄，安息吧！安息吧！

英雄本色

如今是一个物化的时代。金钱对人灵魂的冲击是前所未有的。考察一个人的生命质量，看什么？我觉得还是要看他与所处的时代、与民族精神有无深刻的联系，看他在多大程度上体现了我们民族的英雄本色。

小时候，我有幸看了民族英雄马本斋的事迹展览，我深深感觉到，我们民族需要马本斋式的英雄。他的民族气节，他身上所表现出来的令人惊异的生命质量，在今天依然折射出直逼灵魂的精神力量。

我以为，英雄辉煌的一瞬，是被他所熟悉的人们当作偶像崇拜的时候。人的起点和终点都是相同的，所不同的是起点和终点之间的这个人生舞台。舞台上的每个人都在表演，都想以其与众不同的生命智慧与技巧扮演英雄的角色。然而，本色英雄是不能表演的。

当时老师讲道，像马本斋这样的英雄是本色英雄。课堂上，有的同学举手问老师什么叫“本色”，我记得老师微笑一下，没有马上回答。他走到我的身旁说：“关仁山，你来回答一下。”我站起来，略微想了一会儿说：“本色就是不变样儿。”老师轻轻点头，说贴了一点儿题。可他似乎还不太满意。

老师告诉我们：本色是人灵魂深处自然流露出来的质朴、真诚、勇敢、自豪、博爱和牺牲的精神。这些是人类昔日的荣耀，也是人类明天的希望。

老师开始给我们讲述马本斋的感人故事。1902 年农历大年初三的早晨，大雪纷飞的子牙河畔，在一个叫东辛庄的回族农家降生了一个孩子。马本斋很小的时候，就目睹了被苦日子折磨着的东辛庄的穷回回。一天拂晓，清真寺还没有喊“萨吓”，母亲就把熟睡的小本斋叫醒，让他提着破土瓦罐到子牙河边那片盐碱地扫碱土熬盐。母亲痛恨地说：“皇上就是不念咱老百姓的苦啊，交皇租、纳地税，兵荒马乱，多少年来咱回回没有过上一天好日子！”小本斋走到娘的身边问：“娘，啥叫好日子？”娘说：“娘让你上学去，读了书、识了字你就明白了，好为咱穷回回争一口气。”马本斋眨眨机灵的眼睛，咂摸着他幼小心灵中从来不曾想过的字眼儿，点点头。后来他终于明白了，为天下受苦人求翻身是他的最朴素的理想。这是他生命的向导，这个向导影响了他的一生，也给他注入了一股志气和豪气。

历史将告诉我们什么？当年的悲歌壮举，当年的一代英豪，今又何在？我仿佛又回到了昨天。日本侵略者在中国大地上烧杀抢掠，无恶不作。马本斋看着被日本侵略者践踏的河山和被奴役的人民，心如刀绞。面对倒在血泊中的大哥和乡亲，他含泪的双眼喷射着怒火。他的弟弟马进坡急切地问：“二哥，烽火连天，时间不等人哪，咋办？”马本斋身上积存已久的英雄气概立刻升腾起来，他从牙缝里挤出几个字：血债要用血来还！在国家和民族生死存亡的危难之际，马本斋举起大刀长矛，树起报国义旗，拉起农民武装，成立了抗日回民义勇队。

马本斋走街串巷，走家串户，含着眼泪说着热肠子话：乡亲们啊，咱回回有句话，对恶狗用棍子，对强盗用刀子！乡亲们响应着，慷慨激昂地跟着马本斋走了。正如回民歌谣里唱的：“高粱红，五谷香，日寇侵占我家乡，回民儿女立壮志，拿起刀枪杀东洋！”在回民义勇队成立大会上，马本斋身着粗布裤褂，头上罩着羊肚儿手巾，后面打了一个英雄结儿。他挥舞着手臂喊：“人活一口气，我们能像牛羊那样任人宰割吗？不能！堂堂一个中华民族凭啥让小鬼子欺负？”人们齐声喊道：“不能，我们跟鬼子拼了！”在这个时候，我们感觉到了个体与整体的关系。明知道是死，却要用个体的死来换整体的生。

用马本斋自己的话说：“今儿我这一罐血就摔这儿啦！”果然他首战告捷。那天拂晓，一个汉奸小队长带领着一辆大卡车行驶在河间通往沧州的公路上。马本斋带着队员打埋伏，火枪土炮从两边的树丛中向敌人的汽车射去。然后他大喊一声：“冲啊！”自己就朝着敌人冲了过去。之后，他又带领队员连打了几个胜仗。特别是他们自造的土炮，叫“扫帚炮”，使敌人闻风丧胆。此时，马本斋的志气也从报仇升华到一种新的精神境界。

1938 年 2 月，马本斋的回民义勇队加入了八路军。马本斋本人也光荣地加入了中国共产党。他任回民教导队的队长。他说：“咱们回民武装接受了共产党的领导，就好像走路找到了向导，我们一定能够胜利！共产党是我的亲人，不把小鬼子赶出中国，我马本斋死不瞑目！”所以当敌人将他的母亲抓走的时候，他跪在破碎的家门口，声泪俱下：“娘啊，忠孝不能两全，孩儿不孝啊！”此时的他经历着人生最残酷的考验。马本斋在生命的最后一刻，平静而闪光。1944 年 2 月，他病倒了。在重病期间，他忍着胸腔的阵阵剧痛，争分夺秒地赶写他的《战斗札记》，与病魔和死亡争夺时间。每写一句话，额头上都浸满冷汗。战友们感动得哭了。看到这份描述，我的心灵受到深深的震撼。这个黎明，马本斋半坐在床上，背靠着墙，《战斗札记》还摊在他的腿上。他的右手紧紧握着那支钢笔，神态安详地睡着了。这个驰骋沙场的勇士永远告别了这个世界。毛主席给他的题词是：马本斋同志不死！

无边的旷野上，浩瀚的天宇下，闪闪地旋转、升腾着的是英雄的精魂。我们不会忘记马本斋这样的精魂。今天的物化世界，精魂无处可觅，却也无处不在，从而让我们悲喜交加。美国人崇尚英雄，我们中华民族不更应该崇尚英雄吗？马本斋对我灵魂的影响是巨大的，英雄陪伴着我成长。

守林老人的歌

守林老人老强是我的朋友。

我与老强成为忘年之交纯属偶然。老强是沙河岸边的护林员，也是我县业余文艺骨干。我在县文化馆工作的时候经常找老强，因为他能唱民歌，还会拉二胡。他的歌声和胡琴儿声还有那片树林，便留在我记忆里了。

和老强初识是在 1993 年秋天，我到乡下采访，随乡团干部要过沙河渡口，过沙河时坐的是老强的船。老强既是护林员，也是沙河渡口的船工。老强是个胖胖的老头儿，走路时摇摇摆摆的，样子很可笑，像是被沙河水呛晕的胖头鱼。他摇船时口衔一支长烟袋，烟袋黑长黑长，他总是那么极有滋味儿地吧嗒着。团干部小董把我介绍给老强并告诉我，这老头儿嗓子好，能拉会唱，是村里一个老秀才。我们起哄说："大爷给我们吼一嗓子。"老强笑呵呵地说："当着文化馆的老师们我就献丑了。"说完吼了一嗓子京剧："三杯酒下咽喉把大事误了……"我听着他唱的京剧，感觉嗓音中有金属之声。下船的时候，老强也没能唱民歌。当年的春节花会进城，在高跷队里，我看见打鼓的老强，我便与老强熟了。他跟我讲了好多关于守林的故事。老强有一个幸福的家庭，有老伴儿，有儿子、儿媳，有孙子，但他不愿意待在家里，在家心就烦。他说："钻进林子里能治百病，大自然美啊。"我问老人："你为什么觉着大自然美呢?"老人笑着说："在我眼里，水是活的，树也是活的，而家里的房屋摆设都是死的，多明多亮也没啥劲儿。绿树环绕着我们，同时也在无穷无尽地创造着新生活。”

我还听老强说，他的梦里永远长着那两岸的绿树。他除了守林还培育树苗，每年春天，乡里搞绿化植树，他都能贡献出上千棵树苗。他的守林过程是在圆梦，圆一个绿色的梦。守林是很寂寞的，但是，能够在孤独寂寞中苦心经营绿色并使自己成为快乐的人，能够抵御生命之外的所有洪水猛兽。

老强似乎是个气场，气盛人正。老强在春、夏、秋三季时常住在河坡上的泥棚子里。守林的时候，老强总洋溢着莫名的快乐。有一次，村里小学的校长找他，说护着学校的一些树被人偷砍了。老强气哼哼地去了村小学。老人白天在那里转悠，晚上也不睡，像警察一样蹲在树林里，等着砍树贼。果然在深夜里，他逮着一个偷树的人。偷树人不服，说村长兄弟二贵偷树你不管，就只管他这平民百姓？老强一听村长兄弟也偷树，就找来派出所的警察，连这人和村长兄弟一齐抓走了。从此，村里人高看老强一眼了。

后来有人报复老强。一天夜里，几个小伙子扒光老强衣服，将他捆绑在沙河边的一棵老树上。正是夏天，蚊虫叮咬，任老强怎么喊，也不见人来。后来，老强干脆伸着脖子唱民歌，唱歌时胸脯一鼓一鼓，浑身的肌肉就一动一动，蚊虫就不怎么叮咬他了。黎明到来的时候，过河的人顺着老强的歌声，找到老强，才将他解救下来。家人劝他，别守林了。老强依然倔倔地说：“我这把老骨头怕他们？我真窝在村里，那才叫人看笑话呢！”说完，老强又去守林了。

我在想象这样一个画面：落日坠入沙河套，老强就摇摇晃晃地出现了。他站在河堤上，如果不说话，不唱歌，就会被人看成是一株饱经风霜的老树。人即树，树即人，人树合一了。

我耳边回响着老强的歌声：树林里的小白杨，摇啊摇啊摇得我心慌，你向我要水，我给你蜜糖。等候轻风吹我才跟你唱……

今年秋天，我听朋友说，老强得了一场重病，不能去沙河套守林了。新护林员已经上岗。他送新护林员上岗那天，儿子、儿媳用小排车推着老强到了沙河套。老强朝树林摇了摇手，眼眶一抖，便落下了老泪。整个秋天，老强呆呆地坐在窗前，凝望着远方的树林，却不知远方的风景里是否有人。打开岁月的栅栏，另一边是我们经历过的往事，这一边是未知的明天。我祝愿老强早日康复，静静的沙河套重新出现老强的身影，重新飘荡起老强的歌声。

第 五 辑

雪莲湾的诉说

去年五月，铁凝大姐和她的父亲铁扬先生来到雪莲湾。铁凝对我说，这片海湾挺有味道，是块儿文学的土壤。铁扬先生是著名画家，对画扣在滩上的老船十分痴迷。近日来，又有朋友和读者问及雪莲湾。其实，雪莲湾海岸线并不很长，在渤海的臂弯里拱出一块肉赘似的岬角。老菱河将岬角劈开，老河口便是我们渔村涧河。1990 年我来这里挂职副村长。村里有位算命先生说我利见于河海，命里喜水，我就努力待了下去。后来，我就真正迷恋这个地方了。另一种民俗风情，另一种历史文化备忘。在蓝色海与黑色岸的交叉地带，原始蛮荒状态下诞生的古老文化正与现代文明交融、冲撞。人与自然、人与社会和人与人的关系，也显示出社会转型期的躁动、较量和变更。太阳滩上的龙帆节、大冰海上打海狗的"喊海"、八月十五日的旱船会、残酷悲壮的烧船祭祖等等，都那么富有情趣，就像一面面的镜子，世道人心都将从这里得到明鉴，从这里寻找到发源地。这片海湾很特殊，"旱了熬盐，涝了撑船"的黑泥滩上叠印着世代渔民绵长、倔强而顽强的生命足迹。面对大海真诚的诉说，我开始了雪莲湾风情系列小说的创作。由《苦雪》开篇，之后又有《红旱船》《蓝脉》《秋殇》《太阳滩》《躁潮》等。我深感自己笔力的不足，没写好，有愧于这片土地。承蒙读者朋友的厚爱以及我们河北文学院老师的支持，特别是各有关刊物编辑老师们的支持，使我这个在基层挣扎多年的文学青年得此幸运，在此，真诚地道声谢谢！

《风潮如诉》也是这个“系列”中的一篇。手法仍是写实，但从思考方式上力求区别于以上几篇。有时我突发奇想，如果将赤裸裸的人推向大自然检验一番会是什么样子？在与大自然的搏斗中，渔人往往是强悍、勇猛和赤裸的，同样一个人，回到陆地就戴上了“面具”，失去了真实。大海与陆地昭示着人沉潜流变中的生存渴求。我认识一位哑巴渔民，他威猛彪悍，是条闯海的好汉子。哑巴很内秀，有一双追寻渔群的好“海眼”，也有高超的驾船技能。他没有妻室，与老母生活，每次拢滩时，老母就站在海滩上守望着久久未归的儿子。每当哑巴望见滩上海风中飘扬的白发，他就把网挂到船舷上去，按照一个古老的习俗，为守望的母亲升起一个鱼鳞闪光的标识。母亲笑了，为远航归来的儿子哼一曲织网谣。那网是母亲为他织的。去年夏天，雪莲湾闹风暴潮，防潮大坝冲了豁子，是哑巴驾船堵住了豁口。村里、乡里表扬了哑巴，哑巴第一次不再被人嘲弄，他很得意，以为自己有了名誉和身份了，人就变了样儿，讲吃讲穿了。过去他敢光着脊梁跟泼妇在黑泥滩上摔跤打闹，现在讲究体面和虚荣的他与母亲都生分了，母亲也觉出儿子的异样了。还有一个青年渔人为了当村长，冷淡过去的恋人，去亲近乡长的傻闺女。过去的恋人痴心不改，可慢慢就有恶毒的话传到了她耳边来，她细细追查，恶毒话全是从那个青年渔人嘴里编造出来的，她离他而去，可他心里依旧恋她，酿成了悲剧。哑巴和青年渔民合一，造就了《风潮如诉》的“福林”。福林刚从大狱出来，敢恨敢爱敢说敢干，甚至公开地敢跟船主的妻子相好。可当他堵豁口而出了名，去劳改队旁边犯人村当村长时，却丢失了自我，怯懦度日，不敢爱不敢恨了。地位的变化灭杀了人性。社会用束缚人的方式来赞美英勇和进步同样是可怕的。在失去自我的日子里，人生的脚步多么顾虑重重。福林失去了爱，在再次堵豁口中被大海吞没。福林的悲剧是人与自然搏斗的悲剧。人可以战胜自然，却不能战胜自己；人可以改变自然环境，却无力挣脱世俗；人可以在与自然搏斗中显示伟大与崇高，却在与人的纠缠中懦弱、萎缩。这凄婉悲壮的故事为什么会发生？故事之外的东西，大海在诉说……

写不尽猜不透的雪莲湾啊！

闯海人最眷恋家园。作家在寻觅家园。雪莲湾有句古谣：船头无浪秋帆远，船后泪眼望家园。朋友，我不知道我的船离家园越走越远，还是越来越近。

太极断想

有一些日子，我的思维空间逐渐从海上往陆地上飘移。走了一程又回望海湾，竟发现故乡的渤海湾还有一块儿神奇的土地。在那里沙岸与泥岸相接，黑与白竟像太极图一样分明。听村里老人讲，这里曾是老坟地，迁坟之后冒黑水。终日罩着一层白气，有时人走进去就像遇上了鬼打墙，晕头蒙脑地瞎闯走不出来。即使走出那方土地，徘徊一阵，还会走回去。我仿佛看见了几代乡亲从太极地上走来走去，他们携着生命的种子，忍受生活的艰辛，带着对新生活的渴望，奔走在这方土地上。雪莲湾年轻的后生邱满子生在这块儿土地上，他想逃出这块儿土地，又不断依附于它。太极地如此热闹，他又如此孤独。人与自然的依存亲和，或是人与自然的相搏对抗，最终将发展成为人类自身对生命意义及生存方式的诘问与探寻。

在浮躁纷乱的商品社会中，岁月开始零乱，脚步开始零乱，为生存奔忙的个体身影变得飘忽不定。我认识一个与邱满子同样经历、同样命运的农村青年。他通过个人奋斗开始艰辛的人生攀登。从村团支书到乡报道员，又回到村里折腾出一些成绩，再次被调到乡里当民政助理，后因坚持原则得罪了头头儿，被排挤出乡政府而成为乡村商人，挣了钱，又想杀回乡政府。这里，实际上体现了政治与经济的密切关系。

人就像走在太极图上，人就是这样走着、站着、寻着、想着，将文化背景放在身后。零乱的岁月将我们切割，所有的零乱都各有姿态，所有的切割都有裂缝。在我们面对新的选择之前，让徘徊的灵魂听见大地深处的颤音。五里一徘徊的邱满子能走出太极地吗？走出太极地的尘世中，似乎靠偶然与诺言生存的人要比靠真理过日子的人多得多。太极地像一面镜子，映照着千姿百态的面孔。从某种意义上讲，这又是一块儿人面地。父亲、邱支书、范书记、何乡长、胖丫和日商小林等，都在太极地上留下了足迹，印下了不同的风景。我写《太极地》的时候，暗暗告诫自己一律不写他们的脸。但是他们都在太极地上变幻着不同的面颜。这些脸的表情丰富极了。

个体的每张脸，都深深地打上了社会的烙印。

邱满子亦是《太极地》里的主人公，他的刚直、实干、热情与机智都是与他的欲望同步的。欲望促使人往高处走。改革开放的时代为他提供了竞技场。无可置疑，农村改革解放了生产力。但是要知道，月亮升起的时候，我们常常看到残缺。当今农村出国热、新的浮夸现象、引资的盲目性和资源浪费与流失等等已成为突出的问题。邱满子满怀信心地在这些夹缝中穿行。他在拼搏、在奋斗，力图有所政绩，力图创造一方水土的美好生活。他改造着太极地，又不断地丧失着自己。

最后，我要提起的是对日情绪。去年出差在火车上听到一件事。一个革命老区与日商搞合资企业，日本商人打伤一名中国女工。这个女工是抗日烈士的后代，此事立时激发了一场风波。听说这个老区抗日时期发生过惨案，村里老人一直抵制日货。我听后心情十分沉重。当然，中日友谊与改革开放是主基调，但是新生的问题在引发我重新审视我们的民族尊严。这一切，又在太极地凸现出来了。日月关照了一切，岁月又不能抹去一切。我们只有振兴经济，才能拥有我们明天自己的月亮。跪倒在昨天的废墟前，我们感觉到有一只和平鸟在头顶徘徊。从这种意义上说，我们理解邱满子的亲善行为。但是他内心的痛苦，不能说是一般意义的，它是我们这个时代的人共有的精神痛苦与失落。我双唇颤动，不知“太极地”能否听到我的倾诉？

流水情怀

夏天了，雨水真多。我望着那么多的水流到海里去了。这时我想起《论语·雍也》中的两句话，“仁者乐山，智者乐水”。1963 年雨水不断的夏天，爷爷摇着芭蕉扇翻译《论语》，找到这句话，为我起了这么一个老气横秋的名字。然而，我为仁者，却不乐山；我不为智者，却极为乐水。小时候，我常常一头扎进村口的老水塘里，玩得乐而忘食。母亲喊我吃饭，见我就从水塘里拎起来，一顿巴掌猛打屁股，可是后来见水就忘痛，仍是喜欢玩水。以至于后来写小说，也要在海水润泽的雪莲湾折腾一阵子。为什么？算命先生说我命里喜水。

以前我谈到小说，总是紧张地板起面孔。我表述的是真实所想，为什么不能像流水一样自由流淌？水是自由的，它只按照自己的意愿，寻找着自己的流向，执着地前行，百川归大海找到属于自己的广阔家园。有时我猜想，好的小说，便是水的自由流淌，而不是挤出来的。夏日飞快，雨流瞬间，有时我觉得自己被流水挤到日子外边了。这是生命的丧失还是馈赠？面对夏日的落雨天，在雨天里写小说，心里就有说不出的感动。我开始判断，人的想象力的发达总是与水有关的。流水帮助我不断拓展想象的空间。面对人生的水流，小说便是这流水的韵律。

天空如水，大地如水，对水说珍重。说不定哪一天，我被水吞没了，还要感激水。撇开流水一样的日子，让我们细细品味吧。水是小世界、小载体，却蕴含着人生的大境界。水即岸，岸即水，岸上有水，水中有岸。当我在黄昏落日时分站在岸上望海时，就是这种感觉。这不单单是水与岸的关系。今天，夏日流水中我们已经看到这样的事实，水已被污染，污染后的水流声还那么悦耳吗？岸像雕像一样一动不动，而瞻仰它的污水川流不息。圣洁的文化还能在岸上站立多久？面对倾斜、堕落和欺骗的污水，小说应该有怎样的韵律？怎样的表情？这时，乐山乐水都不那么重要了，重要的是要重铸我们的新人文精神了。也许岸上的圣地越来越小，岸上的人也许越来越少。这并不使我们尴尬或自卑。因为我们总是奢望文学的自救。可以自救吗？真担心有一天，失足跌进污水里，回头仍不见岸。最难受的是，挣扎中明明看见岸，却不能上岸。在水里游荡太久，也是很可怕的。

雨水，是夏天的眼泪。文学之水天上来，雨水本来是很纯净的，落到地上就被污染了。唯一不被污染的，就是文学之水了，我要为纯净的文学之水而歌。文学之水是否纯净呢？我感觉纯净也就纯净了。否则，还怎能摆出一副真诚的姿态，熬夜苦写呢？叙事如水，载动我们夏天的远行。但愿我的想象与叙事同行。无论我们思想多么高远，多么精到，如果叙述之水载不动，读者是感受不到的。面对稿纸或电脑的自我陶醉，被嘲笑的将是自己，还有那无数个智者。从这个角度说，不仅要求写作的情态沉静如水，还要求我们的智者之水载动思想之舟。上岸或下海，都能顺其自然了。流水自然，嘤嘤成韵。

文学就像夏日的雨。雨水铺张开去，顺着大地的沟沟坎坎爬行，网进人世所有足迹归依大海。文学之水又来叩击门环了吗？机会和运气便在不远处的岸上等候了。小说，你像水。小说永远存在，诱惑便永远存在。好小说，又像岸，我明明看清它了，为何苦苦追寻，却总也登不上去呢？细细想来，人生好多事都是这个样子。

岁月如水，岁月会关照一切的。

深入到百姓生活中去

——《苦雪》情结

我近两年匆忙地写着，很难有空翻翻自己过去的作品。真是没有时间？恐怕不是，怕是引发回头一望的伤感。有的朋友，把创作看成是生命的流淌和保存，我缺少这样的立足点。在我目前关注现实的创作中，也常常被一些过去的事情和创作激励着。这种情感源于何处？我终于在短篇小说《苦雪》中找到一点儿安慰。

前不久，我的短篇小说《苦雪》被天津人民广播电台广播剧部改编录制成了广播剧《喊海》，还有一个短篇小说《醉鼓》刚被北京一家影视公司改编成了二十集电视连续剧。这两个短篇是我几年前的小说，我自己都该忘记了。特别是《苦雪》这篇小说，是发表于 1991 年第二期《人民文学》上的，《小说月报》同年第五期转载，后被收入年选本，译成英、法、日文字，同年获得了《人民文学》优秀小说奖，三年后又获《人民文学》“昌达杯”90 年代新人新作奖、河北省文艺振兴奖。

《苦雪》是一个七千多字的短篇小说，它算不算是我的成名作，很难说清。尽管多次转载得奖，但好多读者却没有读过。可《苦雪》对于我有着值得珍视的意义，因为它是“雪莲湾风情系列”小说的开篇之作。1990 年之前，我大多写通俗小说。那时我就知道一个老人打海狗的故事。我几次试图将其写成传奇故事，又忍住了。当时，恰巧同乡、老作家管桦到老家探访，我们的县委书记将我介绍给管桦老师。管桦老师听说我已发表了二百万字的通俗小说，就叹了口气。他劝我深入到老百姓的生活中去，努力创作出有艺术品位的作品。我听后为之一震，心想是该换副形象了。当时我二十七岁，做新人走新路绝对来得及。不久，我即认识了管桦老师的儿子鲍柯杨。鲍柯杨在中国文联工作，读过好多书，也写小说。他热情地向我推荐了尼采、叔本华等大师的著作。我读了，也就很快找到了对《苦雪》这类题材的叙说方式。于是，我在冬雪天，来到我县渤海湾渔村，面对苍凉的白雪覆盖的大冰海，躲在村委会办公室，烤着火盆子写完了《苦雪》。写完之后心里痛快，但又心里没底，不知道这算不算是纯小说。就在乡下找到一位中学教师，他一直默默地搞纯小说创作，他看后替我分了分段落，连说这就是纯小说。然后我抄写清楚寄给了中国文联的鲍柯杨，请他看看，并嘱他看完提提意见寄还我，我想改后送交唐山市文联的刊物《唐山文学》发表。谁知鲍柯杨看后推荐给了《人民文学》的王扶老师，王扶老师看后高度赞扬，并很快送审到副主编崔道怡老师手中，半个月就编发了。我真的很惊喜，也很感激当时未曾谋面就帮助我的老师们。后来，崔道怡老师在一篇题为《又一个海的歌者》文章中说，“仅从《苦雪》这一篇小说看，我一点儿也猜不出他曾走过通俗路径，《苦雪》并无俗气，却有‘大家’风范；其语言锤炼、结构经营、氛围渲染、题旨钩沉，都已颇见功夫，达到了一定品位。《苦雪》事件单纯精细，情节无多曲折跌宕，笔墨还是主要用在刻画人物和心态上。而其主旨，却是大到关乎人类共同长远利害，因此在 1991 年数万短篇中，它也成为引起海外关注的佳作之一”。(载《小说月报》1992 年第十期)

《苦雪》讲的是一个打海狗的老扁大爷的故事。天津人民广播电台没有选用我关注现实的小说，而选中《苦雪》，据说是为报评中宣部“五个一工程奖”，这不能不使我有了思考。小说既是来自现实的，也应走进心灵；小说在本质上有着极大的虚构成分，所以我们真实有力的叙事才更为重要，才能使作品寿命延长一些。

关于《苦雪》，我很难再多说什么了。我只知道它对于我的创作多么重要。我想摘录铁凝老师在我的作品讨论会上一段关于《苦雪》的发言，后来成为我小说集的序言：“雪莲湾老人老扁一生曾经打死过很多海狗。他亲手消灭着海狗，同时认为海狗也是一种令人敬畏的生命，而人生的尊严是从生命与生命的公平厮杀和较量中获得。因此，当年轻的海子们掌握了武器，不再需要徒手对付海狗，当他们将枪口对准它们时，老扁就伙同着海狗一起用生命对准了枪口。这时人类和动物的生命站在一边，而枪口则是他们共同的对立面。老扁以这种结束生命的形式呼唤生命的尊严，这种形式在绝望无奈的瞬间显示了这位老人心灵的高贵。至此，这篇小说摆脱了一般意义上原始生命状态与现代文明的摩擦，它使人想要追究在自然界里，最终人类赖以生存的根本所在。”铁凝老师这段话，给了我长久的鼓励和启示。《苦雪》是个短篇，我越发感到短篇难写。其实小说的祖先实际是短篇，但愿我的短篇情结不被淹没，至今我仍最喜欢短篇的样式。

文书通脉

我们常常说文学与书法、绘画是相通的。文学是纯净的水，文学是炽热的火。书法是什么呢？绘画是什么呢？是审美，通过书法和绘画的造型达到审美效果。真善美是我们共同的主题，真善美变化着不同的辞章，文学、书法和绘画的创造力就是花费在这种创造里，三体合一产生瑰丽的景象。这种景象不是我们要到达的终点，而是一种向终点行进的态度。

基于这一点，我们说文学和书画是相通的。近来有好多作家研究书法、绘画。自古就有文人字画这一脉。比如，我们河北文学馆连续举办了贾平凹、冯骥才、汪国真等作家的书画展，同时也举办了两届河北著名作家书画展，产生了一定的社会影响，取得了良好的效果。这两届书画展我都参加了，将来还要举办个人展。反过来，也有一些书画家从事小说、散文和诗歌的创作。我读过黄永玉、范曾先生的文章，受益匪浅，然后就会有一些小小的思考。书画作为艺术，历朝历代都注入了新的血液，而其生生不息的原动力就是“文脉”。作家也好，书画家也好，如果把目光放远一些，我们就可以这样理解，文脉是人类文明进化的基因信息以及脉络传承，是多种文化信息的结晶。文学作品可以用汉字创造出一种审美情境。我们说书法是文化的、审美的，还在于它的兼容性和综合性。大自然是书法意象取之不尽的源泉，由此使书法上升到“天人合一”的艺术境界。文学需要艺术创新，书画同样需要创新。创新又何其难，艺术创新都很残酷，一方面要求我们不断翻新，同时又要求我们不背离艺术本质。汉字的书写艺术，是表达作者的情感意志、修养和精神境界的艺术，创新要围绕着汉字来进行。一切艺术形式都一样，尽该艺术形式之可能，创造出个性鲜明、风格独特、有生命活力的艺术形象。所以我觉得文人书法，要扬文人之长写出文化气息，比如旭宇老师的书法，就达到了极高的艺术境界，将文人的技能、功力、修养和才情等在书法艺术形象的创造中一一展示出来。任何艺术都需要悟性，书法是书者对自然万物所显示的形、质、势、态、意和理的感悟、积淀和想象。在书法气象上求精、求深、求品位。我的书法观是：变化多端、布局独特、意到笔随、气韵流动、寓情寄美。从书画创新来讲，也大多是形式风格上的，但无论多么诱人的形式面目，都必须以表现出韵味之浓、品位之高、意味之深和效果之精为根本。在国画方面，我特别喜欢国画的简洁、纯净、祥和、幽邃的审美境界，有韵味、有文人风骨、有现代意识、有个人风貌。

真情与梦想

——我的文学处女作

以前，我总以为自己的处女作是散文《亮晶晶的雨丝》，现在一翻那本县办刊物《芦笛》，才想起其实我的处女作是短篇小说《静静的芦花塘》，这篇小说发表在公开发行的刊物《冀东文艺》1994 年第二期上。现在读这篇小说，觉得它幼稚可笑，可它对我却有着值得珍视的意义。那是一阵清风，那是一缕遥远的微笑，抑或是一段动情的故事，使我不断感到文学的温馨。

构思这篇小说的时候，我还在乡下小学教书。那时的文学正罩着神圣的光环。我的作家梦从这时开始了。我教小学五年级语文，边任教边写作。我所在的唐坊镇小学在村外，四周长满芦苇，左侧有一个小鱼塘。我夜晚值班，判完学生的作业，就学着写一些小说、散文之类的东西。记得当时写了一篇像散文的小说叫《夜在发亮》，是写农村计划生育的，稿子投出去没能发表。县文化馆《芦笛》编辑部的刘宝池老师告诉我，多读书，写身边的事。我想，身边的事？身边的枯燥的教育生活有什么好写的？我就把目光瞄准了校园左侧的鱼塘。当时，我们家也有一个鱼塘。地震的前几天，我曾发现我家鱼塘有无数鱼往上蹿。于是，我就开笔写了这篇《静静的芦花塘》。

小说刚开头，我的工作就有了变化。小说的开头这样写道："芦花塘的碧水伴随着荣乡清幽的夜在悄悄地流，星星好奇地眨着眼睛，窥探着淡淡月光所依偎的池塘。已是夜深人静的时候，芦花塘岸边移来一个姑娘的倩影，她的脚步是那样轻……”就写了这几句，我就被调到唐坊乡文化站工作了。到了文化站，我有了时间，读了那里的好多书。白天，带一个皮影班子到各村演出，有时也跟电影放映队活动。两个月过去了，我又接着写这篇小说，一晚上就写完了。小说是写一个村养殖技术员，即将去省城水产学校学习，他的恋人“她”，在他临行前的夜里看望他。两年前，队里实行了承包责任制，庄稼地很快就分下去了，可就是没人敢承包队里的鱼塘。这个小伙子不怕父亲反对，大胆承包了这个鱼塘。姑娘支持他，用小伙子家里给的二百块彩礼钱为他买了鱼苗儿。他在淡水养殖里有了新发现。这天夜里，姑娘来芦花塘看他时，小伙子趴在桌上睡着了。姑娘心里有点儿酸。他实在太累了，蓬乱的头发在宽宽的额前神秘地卷成隐隐可见的小问号。她深情地望着他。这时候，一股夹着芦花芬芳的晚风吹进窗口，将他书桌上的手稿和读书卡片一张一张掀起来，飘洒了满地。忽然，她在众多纸片里发现一张叠得很漂亮的信笺，上面写着她的名字。她激动了，心涌春潮，拾起信笺，情不自禁地把它放在心口，仿佛将这醉人的月夜一并装进心里。她没惊醒他，悄悄整理了他的书桌，给他额头一个吻，就仙女般飘然而去了。

记得当时我想写真情。现在看来，这是不是真情？我说不上来了。反正当时我想真情一把。也许，是这份真情鼓舞着我继续写下去。寻找真情比占有真情更加美好。真情支撑着我的昨天，真情还会伴我到明天。这篇小说的发表过程，也体现着一种师生的真情，这情感很珍贵。

我把稿子工工整整地抄好，骑自行车到县城，然后又转乘公共汽车到唐山，找到当时的《冀东文学》主编马嘶老师。马嘶老师与我同乡，是20世纪50年代末北大中文系毕业的，与《人民文学》副主编崔道怡老师是同学。马嘶老师看过我的小说，只说了一句话：语言比较流畅。我这就知足了。他把小说交给了责编胡天啟老师。胡天啟老师是河南人，是个非常厚道敬业的编辑。他留下我这篇小说，看过，然后提出三条修改意见。我回到乡里不久，就收到了胡老师寄来的稿子。我按照他的意见，认真地进行修改。稿子又寄到胡老师手中。胡老师接到我的稿子，说两点改得不错，那一点不满意的地方，他亲自动手为我改稿。刊物出来之前，胡老师把校样寄给了我，他让我读一下他修改的地方，是不是满意。我很感动，我有什么不满意的？稿子能变铅字就是胜利。铅字是古板的，却真正给我们文学青年带来幸福的梦想。热情而单纯的梦想，一再使我们误入歧途。后来，我时常听到“误入歧途”的话，是那些把文学当成敲门砖的人讲的。文学创作是寂寞而艰辛的劳动，越往前走，身边的文友越少。而文学是实实在在的，的确为我们带来了什么。我的这篇小说发表后，被县文化馆的几位老师推荐给领导，我很快被调到了县城，是当作“笔杆子”调进来的。我进城之后，被安排在县党史征集办公室，兼编撰我县县志。我走进了这片土地的历史，历史的河流奔腾不息，一张张学生的脸庞熟悉起来，由模糊而清晰。我能写这块儿土地，真得益于这篇处女作带来的方便。这份工作使我过早地老成起来。

在这里，我不知不觉想起这篇小说的责编胡天啟老师。他在编辑岗位上英年早逝。后来，《冀东文艺》改为《唐山文学》，马嘶老师退休后，胡老师当上了这个小刊物的主编，他还是那么敬业，为刊物跑赞助、编稿子，去世前还在组织搞一种“灾变文学”。他去世前三个小时，我们还在一起谈论文学现状。他死在家里的办公桌上，死时正为作者改稿。在生命的最后一刻，手里紧紧握着一支蓝色油笔，稿纸上改的最后一句是“为朋友两肋插刀”。刀字后边的句号刚画上一半，就心脏病发作猝死了。文坛有这种献身精神的编辑很多。胡老师走了有七个年头了，我们永远纪念他。现在，文学进入20世纪90年代，很少听到编辑亲自为作家改稿了。也许编辑不愿改，即使愿改，作者也许要撤稿了。现在的初学写作者个性很强，写小说的技术很好，起点很高。20世纪90年代的刊物要求作者一步到位。这份真情还是有的，编辑与作者在20世纪90年代的“真情”表现形式变化了。

文学需要真情，更需要梦想。也许，我日夜寻找的那个梦想，正静静地藏在我的心上。写作不会使我们心灵迷失，写作使生活与梦想共同有了意义……

回头望路

入冬，冀东平原落雪了。

我最喜欢落雪天。望见雪，我的情绪就好。特别是穿上很暖和的衣裳，兜儿里装上小收音机，将耳塞放在两耳边听唐山驴皮影。今天终于实现了，我听的皮影是《汴梁图》。人的心绪和生活需要调节。雪覆盖着脚下的黑土地和我居住县城里古老的煤河。煤河冻着冰，落上雪显得格外平。生活里到处都是被洁白遮掩的东西，我边走边想，到处都是与我们人生有关的东西，因而到处能激起我们的热忱和想象。它有时以美丽、自由和富有来吸引我们，有时则以苦难、沉重和穷困来困扰我们。我们也时常看到在大雪融化之前，有大量共同的利益驱使我们在困难中前行。大雪丰富着我的想象。

无论怎样生活，人人都有隐痛。任何角色都有遗憾，就像眼前的雪，总会由白变黑。人啊，无论是做儿女、做父母、做官、做文、做商、做医等等，都有痛苦和烦恼，都有欢乐和温馨。回忆自己走上文学创作之路，有时感到偶然。我从小喜欢文学，但是读书时是学理科的。我觉得理科能直接把感情变成智慧，而文科能把智慧变成感情。可惜我至今没能读上中文系。

成功，每时都在寻找严酷的机会；平凡，每时都在等待安逸的恩赐。无论评论家怎样阐述苦难和坎坷对于创作的益处，可我依然希望生活中的自己永远幸运和快乐。

没有绝对意义上的苦难人生，只有苦难的心灵。热情而单纯的预期，一再使我误入歧途。希望是开在欠缺处的花朵，希望也是劳动者的第二灵魂。刘醒龙有本书叫《生命是劳动与仁慈》，生命是需要不休止的劳动的，而农夫若无原则地仁慈，就真落得草盛苗稀了。可是仁慈的劳动往往构成了生命的序曲和基调。

以上是雪地上的一番感慨。也许是不着边际的，只有回望自己走过的道路，才是真真切切的。何申兄曾跟我说：“写写你个人的经历，也许是挺有意思的。”我没有何兄的经历深厚，但在我过去的日子里，还是有一些片断应该记录下来的……

我出生在冀东平原的一个普通小村。那是1963年的早春二月。我从小喜欢五月的麦地，且时常钻进麦地里玩耍。我一直不敢把对麦子的感觉写进小说。我爷爷是天津的一个做袜子的商人，定成分时叫小业主，回乡时给划定成分是富农。据说新中国成立前我家雇了亲戚种地。“富农的帽子”跟随了我的整个少年时代，直到十二岁才被落实政策摘掉了。小时候很压抑，从而造成我谦和、缺少自信的性格。谈歌兄曾很善意地说我缺少激烈，爱恨不分明。面对谈歌兄的激烈，我是赞赏的。他活得磊落痛快，而我顾忌太多。我在北影招待所跟谈歌讲了童年和少年，他终于理解我了。他说你得激烈些，既然这样就慢慢来吧。

小时候，父亲还是一个公社干部，母亲也是党员。可母亲曾很伤感地跟我说：“你这出身，将来能不能说上媳妇还难说呢。”现在听来可笑，可当时我挺往心里去的。后来听母亲说，我的老姨曾经有个想法，怕我长大打光棍儿，就想让她女儿给我做媳妇。我听后淡淡一笑，后来听说是真的。我富农出身的几个叔叔都是四十岁以后娶上媳妇的。我很感激老姨这份心，但近亲婚姻是不可能的。现在我把自己在县城的老房子让出来，将年迈的老姨接到城里住。童年的口哨声在天空中如泣如诉，恍惚让我看见一种残酷的东西。

在梦里，我时常梦见老家的泥房子。这房子太破旧了，就像一株成熟过了头儿的老玉米，饱经沧桑。过分成熟的东西意味着冷落和衰老。1976年唐山大地震时，这间生我养我的老泥房倒塌了，彻底趴了架。现在回想起来是父亲的决策英明。我是1974年搬出这座老屋的，随父亲到一个叫唐坊的小镇落户。母亲想过几年再搬家，让我读完初中。父亲很坚决，否则我真的没命了。像这样的泥屋，人压在里面不砸死也很快就会被泥粉呛死。村里很少有扒出来的活人。到了唐坊小镇，看见了火车从这里通过。我住的镇上的砖房也在地震中倒塌了。

当时父亲在稻地中学旁边的“五七”干校学习，我和母亲住的房子也倒了，有幸的是老天开恩，我家房盖的砖子顶甩到邻居家那边去了。这一年我十四岁，觉多。我在碎石乱瓦中醒来，没有看见蓝光，只觉得头晕晕地乱响。母亲护着我从窗前往外跳，如果早跳一步，墙头就把我压在下面了。墙头儿轰然一倒，我就势跳到墙头儿上跑到黄瓜棚下，傻蹲着。母亲受了伤行动不便。我们看见黄瓜秧下不断有裂缝一张一合，不一会儿就下雨了。短时间的宁静之后，就有人呼喊救人了。我神情木然地加入了大人们救人、扒人的行列。经我手扒出来五个邻居，其中两个已是死人。天慢慢地亮了，我感觉换了一个世界，一下子苍老许多。都说大难不死必有后福。唐山人格外喜欢“福”字。我为“新支点长篇小说丛书”所写的长篇小说就起名《福镇》。中国老百姓从骨子里喜欢“福”字。究竟啥是福呢？

兴安兄曾在1996年编过一本书，书名叫《蔚蓝色天空的黄金》，是一本20世纪60年代出生的代表性作家展示。这里面收入了我的一个自传，题为《我乡间的月亮》。将文学称为“我乡间的月亮”，不知是否妥当，反正热爱文学是从少年的乡间开始的。那时能读的书有《林海雪原》《苦菜花》《钢铁是怎样炼成的》等。反复读，兴奋、激动或是落泪。

奔跑在故乡的平原上，一个动人的日子朝我走来。我在故乡的春天里，体味小草、太阳和大地的情怀。后来走进课堂了，读鲁迅的《从百草园到三味书屋》，后又读《祝福》《野草》等名篇，体味了文学的力量。

这时候，我钻进故乡的芦苇荡遥望南边的海湾，猜想外面的世界。文学作品与人生的关系成为少年破译心灵的密码。

乡间的风情、乡间老百姓的生存状态是我久久不能忘怀的。上高中时，我写了篇小散文《故乡的秋天》，在县办刊物《丰南文艺》上发了出来。我很激动。

后来我没能考上大学，只考上昌黎师范学校。1979 年至 1981 年的两年校园生活使我难忘。在学校，我是个活跃分子，当班干部，在学生会搞宣传、演节目、写书法、画画，编辑校文艺橱窗，杂七杂八什么都干。后来，学校成立了碣石文学社，我当社长。那时就赶上了新时期文学大潮初起，读小说，也试着写小说了。

昌黎是有名的花果之乡，山清水秀，我们的校园也是一个很漂亮的果园。每一个苹果和每一串葡萄都给校园带来鲜活、生机和灵性。那时候学校给我留下深刻记忆的还有两样东西，就是杂交玉米面饽饽头和高粱米粥。当时只有百分之三十的细粮，大部分吃粗粮。老师们千方百计为我们搞好伙食，有时候饽饽头吃腻了，就拿油炸一遍，脆酥酥的，吃着蛮香，我们就叫它"黄金塔"。当时吃着"黄金塔"满腹牢骚。现在回想起来是挺有意思的。远离什么，便渴望什么。这阵儿几乎没人整日捧着"黄金塔"啃了，但我接触的一些人，还愿意吃这一口儿，宽宽肠子，喝玉米粥几乎成为改善生活的雅趣了。我的老乡老师、北京老作家管桦对我说："你来北京时给我带一点儿玉米、玉米面来，我很想吃这口儿。"我笑了。我向老人讲起在昌师上学时吃"黄金塔"骂大街时的情景，老人感到好笑又不解了。我想，珍贵和平庸的东西是随时间、地域变化而变化的。没有平庸的日子，只有平庸的感觉。在北京大饭店吃"黄金塔"时真成"黄金"了，它不再是一团儿难咽的"刺猬"而变成一团儿金色载体，牵走我眷恋的思绪到了遥远而美丽的校园。

另外一件难忘的事是编《五峰文艺》和《碣石》校刊，这是我文学的启蒙。刚入学不久，中文系大专班的杨立元、伦洪波在张雨天老师的指导下办起了文艺性校刊《五峰文艺》。编委里仅有我一个作为中师班的代表。这时我开始进图书馆读那些中外小说了。当我升到二年级的时候，由语文组老师倡议，中专班也办了一个橱窗型校刊，名为《碣石》，主编的担子落在了我的身上。一种对文学的爱和独有的兴趣，促使我编辑它。《碣石》很快出刊了，一连几期效果挺好。

同学们把自己创作的小说、散文和诗歌等作品抄写工整给我们，我们编委会配上插图，规规矩矩又灵活多样地张贴在橱窗里。每期都围了好多人观看，有表扬，有争议，也有批评。那时候的文学真是太神圣了。我们有专门的编辑室，小小编辑室凝结了那么多同学的纯情和笔耕的硕果。我被感动了，也学了不少东西。当时来稿很多，文笔清新流畅，题材广泛，情真意切，就是“学生腔”浓了些，缺乏生活气息。当时我很满足了，完全被他们坦诚的心灵诱惑，注定为文学而痴迷，而快乐，而把汗水洒足。当时我就觉得文学之路太拥挤了，这条路太艰难了，这条路不是谁都可以走的。我畏惧了。

昌师毕业后，我就回到县里老家的唐坊小学教书。我又看见了乡间的月亮。我将儿时母亲的油灯比喻成乡间的月亮。怀着这样的情感，我在小学教书时写了一篇散文《亮晶晶的雨丝》，在《唐山劳动日报》上发表了。严格说来，这才是我真正的处女作。

皆因这篇小作，我走出了校园。有人说文学是改变命运的敲门砖。在我身边那么多文学爱好者都换了工作。1982 年的阳春三月，我被调到唐坊工委文化站当了站长。这是煤河旁的一座古镇。父亲在这里当工委副书记。我想进县城，求父亲托人，但父亲不愿我离开小镇。还是因了这篇小作，我被当时的县委办公室主任看中。他通过县文化馆找到我的地址，调我到县城做县志和党史征集工作。我终于凭文学这块儿“砖”敲进了县城。我在县志办公室工作时，到处奔波、采访、收集资料，没承想为我后来的文学创作铺了一条通路。历史和民俗都进入了我单纯的视野，使我深感这方土地的厚重和风情。

由于纯文学写作之路太难闯了，我认识了唐山市群艺馆的杨帆里老师之后，开始了通俗小说创作。先是与杨老师合写了一部长篇历史通俗小说《胭脂稻传奇》，1986 年由长江文艺出版社出版了。后来一鼓作气写了几年侦破、社会传奇一类的中篇通俗之作，写了近两百万字。我不知道这是弯路，还是后来创作的准备。后来有一件难忘的事，使我面对乡间的月亮，审视这些作品时有些惭愧了。1989 年底，扫黄的时候，我去石家庄出差，一下火车，便有个卖书的人很诡秘地跟踪我，并悄然靠近我，左右一看没有警察，就问我："兄弟买书吗？禁书。"我好奇地看了看他，他从棉大衣里拿出几本书，一看我脸就红了，其中有一本是我写的《血染美人纱》，封面图案是穿三点式的美女照。我说家里有这本书，就怯怯地甩开卖书人。《血染美人纱》是我写的一部侦破小说，内容不黄，包装成这样都没法送人。当时因出版气候，我另一部侦破小说《杀手与交际花》不能出版了，出版社把二校书稿还给了我。后来唐山一位书商找我要这本书稿，他没钱给我稿费，说他哥哥积压几十吨玉米淀粉，跟我商量给我价值八千元的淀粉。我当时想转纯文学，羞于谈这个，就连署名权一起卖了，换了两汽车淀粉。过去在唐坊，母亲养猪，进城后不养猪了，淀粉没啥用了，我就托朋友卖掉。朋友跟唐山万里香烧鸡店的公司说妥，将这些淀粉买下灌肠子用，朋友还说人家不想进货，他听说是作家换的稿费就要了。那家店经理喜欢读书，很尊重作家。我听了心里不是滋味儿，我算什么作家呀？

那天早上，我和朋友去送淀粉，我往车间里扛淀粉袋时脸都白了，只有眼睛和嘴是三个黑洞，挺吓人的。那位经理想结交我这个"作家"，满车间嚷嚷，哪位是关作家？我的朋友见我与工人一样满脸白粉，认了半天没认出来。我又不好意思张嘴，车间里工人都瞅着。后来退到楼道里洗了脸，我才敢见那位经理。经理是个老头儿，从谈话中知道他比我读书多。他说："作家写书不易呀，你这淀粉质量差点儿，我还是按市场价并给你现金。我喜欢交你这位青年作家！往后好好写！"我又惭愧又感激，又不敢说是写通俗小说的。但我看出，老人喜欢的是那种有艺术追求和社会责任感的作家。我的心被深深地触动了。

这两件事，促使我反思自己的创作，不能这么写下去了。可是纯文学那么好搞吗？面对新的生活和严肃的文学，我表现出极大的陌生和惊异，甚至失去了与之对话的勇气和信心。我困惑，我"乡间的月亮"在头顶消失了。

后来我认识了北京老作家管桦，还有他的儿子鲍柯杨。管老让我读些名著，让我真正深入生活，写有艺术品位的作品。他儿子鲍柯杨很有思想，给我讲了好多尼采等国外思想家的理论，还给我推荐了十二本好书。我记得自己将老作家冯至的一段话抄写在笔记本的第一页：“真实的造化之工都在平凡的原野上，一棵树的姿态，一株草的生长，一只鸟的飞翔，这里包含无限永恒的美。所谓探奇访胜，不过是人的一种好奇心……我爱树下水滨明心见性的思想者，却不爱访奇探胜的奇士。”这句话我反复琢磨，成为我由通俗文学转向纯文学的朴素而深刻的理论支柱。我深深感激我文学创作的引路人。

1987 年的秋天，我主动要求从县政府办公室调到县文化馆创作组，一切重新开始。1989 年，对于我是一个不寻常的年头儿。我在痛苦困惑中选择。故乡的一片海湾，叫黑沿子。我主动要求到那里的小渔村涧河挂职副村长深入生活。有人风趣地称我是“下海”了。在村里，我跟渔民出海打鱼、植树，还管了一阵子计划生育。能参与这些活动，应该感激河北文学院。我于 1992 年加入文学院。没有进文学院就没有这样自由和充足的时间。省文联主抓文学院的领导铁凝、文学院负责人陈映实老师和老城兄对我深入生活和文学创作都给予了极大的支持和帮助，令人难忘。如果说社会生活是我创作的大课堂，河北文学院则是一个小课堂，我是受益者。

大海帮助我理解人生。海能养育生命，海同样能养育文学。渤海湾的一隅，我起名为“雪莲湾”，我在这块黑坦坦、雾蒙蒙的地方留下了一串足迹。海里啥都有，有鱼、有虾、有蟹，海里也有“落魂天”“红旱船”“蓝脉”“太极地”“闰年灯”和“醉鼓”。这是一个有特殊历史、民俗风情的地方。这里的一切都成为我写作的载体，载动我的小小思索，走着这样寂寞的路程。我发现，海浪就是一条纤细而又刚强的白线，雪一样的白，穿过无限的时空，比生命长久，越过历史和传统把我的欲望与激情、希望与梦想以及忧患和悲伤结合在一起了。自由的大海使人的精神自由。

我不能真正地认清自己，甚至看不清、弄不明了。不是海边雾气太重，而是我自身的弱点。看见海，我感到自己渺小，特别是出海打鱼的时候。我出过几次海。在北京开会，我见到天津写海的作家王家斌先生，他在海上摔打多年，他写了我喜欢的小说——《百年海狼》，他见到我很亲切，他说：“咱们海的情结，是‘旱鸭子’体味不到的。”他对肖克凡说：“我瞅小关的走路姿势，就是海边人的步子。”我很惭愧地说：“我不是真正的渔民，我也是‘旱鸭子’。对于海，我看不透，是个旁观者。”

但是，是海给了我根，给了我力量。在商潮汹涌的社会里，我时常感到一种隐形的海在涌动。我感到孤独，我敬佩大海的品格。没见到真正的海之前，我曾浮泛地、迷惑地以为自己博大。可见到海，就会看到大自然的品格。人只有在内心的风暴潮过后，才感到自我生存的宁静。在浮躁的世界，在金钱包裹的世界，宁静地生存是幸福的。

我在渔村深入生活的时候，有位算命先生曾给我看相，说我命里喜水，利于见水。那么，我的小说创作，就从水上开始吧。像我这样，父母没文化，自己又笨的人，纯属在基层文联苦苦奋斗的文学青年，借大海点儿仙气吧，兴许就能从古老的黑泥滩上跋涉出去呢。我告诫自己把握机会。

后来的日子证明，我是幸运的。《人民文学》副主编崔道怡老师热情地称我为“又一个海的歌者”。我很高兴，一静心又不敢接受。我哪里是海的歌者，是大海成全了我，是海潮推涌着我在文学道路上走了一程。尽管这一程路，我走得不完美，毕竟还是起步了。我在海上的路，永远是拖在船尾的一条缆绳。

珍惜过程，不问结局，还是感激大海吧！

我觉得，没有哪一本书，能像大海这样丰富。海是一个格外热情的老人，交往久了，他会用另一种原色还原你。于是，我们便有了穿透海水的“海眼”，看啥都是蓝色的，一个辽阔而奇妙的蓝色世界。甚至连自己的血管里殷红的血液也变成了蓝色。蓝色世界给了我多种多样的文学启示。下海，即使是苦难，对我也有着妙不可言的诱惑。海即人，人即海。每当我提起笔时，总是有一种错觉，海是一个饱经沧桑的老人，那蹲在海滩上吸烟的渔佬儿却是一个写不尽猜不透的海。老人布满皱纹的脸，就是一张揉皱的海图。我想，人与海的沟通，最终将发展为人类自身对生命意义及生存方式的诘问和探寻……

大海里啥都有，又啥都没有。

大海能成全我，又能阻碍我。

海里有珍珠，岸上有黄金。我时常想，心中的海推到极致，就该从它的负面思考了。一个好的作家，不仅仅是固守，主要是开拓。1993年，我的小说在香港《亚洲周刊》获冠军奖时，香港评论家也斯先生撰文评介我的小说《船祭》说："关仁山小说里的大海意象浓艳，吸收了魔幻与写实手法，在虚实之间写传统和现代。但这种写法容易形成模式，不易拓展。"这又使我想起我的创作急需开拓新的艺术层面。在全国青创会上，外省作家说我们河北作家太老实，我感触很深。做人老实，作文万万不能老实啊！下一步，我该借助什么才能使"文体"飞翔起来？仅仅依靠大海，看来是远远不够了。无论如何，这一步是要跨越的。探索，哪怕失败也好。只担心一点，大海在咆哮，我能静心看世界吗？又能静心写人生吗？我得强迫自己静下来，静下来。我将以怎样的苦难，来修炼自己的人品、艺品？时下，创作越来越艰难了。我们千万别指望什么机构来救作家，不要求别人施舍来确立作家的价值。商品社会向作家提出了更高的要求，作家要独自求生存，然后才能凭着作家的良知和责任感去创作，去追寻美好的理想。不管生活怎样艰辛，不管日子怎样无奈，都不能丢掉追求！

为文学遭受苦难，不悔！

闯海人最眷恋家园，我在寻觅家园，寻找灵魂栖息的家园。雪莲湾有句古谣：船头无浪秋帆远，船后泪眼望家园。

1993年5月，河北文学院、《小说月报》编辑部和《人民文学》杂志社在石家庄联合召开了我的作品讨论会，使我深深受益。

在1995年的秋天，我们河北文学院学员在石家庄聚会。谈歌兄单独找我谈，他说："《太极地》有些变化了，还应加大关注现实的力度。不能再写海了，水能载舟，也能覆舟，记住！"我记住了谈歌兄的话。回到县里往基层跑了跑，一口气写下了《大雪无乡》《九月还乡》《破产》等贴近现实的小说，是生活本身唤起了我的责任和良知来唱一曲严峻的乡村牧歌。

1996 年元月，在北京首都剧场上演根据我的小说《醉鼓》改编的四场话剧《鼓王》。这部改编剧获文化部“文华奖”后，有位编辑朋友对我说：“近来你的小说离开雪莲湾了，像‘醉鼓’这样的民俗小说还要多写啊！”我说：“过两年再杀回马枪，眼下是想变变路子。”我将笔伸向平原、城镇和山梁，想淡化民俗风情的东西，更有力、更直接地贴近现实生活。没想到一上岸就被套上了“马车”。我与何申、谈歌兄有幸被称作河北的“三驾马车”，竟然这么叫开了。何申的幽默和谈歌的激烈，还有他们深厚的生活功底，一直是我应该学习的。在丰收的大平原上，用马车收秋的不多了，乡路上奔跑的多是汽车和拖拉机，所以我更加想念故乡运粮食的马车。马车是最具平民化的交通工具。我喜欢平民生活和平民生活的空间。

关注现实的文学，眼下有多种说法，我们对“现实精神”的理解也是多种多样的。我觉得现实生活本身就鲜活、复杂、立体、深刻。文学不应该是一曲颂歌，文学的内涵应是广博的。小说应背负着沉重，表达善意的人间情怀和人情、人道主义内容，对社群祈愿、期待与预言。

眺望乡村的早晨，万情涌动。时代没有摹本，只有不穷的精神。家园向何处去？我感受到了一种激情。诗人需要激情，作家同样需要。

我曾在《青年文学》封面宣传语里写下一句话：信念将使一切苦难埋葬于夜晚的涛声中。我行走在乡村的海滩上、平原上、山道上，明天，不再为故事匮乏烦恼时，我该怎样讲好我的故事呢？如何将公共话语转化成个性化声音？深感自己创作的不足，还要努力啊！我喜欢这样一句话：

在天为翔，在地为泥。

唱一曲严峻的乡村牧歌

生命是一条河，乡村便是每一条河的源头。乡村作为我们的背景和摇篮，滋养着乡人。就是远离土地的都市人，也挣不掉与乡村脐带般的深远牵系。作为本土作家，感受了乡村的苦难，也谛听到了乡村变迁的脚步声；感受了乡土那种一触即发的疼痛，也会看到土地上澎湃的生命和生机。当生活激活我的想象，我便感到创作不仅仅是兴趣，一切有关乡村的叙事，便有了一份深重，多了一份亲情，添了一些责任。

中国是个农业大国。文学的眼睛永远凝视这片土地。让文学紧跟时代步伐，根植于人民和大地之中。这些真理性的口号，我们喊了多少年了。时代主流在哪里？生活的本质是什么？恐怕每个人的理解都不一样。社会转型时期，农民的精神痛苦与矛盾是丰富而有况味的。乡村历史与现实、新与旧之间相互纠缠，渗透和挣脱，使我茫然。几年前，我进行雪莲湾风情系列小说创作时，试图在乡村多情的沃土上挖一眼小井。1991 年春天，我从城里到渤海湾涧河村挂职深入生活时，想将这里的风情写得清丽些，可是渔民生活的艰辛和岁月的沉重，迫使我不能太轻松。真正走进农民中间就会发觉，个人的孤独悲哀微不足道。时代与社会的联系十分突出。生活还没有把什么展示出来？如今的乡村是日新月异而又充满诱惑的世界。中国社会成员大多是农民，就整体来说，他们仍然是活得最苦的一部分，对于急剧转型的商品社会，他们缺少思想准备和心理承受力，他们不能一步入阁，走向真正的富裕，却失落了文化传统秩序，每前进一步，都是以道德和精神沦丧作为代价的。乡村开始零乱，脚步匆忙，为生存奔忙的个体身影变得飘忽不定。无论是坚守乡土进行变革的农民，还是弃农逃离家园闯荡都市的农民，都在经历着一场从没有过的灵魂的震荡与洗礼。农民问题，一直是社会重要而敏感的问题。关注人类的文学理应表现他们的心声。可有时，当月亮升起来的时候，我们常常看到它的残缺。农村改革解放了生产力，可是乡村又不断出现干群矛盾激化、产销失衡、打白条子、盲目引资、资源浪费、新的浮夸现象以及出国热、上城热等问题，为社会提出各种难题。我们茫然，无法理解它，但要正确把握它。这些严峻的问题并不能剪断我们的乡村情结，谁也无法否认，乡村正在发生着巨大的变革。我们还是发现弯曲绵长的乡路上开满鲜花，把对土地的深情歌唱还给乡土。乡村的新故事酝酿着新的生命力，乡村温情的童话展现在自然的怀抱中。农民的纯朴、坚韧，乡村变迁的脚步声，虽然充满悲怆的情调，但是人与土地的美质熠熠生辉。这里，道德的评断和审美的评价代替不了历史的评价。作为乡村文化的最后光环，文学正随乡镇企业的发展和道德演变而变化，既写出了中国老一辈农民辛劳而盲目的生存奋斗史，又透示出一种历史发展的必然景观。文学，虽然不能够一一解决农民问题，但是，它应有的步骤和形式，以血肉丰满的农村新人艺术形象，向农民的生命意义、生存状态发出凝重的叩问和深情的呼唤，其深隐的意义就不仅仅是乡村自身了。我们对乡村与土地的深情与理解，会拓展文学的表现空间。大地的丰厚意蕴，孕育并导演着我们的种种人生。沸腾的现实生活总是将乡亲们纯朴自然的乡土状态打破并造就特殊的人生规则。乡村的四季，一块块儿土地解冻，又有一块块儿土地冻结。我们的创作从海上走到平原，在故乡的大平原上，我们看到热土也看到了冻土。1995年秋天，我跟踪了一家乡镇企业破产全过程，有了一些想法，也听到一些农民企业家的心里话。农民企业家和乡镇企业的工人面对破产与城里人不一样，因为他们还有土地种。同时，我回老家给母亲的口粮田办过户手续，二叔在村里截住我，让我帮他到县城告状。二叔是村里的售棉大户，他说村里又要重新分地了，他与村里的包地合同作废了。细一问，我才知道，有两部分人还乡：一部分是破产乡镇企业工人，一部分是上城里的打工人员。他们在九月里还乡是奔土地来的。我没能待到分地那天回城，二叔也跟到城里。我带二叔去县政府，到了县政府门口，二叔扭身不进了。他湿着眼睛说："咱不告了，都得有碗饭吃吧。"我记住了此时二叔痛苦的脸。在年根儿，我听母亲说二叔一冬天都在开荒地，仿佛听到了一种悲怆的声音。冻土是博大的，冻土又是残忍的。冻土与热土的衔接点上，嵌有传统与现代相递嬗的瞬间景象。

今年秋天，又有关于土地的消息传来。县城北关的一个村，上企业、卖耕地。耕地竟被南方几户农民买走。我去后才知道这几户温州农民曾是给村民打工的。今年企业破产，村里农民又从温州农民手里租地种，在自己的土地上给别人打工。与我同去的一名记者感叹一声："农民啊!"他这一叹，促使我在村里多住了几天。

我曾对朋友说："今年是我大开眼界的一年。"我有幸过长江，到了南方珠江三角洲的南海罗村，看到了经济发达的乡村。7 月份，我又有幸到大洋彼岸的美国，看到了美国的乡村和美国的农民。在汽车里，坐在身边的陆天明兄问我："看到窗外的美国乡村有何感觉?"我一时找不着感觉，只说："这成片的庄稼地里看不见劳作的农民。"我还看到了美国农民用大片耕地搞装饰。肥沃的小山上，有美丽的小房子和一棵茂盛的大树，余下的是一片草坪。我说："人家人少地多，我们人多地少，先吃饭才能去想那片美丽。这片美丽好像与我们无缘。"回到我们河北的乡村，再全面清醒地认识我们的改革、我们的土地和我们的乡亲，这时才看到，深入生活不能盲目地陷入，还要头脑清醒地跳出来。对生活的亲近和距离都是文学所需要的。深入生活的过程，也是我们作家自身成长的过程，特别是青年作家。

面对现实的写作，是需要现实精神的。有人说，就农村题材作家而言，现实精神就是土地精神。中国乡村的土地精神是什么？回望田园的早晨，万情涌动。时代没有摹本，只有无穷的精神。文学需要承接这种精神，背负这种沉重需要亲吻大地。抒写人间情怀，透视时代变革的辉光。

我觉得拥有土地的人，是最富有的人。土地上成熟的果实是根和叶，即使流水冲走了叶，还会留下根的。过去热情单纯的预期，一再让我们误入歧途。丰厚的生活需要精美的艺术形式，但内容和形式却是不可分割的。我们怎样看待“生活流”，站在时代、哲学和美学高度穿透生活，把握生活？为了这个目标，我觉得自己还需艰辛地努力。

现实精神，一直像把火炬，在我们的土地上冷静地燃烧着。它能照见坚韧的民族心性，也能触摸到农民劣根的精神内核。源于生活的文学必然孕育着、生长着，因为土地永存。带着乡愁的情结寻找家园，我们想唱一曲严峻的乡村牧歌！

对土地和农民的牵挂

加入世贸组织，对土地和农民有怎样的影响呢？早春季节，土地解冻，我到冀东平原的农家走了走，看了看。

我看不到梦境里美丽的田园童话。看到的是满脸沧桑的父老乡亲，看到的是平原上刚刚萌绿的冬小麦，还看到对诚实和坚韧的无声挑战。土地和农民，这是两个不同寻常的词。多少年来，我们看见土地和农民就想用很浪漫的诗句赞美一番。“啊，土地！我的母亲！”如果让我们真正留在土地上当个农民，恐怕就不那么轻松了，对“母亲”也有点儿不孝了。最近在农村调查，家长和子女愿意当农民的是“百里挑一”。有的农民把一生全部的汗水，都浇灌在自己的土地上，唯一的希望就是把自己的儿女送到城里。为什么？土地的沉重，农民的艰辛。摆脱穷困的命运吗？还不仅仅是这样。在一户农家，我同他们说起了这样的话题。有个农民回答得很机智：孩子离开农村，那叫有出息！他有了出息，才能说明土地的价值。土地不仅仅是产粮食的，还能生长有血有肉的好秀才，不是吗？另外的一种说法，就与上面不同了。他干脆说，是上辈子作了孽，上帝才惩罚他这辈子做农民。我问他为什么这样说，他说：“世界上活得最苦的总是我们农民。”

我原以为，北方农民对加入世贸组织不会有强烈反应的，谁知是我低估了他们。一个承包稻田的农民说：“听说就要‘入世’了，我们真不知道怎样种地了！换句话说，我们种什么才不会破产！”我对他的话感到震惊，感到茫然。他们对入世的恐慌是不是望风捕影呢？后来他们说的一些常识，使我明白，他们已经不是传统农民了，有的家里甚至有电脑，还上了因特网。他们说，知道加入世贸组织后，对于粮食、油料生产会带来不利影响。因为粮食和油料这些生活资料本身生产就难，农民收入增长缓慢，甚至是负增长。一个年轻农民还对我说："入世后，我们吃的馒头，很可能会是用美国白面做的。"

说这样的话有什么根据？回来后，我查阅出一些可靠数字：今年我国的小麦减少了百分之二的播种面积。又经历了去冬今春的干旱，预计北方冬小麦的产量只能维持在上一年的水平上。在世贸组织的谈判中，撤销了对美国七个州的粮食进口禁令，给国内小麦价格带来了压力。长期以来，国家在小麦收购上实行保护价政策，使小麦价格一直坚挺，掩盖了小麦市场供大于求的真实情况。那么，入世后的粮价会不会暴跌？我们可以做些分析。比如，我国国内粮食产量为五亿吨，而世界粮食贸易总量才为两亿吨。把全世界的两亿吨都拿到中国来，也养活不了我们，中国人还是要自己养活自己。我们这样自给自足的大局面不会受到太大的冲击。

当我回到老家，见到乡政府经联社的一个同学，他对入世后的农民生活备感忧虑。他说："入世对农民的打击是不会小的。几千年来，我们沿用的是'精耕细作'的传统生产方式，生产成本过高。我们还将逐步失掉农产品的非关税手段，而国外是低成本的规模农业，我们光吃苦耐劳是不顶用的！现在农民们还不知道，那时会是什么样的局面！骑驴看唱本——走着瞧吧！"他还给我看了一些乡里农业产量的真实数字。我很惊讶。

那么，入世后究竟给我们的农民带来什么样的机会？专家说，入世将逼迫我国加快农业市场化和产业化，它将是一个猛烈的催化剂！农业流通领域也感到市场机会多了，农产品交易扩大了。我们的农民知道吗？我在一家菜农的地头，得到了答案。他们不仅知道，还抢先去做了。据菜农讲，他近年多亏没种小麦，全部种菜。我们的水果、蔬菜是有市场的，光一年他就获利三万元。他还对我说，他到过山东寿光的一个种菜县，蔬菜出口以亿元计。市场农业里，比如水果、水产品，包括肉类都是劳动密集型产品，在这些地方我们有不同程度的竞争优势。在农村深化市场改革，使农民的行为建立在长期稳定的政策预期基础上，使我们尽快进行结构性调节。政府要给农民提供信息服务。我们的农民的素质能够跟随上这个残酷竞争的车轮吗？我们的土地还能一如既往地奉献母爱吗？站在世纪之交的大平原上，我们常常忧心忡忡。我们的农业有一些先天不足，比如规模小，农民文化水平低，信息收集困难。他们有人还依赖着旧体制，向上伸手要钱、要政策，而面对大市场束手无策。这就需要我们的政府提供服务了。

在长期的农业文明中，农民聚族而居，相依相帮，温暖而闲适。古老和谐的农家亲情，一直是我们这些走出乡村的游子的精神慰藉。市场经济对这些融乐氛围的破坏，是有目共睹的。农民之间越来越隔膜，道德水准在下降。当然，这里有些东西是陈腐的，应该抛弃的。可是农民命运的沉浮和他们的心理变迁，在这一时期表现得大为真实生动。在新的躁动、分化和聚合中，会孕育成熟一批植根农村、富有远见、掌握科学、敢于冒险的新农民。

农村呼唤科技，但科技也挤压着农民的生产空间。我们的农民还知道了转基因技术。他们虽然不愿意吃到转基因食物，可是愿意看见粮食的替代品。目前的转基因技术还带有一定的不确定性的风险。可与大量使用带毒性的化学农药相比，这种取之自然物种的方法注定是先进的，更加贴近自然。

土地也要做出回答。耕地的大量沙漠化的严重威胁，为我们敲响警钟。每个时代都要对土地做个包装。旧时代的农村，村村都有土地庙，农户里供奉着土地神。农历二月二就是土地爷的生日。我小时候，就见过爷爷亲手做的一个土地爷像。土地爷头戴乌纱帽，身穿大红袍，俨然一个小判官。爷爷说，他这官小得不能再小了，可是他的权限又大得不能再大了。人类懂得栽培谷类及其他植物的时候，土地就获得了神圣的地位。对土地的任何不恭，都会受到捉弄甚至惩罚。

我在一个村子听到这样一个故事：这个小村的农民是勤劳的，自1992年大开发后村里来了一些温州出来打工的农民。有一对温州夫妇带着她的漂亮女儿给村民割稻子，收小麦。这时，村里的橡胶厂红火了，一些农民都感到自己的村庄要城市化了，被眼前金钱所诱惑，纷纷抛弃土地奔向工厂，求温州夫妇承包自己的土地。于是，温州夫妇如愿以偿廉价获得了土地，承包合同是十五年。温州人的勤劳和精明，使土地活跃了，而且他们的女儿也已长大，成为一个网上农民。大量的信息从网上获得，使土地有了产业化的富足。此时，戏剧化的情形出现了，两年后橡胶厂破产了，农民想回到自己土地上的时候，已经没有耕种的空间了。于是，他们就痛苦万分地给温州人打工，而且是在自家的土地上。他们眼睛红了，很想夺回自家的土地。给温州人打工七年，也抢了七年土地。因为土地还造成了温州姑娘和本村青年的爱情悲剧。在政府的协调下，他们终于在新世纪的春天夺回土地，又听到即将“入世”的消息，有些农家竟然不敢接受属于自己的土地，陷入无边无际的痛苦之中。就是在这痛苦中，全新的农民从青纱帐里走向大市场。这些发生在土地上的反复，使我陷入深深的思索中。谁是土地的主人？农民和土地是怎样的关系呢？我把这个故事，写成了一个中篇小说《平原上的舞蹈》，在《十月》杂志第三期上发表出来。

狼来了？没那么可怕。暴风雨来了？也不贴切。反正，农民和土地正在经历一场艰难的蜕变和考验，说明从传统的农业文明向现代的工业科技文明的过渡开始了。震荡必然是强烈的。这要几代农民的劳作和奋争，才能诞生新的产业农民。正是这样的风雨，牵动我们每个人的乡愁情绪，对土地和农民的情感，常常使我们的创作陷入泥土。我们的创作是不是也要从泥土中跋涉出来呢？中国传统农民的最后消亡将是很悲壮的一幕，我们有责任记录这个悲壮的瞬间，在我们的文字里，给他们立一块儿纪念碑吧！

记住这份情感

时下流行一首歌，歌名叫《心会跟爱一起走》，当我拿到《小说月报》的时候，我就会真诚地说，心跟刊一起走了。我第一次读到《小说月报》，是1980年在昌黎师范读书的时候。当时文学是整个社会关注的焦点，直到现在文学圈里的人还留恋曾经有过的辉煌。我觉得在文学失去轰动效应的今天，是《小说月报》等选刊为文学留下了一条辉煌的轨迹和参照。同时，她又是办给读者的刊物，她让读者走向人的意识的自觉，行使“上帝”的权力。喜爱这样一本刊物，宛如心与心相连。

我先是《小说月报》的读者，后来成为作者的。真没有想到我的作品能被《小说月报》连篇介绍给广大读者朋友。我深深地感激《小说月报》和百花文艺出版社那些关心我的老师们。这些编辑老师后来都成为我的朋友，年长一些的便成为“忘年交”，年轻一些的是哥们儿。在我的心目中，这些编辑老师的形象与刊物的形象融为一体。有一次在天津开会，我听到一位编辑老师说：“小关是我们‘百花’的朋友。”我听后十分感动和自豪，《小说月报》没有拿我们作者当外人，同时也没拿读者当外人，从每期的《读者·编者》栏目里读到的一封封热情来信，就可明白一切的。

作为一名作家，要用形象来表达自己对社会人生的一份态度，这份态度是我自己的，那份态度是他自己的。一刊在手，佳作纷呈，使我们感到每一期的《小说月报》都表达了丰富的、更多的人类的东西，使我们为之激动，也为我们作家带来责任。

在文学圈里，对《小说月报》有句美传：说“月报”有眼力，看准了苗子真心往外推。读者从“月报”往外推人的做法，也时时做出客观的反映。我就是“月报”推出的文学新人，慢慢就成为“老人”了。我时常感到幸运。当1992年《小说月报》选载我的中篇小说《红旱船》和《蓝脉》时，我听到编辑老师说到这样一个观点：选一篇名作家的作品是锦上添花，而选一位新人的作品，则对他是一个莫大的鼓舞，也许会影响他的一生。尽管新人的作品还不太成熟，但是写出了人民关注的问题，反映了群众的呼声和愿望。我觉得这话很实在。最近，我们看到不少新人佳作被“月报”推向读者和社会，可喜可贺。

《小说月报》是我敬重和喜爱的刊物，伴随我的生活、写作已有十六个年头儿了，但愿以后还是月月相伴，心会跟刊一起走。生命文本的风景，复活在刊物的纸页里。两百期，值得庆贺，同时也渗透了编辑老师们的辛苦。还是那句老话：没有欢乐的日子，阅读便是欢乐。用爱心，伴随您深邃的目光。可以忘却彼此的名字，却忘不了一种情感，您智慧的光亮，照彻几十万读者久久等待后的喜悦，值得！

难忘的日子

鲁迅文学院是我十分向往的地方。1998 年的夏天，我与我们“三驾马车”的另外两位老兄何申、谈歌，有幸一同走进鲁院，成为这里的一名学员，这是我永远难忘的日子。尽管学习时间才两个月，但对于我有着十分珍贵的纪念意义。听说今年是鲁迅文学院建院五十周年，我从心底里祝愿，祝愿我们的鲁院永远是作家成长的摇篮，永远是我们充电的驿站。

鲁院的魅力和品位，文坛是公认的，特别是在商品经济的大潮中，站稳了脚跟，吸引了众多的文学青年到这里来，默默地耕耘着文学的沃土。鲁迅文学院的老师们，是辛苦的、是可敬的，比如雷抒雁院长、孙武臣老师，后来还听说评论家胡平老师也到了鲁迅文学院。最早结识鲁迅文学院，是从何镇邦老师那里，他的评论、他的幽默、他的培养青年作者的热情，都使我感受到鲁院的魅力。记得我听过老作家管桦老师回忆当年鲁院在延安的情景，那时的鲁院培养了一大批文艺人才，成为我们的前辈、成为大师级的作家。在鲁迅文学院学习期间，我和周梅森、张平、张宏森、陆天明等同学成了好朋友，也从他们身上学到了好多优秀的东西。在文坛上有个说法，不在鲁迅文学院走一遭的作家，好像就缺少点儿什么，可见鲁院的核心地位。

聚不是开始，散也不是结束。回忆那些值得纪念的日子，眼前总是闪现着无数画面，一切都是美好的瞬间，都是值得纪念的。当时，我们都住在中国作协的大楼里，每个人一个房间，条件是十分优厚舒适的。

学校为我们请来了中央党校、中国银行、中央理论研究室、国务院办公厅、中国科委等方面的专家，为我们讲述邓小平理论、国企改革、国际形势、科技发展、亚洲金融危机等方面的知识，让我们大开眼界，使我对国内、国际形势有了正确的认识，丰富了间接的生活，激发了创作的热情，为后来关注现实的长篇小说《风暴潮》的创作奠定了一些基础。同时，我还听到雷达、张韧、张炯等文学评论家，讲述文学方面的知识，特别是张韧先生的《当下文学还缺少什么》，给了我极大的启发。这样的机会对我是很重要的。

当年的中国长江、嫩江等地正发大水，我们全体学员都很焦急。在学校老师的倡议下，组织全体同学进行募捐活动，经过商议，我们每个学员捐助五百元钱，与鲁院的老师一起募捐到很大的一笔钱。在中国作协举办的捐助会上，我们鲁院捐助数目很是可观，受到作协领导的表扬。我感到很自豪，以前我在文联也捐助过，可这次是以鲁院学员的名义募捐，感觉很特殊。

在鲁院学习的另外一个收获就是，促使我学会了电脑。当时，我看见周梅森、张平、范小青等朋友都把自己的笔记本电脑带到了学校，他们在听课之余，还要进行小说创作，记得张平正在写《十面埋伏》的后半部分。张平把我叫到他的房间，教我学电脑，使我既羡慕又感动。也许就是受他的帮助和启发，我回家之后，也买了一台笔记本电脑，学会了“自然码”的中文汉字输入方法，使我从容地换了笔。学校的生活，还有好多值得纪念的。比如，临近毕业的时候，我们全体学员都到中宣部进行座谈，中宣部领导鼓励大家挂职深入生活。毕业的前几天，孙武臣老师让我们想挂职深入生活的作家都交出自己的申请，我和谈歌商量，也写了个申请，交到了鲁院的老师那里，后来这些申请受到翟泰丰书记的支持，他与我们河北作协领导和省委领导沟通协调，今年我和谈歌都挂职成功，我在渤海岸边的小县唐海县挂职副县长，深入生活，切实感受到新生活的巨变，看见了农业产业艰难的诞生过程。我们每当在创作上取得一点儿成绩，总要想到鲁院的培养和关爱。

鲁院的五十年，是伴着新中国文学事业发展走过来的，是值得庆贺的。有多少文学青年从鲁院走出，由一棵小树渐渐变成一棵大树。鲁院的老师辛苦了！因为“老师”这两个字本身就是世界上最崇高的敬辞。他的心连着我的心，于是文学的火焰就永远燃烧在一起。我们与鲁院共同走进新世纪。

书中自有新世界

读小说的过程，是理解生命的过程。不理解的东西是无法拥有的。从读小说到写小说有十年了，我似乎既没理解小说也没拥有小说，小说在我眼前更神秘而陌生了。读小说上瘾，读了几遍便跃跃欲试的毛病改了不少。在我眼里，小说就像美丽、沉静的化石，意义并非神话，即使有苦难，也是一种无可奈何的享受。写小说靠心力而读小说靠智力。如果读到好小说的确能使我平凡的日子生辉，调动心力与智力并用，头顶就像开了一方天。这时便感到小说文字的审美是任何文艺形式所无法替代的。生活的路自然而真切地铺展着，上路的人为许多种生存而奔忙着，欢欣与痛苦、失落与发现、灭亡与再生，深深感到智者与愚者体验人生的快乐与挣扎。用真诚的心去体味，便有了一种怦然心动的感觉。小说中的一切只有自己真正感受到才会深刻。无论是得到的，还是失去的，一切都将存留在记忆的最深处。

没有欢乐的日子，读书便是欢乐。小说里永远有一个不悔的主题。欢乐由爱作依托，人活着不能没有爱，爱着是美的。我们读到好书，达到物我两忘、天人合一的时刻是生活里最美丽、最温馨、最充实的时刻。我想，能将生命的起点和终点联结起来的东西便是小说。读者永远在起点与起点之间，而不是在起点与终点之间。在阅读中，我们也会不断地创造人生无数的起点。阅读是一次经历，绝不是人生。但人生的许多经验和智慧，是靠阅读来完成的。我不赞成阅读仅仅是一种消遣和娱乐。这里就没有精神的支撑吗？读小说时不自觉中就会达成永远的精神默契。我不相信没有精神的躯体是健壮的，没有追求的生命是旺盛的。当然读小说不是万能的，也不能说是精神的唯一补养。但在我们喜爱小说的人的生活里，没有小说是万万不能的。这是我们的选择。手捧玫瑰花，手上就常有一缕芳香。值得！

人生在世，该做的事情实在太多。读小说是我生活的重要部分。阅读，如同沐浴，渴望有光辉射穿我的眼睛。新小说，会给我一双新眼睛，给我一个新世界。

我离书斋有多远

书斋离我有多远？我心里经常这样问询自己。不知道这种感觉是怎样产生的。当《时代文学》杂志社郭牧华兄约我写写书斋和自己与书斋有关的业余生活时，我就静静地审视自己的书斋。眼前，我这间十五平方米的书房有四个高至房顶的书架和两个小书橱。我自己认为比较重要的书都锁在这两个小书橱里。这些书，我怕别人借阅，我楼下有一位中学教师经常借书。不好意思不借，所以就把自己认为的好书锁在小书橱里。这样一来可就坏了，买了那么多的好书就那样静静地沉睡着，许多都没能读到。当我把这事情告诉给朋友时，朋友说，这是被封锁起来的寂静的知识，必须打开它，启封是需要时间和勇气的。朋友的玩笑话，深深地打动了我。我打开那两个长年封锁的小书橱，把一本本的书重新翻了一遍，选择一些放在了床头和写字台上，其中就有一本是朋友送的美国作家卡洛斯·卡斯塔尼达所著的《寂静的知识》，这部巫师与人类学家的对话，一下子吸引了我，一个危险与善良兼具的冒险故事，犹如一道照亮人类心智的智慧之光，在我暗淡的书斋里闪亮了。我想，应该多读书，读那些好书。只有在读好书时，我们的心才像被清风吹皱的一湖静静的水。即使闭上眼睛，也能窥到书房里隐含的那份力量。生命与知识的原质被浸染得无比洁亮。这让我想到，每一个喜欢读书的人，都有能力让智慧、意志和情趣充满书斋。可惜，我读书太少，没有能力面对书斋。有时自问，这是我的书斋吗？我离书斋有多远？

过去，我没有书斋，没有书斋的日子，特别想有个理想的书斋。前些年，我没有自己的房子，在城里住岳母家的一间平房。那房子很小，只有一张桌子、一张木床和一个淘汰下来的碗架子。这个碗架子就是我的书架。一共没有一百本书，还有一些书被装进纸盒子塞进床下。我写作的时候就在这间小屋里，读书时则斜靠在木床上。记得当时喜欢读四卷本的《静静的顿河》，读完时就闻到书页上有股菜味儿，是碗架子里残留的味道。当时就想，自己连个书柜都没有。没有书斋，有书柜又放在哪里？能读书在哪里不能读？想写东西在哪里不能写？心态慢慢就平和了。这一间小平房和一个破旧的碗架子伴我读书、写作七年。七个年头儿过去了，我对那个不叫书斋的书斋竟有了思念，有一天，我去那里看看，心里有股说不出来的滋味儿。这间小房如今变成岳母家的仓库了，地上滚动着土豆儿和萝卜。想着妻子站在小屋的窗前对我说的话，“这间小屋，给你当书房，你还干吗?”我摇了摇头，没说话。妻子说：“当年啊，为了让你静心读书，把孩子送到乡下的亲戚家，你读啊写的，多踏实。眼下有书房了，条件好了，你又坐不住了，你细想想，几年没好好读书了？别人一喊你，你就出去喝酒了。”我听后随便一笑，心情又很沉重。觉得自己离开这间小屋之后，不像原来那么爱思考了，不像原来那么爱读书了，不像原来那么能吃苦了。我得反省自己。不管哲人怎样阐述苦难对人生的益处，不管别人怎样渲染幸福的优越，自己都该清醒清醒。记住啊，别让书斋离你越来越远啊。“恐慌”不是书斋本身，是怕失去书斋的境界。

商品社会，读书人对书斋的感情就像洪泛带来的泥土，一层层积淀，应该是愈加肥沃。我的书斋摆放了电脑，养了不少花，显得很窄。我不再幻想让书斋越来越大了，只想买来一些有价值的好书将那些旧书替换下来，然后安安静静地读点儿书，写点儿东西。我仿佛觉得书斋是有灵性的，也像一个人的脸孔。这张丰富的脸孔会让人有修养，会给人成功的机会。注视这张面孔吧。纯朴的面孔、深奥的面孔，有时是自然的，有时又是奇特的。你的脸孔给我热情，一副热情的脸孔，会将一大片呆滞的脸孔的热情点燃。每一副脸孔都是历史，书的历史是人的历史，更是文化的历史。也许在不久的将来，图书逐步消失，被一些电子书代替，但是书斋是永存的。书斋可能以另一副面孔出现。书斋会伴随人类发展变化、完善而充实。我希望活在书房里的书不死，更不要像一枚悬挂在半空的果子，没有一双高尚的手将它送回枝头，很可能成为落果。我不想让我的书斋成为落果，那就好好学习、读书、写作。做事尽心，可能会天天向上。如果不是礼仪的需要，我不想让书斋外表多么堂皇，只要充实、丰富、实用。前些天，我到乡下一位农民企业家家里做客，竟看到了一个很豪华的书斋。书斋面积有三十平方米，在二层楼上，四周是豪华的书柜，书柜里装满精装的图书，还有一部分是英文图书。书房中间放了一圈皮沙发，茶几上摆着一套精美的日本茶具。这样的书斋让我吃了一惊。我在书柜前走了走，翻翻书，证实了我的判断。这是另一类的书斋，完全是装饰作用的书斋。这位企业家是搞建筑的包工头，从来不看书。他喜欢把客人带到书斋里谈业务。我惊讶之余，也有欣慰。尽管主人不读书，但他用书斋形式丰富家庭，也是一个进步。为什么只能是读书人拥有书斋呢？这样世界不是太单调了吗？

对写书人来说，书籍是社会的财富，书斋则是私人的事情。走进书斋，沉溺和感受跳出来思索和审视。读书才是人类共同的事情。事实上，书斋里有说不完的话题，人在叙说这个话题时，都有几种可能的选择余地，正是这种选择，才体现着人的自由和知识的力量……

最后，我还要问一句，我离书斋有多远？

第 六 辑

爱心小院纪事

高淑珍曾经有一个不幸的家庭。

生活总是变化多端，平淡中也风云突起。那一年，四岁的儿子王利国突然患病，对这个普通农家来说就是飞来横祸。利国得的是类风湿，肢体关节变形，行走十分艰难，疼痛让他不分昼夜地哭闹。儿子的病成了这个家庭没日没夜的焦虑。儿子是高淑珍的宠爱，更是她的心病。

利国的病情加重，疼痛难忍，高淑珍看到丈夫满脸的鼻涕眼泪，悲伤的心情再次袭来。病在儿身，疼在娘心。她觉得自己的心也在破碎。别看高淑珍是女人，她性格很硬，平时不爱掉泪。办起事来风风火火，干脆利索。为了给儿子治病，高淑珍奔走于滦南县城、唐山、天津等多家医院，最后去了大连，那一年还在大连的医院过了年。光医药费就花去了几万元，结果都没能治好儿子的病，她却学会了一些按摩康复的技巧。男人王跃元是个老实庄稼人，勤劳，平凡而恭顺。他去大连找母子俩，如果治不好病，至少别把妻子也搭进去。父亲就让他们回村养病。高淑珍带儿子回到了滦南洼里村的农家小院。

炙热的阳光洒在小院。在高淑珍精心照料下，利国慢慢长大了，挡不住的沮丧，还是一波一波地袭来了。利国七岁那年，到了该入学的年龄，每天一到放学的时候，王利国就坐在自家大门前，看到一个一个学生从门前经过，心想："如果我能上学该有多好啊!"他一头扑在母亲怀里嚷着："妈妈，我要上学!"高淑珍的脸上露出一丝宽慰的笑意。利国想上学是好事情，她就带着孩子去找小学校长。可是，高淑珍和儿子碰了壁。学校不能收留这样严重残疾的儿童上学。母子都沮丧了。高淑珍看到儿子的眼里都是泪。小利国喊着:“妈妈,我要上学!”高淑珍一把将儿子揽入怀里,亲吻着他的额头。孩子残疾成这样,就是学了知识又有啥用场呢?但小利国还是嚷着要上学。高淑珍脸上带着微笑,心中却在流泪。有一天,高淑珍直起腰杆,满脸神气地喊:“儿子,咱家离学校远,你行动不方便,妈妈在家里炕头给你办一个学校!”利国高兴地跳起来:“我要上学喽!”孩子真的笑了,看来一切都在好起来。

高淑珍说到做到。别看她不识字,传统的民间美德在她身上展现着,她耿直、坚韧和善良。她的心胸像男人般开阔,常常以当家人的方式向家人传递着柔情和爱。但是,高淑珍自己也明白,办学校是不可能的。请上一些老师到家里给儿子上课,还是可行的。于是,她就花钱聘请老师到家里给利国上课。儿子对读书很感兴趣,高淑珍脸上挂着欣慰的笑容。不久,高淑珍发现,附近村庄里也有一些因肢残而不能入学的儿童,他们对读书同样充满了渴望。当初哄孩子的一句话,渐渐成为她脑海中挥之不去的念头:在家里开个小课堂,让周围像儿子一样不幸的孩子都能读书。

儿子利国的愿望实现了。小家伙浑身上下都激荡着喜悦,学得十分认真。起初,高淑珍觉得老师光教儿子一人,有些浪费资源。再说,儿子也孤单。她忽然萌发一个念头,给儿子找些伙伴来。高淑珍至今忘不了当初找残疾孩子时的情景。为了摸清邻近乡村辍学肢残儿童的情况,她骑着自行车逐村打听。担心得到的消息不准确,贸然上门又招人厌烦,她就在打听好的地址前守着,直到看到那家真的有肢残孩子进出了,才上前敲门。物质利益,搅乱了人们的心。别人怀疑高淑珍是为挣钱。高淑珍说:“我家的小课堂不收费用。”人们疑惑地望着她:“这年头还有白吃白喝的?”高淑珍解释说:“每个残儿的家庭都是不幸的,都已为孩子治病拉下了饥荒。我也有个病儿子,我们同病相怜。”人们答应试一试。其实,高淑珍真是这样想的。“好人有好报”“没有过不去的火焰山”,这些母亲的口头禅,永远珍藏在高淑珍的心坎,一辈子难以忘怀。要饭叫花子到咱家,也不能让人空手走过。母亲多次告诫她：贪小的人，大事不成。所以，高淑珍以帮助别人为快乐，帮助别人成为自己的信仰。记不清有多少回被当成上门推销的小贩而吃闭门羹，又有多少回被不理解自己一片苦心的村里人嘲笑为“神经病”。高淑珍始终坚持着自己的信念，“孩子们肢残心不残，让他们学点儿知识，长大了有个一技之长，也不至于成为社会的负担。”她的真诚打动了乡亲们，他们把残疾孩子送到了高淑珍的小院。高淑珍心中始终有一个美好的愿望，办一所残疾儿童学校，但终没能如愿。

一波刚平，一波又起。没有老师。这可愁坏了高淑珍，她想到了自己的女儿王国光。王国光漂亮，鹅蛋脸，脸庞鲜亮逼人，白洁的皮肤透出劳动锻炼的结实，两粒黑葡萄似的眼睛，极富神采，闪闪发亮。这个十八岁的姑娘正读高中，是一只精灵般的蝴蝶，心中的理想远着呢。母亲一张嘴，她就用一张愤怒的脸来抵挡：“我不干！我不退学，我要上大学。”

高淑珍脸色硬硬的，不容反驳：“不行，你出息了，你在外边找了对象，将来谁来管你弟弟？”

王国光争辩着：“那我就不能谈恋爱了吗？”

高淑珍大声说：“谈恋爱也不能出这个庄！”

王国光蒙住了，沉着脸说：“妈，你再好好想想。”

高淑珍神情严肃，步步紧逼：“打头的骡子先拉车，你是家里的老大呀！这个担子你不担谁担？”

王国光不敢看母亲的眼睛。王国光找父亲求救，可是，父亲吭吭哧哧拿不出主意。在父亲看来，女儿长大了，她有理由决定自己的一些重大问题。他说：“别委屈了闺女。”高淑珍气得嘴唇哆嗦，父亲被吓退了。

高淑珍不仅让她留下来，还给她找对象提出三个苛刻条件：“第一，你的男人必须倒插门，到我们王家来落户；第二，他和你不能不养你弟弟；第三，你们成了家，不能不养这帮残疾孩子！”

王国光绝望了，眼泪夺眶而出：“你闺女这辈子甭嫁人了！”说完哭着跑出去了。

为了驱赶烦躁和疲惫，她想奔走，走出这大平原，然后再继续寻找。天黑了，风凉了。王国光站在村外小河边，陷入了冥想。人生这本书，永远读不完，永远读不懂了。没想到小小年纪要独自承受着摧毁性的打击和难以负重的精神压力，想不出个头绪，眼前一片黑暗，那是令她无法活下去的黑暗。与其这样，还不如死了算了。王国光没有退路，除非跳进滦河。可是，她一死了之，谁来照顾这个家？谁来照顾弟弟？

高淑珍惦念女儿，手领着残疾的小利国找她来了。母亲和弟弟的呼唤飘荡在村口。她还听见弟弟对母亲说："妈妈，姐姐还会回来吗？这个家没有我该多好！我宁愿世上没有我，没有我，就没有妈妈的劳累，就没有姐姐的泪水。"躲在黑暗中的王国光都听见了。她哭了，哭得直不起腰，迈不开步了。她越想越觉得对不住妈妈。她再也控制不住，撕心裂肺地喊了声："妈，利国——"就一头扑进高淑珍的怀里。高淑珍终于找到了女儿，一屁股跌坐在地上，身上一点儿力气都没有了。母女相拥而泣。高淑珍抚摸着女儿的肩头，哽咽道："国光，你和利国都是妈妈身上掉下的肉，妈妈不为难你了。你走吧！"王国光使劲摇着头："妈，我想好了，哪也不走！我永远跟弟弟在一起，永远不离开这些可怜的孩子们。"王国光说着，感觉有一些悲壮的色彩。再痛苦再无奈，也得留下来。她心里苦，苦到用背篓可以盛得起满满的眼泪。小院的夜里，月亮被云层蒙住了。她把头蒙在被子里，恐怕父母听到她的呜咽。她一夜没睡，天没亮就起身，给孩子们做饭了。她长吁一口气，浑身的压力仿佛被这口气吐了出来。

高淑珍望着女儿，陷入无尽的痛苦。这是女儿无奈的凄楚，无望的回望。

功夫不负有心人。1998 年4 月5 日，这是一个不寻常的日子。高淑珍的"炕头课堂"开讲了，老师是刚刚退学的女儿王国光。五个孩子、四张课桌、两块小黑板、借来的旧课本……高淑珍终于在自家小院里如愿以偿地听到了琅琅读书声。她的脸上带着平和的微笑，让孩子们感到亲切和温暖。孩子们叽叽喳喳地围着高淑珍。她抚摸着他们的小手、脸和头顶，心里很满足，仿佛正在享受着一种从容自信的生活。有人说，忘我地工作可以忘记痛苦。王国光以志愿者的身份投入紧张的教学工作。她想，她的翅膀，被一滴泪烫伤，飞不到天堂，一个女孩家就干点儿力所能及的事情吧，还算好，身边总是有亲人陪伴着。

这个时代，有一种通病，人们怀疑崇高。有人说高淑珍为了捞名誉，有人说高淑珍偷偷收残疾孩子的钱。这话传到高淑珍耳朵里，像是刀子剜她的心。她的脸跟着严肃起来，对王国光说："我们脚正不怕鞋歪，一诺千金，绝不收别人一分钱。"她从未向残疾孩子收过一分钱。十四年间先后收教了近百名残疾孩子，高淑珍始终恪守承诺，雷厉风行，从不食言。这一阵，高淑珍承担了孩子们的政治课。她从地里劳动归来，拍拍身上的泥土，双目闪亮，表情灿烂，激情飞扬："孩子们，不管是残疾的，还是正常的，不管是读的哪个学校，啥专业，天下学生相同的就是，立志，勤奋学习，继承发扬中华民族优秀传统，爱集体，爱祖国，以报效祖国为己任。我儿子在网上查了，他告诉我，清华大学的校训是：自强不息，厚德载物。我们虽说不是学校，但是，我们小院对你们的要求不能有一丝一毫降低。"说这话时，她神情庄严。

高淑珍和女儿王国光每天用自行车接送孩子们，中午就在小院一起吃大锅饭。白菜、豆腐和粉条，孩子们吃得津津有味。附近其他乡镇的家长们听说洼里村有个大好人高淑珍，也纷纷把孩子送了过来。眼看着自行车接送不过来了，高淑珍咬了咬牙，东拼西凑买了辆旧面包车。每次接送孩子，她和女儿都轮流跟着，有两个肢残严重的孩子，路上她就一直抱在怀里。后来，为了让孩子们少受罪，她索性让孩子们都住到家里，免费吃住、免费读书。慕名而来的孩子越来越多，这是高淑珍始料未及的。她的精力有限、家里地方有限、经济条件有限，本就负债累累的她，突然又多了这么多张"嘴"，怎么办？看着因她稍一迟疑就跪下的残儿家长和身边既胆怯又渴望的孩子，那个"不"字，高淑珍始终说不出口。

有一次，高淑珍还是说了个"不"字，真是迫不得已。可拒绝了实在不适合留下的孩子，她也会难受得掉眼泪。那一阵，房间非常紧张。一天早晨，六岁残疾女孩刘双来了。她是父亲送来的，这个孩子患了类风湿。她非常不幸，出生在一个特殊家庭。父亲消瘦，多病，奶奶患有严重的糖尿病，母亲有严重的精神疾病。高淑珍看见她非常难过，想起自己的儿子。这类病没有治愈的可能，只能按摩。自己已经劳累万分，给儿子按摩，哪有精力再给刘双按摩？刘双的父亲说："您要是不收下她，我们养活不了啊。"高淑珍非常为难，想来想去还是拒绝了。父亲抱着小刘双含着眼泪走了。可是，高淑珍整整一夜没合眼。小刘双在她眼前晃荡，搅得她睡不安宁。十四年里，她睡觉几乎没脱过衣裳，生怕孩子们有啥事。吃了早饭，高淑珍对王国光说："妈妈昨天做错了一件事。"王国光一愣："啥事？"高淑珍忏悔般地说："我不该拒绝了刘双。"王国光说："她跟利国是一个病，没办法呀！再说，咱家教室也实在盛不下人了呀！"高淑珍说："这都不是理由，你跟我去把刘双找过来！如果妈妈没时间按摩，你就学按摩。"王国光心中不解。高淑珍对女儿说："闺女，其实，每来一个残疾孩子，妈的心情都是矛盾的。看着孩子可怜，想收下，但是，那是一张嘴，生活压力又加重了。唉！"她辗转反侧，夜不能眠。这是毫不掩饰的人性的真实。很快，她就怨恨自己了。高淑珍啊高淑珍，你怎么能这样想呢？这是危险的想法，一不小心就会削弱善良，沦陷美好。有党和政府政策的照顾，有各级领导的热忱呵护，有社会爱心人士的百般关照，有志愿者的陪伴，你还怕什么呢？

王国光叹息一声就随母亲骑车去了。到了刘双的村里，找到刘双的家，她奶奶说："刘双跟着她妈妈赶集去了。"高淑珍就风风火火带着王国光到集上去找刘双。

高淑珍怎么也没想到，她们母女的赶来救了刘双的命。刘双的母亲在集上买了一包老鼠药，她将老鼠药掺进红糖里，滚成糖球，递给刘双："双，这是妈妈给你买的糖，吃了吧，吃了吧！"刘双望着母亲恐怖的眼神，感到不妙，她一步步退缩着："妈，我不吃，我不吃。"刘双那神经病母亲硬是把糖球往她嘴里塞。母女撕扯起来。高淑珍在人群里找到了刘双母女，一把抱住小刘双："孩子，高妈妈接你来了！"刘双终于忍不住，抱着高淑珍的腿号啕大哭："高妈妈，我妈妈要毒死我，快救救我吧。”高淑珍夺过刘双母亲手中的糖，狠狠地摔在地上，抱着小刘双走了。刘双母亲疯疯癫癫地笑着。

刘双在高淑珍的小院里找到了快乐。她恨自己的母亲，恨父亲，放假时也不愿意回家去，就在这里住着。高淑珍抱着刘双，给她喂饭，给她按摩。刘双慢慢能走路了，她给小院带来了特有的爽朗的笑声。高淑珍也笑了，笑得自然温馨，一股暖流流过心田。高淑珍说：“孩子，你跟哥哥得了一样的病。大妈不能替你受苦，但能帮你减轻痛苦。”刘双感激地说：“是高妈妈给了我第二次生命，我要好好学习，将来报答高妈妈。”高淑珍更正说：“别报答我，要报效国家。”刘双点点头：“长大了，我跟哥哥一起——”她的话没说完，就头重脚轻地倒了下去。

刘双犯病了，痛得大叫，跌倒在书桌旁，东西来不及收拾，到处一片狼藉。同学们的心绷得紧紧的。高淑珍把刘双背到宿舍床上，耐心地给她按摩，不停地揉动她的腰肢，手臂酸软，她不觉得累。这个时候，儿子利国同时犯病，高淑珍忙不过来，王国光跟着母亲学，试着给弟弟按摩，她手生，弟弟被她按哭了，办法还得重新想，手艺还得重新学。王国光改进按摩方法，希望通过这样的方式，让弟弟心里对母亲的依恋置换成对她的依恋。

类风湿病的刘双不痛了，看着孩子去了教室，高淑珍便像往日一样，坐在院里发呆。日子对于高淑珍，似乎有些变化，又似乎没有。只要有孩子们的说笑声，那是抑制不住的笑声，她心里便是安然平静的。

王国光婚姻的三个条件传出去，让村人议论纷纷，提亲的媒人都被吓回去了。王国光突然有一种感觉，现在的糟糕处境，都是她应得的，仿佛是她的宿命，但上帝是公平的，为王国光关了一扇门，还会打开另一扇门。

志愿者王利忠来到了王国光的身边。王利忠个头不高，皮肤白净，双眼炯炯有神。他是邯郸人，大学毕业生。读大学的时候，王利忠就在笔记本上记下了诗人的一句诗：“漫长岁月，我吞忍了多少难忍的煎熬，但理想之光，依然在心中灼灼闪耀。我变成了一块煤，还悲愤地捶打着地狱的门环：祖国啊，祖国啊，我要燃烧！”每次读这首诗的时候，他都能热血沸腾。

王利忠毕业后在邯郸打工。他在《燕赵都市报》看到了高淑珍的“爱心小院”事迹，很受感动，也很好奇。因为他弟弟也叫王利国。他给王国光写了一封信，王国光让母亲看了，母亲让她回信。那年五一放假，王利忠就想来滦南洼里看看。王利忠第一次见到高淑珍，看见她方正的脸，嘴的唇线明晰，抿起时棱角分明，面容虽略显憔悴，但精神头儿丝毫不减。她说自己“大字不识”，但谈锋却甚健，思路顺畅，条理清楚。这不是一般的农妇。几天来，当他真实地感受到，高淑珍一家节衣缩食，照顾三十九名脑瘫、智障和自闭症的残疾孩子，他对她充满敬意。王利忠弹起了带来的吉他，教孩子们唱歌。孩子一唱歌，院子里就快乐起来。孩子们都被吉他声音召唤。夜露打湿了王利忠的衣裳。他觉得这样的日子挺有意义。

看着这样的场面，高淑珍表现出从没有过的高兴。高兴是短暂的，忧愁是漫长的。短也罢，长也好，啥灾啥难都得用女人的肩膀扛着。

刚开始，王利忠与王国光没有过多接触。可是，慢慢地，他对这个漂亮女孩产生了好感。女人的眼睛，能挖走男人的心。只要王国光一看王利忠，王利忠就低下眼皮，耳轮泛红，呼吸紧张，心中却波涛起伏。

王国光没有作声，不自觉地咬住了嘴唇。他放松下来，给她讲了个笑话，他风趣幽默的话，将刚才沉闷的气氛化解了。王利忠问王国光：“把青春献给残疾孩子，你到底是怎么想的？”到了这个时候，王国光有了一吐为快的冲动：“开始，我不愿伤妈妈的心，后来不愿看弟弟遭罪，再后来，我就爱上了这群残疾孩子。只要他们活得好一些，我啥都不想，我心里比啥都畅快。”王利忠感叹：“对残疾孩子来说，这里就是人间天堂。对你呀，有些不公平——”王利忠说，“把你给累老了。”晚上，王国光对着镜子看自己的脸，悄悄改变的容颜，让她大吃一惊。她眼圈一红，哭得惨极了。

过了几天，王利忠给她买了一盒化妆品，她接过来，两眼惊得发直。但是，她的心情渐渐明朗起来，心底的阴霾正被驱散。一个男人又该怎样呢？这个月光朦胧的夜晚，真正的男人又该做出怎样的决定呢？

他在内心深处叩问着。这里有爱，有温暖，有他生命中最需要的东西，有他在这个人生阶段最想要的选择，这就够了。王利忠决定留在这个小院。这个决定，既可怕又撩拨人心。王国光一动不动，僵住了一般。这是她的渴望，也是不敢想的。没有海誓山盟，只有那一刻感动。他们相爱了。高淑珍是个明理的女人，对两个孩子的举动，看在眼里，喜在心上。尽管王利忠答应了她提出的“三个条件”，但她心中还是不安。一天，高淑珍找到王利忠谈话：“孩子，我家条件你都看见了，以后别委屈了自己。”王利忠点了点头，坚定地说：“大娘，我不怕，我会对国光好，对孩子们好！”高淑珍欣慰地点点头。王国光有时坐在王利忠对面微笑着看着他时，心里会突如其来地想流泪。因为她知道，坐在对面的这个男人也许真不知道她在想什么。他也许就真的以为这是一次普通的恋爱。其实，这是一种畸形的陷阱。他想过会吃那么多的苦吗？王利忠决定回邯郸，办停薪留职，顺便跟家人说一声，然后永远留在这个小院。院里的气氛突然紧张起来。大家愣着，不知如何是好。王利忠说：“我不是一个吝啬鬼，没有过多地考虑到金钱和享受。人在世界上生活，没有钱寸步难行。可是，钱有时候会毁掉我心中一份美好的东西。在你家，我看哪张脸都亲切，哪句话都好听，哪双手都温暖。小院给了我安宁，如果我失去这份安宁，我将后悔一辈子。国光，你们等着我！”

阳光下人们的脸上都挂着笑容。王利忠含泪走了。离开小院的日子，王利忠想着女友，想着小院，如同揣在怀里的一团火焰，温暖而不安。王利忠一走，王国光就想他，整宿睡不着觉，夜里常常不由自主地发出叹息。他再不回来，她几乎就要崩溃了。她双腿发软，像踩着棉花。日子慢慢地好起来，虽说过得平淡，却是甜蜜的。王利忠回来了，他们结了婚，有了自己的孩子。他每天快速地走着自己的步伐。寒暑假，王利忠去唐山打工挣钱接济家庭。

几十个孩子的生活重担，压在了高淑珍一家人的身上。因为是免费，经费的困难日益突出了。那一年歉收，高淑珍抹掉腮边的泪水，在屋里转了一圈。满脑袋装的是债，心里冰凉，想热乎都热乎不起来。高淑珍掩饰着自己的焦虑，对每个人微笑。

高淑珍家承包了二十多亩水田，高淑珍扶犁，铲地，翻耕，插秧，样样能干。稻谷就是孩子们的口粮。但是歉收的时候，让每个孩子吃饱并不轻松。但无论多么艰难，她总是尽最大努力，让孩子们的生活过得好一些。丈夫王跃元农闲时外出打工挣的钱，都被她花在了这些孩子身上。为了多挣几个钱，高淑珍每天天不亮就骑着自行车，驮着批发来的一些日用品去赶集，一骑就是一百多里地。一天赚不了仨瓜俩枣。雨天或是雪天，就没有集了，高淑珍就走街串户地卖，常常是刚一张嘴，就被轰了出来。高淑珍心里承受不住，忍不住蹲在人家门口哭，哭完了寻思寻思，把泪擦干净了，还得卖去。“家里还有一帮孩子呢，我就这么放弃，不中啊。我一天出去挣十块二十块，给孩子们买点儿好吃的。”一天，瓢泼大雨倾泻而下。她骑着车子摔了一跤，肩膀、手脚都破了，鲜血淋淋。她不怕痛，喘了口气，骑上车子继续赶路了。有的残疾孩子的家长心疼高淑珍，拉来了粮食、蔬菜，有的还提出要给点儿钱，高淑珍一口回绝了：“谁家东西都不要，我自己有残疾孩子，知道残疾孩子的痛苦和家里生活的困难，几乎家家都有饥荒。我收一点儿饭费、生活费，家里有困难的可能就来不了，孩子一生的学习没准就耽误了。所以我不收费，只要有这口气，我就拉扯着这帮孩子！”人们明白了，高淑珍把照顾残疾儿童，传递爱心，当成自己价值追求的体现。资本家追求利益最大化，她追求人生价值“最大化”。

秦皇岛的志愿者任丽华来了。

任丽华不漂亮，人堆里的普通人，说话细声细语，显得温柔平和。她在这个特殊小院里找到了理想。有了理想，就能在寒冷中找到温暖，在黑暗中找到灯塔，在迷茫中找到路标。精神和理想，永远是生命的希望和阳光。任丽华把跟随高淑珍照顾残疾孩子，当成自己生活中最幸福和自豪的事情。

那一年，母亲患癌症，她只回去几天，就回来了，没有时间尽孝。不到一年，母亲离开了人世。任丽华的眼睛里也流过悲伤的泪。几年过去了，每每提起母亲，她立刻泣不成声。每年的清明节，她都要在路口，备足祭品，给母亲烧纸钱，弥补她无法弥补的遗憾。可是，她不后悔。

一家一个孩子，怎能不爱？越是残疾孩子，家长越是疼爱。如何爱，怎样爱，高淑珍永远有她自己的主见和方式。她说，好孩子是教出来的，不是惯出来的。这种养育，是要用心去体察，日日夜夜，一点一滴，不动声色。任丽华细细地领会到了高淑珍的心思。任丽华喜欢看刘双小心翼翼地喝粥，孩子的脸上露出动人的痴笑，而且没有特定的对象，孩子的头发散落下来，她伸手帮她把头发别在耳朵后面，刘双抬头望了望她，继续喝粥。一个患自闭症的孩子姚东，一生气就在地上打滚。她将他抱起来，劝着，哄着，让他安安稳稳地入睡。孩子开始呕吐起来，呕吐着还在笑，直到把胃里的东西全吐干净。她耐心地照看。孩子好一些了，晚上还主动给她盖被子，任丽华流泪了，她喃喃地说："我啥都不怕，生活再苦再累，我也不会流泪。可是，一想到这些可怜的孩子，就忍不住流眼泪。"

"这姑娘心眼多好！"高淑珍总爱这样夸奖她。

高淑珍用母性的大爱，筑起了为残疾孩子遮蔽风雨的殿堂。院子虽小，背后却是一个无比辽远的世界。他们所做的一切，远比表面的故事深奥得多。让世界更加美好——这是何等的精神力量？

2012 年 4 月 4 日开始，持续十多天的时间，央视《新闻联播》及新闻频道连续播出记者"走基层·蹲点日记"，讲述了"爱心小院"的故事。如一石击水，"爱心小院"强烈地吸引了国人的目光，不同方式的关注和关爱从四面八方汇聚而来。这是继 2005 年"爱心小院"主人高淑珍被推选为"感动河北"候选人之后高淑珍事迹向全国的再次传播。中宣部和中央文明办领导高度重视，十分关切。河北省委书记张庆黎批示：把高淑珍和严文杰、任丽华等志愿服务群体的事迹挖掘好、总结好、推广好，推动学雷锋活动深入扎实开展。

上海明珠医院行动了。经过中国脑瘫基金会联络，该院专家王正、杨根兴亲临滦南洼里村的"爱心小院"，为脑瘫孩子会诊，制订了治疗方案。杜佳等五名脑瘫孩子就要去上海了。临行前的夜晚是美丽的，也是感伤的。孩子唱着歌，沿着小院走了一遍又一遍。灯光下，王国光提议五个孩子画一张画，留下来。孩子们在纸张上，无拘无束地涂抹着，画着汽车、飞机和高楼，画着他们对明天的所有憧憬和希望——这个世界属于他们。临睡觉前，高淑珍让志愿者们给孩子都洗个澡，换上新衣裳。她一夜没睡。

第二天上午，槐树扬花了，一片片飞起来，在阳光下闪烁着细密的光芒，杜佳等五个孩子就要上车了。

“孩子们，妈妈等你们回来啊!”高淑珍的嗓子快吼裂了，那是滚烫的眼泪和离别的心声。杜佳一头扎进高淑珍怀里，哭了。一种锐利的痛楚和惦念，撕裂了高淑珍的肺腑。她的脸色一下子变得煞白。孩子父母眼里同样噙满泪水。眼看着孩子们上了汽车，渐渐远去，高淑珍蹲在路边，哭泣得像个孩子。

太阳红了，高淑珍站在地头，深情地远眺。放眼望去，天高云净。她的心里忽地腾起一股暖流。爱终会有一别，她默默地为孩子们祈祷。孩子们，妈妈盼望你们平平安安地回来。

高淑珍和爱心小院的志愿者，用他们的高尚和爱心，唤醒了我们沉睡已久的热情。爱是一种幸福，更是一种代价，一种不是用金钱和荣誉就能够换回的代价。雷锋没有走，他活在人们的心中。只有点燃心灵的火种，星火燎原，我们的爱心队伍才能日益壮大，永远传承。循着一道电光，我们把目光投向他们的心灵，让人看到了人性的光辉。那一刻，灵魂的高度代表着一种信仰。

生活在继续，爱心小院还会演绎生动的故事……

凄美而神秘的清东陵

这一片皇家陵寝，是历史，是文化，是文化圣殿。这一片皇家陵寝，是一个朝代的风云聚散，让我们与清朝的历史相识，给我们以震撼，给我们留下谜语，留下疑问，也给我们留下了无尽的思考。

我不是史学家，不能准确描述清东陵的历史，但是，每到这片皇家陵寝，都有畅想和思考，令我追思很多。其实，我不是到每一个地方都有畅想和追思的，到了这里就不一样了。

4 月初的一天，顶着清明节的蒙蒙细雨，我随朋友到清东陵游览，再次看见了一片辉煌的陵寝。

清东陵位于河北唐山遵化境内，属于东北部燕山余脉昌瑞山南麓。陵区的十五座陵寝是按照“居中为尊”“长幼有序”“尊卑有别”的传统观念设计排列的。清入关第一帝世祖顺治皇帝的孝陵位于南起金星山，北达昌瑞山主峰的中轴线上，其位置至尊无上，其余皇帝陵寝则按辈分的高低分别在孝陵的两侧呈扇形排列开来。孝陵之左为圣祖康熙皇帝的景陵，次左为穆宗同治皇帝的惠陵；孝陵之右为高宗乾隆皇帝的裕陵，次右为文宗咸丰皇帝的定陵，形成后辈陪侍祖先的格局，突现了“长者为尊”的伦理观念。同时，皇后和妃子的陵寝都建在本朝皇帝陵的旁边，表明了它们之间的主从、隶属关系。

清东陵的建筑恢宏、壮观、精美。这处由五百八十多个单体建筑组成的庞大古建筑群中，有中国现存面阔最宽的石牌坊，五间六柱十一楼的仿木结构巧夺天工；有中国保存最完整的长六千多米的孝陵主神路，随山势起伏极富艺术感染力；还有乾隆裕陵地宫精美的佛教石雕，令人叹为观止，班禅大师赞誉其为“不可多得的石雕艺术宝库”。另外，慈禧陵三座贴金大殿，其豪华装修举世罕见，“凤上龙下”石雕匠心独运。那翩翩欲飞的龙凤，在眼前，也在远方的高处，像一个飞翔的幻觉，保持着隐隐的、充满贵族气质的美姿。

人们认为，慈禧奢华的陵寝，乾隆陵华贵的石雕地宫，还有满族舞蹈，永远是清东陵的“光环”。走到一个朱漆泥金雕花轿子前，我感觉到这古老的轿子是活的，有生命的。舞蹈不会说话，却把人间所有的话都说尽了。小时候，听老人们说，人是活不过树的；这里的人说，女人是活不过舞蹈的。所以，这里的女人从小就学跳满族舞，当她死了，舞蹈还活着。如今，华贵的皇陵还在。神奇的皇家陵寝讲述着历史的辉煌与沧桑，也埋藏了无数的故事与秘密。

陵园景区内，虽然葬有五个皇帝、十五个皇后、一百三十六个妃子、三位皇子和两个格格，但只有西太后——慈禧老佛爷的陵寝是游客最集中的地方。

慈禧和慈安的陵寝统称为“定东陵”，名字很有气势，可如今却成了慈禧老佛爷一人独享的名衔。这是奇特的，也是顺理成章的。听介绍说，慈禧尸体在入棺之前，棺底先铺一层金丝镶珠宝锦褥，厚七寸，褥上镶缀着八分珠一百颗、三分珠三百零四颗、一分珠五百颗、六厘珠一千二百颗、米珠一万零五百颗，总共一万二千六百零四颗；大小红蓝宝石八十五块，祖母绿两块，碧玺、白玉二百零三块。在锦褥上，又铺一层绣满荷花的丝褥，上面五分重圆珠二千四百颗。在这层圆珠上面又铺一层佛串珠薄褥，上面穿缀着二分珠一千三百二十颗。在她头上边放置一个翡翠荷叶，脚下面放置一朵碧玺莲花，都是稀世珍宝。慈禧的陵寝格外引人瞩目，原因有很多，不仅因为她是历史上非常少见的垂帘听政、干预朝纲的“女太上皇”，也不仅因为她断送了大清王朝的一统江山，可能最主要的原因还是她生前、死后的奢华以及因为这奢华而导致的被盗墓、被抛尸的可悲下场。慈禧那座雄伟高大的、黄花梨木构件建造的、配贴金彩画雕砖扫金墙面、镀金盘龙立柱的“隆恩殿”，更是奢靡浮华的典范。据说，当年建造此殿堂时，仅贴金一项，就用掉黄金四千五百九十二两之多。只可惜，殿内的鎏金、镀金饰件在当年国民党匪兵盗墓的浩劫中，全部遗失了。

从慈禧陵墓的曲折故事中，我们感觉到，一个王朝的兴衰与人的命运一样，都几乎有命定的际遇。奢华与腐败留下骂名，加速了清王朝的没落，我们的切肤之痛是清朝蒙受西方列强的侵略，那是民族的屈辱。但是，也是有因果报应。死亡先于肉体的，那就分外悲凄。如今我们注视着它，它速朽地离我们远去，而我们思索的是超越时空更加高远的召唤。在更重要的层面寻找王朝命运的华彩。我们知道，事物都有两个方面，清朝也有盛景，从清东陵反映出的汉学、汉教习的建立，可以看出清王朝能够审时度势地根据自己的需求学习汉文化并保留本民族的长处，满族文化新鲜血液与汉文化交融后，为丰富中华文明做出了贡献。所以说，文化是我们生命的一部分，已经悄悄潜入人们的骨血。

文化不能忘怀，不能摆脱，就像不能赶开自身的形影。我看见了“清东陵”三个字，就感觉每一个字都像是散发着美丽光泽的珍珠。

给我们印象深刻的还有乾隆皇帝陵寝的豪华地宫。乾隆皇帝是清代最知名的皇帝之一，他生前几次下江南的壮举，被后人演绎得离奇而风流，各种“戏说”的版本数不胜数。不仅风流，这位皇帝爷也是大清王朝皇帝中最长寿的一位，这一点自然也被后人做足了文章。裕陵地宫入口上方的宝城城楼上，悬挂着一副明黄色的对联：“风水宝地再逢盛世广迎四海客，古稀天子长享奉祀永佑五洲宾。”在宝城的前方设置有一处很考究的祭坛，据说“拜祀乾隆皇帝陵寝”是清东陵清文化节的一出重头戏。

乾隆陵寝的地宫要比慈禧陵地宫宽敞得多，身边陪侍的几位贵妃也弥补了这位名噪一时的皇帝死后的孤独。乾隆地宫最奇特的当属地宫门板、墙面、拱顶上的佛教雕刻，雕工之精美令人称绝。那厚重的汉白玉宫门上栩栩如生地站立着菩萨罗汉，宽敞的墙面上用藏文雕刻着佛经，玲珑剔透，意境深远，甬道内墙壁上则是佛界“八宝”，总使人有恍惚之感，仿佛此刻身处仙境。幽深、美好、吉祥、从容，这样的画面，极具感染力，让我感觉到那是福地化心的境界。

凝视着这一片皇家陵寝，登上乾隆陵寝的最高处，看到那些花树，看见隐约的花朵，还听到远处守陵人后代若有若无的歌声。那歌声不仅能自慰，还能感动，还能呼唤。几句简单的吟唱，打开了我们的心扉，剔除了心中的不安和焦虑，抛弃了生活中的一些麻烦和尴尬。除此之外，还带来了无尽的思考。

绵绵细雨中，陵寝不动，花香随风而动。其实，每个人的心中都有一道光，都有一座陵，每座陵墓都有一个无法言说的故事。这里的水、树木和花，在绵绵细雨中格外神秘。那一种神秘美得令人无法驾驭。徜徉在站满石像生的神道上，总会有人重复着我们的足迹。这让人想到了一个奇迹：东陵看不到借鉴，也看不到模仿。这种罕见的纯粹性，才使它具有某种无从想象的丰富和华贵。有什么拨动了我的心弦，激动之余一下子熠熠生辉。除了这里辉煌的建筑，还有鸟语花香，还有一种美妙的声音显露出来。清东陵走进我们的生活时，它是随意、自由、潜移默化的。人和陵墓进行的是穿越时空的心灵对话、人生感喟。陵墓是人的最后归宿，也是人的精神家园。我想，几百里之外的清西陵又是什么样子的呢？

东陵的花是香的，有时闻着却很苦，很苍凉。香到极致便是苦了，因为我的心一直走进了陵寝花海里。一座陵不挨着一座陵，一朵花不偎依一朵花，一个人不了解另一个人。陵墓看久了，我便不敢盯视残酷，要磨炼自己，不仅面对陵寝不要背过头去，还要在这样的陵寝景致中理智地纠正自己。

我很快就发现另一个欣喜，水雾中浮现一个巨大的石牌坊。我登高四下张望着——我的心颤抖了，怀念和寻找都变得渺茫和淡漠。我们在石牌坊体味到了陵寝的奇美，那不是应该享受的美，而是历史和自然对我们最大的恩赐。

抛开历史，清东陵的确是巧夺天工的美景，其实我想，看不见的风景才深奥无比。历史的深处还有我们看不见的风景呢。

今天，从表面看，风化的陵寝里没故事了，其实，我们在生活中面临重重困扰而不绝望，因为我们在清东陵美景里找到了共同信奉的人文精神。当你对爱、对一个约定、对一个信念、对生命的归宿、对人生最重要东西的背弃，伤及灵魂，几度绝望时，清东陵会告诉我们，人生在世，以简单应对复杂的思考也许带我们走向顶峰。智者就在焦虑中衰老，形成新的墓碑。

清东陵在黄昏的光线中显得格外神秘，它宁静地站在那里看日出日落。夜晚来临了，我们住在那里。我回想落在陵寝上的星光，蓦然发现陵墓随着历史的烟尘，已经是大自然的一部分了。眼前的清东陵活脱脱有了生命。

清东陵散发着满汉文化的气息，文化是民族的根本，失去文化便意味着民族的消失。那一条条登山的小路，就像一条条绵长不息的文化长流，奔腾不息，灼灼闪耀。

我仰视这里的每一处经典建筑，深切感受到，腐朽是怎样化为神奇的，曾经的磨难，曾经的奇迹，曾经的辉煌，都打上了不可磨灭的烙印。

清东陵三天下一场浇陵雨，雨后的晴空格外明亮，像被擦洗过一样。阵阵微风凉凉爽爽，像有一双偌大的手掌在执扇引风。

清东陵的确是一块难得的“风水”宝地。北有昌瑞山做后靠如锦屏翠帐，南有金星山如持笏朝揖，中间有影壁山做书案可凭可依，东有鹰飞倒仰山如青龙盘卧，西有黄花山似白虎雄踞，东西两条大河环绕夹流似两条玉带。群山环抱的格局辽阔坦荡、从容不迫，真可谓地臻全美、景物天成。当年顺治皇帝到这一带打猎，被这一片灵山秀水所震撼，龙颜大悦，当即传旨“此山王气葱郁可为朕寿宫”。从此昌瑞山便有了规模浩大、气势恢宏的清东陵。

走在陵寝里面，导游介绍说，这些古老陵寝最早的距今已近四百年，最晚的距今也已百年了。它不仅反映了从清初到清末陵寝规制演变的全过程，同时也从一个侧面记录了整个清王朝盛衰兴亡的历史。面对这样一个以建筑形式存在着的历史，谁能不感觉自己的渺小而对它肃然起敬呢？

我站在孝陵石牌坊前，就像见到了阔别已久的亲人，仿佛看到束辫垂于脑后、着马蹄袖袍褂、两侧开衩、腰中束带的壮硕男儿和头顶盘髻、佩戴耳环、足穿高底花鞋、身穿宽大的直筒式旗袍的窈窕女子，在朝我或豪爽大笑或掩齿而笑，绵绵思绪恰如一汪清泉水润心润肺，直抵心灵最柔软的部位。我踯躅沉思，是什么东西支撑着石牌坊在百年风雨里挺立至今而不倒呢？我想，唯有像石头一样坚硬无比的笑傲群雄的奋争精神。此乃一个民族不死的灵魂啊！

孝陵石像生最南端由一对石望柱作为前导，往北依次为：狮子、狻猊、骆驼、象、麒麟、马（立、卧）各一对，武将和文臣各三对。孝陵石像生是清代早期石雕作品，线条明快，刀法遒劲有力，立者威猛凶悍，卧者安然恬静，给人一种强烈的艺术感染力。而其中的六对人物雕像所着服装、佩饰又都鲜明地反映出那个时代、那个民族的独有特征，为我们研究满族服饰、风俗提供了很好的物证。孝陵石像生不刻意追求形似，而注重神似，其风格粗犷、雄浑、朴拙、威武，气度非凡。这组石雕对称地排列在神道两侧，南北长八百多米，构成威武雄壮的长长队列，使皇陵显得更加圣洁、庄严、肃穆。

是谁曾以无限的爱心来等待？等待这一次的相聚。听说为了修缮皇家陵寝，政府拨了专款。在一尊狮子石像生跟前，我见到两位举着锤子的老人，一个清瘦，一个略胖，他们正在一块石板上进行雕刻。他们两人目光清澈，气定神闲，从他们的举手投足间，我们可以看出，两位老人是一对老石匠；从他们的眉眼间又可以看出，老哥儿俩对清东陵怀有刻骨铭心的虔诚与依恋。

出于职业的习惯，我主动上前与他们搭讪攀谈起来。“老哥，是当地人吗?”两个老人一起抬头打量一下我，清瘦的老人摇摇头，回答说：“我是满族人，家住马兰峪。”遇见老人，亲近感油然而生。我凑到他跟前，笑着问道：“请问您贵姓?”他答：“满姓席乌拉齐氏。祖上出自乌拉部，乌拉部灭亡之后，归顺清太祖。隶属佛满洲正白、镶白、镶蓝旗。清初期入关，乾隆年间调防直隶蓟县，晚清时期取冠汉姓解和李，我免贵姓李。”我又问略胖的老人：“您是汉族人，为什么选择在满族人祖先陵寝之地工作呢?”老人笑了，他捋着下巴上花白的胡须，声音洪亮地说道：“满汉一家亲嘛，自古以来，各个民族都是亲兄弟，今天又有党的好政策，我们还不更亲啊!”是啊，清东陵是一部用砖、木、瓦、石写就的清王朝盛衰的历史。孝陵的建筑反映出清朝定鼎中原初期财力不足，但是雄健古拙、规模庞大的石像生生动威武；景陵和裕陵体现了“康乾盛世”天下太平的时代特征；而定陵和惠陵又是清王朝一步步走向衰亡的写照。它们好像一本大书，既有我们这些后人继承的东西，也有值得我们汲取的教训，历史真的是一面镜子，我们得经常照一照走过来的脚印啊！我这样想着，看见两位老人的两双大手紧紧地握在了一起。满族老人告诉我，他们老哥儿俩有个约定，谁先死了，另一个就给他雕刻一块石碑。我听了为之一震，感觉有一道光亮冲上来，冲上了天际，照亮了我的心灵。

我深情注视着守陵老人的眼睛，从中读懂了清东陵获得后代人默想的心灵资源。春天的阳光打在我的脸上，竟让我有一种莫名的激动和伤感。悠久的清东陵，似乎超出了本身，成为一种文化的象征，必将与各族民众一同呼吸，长久地雕刻在我们心中，最终成为超越龙凤图腾的圣殿，变成一座满汉文化的精神圣殿！那是值得珍视和回忆的宝贵财富。

塔和路的畅想

西安有太多我不知道的东西，散发着神秘的气息。这种气息潮水般向我涌来。我试图与那种神秘的气息沟通，融合。可是，我的心像一朵飘忽的云。

天真有时释放爱美的灵魂，老者的“木讷”，却能给我们带来灵感，而时尚的风过于缥缈，让人难以捕捉。生活是累心的，需要我们认真发掘生活之美。我们要善于采撷，善于与美对话，善于在历史的风景中找到新的风景。

西安有怎样一种美呢?

我的感受是古朴、端庄和开放之美。是的，有着十三朝历史的古都，又以唐朝为最盛。周代的幽邃、汉代的强盛、唐代的盛世辉煌，其中隐藏着多少故事啊！那是梦幻般的意境，颇为赏心悦目。一语惊醒梦中人，我们好像从梦中醒来，看西安的建筑，现代化的高楼大厦之间总会有唐朝的建筑模式：红墙，黑瓦，雕花的窗户，给人不一样的赏心悦目感受。我似乎已成了西安的一分子了。

残败的城墙，给我们非常深刻的哀伤之感，还有现代人苍凉凄厉的追念。它笑看朝代的风云聚散，让我们与历史相识，给我们留下谜语，留下疑问，也给我们留下了无尽的思考。我生命的一部分，已经悄悄潜入西安的骨血，灵魂突然地飞起，超越了高大灰黑的城墙，并在飞翔中体味古城的独特味道。

这里的风景朴拙而深奥，极有韵味，极为独特。西安人常常不无自豪地说：我们是长安人。长安人爱塔。

小雁塔，陕西丝路申遗遗址。塔和路就有了渊源。

这里意象通明，透出一种温柔淡定的平静。我们的手抓不住岁月，岁月像飘零的云朵溜走，可这小雁塔却存贮了文化的记忆。小雁塔是唐代佛塔，塔形秀丽挺拔，被认为是精美的佛教建筑艺术遗产。下午时分来到小雁塔，这时的阳光从塔顶退了下去。秋天的和风吹着白云。周围环境优美，有袅袅的香气环绕，有多彩的蝴蝶飞舞。蝴蝶从花丛中飞起，把梦留在最深最醇的芳香里。这塔纯粹的艺术格调，引发我们无穷的想象。让人觉着奥妙无穷，意味深长，别有风韵。

过去，我常常听说到大雁塔。小雁塔与大雁塔都是唐代长安城保留至今的标志性建筑。小雁塔因规模小于大雁塔，故得名。它是密檐式方形砖构建筑，初建时为十五层，塔身每层叠涩出檐，南北面各辟一门；塔身从下往上逐层内收，形成秀丽舒畅的外轮廓线；塔的门框用青石砌成，门楣上用线刻法雕刻出供养天人图和蔓草花纹的图案，雕刻精美。塔的内部为空筒式结构，设有木构式的楼层，有木梯盘旋而上可达塔顶。

爱花的人，都是热爱生活的人；爱塔的人，都是热爱历史的人。生活并不宽裕，爱和恨都难以完成。生活与历史接通靠什么？靠通天大路啊！塔和路代表豁达和淡然，是幸福门前的大道。轻轻地走过去，就会别有洞天。这样的古塔是活的，是有灵魂的，我们仿佛看见小雁塔活过的痕迹，判断出它的内在情感。其经历像银幕，上演了古往今来的波澜和传奇。

一切尽收眼底，又感觉什么也没有，远古的气息追随着我，让我有静悄悄的孤寂。我多想把自己变成一座塔啊！

没有冷硬的姿态，只有温暖的瞬间。

那是无限陶醉的神情。我曾痴痴地想，要是让我穿越回到那个时代会做何感想？

塔总让我想到路。

丝绸之路的前方好像有价值连城的宝藏，但是，这宝藏的获得需要艰辛的跋涉，有时还要付出贵重千倍的生命。在漫长的岁月里，无数孤寂的夜晚品尝愁绪。于是，便有了人在途中的思考。途中面临生死考验的时候，继续前行还是后退求生？这种思考是短暂的，也是长久的，这样的生死抉择是对人勇气和决断的极大考验。我不知道世上还有什么考验比它更严峻。那是人类精神的超越。

那不是归人，是匆匆过客。

只有到了西安，历史中的一切尽收眼底。深入到历史深处，飘荡着岁月的风情。两千一百多年前，张骞“凿空”西域。“丝绸之路”，这条大路上太阳升起，好像世界被重新分娩了一次。

历史故事，意象通明。丝绸之路以长安为起点，经咸阳、宝鸡，向西通过甘肃境内的河西走廊，过敦煌，出玉门关和阳关进入新疆，沿着塔克拉玛干大沙漠的北缘和南缘，分两路会合于帕米尔高原，进入中亚、西亚，直达地中海东岸。

我们可以想象，当年是怎样的盛景啊！

其间，丝绸之路商旅长年不断，从西域传来的物产有核桃、胡麻、无花果、葡萄、安石榴、黄瓜、大葱、菠菜、大蒜、胡萝卜、番红花、胡荽、苜蓿、琉璃、毛皮、宝石、药剂等。“天马”与胡乐也先后传入中国。中国的漆器、竹器、铜镜、陶器、丝绸、冶铁、茶叶、生姜、大黄、肉桂、土茯苓也传入西方。一生致力于译传佛经的僧人鸠摩罗什也经丝绸之路到长安，如今有舍利塔在草堂寺。宗教传播爱，爱塔的人，爱他的人，爱得真而深，真了，深了，便会体味到独特。我愿怀了炽烈的爱去欣赏他和塔。所以，我希望自己有一颗琴心。

灯光、明月和繁星散发着晕光，夜来无眠，我的心像飘忽的光。在今天的物质生活中，当我与庸俗的日子绝望拉锯的时候，必然的创伤如期而至，此时，我就格外崇敬历史上那些伟大的使者，他们的心灵飘浮在路上，无论遇到什么样的困境，都依然前行，这是丝绸之路最大的秘密。大路以它无与伦比的壮阔，告诉人们永不凋谢的秘诀。大路依旧放声歌唱，我知道它终会带我们去远方。

历史的珍藏会在漫长的岁月里发酵，香飘万里。世界那么大，都想去看看，世界向西安人敞开博大的胸怀，拥抱那些勇敢者。以西安为起点，历史的记忆，思想的浪花，就这样在古城网织着一个立体的形象。

大路为生命而歌唱，不离不弃，鞠躬尽瘁，至死不渝。我想着，大路有多少种颜色呢？土黄色？杂色？说得清，也说不清。

路是自由的，风是自由的，路随风动。我们渴望知道，又不愿相信，那无法预见的命运。在傍晚的微光里，看上去像一个梦。听说有一些孩子，站在西安小雁塔顶遥望大路，一遍遍遥望，我猜想着孩子们的真实感受。他们是西安人，还是另外地方来的游客的孩子？他们是激励自己，还是别有雄心？

大路在喧嚣中睡去了，人在疲惫中成熟了，成为自信从容、旁若无人的精神巨人了。秋天是收获的季节，秋天逝去的方向，文化和精神的痕迹是清晰的，隐藏在充满传奇的大路上，也掩藏在美丽的小雁塔。

西安古城啊，威严中透着温情，魅力无穷。

今天，从表面看，西安好像没有新故事了，其实，我们面临重重困扰而不绝望，正因为我们在西安找到了世界和谐的人文精神。我回想所有落在古塔上的阳光。这种罕见的纯粹性，才使这一文物有某种无从想象的丰富和华贵。这塔让人想到了一种奇迹。看不到借鉴，也看不到模仿。我好好端详着古塔，让人能永远不忘记。人不要把高尚隐藏，生命需要自然的芬芳。塔和路活脱脱有了生命，会终生难忘。这让我们憧憬，我将那美丽的憧憬持续了一段时间。一些美好的记忆仿佛带我回到春天的路上行走。

我们似乎听见了歌声，几句简单的秦腔，打开了我们的心扉，让我翘首遥望。

人与人是有缘分的，人和路也是。塔和路是有梦想的，没有梦想他们怎能拥有走向世界堪称悲壮的旅程？又怎能有力量把世界紧紧拥在彼此怀中？塔和路与人相似，人活着的意义就是不断寻找意义。可以想见，当年丝绸之路的繁华盛景，繁华中有乐趣，乐趣与艰辛交织在一起，便构成人生精彩的故事。

开启新丝绸之路，这是何等壮阔的选择！在有限的时间里，完成无限的选择，我们绷紧的神经经历了一次峰回路转的惊喜。世上本没有路，走的人多了便成了路。我们再延伸一步，路走得久了，走的人多了，便成为辉煌大道。浩浩荡荡的大路啊，沸腾，拥挤，不是一个思索的好地方，思索需要寂静。但是，它能激发我们内心的波涛翻滚，思索会是长久的，深刻的，宽广的。恰如刘勰《文心雕龙》里说：“文律运周，日新其业。变则其久，通则不乏。趋时必果，乘机无怯。”这里的思想与刚刚开启的新丝绸之路多么吻合！巨大的成功之前，都有过怀疑和绝望，我想，那之后一定是有的放矢，焕发出惊人的爆发力，有着历史的必然和辉煌的功绩。

那是一束光，照亮了人心。将记忆自拔于困顿的泥沼，将光明播撒于每一寸光阴。心里的，梦里的，存在的，缥缈的，该留下的总会留下，该走的已经化为尘埃永远消失了。但是，小雁塔的故事曾经闯入我的梦乡。小雁塔和西安一样是有灵魂的。远方的人啊，愿你在万水千山之外都能听到这里清越的心音。日、月、星、辰，在它的名字里，展示着各自的光芒，共同照亮了民族复兴的征程。

前方亮起闪电，路途似乎还很遥远。我们共同的希望，在不远处闪着光。是啊，新的丝绸之路开启了，那是人类不屈的生命通道，我终于知道遥远的古丝绸之路等待的是什么了。

遥望那颗星

往事历历，星星闪烁。

唐山李大钊公园有一座李大钊的雕像。他的眼睛，一如既往地望着远方，穿透一切。他高洁的眼神像星辰升起。在他深情的注视中，中国共产党人奋发拼搏，如今，中国腾飞了，形成了前所未有的中国震撼。

我和李大钊可以说是同乡。他的家乡在乐亭，我的家乡在丰南，同是燕山子孙。这样，我就有了很多的机会到李大钊烈士陵园凭吊，参观李大钊生平事迹展览。展览室那一张张珍贵的图片加深了我对先驱者的认识，让我穿透历史的烟尘与他对话。

透过夜色，我隐约看见远方的一片灯火。火焰因圣洁而高贵，只有最虔诚最执着的人才有缘看到它。李大钊同志 1889 年 10 月出生于河北省乐亭县。他尚未来到人间时，父亲李任荣就因患肺病逝世；刚过周岁，母亲周氏又因感伤过度而病逝。李大钊“在襁褓中即失怙恃，既无兄弟，又鲜姊妹，为一垂老之祖父教养成人”。其祖父李如珍，平时管教李大钊甚严，不准他外出去看赌博，更不许他骂人、打架，否则就要他接受大热天上房顶举着沉重的木叉翻麻等处罚。严格的家教，对李大钊的成长影响很深。

那时，帝国主义列强加紧侵略，封建统治日益腐朽，中国正处在深重灾难之中，国家和民族濒于危亡的边缘。先驱者的思想，渐渐地在中国土地上生根。李大钊的精神是丰富的，忧患的。

辛亥革命爆发、新文化运动涌起，特别是五四运动，让中国社会曙光初现。李大钊积极投身新文化运动，宣传民主、科学精神，抨击旧礼教、旧道德，向封建顽固势力展开猛烈斗争。他和他的战友们改造旧中国的决心和激情，有力激发了当时中国青年的蓬勃朝气和进取精神。1917 年俄国十月革命的胜利，让拥有敏锐眼光的大钊深刻认识到，这场革命将对 20 世纪世界历史进程产生划时代的影响，也从中看到了中华民族争取独立和中国人民求得解放的希望，从而促使他毅然决然地走上了一条救国救民的光明道路。1921 年，中国共产党宣告成立，这是中国近现代史上开天辟地的大事件，中国革命的面貌从此焕然一新，李大钊对中国共产党的创建做出了至关重要的贡献。

出发时召唤的巨响正如火种，点燃了新的希望，漫长的时光，一点一点，专注于拯救，积累出一座心灵的高山。中国共产党成立后，李大钊同志代表党中央指导北方地区党的工作，在北方广大地区领导宣传马克思主义，开展工人运动，建立党的组织。1922 年 8 月到 1924 年初，他受党的委托，几次往返于北京、上海、广州之间，同孙中山先生商谈国共合作，为建立国民革命统一战线、实现第一次国共合作做出了重大贡献。他领导北方党组织发动群众，开展了轰轰烈烈的反帝反军阀斗争，猛烈地冲击了帝国主义势力和北洋军阀统治。前路上的风暴，阴云密布，不能躲避。

那些闪耀炫目的讯息，终于传达到我的心里。那是山一样的高度。我们仰视李大钊的爱国主义精神。青年时代，面对多灾多难的祖国，李大钊表现出一颗强烈的忧国忧民的赤子之心。辛亥革命后，面对封建军阀篡夺政权、新生的共和国有名无实的现状，他不得不发出自己的“隐忧”和“大哀”，决心为挽救“神州陆沉”“再造中华”而努力奋斗。当日本提出旨在灭亡中国的“二十一条”时，他大声疾呼中国人民用卧薪尝胆的精神进行抗争。他因参加反日斗争而被当时就读的学校除名，但他毫不后悔，反而倍觉骄傲，他把自己的学识与拯救国家和民族的命运紧紧地联系在一起。

我永远铭记着：“铁肩担道义，妙手著文章。”这是李大钊书写的一副著名对联。这副对联，是他光辉一生的真实写照，体现着中国知识分子的优秀品格。他作风质朴，不驰于空想，不务于虚声。他坚持真理，待人宽厚，正如后人所赞誉的，“没有宗派气，内外从如云”。堪为后人典范。

我曾多次到李大钊故居和纪念馆，渴望珍藏那些宝贵的记忆。李大钊故居有两处，一处位于北京市西城区文华胡同24号，从1920年春至1924年1月，李大钊一家在石驸马大街后宅35号北院居住将近四年，这是他在故乡之外与家人生活时间最长的一处居所。李大钊生前非常喜欢这处住宅，这里是他与妻子儿女生活在一起最快乐、最开心的地方。另一处故居在河北省乐亭县大黑坨子村。故居坐北朝南，呈长方形，分前院、中院和后院，是一座典型的冀东农村庄户的格局。李大钊同志就出生于此院的东厢房北屋。南面的两间，摆放着当年李大钊祖母和母亲使用过的织布机一架。东面三间是李大钊同志长期居住过的屋子。

我仿佛看到先生穿着一件褪了色的布袍子，天天步行到学校教学，把每月一百二十元工资的一多半帮助困难学生，后来又将工资的三分之二作为共产主义小组的活动经费。先生赴张家口领导内蒙古工农兵大同盟成立，冯玉祥当时派人去找他，发现他在工人宿舍里，和许多人一同睡在只铺了一层干草的地上。“三一八”惨案现场，大钊率领群众游行队伍走在最前面，在自己头部和双手都负伤后，仍然坚定地掩护群众撤退……

1927年4月，在反动军阀的白色恐怖中，李大钊在北京被捕入狱，牺牲时年仅三十八岁。这位著名的共产党人临刑前留下一张照片：宽阔的额头很干净，浓黑的双眉下神态若定，方形的脸上一片平和，只是，在他那满是皱褶的灰布棉袍下，挂着又黑又粗的铁链……三十八岁，正是李大钊人生最为成熟、最为瑰丽的黄金时期，正是人生释放温暖、谛听花蕾开放的美妙时节，李大钊同志的生命之火却过早地熄灭了，令人扼腕痛惜。在火焰熄灭的时候，我们才开始怀想他那热烈燃烧过的灵魂。令人欣慰的是，李大钊留下的宝贵的思想遗产没有磨灭，他播撒的革命种子已经在中国大地上生根、开花、结果。他所憧憬的“青春中华”今天已屹立于世界的东方。正如他所说：“自由之花，是经过革命的血染才能发生。”

“唯知跃进，唯知雄飞”是李大钊青年时代写下的励志名言。李大钊故乡人民在追求幸福富裕过程中就吸收了这种不竭的精神动力。在大黑坨村，人们会被这里充满现代产业气息及其带来的富足安康所陶醉：刚刚从棚中采摘的时鲜果蔬一车车运往外地，踏青采摘的游人络绎不绝，乡村旅游业风头正劲。

今天的李大钊家乡，一个崭新的乐亭县正在腾飞。大钊先生身后是“三年大变样”的河北，看整个国家，是青春的中国。

李大钊给我们留下了一个民族之魂的精神动力；纪念，是后人对前人的一种诗意的敬重。我们更加深切地感受到，李大钊历史眼光的深邃和思想价值的弥足珍贵。

岁月如花

2015年就要过去了，我们习惯打捞光阴中的记忆，这一年我记住了几个关键词，“二胎”“主要看气质”以及老龄社会的养老养生。这几个看似并不关联的热词，我为什么把它们弄到一起说，这是有原因的。老龄化社会来临，全面放开二胎是为了调整年龄结构，为明天提供劳力，至于“主要看气质”这个热词曾经给我带来迷惑，起初，我以为人们觉醒了，在乎气质了，让我感受到一种暖意，一种希望。当我的微信好友发来5.21元的红包，我恍然明白，这是一种游戏，是一种“主要看气质”的接龙游戏，金钱的游戏，让我有点儿失望，有点儿不舒服，但是我深深地记住了这个词，这个词远离游戏的时候，它应该归位于“养老养生”。为什么？

古诗云，云淡风轻近午天，傍花随柳过前川。人都有老的时候，转型社会，人们压力很大，有时甚至是艰难时期，有时我们抱着胳膊，搔着脑壳，不管愿意不愿意，喜欢不喜欢，我们终将老去，中国人以后怎样养老呢？怀着这样的问题，这个明媚的上午，我走进了中国人寿杨华良老总的办公室。杨总是一位健谈的人，他的“防老养生”理念，仅仅一字之差，让我很震撼。天合，知生，知悉生命，洞见未来，中国人寿，国人生命守护者，国人养老的先行者。他们的高端项目“国寿苏州阳澄湖半岛”养老养生社区、北京龙熙老人健康管理中心……一个个全新的养老项目，多维产品体系，大健康服务，呵护身心的全面平衡，让我想到了气质，主要看气质啊。

天下的事，在许多情况下没有结论，即便我们强行下结论也不一定是真相。事情越重要，这种倾向越明显，我必须脚踏实地收集第一手信息。这一天，我来到了大兴龙熙老人健康中心。杨华良先生告诉我，随着人口老龄化，中国必须构建舒适安全的老年生活体系，龙熙就是这体系中一颗璀璨的珍珠。

我边看边想，这种新型养老体系与常规养老院有什么质的飞跃？我内心辩论着。我坚信，如果不突破这混沌，有些真相无法看清。人与自然的融合，靠眼睛静止观察，远远不够，所谓的动感就是风，当树木摇曳时，风才为人眼辨认。风款款吹来，美妙极了，其乐融融。过去的岁月，传统养老带有某种“封闭性”，封闭性里有温情，但也带来一种创伤和痛楚。我的一个朋友，父亲猝死在家中五天，他才赶到家中发现了尸体，如果在养老社区就可能避免这种悲剧。传统养老还有延续，但是必须把这种痛楚当作自身痛楚来承受，来感受。还有很多这样的事例，作家要少下结论，多做观察，把该下的结论以最具魅力的形式传递给读者。

一个暮年老人，完全恢复青春那是假话，但是，退休在家，从人生的高峰坠入低谷，他在这个过程中就可以发现世人的真面目。养老要先防老，防老养老的成败，看你能否把老年人需要的情感慰藉有效地、饱满地表达出来，看老人对自然环境、生存环境和情感环境是否有效地融合。人老了，怎样能活得更好？一声感叹，世人谁能深深体味？

时间在树梢上投下阴影，我想起母亲流下的眼泪，单纯明净的眼泪是怎样浑浊的？老人能够走进养老健康中心是需要勇气的。中国人有传统观念，有儿女就不离开自己的家，否则是难堪的。我的母亲没能走出自己，离开了我。也许，养老的奇迹故意躲避着我们，是因为我对窗外的一切感到麻木。任何一种新生事物都有一个适应期，看来我的适应期刚刚开始。历史中的一切都消逝了。

那闪光的一刻，我还要等待多久？

今天的老人生活，有孤单的煎熬、疾病的纠缠和对未来的茫然。我再也无力像往昔那样从容那样宽容。许多人想到煎熬的老人，我感到一颗心在加速跳动。生命的花悄悄谢了，像自身丧尽的青春。我的思维四无通路，步入绝境。可是，眼前的大兴龙熙老人养护中心的容颜攫住了我的灵魂。我从它那眼神里看出某种神秘的气味，会让我们有神一样的自信和坚强。我将会一再地苦苦追寻拓荒者的踪迹。人活着到底为了什么？那个问题始终追问着我们。我头脑一片混沌，而且伴以阵阵剧痛。一个人在孤单无望的时候，对人生的来路与归途才有深刻洞察。长久以来我都疲于奔命，几乎没有时间回望自己的灵魂。这一切我终会探究个清楚。人们得以生存，并且老有所依，老来得福，是自然的愿望，但是人们依附儿女付出了何等惨重的代价？我发出长长叹息：珍惜眼前的一切吧！这叹息真是很美的声音。

人生的荣耀散尽，老人要重新学习。如果日常生活是麻木，那么老年患病则是疼痛。如果说当时是肉体痛苦，今天则是精神疼痛。人生若把痛苦的神经择净，剩下的自然都是幸福了。我沉醉于精神上不知道痛苦的怪病，享受着虚幻的幸福时，却发现了幸福的另一种悲哀，麻木的现代生活可以享受吃喝，可以品味荣华，可我们却无法享受生命中最动人的激情。生活中只有疲劳，没有激情。

在这里，蜷缩病床的老人，因情而聚，激发生命激情的瞬间，人生像是重活了一回，勾勒出炫目的美丽，我内心压抑了一些狂喜，老人笑了，年轻时精神没有走啊！甚至是又回来了！在漫长的等待中，有什么能破解隐秘？有什么能替代冥想？我感觉敏锐，轻轻回眸就看破的世俗，就因为人寿“三点一线、四季常青”的养老布局那瞬间的吸引，我改变了行程。一只燕子凌空而起，追随着纯洁的白云，在我的头顶上空盘旋。如果我们肯等待，在冬日喜鹊呢喃声中，那些飘浮不定的云彩会向这里聚拢过来。这不是我幻想的那种美，是一种幸福的美。幸福是一棵没有年轮的树，永远青翠。

这里阳光明媚，我离去很久还沉浸在人寿养老的思索里。那里的树挺拔着英姿，那里的花舒展着眉梢，透露出人生的恩惠和从容。让我们领略她那明净而尊贵的灵魂。祈祷明天更加明媚，祈祷老人幸福安康。虽然是北京的冬天，我的眼前幻觉出梨花烟雨，心静如莲，我离开之前，总想再说点儿什么。什么也别说了，我在这里发现了瑰宝，像埋在土里的珍珠。它是最优秀的，总是站在最显眼的地方等候我们。

今天的龙熙养老中心啊，华贵中透着温情，魅力无穷。

岁月的荣耀散尽了，生命重新起航。我回想所有落在龙熙中心房顶上的阳光。这种罕见的纯粹性，才使这一事务有某种无从想象的丰富和华贵。这一片小楼让人想到了一种奇迹。我好好端详着小楼，让人能永远不忘记。人不要把高尚隐藏，生命需要自然的芬芳。龙熙中心活脱脱有了生命，特别是说到机器人的人性化服务，更会让我终生难忘。这里的养老护理服务，形成个人、家庭、社区、社会丰富多彩的生活圈和社交圈，高互动参与，开放式连接，让环境、情感、信息三重无障碍，让老人过上这种品质生活，这才是真正的“主要看气质”。这让我们憧憬，我将那美丽的憧憬持续了一段时间。我终于懂了，使我们生命更加坚韧，情感更加深厚。

晚年不可怕，心冷了，还会热起来，老人在向这个世界微笑。

思想的浪花，思维的链条，创新的养生理念，就这样在脑海里编织着一个立体形象。我想，层层叠起的梦想，多彩的颜色，将岁月中的音符唱响。理念的语言化与意识的符号化，固然让我们眼睛一亮，在网络时代，信息符号化是冷漠的，但是，有了人寿的创造，传递的是爱心，传递的是效率，传递的是真情，在他们富有创见的操作中会发挥无与伦比的强大力量。畅想浮生半日闲情，因为这里值得信任与托付。把养老变成防老，让生命灿烂如花。2015 年，养老话题开始了，互联网时代，未知多于已知，颠覆不是新闻，一切皆有可能，人寿行动了，新的故事开始了，谁也不是旁观者，谁都有老的时候，你中有我，我中有你，你是我，我也是你，一个具有真正文化精神的养老模式起步了，以后会影响我们社会深层生活。给养老划界要宽容一些，以便为人生的种种美好保留怀念的化石，这个理念在中国现实土壤生根了，理念只有深深扎根现实方可获得深邃和幽远。

夕阳如花，花开了，我们以绯红的心情与之辉映。

第 七 辑

燕赵女性

时常听作家们聚在一起，谈论各地的女人。说上海女人娇气，北京女人大气，天津女人荡气，四川女人辣气，东北女人霸气，等等，每个地方的女人都能让人感觉到一些特点，但很难听到人们对河北女人的定位说法。但依我看，河北女人也是很有特点的，河北女人的特点包容在无特点之中。自古河北居燕赵之地，燕赵多慷慨悲歌之士。当然，这种说法多指男人，却也不乏慷慨悲壮之女士。所以说，河北女人有极其刚烈执着的一面。另外，河北女人还有其质朴端庄的温柔美。这两种既刚且柔的特点，是呈极端化表现出来的。刚，则豪放泼辣；柔，则多情如水。

女人的优点和缺点大多由环境所致。南方的苏州、杭州多出美女，那里的环境典雅秀美。当然，这环境包括男人和水土。河北女人中刚烈豪放的一种，大多生在燕山山脉、太行山和张家口坝上。这些地区环境粗劣，风沙弥漫，所以自古以来出了不少女英雄、女侠客、女强人。当年喜峰口抗日，听说有一些女人手举大刀与日本鬼子厮杀。燕山脚下、渤海岸边的滦县，曾是名剧《杨三姐告状》故事的发生地。当年，河北籍的著名表演艺术家赵丽蓉在这部戏里担当重要角色。小小村女杨三姐为姐姐申冤告状，那份执着、那份刚烈、那份胆识，就很有燕赵女人的特点，更具唐山女人的特点。赵丽蓉是全国观众喜爱的演员，她的性格就有燕赵女人的优点，她将唐山人质朴灵动的老呔语言推向全国。有人说，男人不喜欢女人性格刚烈，而喜欢她们温柔贤惠。我看这是片面的，成大器的女人，大多是刚柔并济的，甚至是刚大于柔。这种性格的女人是可爱的，依然有女人的魅力。她们之所以可爱，是因为她们接近天然，代表四季循环。女人把自己的根须牢牢扎在本土，她们是晨露晶莹的青草地，而不是朦胧悠远的风景。这类女人不仅仅靠美貌取悦于人，她们有个性，有追求，有思想，有底气。河北的这类女人往往能成大事。她们的大事业就在脚下。比如说，关外东北女人，往外闯荡的人很多，还有南方的四川、湖南、安徽等省的女人，也习惯走出家园闯世界。但河北女人闯荡在外地的就很少，这里有观念上的原因，更有环境影响。

去年冬天，河北张家口坝上张北县等地地震。作为唐山大地震的幸存者，我去了那里。感觉到那里的女人很土气，不爱打扮，甚至有些懒散。她们的目光是平静缓滞的。后来我就想，也许是因为这里太闭塞，女人的活动范围有限。但她们对待生活的态度十分认真，心理抗灾能力很强，甚至强过一些男人。这里的女人与承德大山里的女人有点儿接近。有时觉得她们的笑，也是高声、粗俗的。这里的女人与太行山等闭塞地方的女人又不一样。由于生活的限制和压抑，促成了这一地带女人的行为方式和生活方式。一旦碰上机会，这里的女人爆发强烈，十分执着。

女人不做不可及的梦，让自己睡眠安恬。我们河北女人，不仅刚烈，而且还有温柔多情的一面。她们在最深、最平和的劳动中，慢慢品味自身的美与和谐。比如，著名作家孙犁先生的名作《荷花淀》里，有个女人叫水生嫂，她在温柔的夜光下织席，为支前做鞋，是那么美丽、端庄和多情。这个艺术形象曾打动无数读者的心灵。孙犁先生写的是河北保定白洋淀女人。这样一类河北女人将真诚、美好和慈爱挂在灵秀的手指上，在博大的心田里获得生存的智慧。

当然，今日的河北女性不能靠织席做鞋来展示温柔和美丽，但她们对男人和生活的爱不会改变。有人说，女人最辉煌的一瞬，是被她心爱的男人当作偶像崇拜的时候。这是共同的。但就这一类女人而言，每个地区也不尽相同。先从省会石家庄说起，石家庄这几年发展得很快，但由于它成为大城市的历史短，原先只是个庄，所以这里的女人身上带着说不清的土气，温柔女人说话也是大门大嗓，穿着搭配也不是那么和谐。有个朋友说，石家庄的女人何时能典雅高贵起来呢？然后有人答，咱这里不是那块儿土，即使装得高贵，假使装得很像，但一说话，那口调儿也会完全败露。相比之下，邯郸是古城，有着悠久的文化，滋养这里的女人多少有些品位。还有保定，也是文化古城，这里的女人就有一种内涵和气质。与这两个城市比，唐山是以钢铁、煤炭、陶瓷著称的工业城市，唐山女人艳丽，但较之缺少文化，即便是温柔女人一类，明快有余而娴雅不足。但是唐山女人往往人缘好，使人没有距离感，亲切自然。比如，身为唐山玉田人的女歌星于文华，她以一曲“妹妹坐船头……”红遍全国。她在舞台上很受观众喜爱，人缘、艺缘皆佳，让人感受到那种喜气、纯真和友爱之心。

河北女人是万花筒，说不尽，猜不透。我斗胆说这些不知对否，不管刚的、柔的，我祝她们美丽幸福……

啊！母亲

1997年初夏的一个晴朗的日子，我们奔赴滦南县采访这样一位母亲。我们坐在老妈妈的身边，望着她饱经沧桑的面庞和白发，听着她深沉舒缓的述说，我们仿佛回到了那艰辛的岁月，那是不堪回首的岁月，是刻骨铭心的岁月。

在那漫长的岁月里，一位普通的农村妇女，把一颗最朴素、最高贵、最平凡、最圣洁的心奉献给了儿女，奉献给了人间。

我们被感动了，眼眶里蒙上了一层泪花。在这喧嚣的尘世里，我们整日陷在纷呈的世态中，繁杂的一切麻木着我们的神经和心灵，我们好久没有这样感动了。她的至高无上，更加深了我们对母亲的理解，母爱是无可替代的温暖和宽厚，是无可替代的崇高和神圣，任何一种爱都为之逊色。

她叫张兰茹，在人生的道路上，已走过八十八年的风风雨雨。

十九岁时，张兰茹出嫁来到了滦南县姚王庄乡南张庄，与张乃垚结了婚。日子虽穷，却也过得温馨平静，然而没多久，日本帝国主义发动了侵华战争，冀东大地一片硝烟。张乃垚不愧是一名热血男儿，他毅然投身抗日救亡斗争。为了隐蔽身份，他先后到崔楼寺、白李营等小学当教师。名义上教书，其实是宣传、动员抗日。不久，他加入了中国共产党。

丈夫参加革命后，张兰茹承担起了所有的农活儿和家务，当时家里只有她、婆母和三个年幼的孩子。婆母上了年岁，帮不了她什么忙，而且老人信奉佛教，为了入教，把家里仅有的三十几亩地都卖了。失去了土地，家里生活就更困难了，张兰茹只能靠帮人家缝缝补补，东找西借换些米粮供全家人糊口，生活十分艰难。

1942年至1945年三年间，是抗战的最严酷时期，张乃垚为抗日工作紧张奔忙。有时回家，常常是带来几个同志，张兰茹跑前跑后，烧水做饭、看门放哨，还时常给同志们缝缝补补，凡是来过家里的人都感到她的温暖可亲。

中国人民艰苦卓绝的抗日战争终于胜利了。

1945年日本帝国主义宣告无条件投降后第一个春节前的腊月二十三（小年），张兰茹高高兴兴地做了粉条炖肉，盼着丈夫回家过年。她和婆母、三个孩子等啊、盼啊，直到年三十，张乃垚的本家弟弟从县城回家过年，带来了一个惊人的噩耗：乃垚已于四天前牺牲了！

当时的冀东斗争形势十分严峻，国民党反动派垂死挣扎，他们纠集地主恶霸，伙同土匪，向广大乡村群众进行“大扫荡”、大屠杀。就在这时，张乃垚带着一支小分队由路北受训回来途经滦县，由于当地有人告密，被驻防的国民党匪军阻击，敌众我寡，张乃垚被捕了。由于他颇具文采，写得一手好字，敌人就软硬兼施，劝他投降。张乃垚义正词严，宁死不从，振臂高呼“中国共产党万岁”“国民党反动派一定会灭亡”。敌人穷凶极恶，未到刑场，就向张乃垚连打三枪。张乃垚英勇不屈，直到第三枪，这位英雄的身躯才倒下。这些灭绝人性的刽子手竟将尸体扔到了滦河里……

丈夫牺牲了，这个家完全失去了男人的支撑，上有年迈的婆母，下有年幼的孩子，一切的一切都要靠一个女人的肩膀背负着往前走啊！

张兰茹从失去丈夫的绝望中挣扎过来，决心活下去。

这一年，张兰茹三十六岁，家徒四壁，衣食无着。村里不少人议论，认为这家人没法过了，张兰茹守不住，肯定要改嫁。然而张兰茹为了孩子，为了这个家，为了担起丈夫未尽的责任，让他走得安宁，她主意已定，决不改嫁。张兰茹说：“宁可白来世上一回，也不改嫁。孩子是革命的后代，是我的命根子，我把他们拉扯大，送到社会上就知足了，也算对得起他们死去的父亲。”

凭着这样坚定的信念，张兰茹开始了艰辛的人生跋涉。在极其困苦的日子里，她对生活、对未来总是满怀信心。

婆母年岁大了，总觉得是自己连累了兰茹，连累了这个家，于是经人介绍“走道儿”了。张兰茹心如刀割，向婆母下跪，央求婆母维持这个家，但婆母还是走了。没多长时间，婆母的日子过不下去了，想回家来，张兰茹得知消息后，把婆母接回了家，婆媳相见，百感交集，抱头痛哭。

家无一粒米，张兰茹只能做糠菜给孩子们吃，即使糠菜，也时常断炊。对于一个三十几岁的女人来说，挨门讨借，该有多么难啊！乡亲多是善良的，张兰茹一家在困境中得到乡亲不少帮助，但也时常遇到这样那样的冷眼和讥讽，为了孩子，张兰茹什么脸都得看，什么苦都能受，她对生活充满信心，对未来充满希望，从不悲观厌世。全村人都称赞她“那是个刚强人”。

日子一天一天过，一天一天熬。

土改了，张兰茹家分了地，在党和政府的关怀下，生活比过去好多了，但身为女人，她支撑一个五口之家仍有许多困难。尽管政府补发了张乃垚的抚恤金，每年不定期给些救济款，但因那时国家仍很困难，救济款也只有十几块钱，加之这时大儿子已经上了中学，女儿和小儿子也上了小学，生活仍十分艰难。早上，她把孩子送出门，傍晚把孩子接进门，晨曦和晚霞里，母亲的脸上映着欣慰的笑容。随着儿女们逐渐升入高年级，他们纷纷离开家到外地上学，这样一来，她肩上的担子就更重了。为了给孩子们准备足够的学费、路费和必需的衣物，她就忙着替人家做些缝缝补补的活儿，换些零钱；钱不够，就又四处拆借。为了糊口，就连土改分的座钟、铡刀、笸箩和几个大竹竿都卖了。

每当节假日，孩子回家来，张兰茹又喜又忧，喜的是孩子们回家团聚，忧的是孩子们返校的路费和学费还没着落。在孩子们面前，母亲总是乐呵呵的，忙这忙那，但当孩子们坐在饭桌前，端起来之不易且只有几粒米的稀粥时，她心酸的泪水却止不住地往肚里流。

在众人眼里，张兰茹具有一个女人少有的刚强；在众人面前，张兰茹平静如水，脸上总是挂着微笑，完全不像一个失去丈夫饱经风霜的女人。然而，又有谁知道她心中的痛楚呢！每当夜晚，张兰茹一边做针线活儿，一边哭，泪水浸湿了衣服。丈夫牺牲后，张兰茹几乎每夜都与眼泪为伴，她每每叫着丈夫的名字，泣不成声。她是个女人，是个有感情的女人，她的泪水中有怀念、有哀痛，更重要的是对面前生活的困惑。孩子们还小，加之世态炎凉，又有谁去同情、去理解、去安慰、去帮助她呢？按张兰茹说的："我进张家门，没享一天福，有什么法？认命吧！"

在张兰茹的抚育和呵护下，孩子们长大了，儿女们更加理解敬爱的母亲，每年寒假，他们都冒着凛冽的西北风在冰天雪地里拾柴。柴草不好找，孩子们就冰里刨、雪里打。孩子们都很懂事，手冻裂了，脚冻肿了，没人吭一声。母亲用点儿面给孩子们贴在口子上，边贴边掉泪。默默地念叨："这苦日子何时是尽头哇！孩子们，快快长大吧！"

儿女们都很有志气，他们在贫困中发奋学习。没钱买肥皂，张兰茹就用麻雀粪做成"肥皂"，给孩子们洗手用。每逢过年过节，街坊邻居煎炒烹炸，而张兰茹家却连粗茶淡饭都难以维系，但孩子们没有一个羡慕和眼馋，母亲常常对他们说："人活着要有志气。"女儿上到中学还没穿过一件花衣裳，土布衣服伴随了一个女孩子的花季。一次回家，女儿去推碾子，为捡一个从碾盘上溅出来的苞米粒儿，滚动的碾子碾碎了她右手的食指，鲜血一个劲儿地往下滴。大儿子上中学时，因差一分钱不能买从唐山到新寨的车票，作为大儿子，他想念母亲，惦着这个家，于是就冒着初冬的严寒步行回家。一百六十里路，走了一整天，鞋子走掉了，便赤着脚走，两脚打满了血泡。

这一切都让张兰茹心碎。为了给孩子们筹集足够的学费和路费，她只有省吃俭用，不停地劳作。她常常饿肚子，满脸憔悴，累啊！她真想躺下来歇一歇，但一想到孩子，就继续咬紧牙关不停地操劳。她想：只要孩子们能上学有出息，我就是再苦再累也值得！

1955 年，正读小学四年级的小儿子患了孔洞型肺结核，吐血休克。

村医摸过孩子的脉，摇摇头，他对张兰茹说："这孩子恐怕不行了。"母亲绝不信儿子会离去，她说："我就这么一个老儿子，他爸牺牲了，我不能再失去我的孩子，我要救活他，就是背，我也要背他到唐山去治！"

为救治儿子，张兰茹找村干部，召集了十几个青壮年，连夜抬着孩子赶往唐山市人民医院。经过紧急抢救和两个半月的住院治疗，十一岁的小儿子奇迹般地从死亡线上活了过来。出院后，孩子的身体还很虚弱，不能走路，张兰茹又每天早晚背他去小河边散步，呼吸新鲜空气。小儿子休养一年，张兰茹背了一年，在母亲的精心抚育下，小儿子的身体很快得以康复。

在母爱的阳光里，子女们立志成才，先后走上了工作岗位。他们听从党的召唤，牢记母亲的嘱托，到祖国最需要的地方去。大儿子从唐山卫校毕业后，到工作条件差的开滦勘探队做医务工作。女儿从甘肃师范大学毕业后，被分配到乌鲁木齐铁路局做教育工作（现已在新疆退休）。小儿子从新疆八一农学院毕业后，分配到陕西省工作，为了照顾年迈的母亲，先后调到秦皇岛市、唐山市工作。而今，儿女们的工作和生活都很好。

在滦南县姚王庄乡南张庄的老房子里，摆设简单，家具陈旧，引人注目的是室内摆放着两尊毛主席塑像，张兰茹老妈妈在这里生活时，每天都虔诚地为塑像擦去落尘。

丈夫生前从事的革命活动以及丈夫的壮烈牺牲，对张兰茹产生了巨大影响。她对党和毛主席怀有深厚的情感。在生活最困难的时候，她常对孩子们说："只要有共产党在，我们就能活下去。"当年，婆母信佛，张兰茹却不信，她说："我只信共产党。"新中国成立后，干部经常下乡工作，张兰茹对党派来的干部格外亲，主动张罗派饭。干部进了门，亲切地叫一声"大妈"，张兰茹卷上旱烟递过去，小屋里一片温馨。饭菜是最朴素的，高粱米饭熬白菜，干部要给钱和粮票，张兰茹总是说："大娘这儿就是你们的家，哪有在家吃饭交钱、交粮票的道理呢？"凡下乡干部到家吃饭，张兰茹从没收过一分钱。

作为母亲，她含辛茹苦地把孩子们抚养成人，供他们上学，上到中专、上到大学，她从来没有过让孩子们出人头地将来自己坐享清福的想法，她只有一个质朴的信念：让儿女们有出息长志气，使他们都成为对党和国家有用的人，这样才对得起他们牺牲了的父亲。

在极度困境中，张兰茹老妈妈总是自己想方设法渡过难关。作为革命烈士的家属，她是有资格、有权利要求有关部门解决一些困难的，但她从不这样做。20 世纪 60 年代初期，国家处于暂时困难时期，张兰茹只身一人生活更难了，但她最理解政府的难处，从不抱怨，从不向政府伸手。她宽宏大度、诚实待人，从来不吝惜钱财，是全村有名的大方人。孩子们给她寄些钱或者救济款下来，谁困难她就叫谁去用；村里孩子们帮忙担担水、抱抱柴，她也给几毛钱。

到了晚年，子女们都在外地工作，要接母亲出去，她却不去，她舍不得离开这片故土啊！她孑然一身，生活中有许多不便和困难，尽管如此，她总是满怀生活的信心，每当想到儿女们已长大成人，在为党、为人民工作，她就感到非常欣慰和幸福，这几乎成为她生活的全部支撑。她对三个孩子很关心，要求也很严，她经常说的一句话是：“你们要走正道，要好好为党工作，多为老百姓办事，咱全家有今天，全靠共产党和毛主席啊！”

在张兰茹老妈妈眼里，儿女们只要跟党走，老老实实做人，当干部和不当干部都一样。所以，她从不因为儿子当了干部就有优越感，更不因此向人炫耀，她总是那样和善、乐于助人。作为恩重如山的慈母，她却从不伸手向孩子要钱，她常说：“妈妈苦了一辈子，就是为把你们培养成人，妈要人不要财，我有你爸当年那腔子血就够了。只要你们好好为党和人民做事，不犯错误，妈闭上眼睛也就放心了。”

张兰茹老妈妈今年八十八岁了，她的头发白了，眼睛也花了。但她的心圣洁依然。这位伟大的母亲，用她博大的母爱照耀了儿女的心田，展示了中华民族女性特有的善良、纯朴与坚韧，为人间装点了一份真善美。

我的母亲

别人说我是个孝子，我的父母却从没这样夸奖过我。是父母对我的要求太严格了吗？不是。原因是我的家庭从不把表扬放在桌面，孝心与关爱，都要默默地装在心底。

我是由母亲带大的。我的母亲是农民，我的爸爸是干部，我的出身怎么会不好呢？“成分”怎么会高呢？这源于我的爷爷。我爷爷在天津的一家织袜厂当过老板，家里的一点儿土地雇用过几次民工，我家因此被划定为富农成分，那时我因为出身，也被荒唐地划定在没有前途的圈子里了。我出世的那些天，母亲抱着我，伤感地流泪：“这个孩子，怎么降生在这个家庭？长大了还有什么出息？”我朝母亲哭闹着。

上学后，这个噩梦就一直困扰着我。别的小朋友都戴上了红领巾，唯独我没有。看着别的小朋友欢快地生活着、奔跑着，我心里埋藏着委屈，又生出对别人的羡慕。“我生下来就比别人低一等啊！我不能像其他孩子一样，出身让我丢掉了欢乐，丢掉了前途！”我心里诉说着、祈祷着。躲进冰冷的小屋祈盼春天的温情。

母亲看出我想戴红领巾，就偷偷用红布给我缝制了一条，我放学回到家，母亲看着没有串门的村人，就偷偷给我戴上。我戴上红领巾，对着镜子照着、瞧着，那份高兴啊！母亲却偷偷抹眼泪，我看见母亲哭了，便一头扑进母亲的怀里，“哇”的一声哭出来。母亲鼓励我说：“不管怎么样，你都要好好学习。往后在家里种田，也得用知识啊！”无论母亲怎么劝说，我幼小的心灵还是被这个看不见的噩梦纠缠着，直到初中毕业那年，上级给我家落实了政策，我家被定为“下中农”，我可以和其他小伙伴一样面对生活了。到了十一届三中全会以后，“成分”这个栏目彻底消失了，见鬼去了。

父亲在外地工作，我们很少见面，直到我们搬到唐坊小镇，与父亲见面的机会才渐渐多起来。小时候，影响我最大的还是母亲。母亲在镇上当妇女干部，耕种着她和我的口粮田，还要干一项副业——用糨糊缝一种水泥袋，然后卖到工厂里去。母亲当过劳动模范。在我的印象里，母亲是非常勤劳的女人，人缘很好。我时常听见邻居或镇上人夸奖母亲，这是我心里值得安慰的。每年我过生日，母亲都要煮几个鸡蛋，让我在桌子上滚那么几下，然后才能剥开吃。母亲说，这样能去祸免灾。母亲说话的时候脸上总是挂着欣慰的笑。

一天晚上，我放学回家，看见饭菜用碗扣着，可母亲却不在，我满院子找也没有找到，我便自己慢慢地吃完了，忽听见院子里有响动，出去一看，母亲正背着高高的一垛柴草吃力地走进院子，头发都被柴草缠住了。我跑过去，帮母亲卸下柴草，又帮她择开一丝丝头发。母亲为了让我上学，省吃俭用，拼命干活儿。我很感动，让母亲不要太劳累了。母亲好像没听见我的话，总是默默地劳作着，像一架永不停歇的织布机。在上初中之前，我没穿过一件从商店买来的衣裳，我穿的所有衣裳都是母亲亲手做的。有一次，我们学校要我上台演出，要穿一件绿色的上衣，母亲就连夜把父亲的旧衣裳拿来改做，天亮的时候，我一睁眼，看见母亲刚刚缝制完这件衣裳。母亲让我快点儿起来，试穿一下她新缝制的衣裳，看合不合身。我穿上母亲为我做了一夜的新衣裳，感觉非常合身，且美观舒适。

母亲对我很严格。她不允许我犯错误，特别是人格上的错误。母亲总是叮嘱我说，要先做一个好人，然后才能干好事业。我问母亲：“什么是好人?”母亲说：“起码得善良、诚实和勤劳。”母亲上工之前总是叮嘱我，让我放学回家把鸡蛋收起来，因为鸡笼里有一段高坡，奶奶爬上去很艰难，不小心就会摔下来，所以母亲从不让奶奶掏鸡蛋。而掏出的鸡蛋总是卖掉，换的钱供我上学、买笔和本。

这天，我放学回家，看见奶奶在街上跟人聊天，我跑回院里，发现母鸡咯咯地叫着，就爬上高坡，探出脑袋，看见鸡笼里面有三个鸡蛋。我掏出来，看看没人，就把两个鸡蛋放在笸箩里，偷偷留一个鸡蛋装进自己的书包里，然后跑到街上，跟卖糖果的人换糖吃。母亲回来问我："今天下了几个鸡蛋？"我迟疑了一下，不敢看母亲的眼睛，回答说："两个。"母亲平静地看着我："真的？"我说："真的。"母亲没有怀疑我。只是我内心的恐惧造成了我的慌乱。中午午休的时候，母亲发现了我书包里的糖，审问我是哪来的。我心里一紧，赶紧撒谎说："是我给学校割草，学校发了五毛钱，买的。"母亲没有再审问下去，后来是学校老师家访，把话给说漏了。老师走后，母亲阴沉着脸，把我叫到屋里，拿起笤帚疙瘩，很严厉地吼道："你说，你的糖是从哪来的？"我知道露馅儿了，低头不说话。母亲说："你是偷拿了鸡蛋换的糖，对不对？"

我低头承认了。母亲用笤帚疙瘩狠狠打我的屁股，我哭闹着，最后还是奶奶进来帮我解了围。吃晚饭的时候，母亲慢慢地说："明山，你要诚实。"当时我的小名叫明山。母亲还说："一个鸡蛋算不了什么，关键是你犯了不诚实的错误。一个不诚实的孩子，还怎么堂堂正正地做人呢？"我怔怔地看着母亲。母亲没有文化，道理讲到这份儿上，就很不容易了。我向母亲承认了错误，我偷了鸡蛋，虽说是自家的鸡蛋，可那也是不诚实的表现，将来由小变大，后果会很严重的。后来一直是母亲言传身教，感染着我，教我怎样做个诚实的孩子。

一年冬天，我和邻居的伙伴去房前的冰面上溜冰，母亲不让去，说有危险，我和小伙伴儿还是偷偷去了。光溜冰也就好了，我和伙伴儿为到对岸砍一棵槐树做冰排，结果掉进了冰窟窿，险些丧命。我从水里爬上来不敢回家，冻得直打哆嗦，母亲到冰上找我，把我带回家，让我脱掉衣裳在炉火中烘烤，我钻进被窝，感觉身上暖和起来。母亲审问我，我胆怯地交代出砍树的"罪行"，母亲当即把我从被窝里拽出来，用笤帚狠狠打我的屁股，边打边骂着："砍公家的树是犯法的！"我只好告饶，承认了错误。第二天，母亲带着我找到镇委会，把我砍树的钱交给了镇领导。我很内疚，也不理解母亲。

后来我理解了母亲，这是爱。

有些做父母的，一辈子为自己的孩子操心、担心、伤心，然而到头来却没能把孩子培养成才，反而造就了一个庸才或是坏人。为什么？是因为母爱的畸形。孩子很小的时候，对他有求必应，长大之后孩子就感觉到，什么都是我的，完全以自我为核心。永远不对孩子进行精神道德的教育，而是让他自己混到成年的时候自己决定自己的一切，这是溺爱。当孩子在外闯了祸之后，回到家里，不但没有警告或训斥，反而受到鼓励和怂恿，这些都对孩子的成长不利。从这个方面说，我很感激我的母亲。

好的母亲，还应该是全面的。比如，不对孩子批评太多，吹毛求疵。孩子有了毛病，先别动怒，静心整理一下思绪，然后对症下药。这一点，我的母亲做到了。她平时不啰唆，能及时了解我各个成长阶段的需求和能力。比如，我小的时候喜欢到河里游泳，奶奶怕出危险，竭力反对，母亲却不这样看，她认为孩子会游泳是必需的能力，她背着奶奶偷偷带我去游泳。我与别的孩子游泳回来，奶奶就用她尖尖的手指划着我黝黑的胳膊，划出小白道道儿，就知道我偷偷游泳了，对我实行管制，还向母亲告状。母亲总是耐心地做奶奶的工作，让她放心。

还记得1976年唐山大地震的惨景，隆隆的声响，把我和母亲惊醒了。母亲拽着我就要往外跳。她拽住我的胳膊，护着我的头，这时房顶的檩条和砖块就砸了下来。母亲被砸坏了眼底。我们都被震倒了，多亏有一只箱子放在炕上的东头，房顶直接砸在箱子上，我们被埋住了，但有一个小小的空间。我们都活着。母亲颤抖着抚摸着我的头。“我能活吗?”母亲在里面鼓励我：“坚持!”然后自己喊着：“救人啊!”我也想喊，母亲却不让我喊，怕我消耗精力。我喘息着，想哭，母亲不让我哭，她说哭也会伤神的。母亲大声喊着，呼救着。邻居纷纷赶来了，很快就扒出了我们，我没有受伤，可母亲的腿和眼窝在流血。后来母亲一直闹眼病，2002年的时候，母亲的一只眼睛被摘除了。

母亲的一切，都牵动着儿女的心。我长大以后，首先想到的是孝心，对父母尽孝。我父亲去世后，七十四岁的母亲很孤独，我让母亲搬到唐山的新房子里。在楼顶的露台上我给母亲造了一块土地，母亲喜欢种地，就在上面种一些黄瓜、西红柿和茄子。回家的时候，总能吃到母亲亲手种植的黄瓜。母亲很快乐。她鬓角的白发、脸上的皱纹，多是为我们操劳所致。青春的心，要永远陪伴着她们，热情与爱，交织着一个个幸福的微笑。儿女们应该带给父母梦想实现的所有心愿，我们唐山有句土话：“前半辈看老，后半辈看小。”母亲老了，她的心愿都要靠儿女来实现。我们千万别辜负了她的心，对自己所付出的努力，就是对母亲的报答。

人间只有一种爱是不需要回报的，那就是母爱。

我的芦花塘

芦花塘的碧水伴随着苇乡清幽的夜在悄悄地流，星星好奇地眨着眼睛，窥探着淡淡月光所依偎的苇塘。茂密的苇塘涌叠着绿色的波涛，把银白的芦花洒向水面、田埂、小路。鱼儿，仿佛被这月夜所陶醉，纷纷跃出水面……

已经是夜深人静的时候，芦花塘岸边却移动着一个姑娘的倩影，她的脚步那样轻，没有一点儿声音，像是怕惊到塘里睡着的鱼儿。

她是去看他，他被县水产局推荐到省里进修，明天就走。

他也是喝芦花塘的水长大的，就住在芦花塘左边的那个小屋里。少年时代的他，和同伴们一样，除了生活给他留下无知、愚昧以外，还让他产生了可悲的偏见——占有知识是不幸的！可是，当大地恢复平静之后，他像一只受惊的雏雁，飞回贫困的苇乡，又猛吃了一惊。他在苦闷、忧郁的岁月里，终于悟出了农村青年的前途就在脚下广袤、贫瘠的乡土上……

两年前，队里实行了联产承包责任制。庄稼地很快就分下去了，可就是没人敢包下这片芦花塘。因为人们知道，塘里除长些芜芜杂杂的坑苇外，连鱼苗儿都打不上来。他急了，难道我们祖祖辈辈在土坷垃里刨食儿是天然的法规吗？他一定要破破“规”，承包芦花塘。这下子把他父亲成本老汉气得一蹦老高：“胆子不小，吃饱撑的，露脸也不分啥地方!”

也难怪，成本老汉早年死了老伴儿，汗球子浇湿地皮赚了些钱供他上学，也是望子成龙心切呀！可是，老汉穷怕了。穷，穷了人家就瞧不起。同村的姑娘小翠不就是因为嫌他家穷，才迟迟不与儿子定亲吗？为这，成本老汉省吃俭用：攒钱！有了钱就可以把小翠气气派派地娶过来。“唉，这个‘混球儿’，要用我这俩钱儿买鱼苗儿，没门儿！”

他跟父亲闹僵了。成本老汉悄悄地行动了，他托媒人磋商，明天给儿子定亲，把钱交给小翠，生米就成熟饭了，看你浑小子还瞎闹腾！

屋里说话，窗外有耳。听到父亲的打算，他非常着急，决定先下手为强，找小翠谈谈。尽管他在以往同她的接触中显得过于拘谨、忸怩，可他喜欢她那纯真、泼辣的性格。也是在一个花好月圆的晚上，芦花塘尽头的苇丛里，他和她见面了。他坐在地上软茸茸的狗尾巴草上，拽下一根芦秆儿，心不在焉地做着芦笛，不时瞟瞟她那姣好的轮廓，不知咋开口了。她手捏一片嫩嫩的苇叶儿，在嘴里吮吸着，甜甜地说：“你找我是不是明天……”

他的心一动，却“口吃”起来：“我是说……你，明天不要到我家里去！”

她的心尖抖了一下，忘情地看着他，冷冷地说：“男子汉可说话算数，真的?”

他支吾一句，挠起脑勺儿。

姑娘却咯咯地笑了：“你不让啊，我偏去！”声音脆亮亮的，苇丛里偷偷窃听的苇鸟儿被惊吓得“扑啦啦”地飞起来……

“那……”他困惑了，失神地望着波光粼粼的水面。过了一会儿，他想再跟她解释一下。可她却洒下一串银铃般的笑声，“咚咚”地跑了……

第二天，小翠真的领走了二百块钱的彩礼。成本老汉悬着的那颗心落在实处。可当小翠约他同去县城买衣服时，他心里矛盾极了，没有去。他觉得自己犹如瑟缩在秋风中的独枝芦苇，孤孤零零，无依无靠……晚上，奇迹却发生了，小翠用自行车驮着两箩筐活鲜鲜的鱼苗儿，竟笑盈盈地站在他的面前……从此，他一头扎进书海，在“淡水养殖”的海域里遨游。终于，他的多品种混养和精养的试验成功了。这不，县水产局要他去介绍经验，随后推荐他到省城进修。明天一大早就要起程了……

星光淡淡，苇塘静静。鱼儿疲倦了，沉入水底。只有一盏明亮的桅灯在水面的柳围子上闪动，像多情的满月儿，慢慢钻出苇丛，狡黠地移向亮着灯光的他那小屋的窗口。

小翠浴着湿漉漉的晚风，迈着轻轻的脚步，从铺满芦花儿的小路上来到他的窗前。她想进去，又犹豫了，屋里亮着灯，他大概在看书，他有看书的习惯。她想走，刚走了几步，又蹑手蹑脚地折了回来，短时间的徘徊之后，她终于壮了壮胆儿，缓缓推开门，闪身儿进了屋。

可他却趴在桌上甜甜地睡着了。她心里突然有点儿发酸，几天来，他白天下地、喂鱼，夜里还要整理经验、写文章。他实在太累了，蓬乱的头发在宽宽的前额上神秘地卷成隐隐可见的小问号，黑红的脸膛儿明显地消瘦下去。她用爱怜和责备的复杂眼光，仔细地端详着他，心里责怪他不知道爱惜自己的身子，又在嗔怨他将要离开芦花塘的当儿，忘记了她……呵，他能忘记她吗？特别是那个春雨霏霏的夜晚……

在插满木桩子的芦花塘水面上，一条小船，他荡橹，她撒苗儿。

“翠儿，我想跟你商量个事儿……”

姑娘的脸“腾”地热了：“啥事儿，你就说呗……”

借着船舷上桅灯的亮儿，她在偷看他的眼睛。

“书上说，多品种混养和条块分割产量高，可危险也挺大，弄不好会使鱼苗儿全死掉，你怕不？”

“怕啥？怕还不下塘呢！”

“真的？”

“真的！”

“翠儿，你真好。等来年丰收，我会把你打扮得更加漂亮……”

“哼，那玩意儿，我不稀罕！”姑娘甜嗔地瞪了他一眼，弯下腰，“哧”的一声把裤管儿捋到膝盖上，将鞋一蹬，赤足稳稳地站在船头，笑着说：“喂，该求你啦！”

“啥……”

“说了得依我！”

他深情地点点头。

“来年要是丰收啦，你一定要把技术教给我。冬菊姐说，让我帮她把庄东的烂苇塘拾掇好，也撒上鱼苗儿，将来呀，我们村要成为鱼米之乡哩！”

他用纯真而感激的目光看着她，仿佛看到了她那颗芦花般洁白、金子般闪亮的心！

小船在春夜中摇动，泛起层层涟漪。鱼儿，诡秘地追逐着舷边的灯光。春夜的雨丝哟，亮晶晶、甜丝丝……

这时，一股夹着水味儿和芦花儿芬芳的晚风吹进窗口，调皮地翻动着书桌上的书本，发出细微悦耳的沙沙声。风大了些，把桌上一堆写着密密麻麻字迹的手稿和读书卡片一张一张掀起来，飘洒了满地。忽然，她在众多的纸片里，发现一张叠得很漂亮的信笺，上面写着：小翠亲启。哦，他还想着她呢，不论到多么遥远的地方，他也不会忘记她的！她的心像春潮般涌动着，慌忙地拾起信条，情不自禁地把它放在了胸口上，仿佛把它连同这醉人的月夜一并装进心里……

过了一会儿，她终于意识到自己该做些什么，便急忙弯下好看的腰肢，用灵巧的手收拾着地上的东西。然后，又挪开桌上的钢笔，整理着零乱的书桌，蹑着手轻轻地把灌风的窗户关紧。随后，脱下淡蓝色花格子上衣，披在他的身上……最后，她扭转身躯，迈着轻盈的步子，像一只翩翩起舞的紫燕，融进那柔和、静谧的夜色之中……

静啊，芦花塘之夜。不过，这里已不再是昔日那古老苇乡的寂静了……

少年杂记

眼下，人们总是盯着尚不确定的明天，常常忘记了昨天。其实静心一想，昨天更值得珍视，特别是少年时代。那是一个清纯多梦的季节。我觉得那时的童心，好比一颗水晶球，晶莹透亮。一个梦、一则故事，都是热爱生活的、忠实于生命的，为我们的未来孕育着力量，将五颜六色折射到自己生命的每一个角落……

我出生在河北大地的冀东平原。童年和少年是在一个普普通通的小村度过的。小村叫谷庄子。村头是一片片的麦子、棒子和高粱，从县城河头发源的一条煤河从村头流过。听爷爷说，这条河是光绪八年洋务运动时挖的运煤的河，河头镇的上游是开平镇。开滦煤矿的煤由这条弯弯曲曲的煤河运到天津塘沽口岸。

少年时，放学后，我和小伙伴们儿到煤河岸上玩儿，与岸上的古槐友好地生活。我的心在河边等待，长时间地寻找煤河诉说的童话。我记得，河岸没有花，只有杂草，找不到鲁迅先生《从百草园到三味书屋》里的浪漫。当时很穷，我在河堤上挖野菜，带回家让妈妈做成菜团子吃。少年时曾天真地亲吻自然，尽管那么困难。记忆中最深的那个故事，培养我成为信念的赢家。

奶奶的故事讲述着，早年间的某一天，煤河上漂来一条小船。从船上走下一位瞎眼爷爷和一个小女孩儿。他们是说书艺人，到我们村里说鼓书。本来他们就挣不了几个钱儿，瞎眼爷爷又病了，愁得小姑娘直哭。村里人就将老爷爷送到县城河头镇的仁慈医院。谁知仁慈医院并不仁慈，见他们没钱，就将爷孙俩赶了出去。瞎眼爷爷熬到冬天就撑不下去了。老人在弥留之际，吃力地从怀里掏出一个写满古文的黄手帕，塞进小姑娘手里，断断续续地说："孩子，你把它留在身边，等到大年三十的那一天，你要是缺啥，就跟它要，它会给你的，会给的。"说完，瞎眼爷爷就咽气了。小姑娘接过黄手帕，悲恸极了。从此，她带着黄手帕沿煤河串村乞讨，等待大年三十的到来。可是，到了大年三十那天，无依无靠的小女孩儿就像丹麦作家安徒生的童话《卖火柴的小女孩》中可怜的小女孩儿那样，孤零零地躺在雪地里，她红肿的小手紧紧地抓着怀里的黄手帕，虔诚地祈求黄手帕显灵，给她带来房子和粮食。没有，任她千呼万唤，飘在眼前的还是那只黄手帕。小女孩儿绝望地哭了。她失去了生存的力量。是我们村里卖烤白薯的白发老汉抱回了小女孩儿，养活了她。她想念爷爷，又恨爷爷，黄手帕显灵是骗人的，而真正降福给女孩儿的是那位卖烤白薯的老人……

听奶奶讲这个故事，是在我的少年时代。就在那时听到了破除封建迷信，呼唤人间真爱的故事。它一直教育着我，这世界的救世主就是我们人类自身。米兰·昆德拉说：人一思索，上帝就会发笑。真有上帝吗？今天我回忆的这段故事，是对少年时代的我人生信念的启蒙。在现实中告别的，都在回忆中相逢……

人的生命就像我故乡煤河岸上的槐树，用奋斗的汗水与泪浇灌成长。它忍受着季节的绿肥红瘦，终究不曾低头。乞讨和等待是徒劳的，只有拼搏才能找到笑看天下的山峰。少年有苦难，也有许多希冀。我时常回想那时，就是要告诉自己珍惜今天。人生光阴的一段长河里，有一瓣恒久的心香。

少年时代，透明的生命。

田园寻马记

王红家的马丢了。王红姑娘回乡种田，根本用不着马，马是被她的老爹牵到城里的，马是从城里跑丢的。

王红从玉米地里钻出来，头发被风吹得直抖。她回头望了望收割过的稻田，土地舒张着，延展着，一片乏极了的静。太阳在晴空里移着，田园格外安静。稻田里的河蟹出净，稻秆儿割去了。地上留着金色的稻茬儿。稻茬儿地里还有一股淡淡的香味。王红从北京农大毕业后，有两年等待分配，尽管有企业聘请她，她还是不愿放弃自己喜欢的专业，就与同村女友搞了一小块儿科技示范田，研究开发了一种绿色大米。她们从县城聘请了一个研究超级稻生产的技术员。绿色大米单产一下子就上来了，而且是绿色食品。她们成了新的产业农民，赚了不少钱，于是，前不久，她们又搞了一个生态绿色农业园区——超级大米栽培和苹果嫁接，插秧和收割都用大型机械，枣红马自然要下岗了。

傍晚来临，王红开车去了城里，她得看看爹娘。一片白色的楼群，隐在团团的雾气中，路灯很亮，像一朵山石里绽开的硕大的白玉兰。路灯下摆着一溜儿摊点，其中一个老人吸引了王红的目光。老头儿系着白围裙，戴着白套袖，往油锅里捅着鸡排，鸡排被炸成酱黄色，油光光地颤动着。她马上认出了自己的老爹。她走过去跟老爹说了几句话，王老汉又急着追问她："枣红马找着没有？"她说没有，老人咧了咧嘴，样子像哭了一样难受。看样子找不到枣红马，王老汉的防线就要崩溃。"爹，别难过，我帮您再找找啊！"王红懂得爹对马的感情。

哥哥和嫂子劳务输出了，老爹和老娘要搬到城里搞三产，留在地里的王红也不会用马了。这时的枣红马就成了累赘了。搬家那天，枣红马挣脱了缰绳，走到王老汉跟前，嗅着老人的胳膊，扑脸地抓挠。对了，枣红马怎么处理？王老汉脑子忽悠一颤。这些天忙乱了，竟然把枣红马给忘了。他抚摸着枣红马的头，真的犯了难，进城后就不能带它了。听王红说，城里的马丢下粪屎，警察还要罚款的。卖了它？王老汉怕马受委屈。杀了它，自己又舍不得，这匹马跟了他二十二年，从感情上难以下手哩。王老汉手足无措时敲响了王红的窗户。王红被老爹敲醒也没来得及梳洗，就跟老爹商议枣红马的归宿。王红和她娘意见一致，她怕老爹心里牵挂，断断是不能卖的。杀，杀了一了百了！王老汉闷了一会儿，还是依了王红。可是，谁来杀马？

正当找不到合适人手的时候，二哥开着解放汽车来了。他是来装车搬家的，却遇上杀马的活儿，显然有些怵头。杀马之前，先要把枣红马捆绑起来。马在院里奔跑，二哥满脸寒光，腮上绷出筋来，一个鹞子翻身，扑上去，紧紧勒住皮缰，马嘶叫着跳起，鬃毛飞奓，急急地刨了几下蹄子，踢着了他的左肩，他咬着牙，手不放松。马的啸声很烈，漫开去，撞到了小院的墙壁，又远远地荡回来。司机和王红赶上来，齐手将枣红马绑上，拴在马槽的木桩上。

“杀吗？”二哥狠狠地举着刀问。王红看了老爹一眼，王老汉正抱着脑袋蹲在地上。王红大声喊：“杀?!”枣红马不再嘶鸣，张着嘴巴喘息，哗哗地淌着眼泪。王老汉瞥了马一眼，就挺不住了。天还寒着，王老汉的脸上就冒汗了，眼泪也不停地流。王红喊了一声爹，二哥回头看了看老爹，操刀的手落了下来。“别管我，杀吧！”王老汉缓缓站起身看见儿子再次举刀，他晃了一晃，感觉一口腥热的血团儿在他喉咙里滚动，涌到嘴边的时候，就强咽回去。“我的马！我的马！”老爹闷闷地吼了两句，头晕，眼黑，直挺挺地倒下去了。

“别杀啦！”王红说。

人们七手八脚把王老汉抬进屋里。上午十点钟左右，二嫂赶来，家具和杂碎都装好了，王老汉才慢慢缓过劲儿来。王红告诉老爹，她决定了，枣红马不杀了，带到城里再说。城里贸易区紧靠郊外，养马也不怕。王老汉马上就精神起来了。

第二天上午，阳光出奇地耀眼，县城的高楼柔和得发亮。王红开着汽车，满城寻找枣红马。城里没见踪影，她忽地想起乡下的田地。枣红马是与王家的责任田一同分到家的。枣红马恋地，它会不会跑到田里去呢？王家的这块黑土地，如今是红苹果公司的水果园区。但愿枣红马在那里，可以听见它清脆的饮水声。王红把汽车停在路口，独自走上田埂。往里走，厚重的稻茬儿开始变色，慢慢变红，越来越红，终于像血一样红。走过稻田就是苹果园了。她学着老爹的样子喊："喂！喂！"不知爹为什么喊枣红马总是喂喂的。渐渐地，她闻到了一股涩涩的焦煳味儿。走到果园地边，还看见飘散的烟雾。被人践踏过的果园一片狼藉，地上还有散碎的苹果。她一阵难受，移开目光走着。尽管是秋天，当顶的阳光浓烈、散碎，像火点子烫着她的脸、手和脖子。深色套裙的颜色都有些发浅。她听到沙沙的脚步声，心里热热的，目光就近了，发觉几个孩子正蹲在土坑里烧土豆儿。几枚枯黄的苹果叶子飞旋着，落在王红的头顶和衣领里。王红问："小朋友，你们在干什么？"

一个黑脸孩子朝土坑努努嘴。

"我们救死扶伤呢！"另一个孩子说着。

一个孩子给马喂着烧土豆儿，马嘴闭得死死的，闭着眼睛，微微喘息。王红低头看见枣红马，急急地跑过去，看见枣红马低头耷脑地卧在地沟里。"喂！"她木木地看着它，浑身一软，俯下身去颤颤地抚摸着枣红马的脖子。根本分辨不出马是枣红色还是灰土色，肿起的青筋露出一截，还在不停地跳。马在绝食，看得出来它已经好几天没吃东西了。"天哪！"王红木头一样呆着，心一灰透底。她抢过孩子手里的烧土豆儿，硬硬地往马嘴里塞着，马吃力地摇头，身体缩回去。她绝望地拍打着马的脑袋，拍得啪啪响："喂，你看看我，是我哩！"枣红马慢慢睁开眼睛，一点点儿渗出泪珠，面目出现少有的慈祥。她走进苹果园，看见树枝上还挂着一只红苹果。农民抢劫时丢下的。金色的苹果，孤零零地悬着、荡着，在阳光中显得格外醒目，像一轮红月划过夜空。她伸手摘下这只红苹果，慢慢递到马的嘴边，马依旧不张嘴，喉咙里乱动，鼻子里依然吐着气，弄得她的手指湿漉漉的。

“你吃一点儿，吃一点儿啊！”王红和孩子们都喊着。

王红把苹果放进自己嘴里，使劲儿嚼了两口，将嚼碎的果渣儿和汁液慢慢塞向马嘴。马将嘴巴闭得紧紧的，看了她一眼，眼球带着猩红的血色。枣红马闭上眼睛，微弱地喘气。王红慢慢蹲下来，伸出温柔的手，抚摸马的头、马的脖子，手指是那么轻柔，那么深情，仿佛它不是一匹即将咽气的马，而是粗糙肥沃的土地。她挂着满脸的泪痕说：“老天爷呀！这是为什么？”马在她的抚摸中，突然一软，扑哧一声垂下头死去了。王红再也蹲立不住，一屁股坐在了地上，紧紧地抱住枣红马的脖子，喉咙里挤出一阵短促的呜咽。王红对枣红马也是有感情的。对枣红马，她不仅是留恋，也是对明天新生活的感动。枣红马自己离开了城市，离开了他们，但是马对她家的贡献将永久留在心中。

第二天，王红把老爹叫来把枣红马厚葬了。可是，这个“田园寻马记”给了我们很多的伤感和惆怅，也使我们对农村新青年有了新的理解。

美丽的谎言

如今碰上下大雪的年头不多，可那时平原上每年都有大雪。

飘飘扬扬的雪花愈发下得紧，静静地，带着揉纸般的沙沙声，厚厚的雪地上发酵着孩子们明丽灿烂的梦。我一觉醒来，“嗖”地爬起来，看见各种图案的窗花，用手指把窗花抹出一个洞，就会看见外面的大雪，立刻穿上棉袄，有时连袄扣也来不及系，就抓起灰铲，跑到外面，一推门，便发现大雪把门都封住了。我挥舞着铲子，把门口的雪铲掉，挤出去，高兴地堆个雪菩萨。

我精心地把雪菩萨堆好了。雪菩萨的模样，善良、憨厚，微笑着，光光的头顶上什么也没戴。我对雪菩萨说：“你能保佑我们家平安吗？如果能，你能给我带来福分吗？”

雪菩萨没有说话，它依旧微笑地看着我。奶奶隔着窗子看我，我问奶奶：“你看我，还是看雪菩萨？”

奶奶笑着说：“我看你堆的这个雪人不像菩萨。”

我趴到窗前问：“奶奶，你说她哪里不像呢？”

奶奶说：“你堆的菩萨眼睛太小了，菩萨的眼睛应该是很大的，她能看见我们。”

我听奶奶说完，就静静地看着雪菩萨，盯着她的眼睛，觉得眼睛确实小了，与她肥胖的身子很不谐调。我仔细修理，矫正她的眼睛，弄完后，我的小手都冻红了，手指像一根根胡萝卜。奶奶隔着窗户看着我弄完满意地走出来，让我把心里话讲给雪菩萨。我说刚才把什么都讲了，雪菩萨没有回答我，我还能说什么呢？奶奶再三催促着我，我把刚才的两句话，又默默对着雪菩萨说了一遍，样子很虔诚。

这个时候，我听见身后有人"扑哧"一声笑了。扭头一看，我家的墙头上，有一个满脸笑容的女孩儿。她是我的邻居小彩。她比我大两岁，黑眼睛大而亮，头上围着红头巾。红头巾在白雪的映衬下十分鲜艳。

后来，奶奶死后，妈妈经常到大队部开会，小彩姐姐就经常跟我做伴儿，一直等到妈妈散会她才回家，有时也住在我家里。我问她为什么笑。她看着我的样子说："菩萨不会说话的。"我倔强地说："奶奶说她会说话的。"小彩眨着好看的黑眼睛说："如果今天不出太阳，雪不化，我想今天晚上有月亮的时候，菩萨才会跟你说话。"我半信半疑地看着她说："我不信。"

小彩说："我信。"

我知道小彩是个相信神话的女孩子。她喊我到她家的院里，看她和她哥哥堆好的雪菩萨。我从墙头爬过去，弄了满脸的雪，雪很快就融化了，脸很凉。当我看见她家的雪菩萨，感觉雪菩萨很大，起码比我堆的大，特别是有个大肚子，肚子上还有用秫秸扎好的佛珠，菩萨的手捻着佛珠。我欣赏着他们的杰作，小彩告诉我，她的这个雪菩萨晚上就会说话。她穿得很多，看上去很臃肿，一边说着，一边抹鼻涕。

白天我走在上学的路上，看见街上堆着无数的雪菩萨。可我心里仍然惦念着自己的雪菩萨，还有小彩的雪菩萨。到了晚上，小彩没有跑到我们家里玩，但我还是按照她的叮嘱，去跟雪菩萨说话。月亮升起来了，我忽然看见雪菩萨手上放着一个纸条，我疑惑地抓过来，跑到屋里的灯下，打开一看，上面写着这样的字："明山：你是个诚实的孩子，你要好好读书，只有你读书长进了，我才能保佑你和你全家人平安幸福。再见了，我明天就走了，即使在明年，你也不会再见到我了。"

我看着歪歪扭扭的字，开始有些疑惑，后来一想，准是小彩干的，她代表着雪菩萨跟我说话。我拿着纸条，到邻居家的院里找小彩，小彩看见我一本正经的样子，带我到她的雪菩萨跟前，也拿出同样的字条，字迹完全一样。我说是她的恶作剧，小彩摇头不承认，也不笑，两只小辫子一甩一甩的。我把小彩的作业本拿出来认真地对照她的字迹，可以明显地得出结论，这不是小彩的字。那会是谁呢？难道真是雪菩萨显灵吗？

我回到自家的院子，默默地站在雪菩萨前，心里说着“好好读书”“感激菩萨的指点”，等等。刚说完，就听见墙头又有唰唰的雪声，一回头，墙头的红头巾一闪就不见了。我爬上墙头，没有看见小彩的身影，她和那个神秘的纸条一直留在我的心里。我反复问着雪菩萨，雪菩萨只是朝着我傻笑，什么也没说。

第二天上午，我放学的时候，温暖的阳光融化了我的雪菩萨。雪水慢慢地流淌到地上、街上。房檐儿也在滴着雪水。其实是我在等待着下雪风景的消失，然后换一种心情。乡村的冬天，没有欢乐的日子，堆个雪人就是欢乐。雪的欢乐持续太久，那会麻木的。我和雪菩萨一样，也是观望者，在静默中观望着未来。等到长大了，小彩出嫁那年，我才知道了秘密，其实那个纸条是小彩委托她的哥哥写的。雪菩萨在我的世界里，只是巴掌大的一块积木，后来，不知从哪年哪月开始，我自己也变成了别人手中的积木，被莫名其妙地拼凑着，组成各种图案。这是我所忧伤的。我多么向往自己手中有积木！我多么向往童年堆雪人的日子！童年的雪菩萨，我想对你说：“继续用你的博爱祝福我吧，也祝福善良的小彩！谢谢她给我带来的美丽的谎言！”

生命的“十里红妆”

说到旅游，看山看水，但是把“十里红妆”的神奇风俗当成旅游项目的，唯有浙江宁海。这一路生命的红妆，给我们震撼，给我们留下无尽的思考。

走遍宁海的古村落，感觉很有味道，可是“十里红妆”一直在我的脑子里挥之不去。当初的惊奇还在，惊奇是人天性的一种流露。这个世界，有多少让人惊奇的事情呢？恐怕是不多了。可以想象，旧时宁海嫁女的场面，人们常用“良田千亩，十里红妆”来形容嫁妆的丰厚。走进宁海红妆博物馆，满眼都是炫目的朱红。红色像是一种温暖直达我们的内心。我喜欢红色，自己画葡萄的时候，还要点缀一点儿朱砂红，有送吉祥、避邪的功能。我走到一个红红的花轿前，被其精美的工艺折服。有人说宁海的花轿独一无二，其原因就是：朱金木雕。花轿的背后还有一些传说，最早的花轿就出在宁海的前童古镇。我们去了古镇，听说当地还保持着一个特殊的风俗，每年的五月，就有一支红色的游行队伍，吹吹打打地穿行在古老的街巷里。他们都穿着红衣、红裤，抬着红柜、红箱、红桌、红椅，排在队伍最前面的，是一顶披红戴金的龙凤花轿。这顶花轿为何这么豪华、这般精美？乡亲们告诉我，过去前童古镇有个传说，宁海人嫁女，是受过皇帝册封的。传说宋朝，康王赵构被金兵追杀，逃到了浙东，走投无路的时候，有一位年轻貌美的姑娘救了他。赵构登基后，为报答姑娘的救命之恩，下旨将浙东女子封王，出嫁时可戴凤冠、乘龙凤轿。从南宋开始，宁海女人出嫁坐花轿的习俗就保留下来了。花轿制作越来越考究，成为“十里红妆”之首。

过去的宁海有迎神赛会，常有“鼓亭”抬出，特别是前童古镇一带的乡风，正月十五闹元宵，鼓亭和花车沿街巡行，斗奇比巧，光彩耀目。这鼓亭的工艺与花轿如出一辙。过去的人家，花轿闲置不用的时候，就由穿着整齐的轿夫抬出，有四人抬的，也有八人抬的，姑娘出嫁的十里红妆以八人抬大轿迎娶为荣耀。在宁海看电影《十里红妆》首映的时候，真正感受到了这别样“婚典”。宁海的同志介绍说，结婚前一天，男女双方要在家里举行“享先”仪式，用全猪、全羊祭神，吹打小唱，新郎和主婚者要拜神到天亮。时辰到了，新娘乘坐花轿来到丈夫家。一路上鞭炮齐鸣，唢呐声声。新娘的红妆紧随其后，有数十杠和上百杠之多，以显示女家的富足。

谁家的嫁妆长十里？谁家的姑娘最风光？听说华店村一家姑娘嫁到李宅村，嫁妆多得惊人，床桌器具，箱笼被褥一应俱全，日常所需无所不包，发嫁妆的队伍绵延数十里。这是女人最幸福的时刻。

以现代人眼光来看，红妆的丰厚并不重要，重要的是它的工艺，它的灵魂。木质的镶铆拼接，衔接处没有一颗钉子。“朱金木雕”的木材都是上等的，有樟木、椴木和银杏木。用浮雕、圆雕和透雕的技法，雕刻成人物、动物、植物等图案花纹，用贴金饰彩，结合沙金、碾金、沥金、描金、开金等工艺，撒上云母，再涂上传统的中国大漆。我们参观的时候，工匠说，这个工艺有句行话，叫“三分雕刻，七分漆工”。可见其特色在于漆，而不在于雕。我们接触了一个“朱金木雕”的传统继承者，他努力将这个手艺表现到各类现代工艺上。他的祖先是宁海有名的“朱金木雕”漆工，漆工的刮磨、修填、上彩、贴金、描花都十分讲究。在漆工们看来，正是他们的工艺，才使“朱金木雕”产生了富丽堂皇、金光灿烂的效果。漆工是拿自己的手艺当命的。我说：“你们是不是感觉自己漆成的花轿很美？自己很幸运？”漆工淡淡一笑说：“我们都麻木了，这美是给别人欣赏的。”他的话让我感觉有一点儿道理，美是相通的，但是太熟悉了，也就成了外在美的杀手。就像我们欣赏美景，第一天是赞叹，第二天是向往，第三天就是平静了。美落在了

“见惯不惊”的法则之中。

“红妆”过于高看了自己的美，是因为她在熟人的眼里。一生中见到的最少的面容就是自己的。就像女人的美貌，不是属于她丈夫的，而是属于陌生人的。只有陌生才有惊奇感觉。这个世界上，有多少东西值得我们惊奇？在某个时辰，你惊奇的一叫，或是一个表情，会遭逢尴尬和嘲笑的，嘲笑他少见多怪。可是，十里红妆让我惊奇了一回。这是人的天性的一种流露。

华丽的红妆，永远是宁海的一个光环。走到一个朱漆泥金雕花轿子前，我感觉到这古老的轿子是活的、有生命的。花轿不会说话，却把人间所有的情话都说尽了。小时候，听老人们说，人是活不过一棵树的，这里的人说，女人是活不过一顶花轿的。所以，这里的女人从小就决定坐花轿，当她们死了，坐过的花轿还活着，“十里红妆”还在。红妆永远美丽，女人的美却凋落了。对于女人却隐约着难言的悲哀。

红妆带给宁海女子的是幸福，也是痛苦。大的幸福伴着大的痛苦，小的幸福伴着小的痛苦，没有幸福就不痛苦。追求幸福在某种意义上讲，就是追求痛苦和折磨。我在宁海看到了这样的情形，女孩儿长大后要想得到“十里红妆”就要从小裹脚。这里的苦痛、这里的泪水有谁能知？

生命本身的虚荣是存在的，放在红妆上却永远存在和鲜活。有时，红妆会扼杀女人的真情。我听到这样一个故事，一个女人的家庭没有能力为其置备红妆，她过继给舅舅，舅舅在她出嫁时置备了气派的红妆。但是，这是有条件的，舅舅是商人，因为商业利益，包办了这桩没有爱情的婚姻。丈夫是个残疾，女子为了红妆，忍了。她的心嫁给了“十里红妆”。红妆太红了，就像一片混乱而喧嚣的颜料，泼在了乡间的路上。一路上，新娘很自豪，她有十里红妆。一顶孤独的花轿，抬着她的爱与恨一路走来，心灵在幸福和失落之间摇晃。风像梦中的鞭子，永远在路上抽打，抽打着自己的影子。她的双手紧紧握着，握住一个梦，直到它生出羽毛，长出翅膀飞走。走过了长长的路，她回头张望，她的生身父母还站在那里，就像两棵老树。风擦干了老人流泪的眼睛。她有一种感动涌上心头，她突然意识到了自己的迷茫和错误。走吧，生活就像一个盲人，苦苦等待一只手的牵引。此刻她的心中，红妆就是这一只手啊！

花轿抬到了男人家大门前，双方的伴娘和傧相挽请新娘下轿，男方的婶子牵扶她出轿，从门前到礼堂，一路麻袋铺地，新娘在麻袋上举步行走。这里人说这是“代代相传”的含义，然后是交拜天地、拜高堂，夫妻对拜的时候，新娘哭了，哭得很伤心。男人能给她幸福吗？红妆能给她幸福吗？时光围绕着她，像一声声喑哑的冷笑。对于这个女人，灵与肉分开了，还有什么比这更不幸吗？她知道吗？只有爱可以让灵魂返回肉体。当最后的花朵凋谢，当挣扎的手悄然收回，只有悲惨的日子了。大作家柔石作为宁海人，当年他要是听到这个故事，会怎么想呢？我想，幸福不喜欢浮华。常常躲避喧嚣，在平静的暗处光顾。

我还听到宁海的这样一个故事。一个姑娘获得了十里红妆，可她不想被“红妆”束缚，在一个暗夜，她一把火烧了红妆，背叛家庭，走到更广阔的世界，参加了革命队伍。她举着火把，走在十里长堤上行军，就想到了当年的十里红妆。这时想到红妆，她的心情很好，这好像是一种闲情意趣，越加悠闲，心境越宽，便越加有味。红妆太完美，并为女人的幸福提供了很多想象。该怎样选择？“红妆”与“火把”，这两朵神秘的火焰！她敢于迎接，敢于承担，敢于放弃！那个年代，敢于毁灭红妆的女人不多。拯救是一种难度，放弃是一种高度。在有难度和高度的世界里，她们到底将向何处去？面对消逝的红妆，有许多话想说……

红妆也像命运，命运像刀一样，在冥冥中开一条红色的、温暖的回家的路。现在的生活，十里红妆已经离我们远去了，随之取代的是红色宝马车队、奔驰车队，载体变了，路途变了，可是，回家的方向没变。灵魂回家的路很远很远……

她给了我青春的梦

自从上帝把亚当和夏娃分成男女，男女的区别、男女的情感就自然相随了。孩提时代，我羡慕着一种情感，这份情感好像就是青春的梦，就像生活的七彩阳光，充满憧憬和希望。第一次唤起我情感的女孩儿，并不是我的同学，当时男女同学之间是基本不说话的。她是姑姑家邻居的一个女孩儿，记得当时人们喊她二菊。

我的姑姑住在我家邻村，每隔几个月，我就会到姑姑家玩儿。我见到二菊的时候，她正在后院给黄瓜秧浇水。她苗条的身材，白净的脸蛋儿，晕着一层薄红，一对机灵的大眼睛，在长长的睫毛下灵活地闪动着。我隔着姑姑家的土墙看她，心里马上掀起一股难言的波动。她是谁？她怎么这样好看？当她回头看见墙头上的我，我马上红了脸，嗖地一下，把脑袋缩了回去，好像是做了贼似的。

一溜儿小跑，跑回姑姑的屋里，姑姑问我发生了什么事情，我说没有什么，刚才在后院跑红了脸。当时我连问一下二菊的勇气都没有。我此刻猜想着，她一定看见我偷看她浇水了。第二天，我跟着表姐去街头的小卖部买酱油，回来的时候，我在她家的门口又看见了她。她跟我表姐说了一句话，朝我微微一笑，娇小俊秀的身影就闪回去了，好像留下了一股淡淡的清香。我从表姐嘴里知道她叫二菊，是村支书的二女儿。

回到家里，我脑海里就多了一个身影，一个飘忽不定的倩影。我总想见她，又不敢去姑姑家，害怕见到她。她毕竟也是个普通的女孩儿，她是凭什么打动我并抓住了我的心呢？我也说不清楚。当时我有点儿痛苦，我的痛苦来自她如花开般的微笑，于是我的梦里有了她这样的一个女孩儿，但我压制自己，这是不应该迸发的热情，应该认清自己原本是一个男孩儿，所有的思绪都要退回到起点。

拂开岁月的云彩，让青春的梦幻珍藏在高原的某个地方，看得见，但是触摸不着的。可是青春梦里有一个不变的主题：憧憬和希望。它们变得活灵活现，多彩多姿，填充着心灵上的空位。可是到了那年的冬天，我还是与她见面了。

那是个阴雨的天气，外面落着温柔的小雨，我静悄悄地看着落雨，沉寂于一种忘我的情绪中。表姐要打扑克，说要把二菊找过来，她找二菊的方式很特别，表姐举着拳头，朝着西面的山墙使劲儿敲了两声："咚！咚！"然后就静静地等待着。我试探着问："这样她就会来吗？"表姐笑着说："会来，我找大菊，就敲一声；找二菊，就敲两声，暗号！"我非常好奇，等待着，心里期盼着，此时，时间因我的期盼而凝滞了。实际上时间并没有半丝缓慢。

果然她来了。她手里打着油伞，进到屋里来，头发上、脸颊上还落着雨珠。表姐递给她一条毛巾，她静静地擦着脸颊，显得更加美丽了。表姐介绍说："这是我的表弟，她呢，是邻居二菊。好了，咱们打扑克吧！"二菊就大大方方地坐在了我的身旁，洗牌的手指是那样的灵巧。我不敢相信，村里竟有这样白净的女孩儿。

农村终日的劳动，使好多女孩儿的皮肤晒得红红的、黑黑的，而她就像是城市里的孩子。说话时才知道，她正上着五年级，马上就要升初中了。我高兴地说："初中就在我们村，你就到我家来玩儿。"二菊笑着点头。后来听说，二菊还是没有上初中，因为她的母亲常年有病，姐姐已经升上初中，她就被迫退学了。我一直为她惋惜。

我们打牌的时候，二菊总是向着我，她的脸蛋儿离我很近，呼出的气息是香甜的。我不会玩牌，她帮我出主意，关键时替我出牌，这样我们就熟悉起来了。那年的冬天，我、表姐和二菊到北运河上滑冰，冰车是姑夫替我们做好的，姑夫是个好木匠。我们在冰上，边滑边说话，我问她上学时，她们班男生和女生说不说话。她摇了摇头，头上的红头巾颤动着。我又问："那你跟我为什么说话？"她笑了，说："你是我们的亲戚，跟亲戚不说话，还叫什么人呢？"我对她的回答很钦佩。后来我们谈到长大后干什么。她笑着说："我没有前途，我不能上初中了。"我急切地问她为什么。表姐用手捅我，示意我不要提她伤心的事情。我把话题绕开了，但我的心很凉。

我们滑冰到了夜晚，风停了，冰面上亮亮的，辉映着纯净的月亮。凭借着月亮，我们畅所欲言。尽管是冬天，我的脸却烫得燃烧起来。我喜欢听她说话的声音，还有她那天真的语态。那时我们什么都不懂。看见她的笑脸，再晦暗的心也能够擦亮。她对我说："你好好学习，会有前途，真的！"我问她："你怎么看出我有前途？"她笑了。我问她："你这样明白，你为什么不上学了？"她黑亮的眼睛里有些晦暗："我们女孩子上学有什么用？"我惊讶地看着她："女孩子上学怎么就没用呢？电台里不是总广播男女都一样吗？"她苦笑着说："说是那样说，实际就不一样了。"后来我们把话题转开了。我想，还是说点儿高兴的事儿吧。我问她："你能写字吗？"她笑着说："能！"于是，我们就拿滑冰用的支柱在冰上写字。我写了几个什么字已经忘记了，可我还记得她写的是"东方红"。我现在也不明白她为什么写这些字。我们唱着歌回了姑姑家。我记得跟她拉着手，拉着手，仅仅是拉着手。回到家我梦见了她，她也背着书包上学去了。她扎着小羊角辫儿，蹦蹦跳跳地迎着朝霞上学去了。

我刚刚升入初中，就要随父亲搬到距村五十里地的唐坊镇，我要转学了。我离开之前，去看姑姑。在姑姑家，我很想见到她，可听表姐说，她到地里干活儿去了。我没能见到她，感觉很遗憾，离开村子的时候，并不知道二菊会悄悄地送我。我徒步走上村东河岸的时候，二菊在目送着我，我竟然没有发现。这是后来表姐告诉我的，二菊已经出嫁了，她嫁给了一个很憨厚的农民。

二菊的身影在我的梦里停留了一段时间，就永远地消失了。而她带给我最初的那些青春梦，是做不完的。这份情感是激励，是温暖，是纯净。表姐和姑姑都病逝了，我失去了获得她消息的来源。那些日子，我负载着青春的梦幻和希冀，她成为我梦想的载体。

二菊是我从没向外公布的一个秘密，我选择了一个黎明与之告别。如今青春的梦也没有了，而内心深处那唯一的蜡烛，一直燃着，闪闪发亮，照耀着人间纯净的梦幻。

二菊，她现在怎么样了？

不能没有温暖的家

我不赞成孩童时代以及后来长大成人，都依赖自己的家。一个有志气的孩子，不能光依赖家庭，依赖父母，要养成自己的独立性，这样他才能坚强，才能干成一番大的事业，这是我们可以终生依赖的东西。但是，孩童时代不能没有一个温暖的家，这对我们的成长同样是很重要的。

我的孩童时代就有一个温暖的家。我的爷爷、奶奶、爸爸和妈妈只有我这一根独苗儿。我们是满族，我的祖籍是辽宁丹东。祖先闯入关内后，先是到了山东的枣庄，后来又由枣庄迁移到冀东平原的谷庄子村。这是我查阅家谱得知的。我们家几代单传，我的爸爸哥儿一个，我也是哥儿一个，到我儿子这辈儿，必定也是一个了。其实，我有一个哥哥，他在四岁那年患痢疾，爸爸带着一个医生给哥哥治病，不料打错了药，他很早就去世了。当时的医疗条件差，为此，家里人在精神上受到了极大的伤害。家庭气氛一度陷入难言的悲戚中。妈妈说，1963 年的早春二月，当我呱呱坠地，降临这个世界时，给我的家庭带来了欢乐，我们的小家庭才逐渐摆脱了那个阴影。

我上学前从泥墙的报纸上识字。爸爸在机关工作，奶奶把拿回来的报纸糊笸箩，剩下的就用来糊墙围子。墙上到处是报纸，妈妈就教我看报纸上的字，一声声念出来。妈妈指着报纸上的一个字说：“我——”我就跟着说：“我。”爷爷给我讲故事，有时还给我做泥人儿。我还有记忆的是，一个傍晚，爷爷带我到后院游玩儿，他抬手指着那一片原野，笑着说：“你看，这是什么？”我摇头：“我什么也看不见。”爷爷笑着说：“这是土地，或叫庄稼地，我们吃的粮食就是土地上长出来的。”我似懂非懂。爷爷带我来到村头的土地庙，那时村村都有座土地庙。庙里供奉着土地神，活灵活现，很是好看。土地爷头戴乌纱帽，身穿大红袍，俨然一个小判官。我把土地爷的像放在窗台上，笑着问：“爷爷，他是什么官啊？”爷爷拂着白色的胡须说：“他是官，他的权限小得不能再小了，可他的权限又大得不能再大了。”当时我不明白，后来我懂了，自从我们人类懂得栽培谷类及其他植物的时候，土地就获得了它神圣的地位。

我的家庭，不仅使我学到知识，还让我感受到人间的温暖。好家庭带给我们的幸福，不是对我们的溺爱，而是对我们成长的呵护，对我们人生的矫正。记得有一次，我与邻居的小伙伴儿小六，去南街的老董家后院偷爬人家的枣树。我偷了人家的枣，吃着，吃着，就被人家主人捉住了。人家审问我们，还把我扭送回家。妈妈见我犯了错误，当着人家的面，狠狠地打了我的屁股。我被打得哭起来。奶奶心疼我，阻拦妈妈，可妈妈还是不放手。那家的主人走后，妈妈不打我了，她与奶奶一起，对我耐心地进行教育。我也不哭了。妈妈问：“你说，你偷人家的枣，对不对？”我不说话。妈妈接着说：“你说话呀！”然后全家人都给我讲做人的道理。我终于感到自己理亏，低头承认了错误。后来，我再也没有干过这类事情。妈妈带着我到董家道歉，董家主人看我承认了错误，就用竹竿儿打下一些枣送给我。后来妈妈又用鸡蛋，还上了这份人情。

家教对孩子的成长意义重大。比如，有一些家庭，明明知道自家的孩子犯了错误，还要在别人面前护短，这样对孩子的成长就起到了破坏作用。又比如说，我们看一个孩子懂不懂礼貌，就用这样一句话来概括：“这孩子家教好！”或是：“这孩子家教不好！”我知道一个家庭，他家有七个孩子，他们的姓氏又是村里的大户，家长和孩子都有这样一个概念，“谁也别想欺负我们”。如果说仅停留在防范的基点上，还是不错的，最后发展到这家的孩子倚仗人势，欺负柔弱的孩子，几乎成了村里的一霸。后来这家的孩子没有一个有出息的。还有一个孩子，偷了农用电缆，锒铛入狱。这个家庭对孩子的爱，是畸形的，是不可取的。

人生的意义就是把个体的天然悲剧演成喜剧。家的意义同样是把悲剧演化成喜剧。每个人对喜剧的理解是不一样的，但都渴望着家庭的幸福。幸福的家庭对孩子身心的培育是那么有利。我认识一个小家庭，因为这个家庭主妇没有生养，抱养了一个孤儿。这孤儿叫雪儿，她是个女孩儿，父母就像亲生女儿一样爱她。我记得这个女孩儿上三年级的时候，与街上的孩子玩耍，有个孩子骂那个女孩儿是野种。她哭着回家问她的养母："妈妈，他们说我是野种。"养母听见了，就耐心地安慰她，说她是妈妈亲生的孩子，若是抱养的孩子，妈妈和爸爸能对她这样好吗？女孩儿信了，她觉得妈妈爸爸对她太好了。当她长大之后，妈妈才把实情告诉了她，她也更加爱她的养父养母。她考上大学，毕业留在了天津，为了尽孝心她把养父和养母都接到了天津。可以想象，这是一个多么温暖的家庭。

轻轻敲醒沉睡的心灵

由于对大海的偏爱，对大山有种本能的陌生。当我看到山海关的老龙头，便真切地感受到山与海是对应相连的。让我展开联想，想象便如海鸥盘绕在遥远而陌生的群山里。大山的高洁粗犷，大山的雄浑美丽，化作从心灵释放出的自由的磁场。一万种倾心的聆听，吸引着我去体味山坳里的人生、蓝天、树木、石屋，让我从高亢的抒情中去描述生命背影。1994年秋天，我终于有机会去了一趟北京市云蒙山森林公园。这是由《中国作家》杂志社与北京市林业局共同组织的一次活动。高洪波和杨志广老师临行前嘱咐我多带些衣服，说山上冷，还特意说有一项登山捡红果的活动，希望我能带个包儿。我没在意也没带包，只想去看看大山的英姿，另外想换换空气，都市待得太久了，连呼出的气息都带着一种陈腐的商品味儿，让大山清凉洁净的风水将我清洗一下吧！

过了怀柔县城很快就进入山区。我一直感觉山峦是静止的、沉睡的。眼睛瞅累了，便也想眯起眼睛打盹儿。一觉醒来便到了云蒙山森林公园，吃过午饭，我们一行几人就急着登山了。我久久凝望着山脉，既有清新的感觉，又为之感动，也在心里埋怨着山峦总是固守于历史为它划定的界线，把欢乐埋在心底，将病苦冶炼成顽石。这里确实很美，森林茂盛，植被的覆盖率达百分之九十一。云蒙山以峰、石、潭、瀑、云、林取胜，又以雄、险、奇、秀、幽和旷著称，有的专家考察后冠它以“黄山缩影”之美誉。虎穴潭、海身池、石蛙望月等景观确实令人着迷。我努力去看、去品，心里也没荡起异样的感觉，心想，山终归是山，景终归是景，山山脉脉大同小异。我麻木地随着大家走，机械地看，随声附和地叫好。大山睡着，我的心也睡着。

没有想到这次使我难忘的一件事却是在山上捡红果。上山途中，我们不断看见有游人提红果下来，也有山民肩扛整麻袋的红果下山。同行的高叶梅不断感叹，怕是等我们上去就没有红果了。我们登上一个山寨，林业局的人说可以摘红果了。我扭头看去，红果树成片成片，落地的红果铺了满地碎红，日光照下来晃人眼睛。我们开始捡地上的红果。这对我来说挺新鲜挺有情趣的，有一种在海滩上捡蛤蜊的感觉。红果熟透了，没人采摘，林业局的人说，今年红果便宜，弄下山去还抵不上运费，所以这里的山民没人理会红果，红果轻轻落下来，毫无声息地融入山地。我捡了一些之后，就捡个儿大的擦擦放进嘴里吃。满口酸酸的，心里格外畅快。这时我听见不远处红果哗哗落地的声音。我循声望去，只见不远处的红果树下有位小姑娘在拼命地摇动树身。她摇动几下，就闭上眼睛享受着红果劈头盖脸砸在头上、肩上的乐趣。我不再捡红果了，也找了一棵红果树摇动起来，红果砸在脑袋上的感觉的确有一番情趣，特别是红果噗噗落地的声音十分好听，就像无数只山兔的小蹄轻轻敲打着山地，引发某种关于大山里生命的启示。我不摇了，那小姑娘换了一棵树还在摇。当我走近她的时候，才发现她的脸亲昵地贴着树皮，警觉地立起耳朵听动静。这时我才发现小姑娘是盲人。她穿得很旧，脸上红扑扑的。我走近问她："你为啥光摇不捡呢?"我见她没说话，埋眼看见落满树叶的山地上有一条灰不溜秋的麻袋。小姑娘说："我摇，哥哥捡。"这时我才发觉自己的冒失，小姑娘是盲人，怎么能捡红果呢?每一双眼睛都是心灵向世界敞开的窗子，可她的窗子早早地关闭了。我不由得为小姑娘惋惜。一片枯黄的树叶贴在她凌乱的头发上，日光透过树杈漏下无数碎碎的影儿罩着她。小姑娘说："我摇，你捡吧!"我逗她说："我都捡走了，你不就白摇了吗?"小姑娘天真地摇摇头说："红果遍山野，是捡不尽的。我就爱摇，不愿捡的，不管谁捡我都乐意!"她说着又摇坠一片红果。我看得出来，她真真品味到了红果落身、落地的快感，她在凭一颗心感受这看不见的山峦的馈赠。我又好奇地问她：

“你哥哥捡红果卖吗?”小姑娘说:“弄回家的红果由娘切成山楂片，晒干装进塑料袋，卖给山货贩子！娘做的山楂片可好吃呢！哥哥说卖了钱给我治眼睛。”她轻轻地笑了。我见她自己提到了眼睛，就试探地问:“你的眼睛啥也看不见吗?”她嗯一声。我问:“怎么失明的?”小姑娘皱着眉头不说。我不再追问，劝她:“你的眼睛一定能治好的。你上学了吗?”小姑娘又摇头:“哥哥都没钱上学，我能上学吗?这里哪有盲人学校呢?”我问:“你想上学吗?”她说:“我治好了眼睛跟哥哥去城里卖红果，有了钱我们都上学。”我又追问:“上学后你想干什么呢?”小姑娘说:“我想当医生。”我问:“当医生有什么好呢?”她说:“我们山里人看病太难了，三爷看病没钱送礼，就再没回来！我娘买一袋药，哥哥下山卖了十袋红果都不够用！我当了医生山寨人就啥都不怕了。”我的心震动了，小姑娘把自己的命运抵押给了无涯的盼望。她尽管看不见这个世界，可她心里装着大山。她心灵的眼睛睁开了，大山在她心灵的眼睛里呈现五彩缤纷的颜色。

不一会儿，小姑娘的哥哥来了。小姑娘又摇红果了，哥哥默默地往麻袋里捡。我久久注视着小姑娘摇树的倩影，聆听红果落地的声音，竟不知不觉地走到那株树下，再感受一下小姑娘摇撼红果树落下红果砸头的快感。红果轻轻敲打着我的心灵，敲打着沉睡的大山，敲打着这个世界。这种声音是带韵的，摇一摇，便会摇出山里人的信念和希冀。这种声音将使一切艰辛和苦难埋葬于夜晚的山坳里，化为醉人的甘美。为什么，每一座大山的面容都是寒冷的、残缺的，而我眼前带着对明天一片渴望的山寨盲人小姑娘却是健全的?在一株红果树上停留一个春天，在每颗红果上飘移一个日子。在这种美妙的声音里，我懂得了如何抬起脚步，去珍惜人生的每个过程。我们应该有一颗心，比眼睛看得更远……

我们背着红果下山了，可是山上不仅仅有红果。

图书在版编目(CIP)数据

太行山上的夜莺 / 关仁山著. －－ 北京 ：中国文史出版社，2021.2

(政协委员文库)

ISBN 978－7－5205－2496－4

Ⅰ. ①太… Ⅱ. ①关… Ⅲ. ①散文集－中国－当代 Ⅳ. ①I267

中国版本图书馆 CIP 数据核字(2020)第 212859 号

责任编辑：牟国煜

出版发行：中国文史出版社

社　　址：北京市海淀区西八里庄路 69 号院　邮编：100142

电　　话：010－81136606　81136602　81136603（发行部）

传　　真：010－81136655

印　　装：北京新华印刷有限公司

经　　销：全国新华书店

开　　本：720×1020　1/16

印　　张：22　　　　　字数：300 千字

版　　次：2021 年 2 月第 1 版

印　　次：2021 年 2 月第 1 次印刷

定　　价：66.00 元